KB161320

쳬탐인

體探人

조선 스파이

체탐인
ⓒ정명섭 2018

초판1쇄 인쇄	2018년 9월 10일
초판1쇄 발행	2018년 9월 15일
지은이	정명섭
펴낸이	박대일
편집	이문영 · 임유리 · 신지연 · 전보라
교정	박준용
마케팅	임유미
디자인	박현주
펴낸곳	파란미디어
출판등록	2004년 9월 14일 제313-2004-00214호
주소	03992 서울시 마포구 동교로23길 14, 국제빌딩 6층
전화	02.3141.5589 영업부 070.4616.2012 편집부
팩스	02.3141.5590
전자우편	paranbook@gmail.com
카페	http://cafe.naver.com/paranmedia
페이스북	http://www.facebook.com/paranbook
ISBN	978-89-6371-538-4(03810)

체탐인

體探人

조선 스파이

정명섭 장편소설

새파란상상

차
례

※ 체탐 : 적진에 들어가서 형세를 살피는 일

구자관야

口者關也: 입은 관문과 같으니 함부로 놀려서는 안 된다.

"좋은 날이네."

쓰고 있던 발립鉢笠[1]을 살짝 들친 조유경은 뒤따라오는 하인 김매읍동에게 말을 건넸다. 나무로 만든 찬합饌盒[2]을 들고 뒤따르던 김매읍동이 맞장구를 쳤다.

"그렇고 말굽쇼."

꼭대기를 옥으로 장식한 발립에 흰 모시 백저포白紵袍[3]를 입은 조유경은 새하얀 피부에 호리호리한 몸매를 가졌다. 한창 젊은 그의 우뚝한 코와 큰 눈에서는 세상살이에 대한 시름이나

---

1 위가 둥근 갓. 꼭대기에 구슬 장식을 달기도 했다. 고려 시대에 몽골을 통해 전래되었으며 조선 전기까지 사용되었다.
2 나무로 만든 작은 궤짝에 음식과 술을 넣은 용기. 야외에서 음식을 먹을 때 사용했다.
3 고려 시대에 임금부터 백성까지 입었던 도포. 조선 초기까지 사용되었다.

걱정 같은 것은 눈곱만큼도 찾아보기 어려웠다. 반면 이제 갓 30대에 접어든 김매읍동은 얼굴부터 목덜미가 까맣게 타들어가 있었다. 특히 툭 튀어나온 광대뼈와 두꺼운 입술 때문에 한 마리 학 같은 조유경과 여러모로 대비되었다. 언덕길을 오르던 조유경이 숨을 헐떡거리자 김매읍동이 걱정스러운 목소리로 물었다.

"괜찮으십니까, 도련님?"

"그럼. 내가 아무리 약골이라고 해도 이 정도도 못 걷겠나."

가볍게 기침을 한 조유경이 유쾌한 목소리로 말했다. 그러고는 정자 쪽을 바라보면서 활짝 웃었다.

"친구들이 먼저 와 있군."

경강京江[4]이 내려다보이는 언덕 위의 정자에는 망원정望遠亭이라는 현판이 걸려 있었다. 미리 와 있던 친구들이 조유경을 향해 손짓했다. 그도 활짝 웃으며 손을 흔들었다. 발걸음을 재촉해서 정자에 도착한 그가 친구들에게 말했다.

"어찌 이리 빨리들 왔는가?"

그러자 가장 나이가 많아서 좌장 노릇을 하는 황덕중이 너털웃음을 터뜨리며 대답했다.

"동남풍이 불어서 제갈량이 환생하지 않을까 한걸음에 달려왔지."

조유경과 다른 친구들은 10대 후반에서 20대 초반이지만 황

---

4 한강의 예전 이름.

덕중만 유독 30대 중반이었다. 하지만 특유의 넉살과 친화력으로 모임에 끼었다. 넓적한 얼굴에 펑퍼짐한 코, 그리고 양쪽으로 갈라진 콧수염 때문에 성균관의 선비라기보다는 기방을 드나드는 무뢰배에 가까워 보였다. 늦은 나이에 성균관에 입학할 정도로 공부와는 담을 쌓았지만, 항상 영의정이 되는 게 꿈이라는 말을 입에 달고 다녔기에 동료들 사이에서는 영상領相 대감이라는 별명으로 불렸다. 그런 황덕중의 얘기를 옆에 앉아 있던 김온이 받아쳤다.

"제갈량이 환생하면 내 원점圓點[5]이나 올려 달라고 해야겠습니다."

아버지 대에 한양으로 올라온 김온은 한미하다고는 할 수 없지만 그렇다고 좋은 집안 출신도 아니었다. 갸름한 얼굴에 두툼한 코, 그리고 축 처진 눈을 하고 있어서 심성이 좋아 보였지만 그 누구보다 출세에 대한 야심이 컸다. 김온의 농담에 권주혁이 박장대소하면서 맞장구를 쳤다.

"그건 천하의 제갈량도 어려울걸."

똑똑하지만 가난한 집안에 대한 자괴감 때문인지 늘 어두운 편이었던 권주혁이 오랜만에 웃자 조유경은 흐뭇한 표정으로 바라봤다. 그 옆의 손중극은 반대로 술과 노름에 푹 빠져 있었다. 그래서인지 두 사람의 외모는 정반대였다. 권주혁은 둥그

---

5 성균관 유생들이 식사하기 전에 찍는 점. 일종의 출석 체크로 원점이 일정하게 올라가야만 과거에 응시할 수 있다.

런 얼굴에 낮은 코, 서글서글한 눈매를 가졌다. 그와 달리 손중극은 넓은 이마에 들창코, 그리고 광대가 두툼했다. 이번에도 이신호는 여전히 가타부타 말이 없었다. 멀리 평안도에서 온 그는 과묵한 편이었는데, 알아듣기 어려운 평안도 사투리 때문에 동료 유생들에게 놀림을 받기 때문이었다. 생긴 것도 여진족과 닮아서 작고 쭉 찢어진 눈에 얼굴이 거무튀튀했다.

고향이나 성격은 제각각이지만 모두 성균관 유생이었다. 그리고 또 한 가지의 공통점이 있었는데 그것은 바로 『삼국지』를 미치도록 좋아한다는 점이었다. 좌중의 웃음이 어느 정도 가라앉자 황덕중이 소매에서 책 한 권을 꺼냈다. 책에는 '삼국지'라는 표지가 붙어 있었다. 조심스럽게 책을 넘긴 황덕중이 입을 열었다.

"지난번에 제갈량이 동남풍을 불도록 했던 대목까지 얘기했던가?"

그러자 다들 고개를 끄덕거리는 가운데 조유경이 입을 열었다.

"그렇습니다. 그리고 황개가 속임수를 써서 항복하는 척하고 조조의 진영으로 화공을 펼치지 않습니까?"

"맞네. 그 두 가지가 맞아떨어지면서 조조의 백만 대군이 적벽에서 추풍낙엽처럼 쓸려 가 버렸지."

황덕중이 헛기침을 하고는 적벽대전 대목을 읽어 줬다. 책을 살 돈이 없는 다른 동료들과는 달리 조유경은 미리 읽어 봤기 때문에 어떤 내용인지 이미 알고 있었다. 그는 『삼국지』나 『서

유기』 같은 명나라의 패관소설들을 읽고 이야기를 나누는 이 모임이 좋았다. 외아들인 그에게 큰 기대를 거는 집안이나 엄격한 성균관과는 달리 자유로웠기 때문이다. 음담패설을 마음껏 늘어놓아도 뭐라고 하는 사람이 없었고, 무슨 얘기를 해도 귀를 기울여 주는 좋은 친구들이었다. 황덕중의 얘기에 귀를 기울이는 친구들을 보면서 조유경은 저도 모르게 미소를 지었다. 그런 조유경을 곁눈질로 지켜보던 손중극이 입을 열었다.

"못 보던 귀걸이[6]로군?"

퍼뜩 정신을 차린 조유경은 손으로 귀걸이를 만졌다. 회회인回回人[7]이 캐서 진상한 수정으로 만든 귀걸이였다. 금이나은, 호박으로 만든 것과는 다른 색깔이어서 금방 눈에 띄었다.

"아버지에게 선물로 받은 것일세."

조유경의 얘기를 들은 친구들의 눈이 휘둥그레졌다. 특히 권주혁의 눈에는 부러움이 가득했다.

"우리 집을 팔아도 그 귀걸이에는 미치지 못하겠네그려."

"농이 지나치네. 자자, 집에서 가져온 삼해주三亥酒[8]나 한 잔씩 하세."

분위기를 바꾸기 위해 조유경이 화제를 돌렸다. 그러자 정자 아래 쭈그리고 앉아 있던 김매읍동이 찬합을 번쩍 들어서

---

6 조선 초기에는 남자들도 귀걸이를 착용했다.

7 이슬람교를 믿는 중앙아시아 사람들을 지칭한다. 고려 때와 같이 조선 초기에도 회회인들이 살았다.

8 오랜 시간을 들여 덧술을 더해서 만든 전통 술.

바쳤다. 찬합 안에서 도자기로 만든 술병을 꺼낸 조유경이 한 잔씩 돌렸다. 삼해주의 향긋한 술 냄새에 입맛을 다신 일행이 약속이나 한 듯 술잔을 비웠다. 그사이 조유경은 찬합에서 술 안주로 준비한 꿀에 절인 밤과 말린 쇠고기를 꺼냈다. 그걸 본 황덕중이 책을 한쪽으로 치웠다.

"오늘도 병조판서 아드님 덕분에 잘 먹겠구나."

"많이들 드십시오. 이럴 줄 알고 여러 병 가져왔습니다."

조유경이 다른 술병을 꺼내면서 그들 사이에서 『삼국지』의 적벽대전은 온데간데없이 사라졌다. 가볍게 부는 봄바람에 흩날리는 꽃잎이 비처럼 쏟아졌다. 그러자 다들 흥취에 젖어서 술을 주거니 받거니 했다. 술이 거나하게 오르자 입맛을 다신 김온이 조유경에게 은근슬쩍 말을 건넸다.

"그나저나 곧 좋은 소식이 있을 거라는 소문을 들었네."

"그거야 뭐⋯⋯."

친구들의 부러운 눈길을 한눈에 받은 조유경은 쑥스러운 표정으로 웃었다. 그러자 황덕중이 끼어들었다.

"젊은 시절부터 전하의 측근이었고, 몇 년 전 박포의 난[9]을 진압할 땐 어깨에 화살을 맞기까지 하였는데 병조판서가 다 무언가? 곧 일인지하 만인지상一人之下 萬人之上[10]의 영의정에 오를

---

9 제2차 왕자의 난으로 이방원의 넷째 형인 이방간이 이방원의 세자 자리를 빼앗기 위해 벌인 반란. 박포의 사주를 받았다고 해서 박포의 난이라고도 부른다.

10 한 사람의 밑에 있고 만 명을 거느린다는 고사성어로 관료로서 최고의 자리에 오르는 것을 뜻한다.

걸세."

얘기를 꺼낸 김온은 물론이고 다른 친구들도 모두 부러움 가득한 눈으로 그를 바라봤다. 으쓱해진 조유경은 슬쩍 미소를 지었다. 그런 조유경에게 황덕중이 술을 권했다. 연거푸 술을 들이켜면서 취해 버린 조유경이 혀 꼬부라진 목소리로 말했다.

"말도 말게나. 아버지가 그럴수록 글공부를 더 열심히 해야 한다고 하셔서 죽을 맛일세. 나야 여기 있는 벗들과 좋은 날 놀러 다니는 게 더 재미있는데 말이야."

조유경의 말에 다들 침묵을 지켰다. 그러다 권주혁이 긴 한숨과 함께 입을 열었다.

"팔자 좋군."

짧은 얘기지만 분위기를 어색하게 만드는 데는 부족함이 없었다. 조유경이 세상사를 잘 알거나 혹은 신중했다면 벗이라고 부르는 그들 사이에 흐르는 숨 막히는 질투심을 어렵지 않게 읽었을 것이다. 하지만 별다른 고생을 하지 않았던 그는 그런 것들을 읽어 내지 못했다. 분위기가 어색해지자 황덕중이 특유의 너스레로 분위기를 풀었다.

"팔자 좋기야 성균관 유생 중에서 우리를 따라올 사람이 있겠는가?"

분위기가 누그러지자 조금 전 술잔을 비운 김온이 은근한 목소리로 물었다.

"그나저나 주상께서는 누구를 세자로 세우시려고 하시는가?"

뜻밖의 물음이라는 표정으로 조유경이 바라보자 김온이 은근한 말투로 덧붙였다.

"전하께서 세 분의 아드님을 모두 총애한다고 하셔서 말이야. 장안에서는 은근히 화제일세."

김온의 얘기를 들은 조유경은 마침 며칠 전에 아버지에게 들었던 얘기가 떠올랐다.

"전하께서는 큰아들인 양녕대군을 세자로 세웠지만, 막내인 충녕대군이 워낙 총명하셔서 고민하신다고 아버지께 들었네. 어린 나이인데 벌써 글공부에 전념하시는 모습이 여간 출중한 게 아니라고 하셨지."

조유경의 얘기를 들은 친구들이 모두 고개를 끄덕거렸다. 술잔에 남은 술을 단숨에 비운 그는 내친김에 한마디 더 보탰다.

"아버지도 누가 다음 임금으로 적합한지는 고민을 해 봐야 한다고 하셨네. 임금을 잘 세워야 나라가 잘 서는 법이라고 말이야."

얼큰하게 취한 조유경은 친구들 사이에 흐르는 묘한 정적과 눈짓을 알아차리지 못했다. 분위기가 살짝 어색해지자 황덕중이 서둘러 입을 열었다.

"자자, 딱딱한 얘기는 집어치우세. 그나저나 혼례를 치를 날짜는 잡혔는가?"

황덕중의 물음에 조유경은 배시시 웃었다. 아버지가 신붓감으로 정해 준 석란을 처음 본 순간이 떠올랐기 때문이다. 그런 조유경을 본 손중극이 음란한 농담을 했다.

"얼굴을 보니 첫날밤에 새색시가 잠자기는 글렀네, 글렀어."

얼굴이 붉어진 조유경은 난간에 기댄 채 하늘을 올려다봤다. 바람에 쫓겨난 꽃잎이 나풀거리면서 하늘을 가로질러 가고 있었다. 아무 근심 걱정이 없는 조유경은 나른한 표정으로 그 모습을 지켜봤다. 그러느라 부러움과 질투심으로 가득 찬 친구들의 시선을 느끼지 못했다. 그런 조유경에게 황덕중을 비롯한 친구들은 약속이나 한 듯 술잔을 권했다.

밤이 깊어지면서 부엉이가 구슬프게 우는 소리가 들려왔다. 성균관을 둘러싼 반촌泮村[11]의 어느 초가집으로 손중극이 들어섰다. 마당에 선 그가 헛기침을 하자 방문이 열렸다. 문을 연 김온이 퉁명스럽게 말했다.

"늦었군. 또 노름판에 있었던 건가?"

"돗자리를 펴도 되겠군. 판돈만 또 날렸지 뭐야."

"명색이 성균관 유생이라는 자가……."

김온이 혀를 차면서 들어오라는 눈짓을 했다. 짚신을 댓돌에 벗고 방으로 들어온 그가 등잔불 아래 비친 사람들의 얼굴을 보고는 이죽거렸다.

"어이구, 다들 모였군. 친구보다 출세가 좋다 이거지."

손중극의 말에 다들 불편한 기색을 감추지 못했다. 제일 안쪽에 앉은 황덕중이 싸늘한 눈길을 보냈다.

"어차피 자네도 왔는데 뭘 그리 따지는가. 저쪽에 앉게."

---

11 성균관에서 일하는 노비들이 기거하던 마을.

손중극은 황덕중이 눈짓을 한 구석 자리에 앉았다. 김온이 문을 닫자 황덕중이 날카로운 눈으로 방 안의 사람들을 살펴봤다.

"지금 우리는 칼날 위에 선 셈이야. 무고죄가 어찌 처벌받는지는 잘 알지? 게다가 상대방은 주상의 총애를 받는 병조판서 집안일세."

다들 아무 말이 없는 가운데 손중극이 나섰다.

"그러게 내가 잘 생각해 보라고 했잖아. 아닌 말로 우리 중 한 명이라도 입을 잘못 놀리면 다 끝장이야. 어디 우리만 끝장인가? 가족들도 죄다 연좌되어서……."

"그만하게."

황덕중이 날카롭게 외치자 손중극이 움찔하면서 입을 다물었다.

"다들 지금처럼 살고 싶으면 그리하게. 하지만 난 이렇게는 못 살겠어. 재물도 있어야겠고, 출세도 해야겠어. 지금이 그 기회일세. 다들 같은 생각으로 모인 거 아닌가?"

무거운 분위기를 깨고 입을 연 것은 내내 고개를 숙이고 있던 권주혁이었다.

"이왕 여기까지 온 거 빨리 해치우자. 만약 이 사실이 유경이 귀에 들어가는 날에는 우린 무사치 못할 거야."

그 얘기를 들은 손중극이 피식 웃었다.

"외통수라 이거구먼. 빨리 끝내고 술이나 마시러 가자고."

분위기를 살펴본 황덕중이 문가에 앉은 김온에게 눈짓을 했다. 그러자 김온이 벌떡 일어나더니 벽에 걸린 고비¹²에서 잘 접힌 종이 하나를 빼내서 바닥에 펼쳐 놓았다.

"문구는 내가 다 써 놨네. 각자 아래에 자기 이름을 쓴 뒤 화압花押¹³을 하고 피를 내서 찍게."

"피까지 내자고?"

눈살을 찌푸린 권주혁의 물음에 김온이 고개를 끄덕거렸다.

"우리 말이 사실이라는 걸 보여 줘야 한다네. 일단 이걸 내면 물러설 길이 없다는 걸 명심하게."

김온의 으름장에 다들 한숨을 쉬었다. 문구를 쓴 김온이 먼저 화압을 하고 작은 칼로 엄지손가락 끝을 찍어서 피를 낸 다음에 종이에 꾹 찍었다. 종이가 차례대로 돌아가는 가운데 손중극이 조심스럽게 입을 열었다.

"그쪽에서 아니라고 딱 잡아떼면 어쩌지? 어차피 서로 말뿐이잖아."

다들 그 문제를 걱정했는지 주동자 격인 황덕중을 바라봤다. 천으로 엄지손가락의 피를 닦아 내던 황덕중 대신 김온이 나섰다.

"그건 염려 말게. 조치를 취해 놨으니까."

"어떤 조치 말인가?"

권주혁의 물음에 김온이 자신만만하게 말했다.

---

12 조선 시대 나무판자나 대나무로 만들어서 벽에 걸어 두고 편지 같은 종이를 끼워 두던 가구로 서팔이라고도 부른다.

13 문서에 적은 자기 이름 밑에 자신을 드러내는 서명을 하는 것. 서압이라고도 부른다.

"그건 때가 되면 알 걸세."

⁂

그네가 힘차게 하늘로 올라가자 구경꾼들 사이에서 감탄사가 흘러나왔다. 그네를 탄 석란의 새빨간 댕기가 나비처럼 나풀거리는 것을 본 조유경은 얼마 전에 친구들과 망원정에서 봤던 꽃잎들을 떠올렸다. 조유경이 입을 반쯤 벌린 채 정신없이 바라보자 옆에 있던 하인 김매읍동이 작게 헛기침을 했다.

"도련님, 보는 눈들이 많습니다."

"그, 그런가?"

주변을 둘러본 조유경은 머쓱한 표정을 지었다. 단오端午[14]를 맞이해서 거리는 놀러 나온 사람들로 가득했다. 특히 숭례문 밖 연못가에는 그네를 타는 양갓집 규수를 보기 위해 몰려든 구경꾼들로 인산인해를 이뤘다. 조유경도 아버지가 입궐한 틈을 타서 하인 김매읍동을 앞세워서 이곳으로 왔다. 석란이 그네 타는 모습을 보기 위해서였다. 붉은 치마에 흰 저고리를 입고 그 위에 노란색 배자褙子[15]를 입은 석란의 모습은 우아하면서도 기품 있어 보였다. 여자에게는 관심이 없어서 어쩌다 친구들과 어울려 기방에 가도 기생을 제대로 쳐다보지도 못할 정도였지만 석

---

14 음력 5월 5일로 전통 명절 중 하나다.
15 소매가 없고 안에 털을 덧댄 조끼.

란은 마음껏 쳐다보고 싶었다. 그리고 그 여인과 얼마 후에 혼례를 치른다니 생각만 해도 날아갈 것 같았다. 넋이 나간 조유경에게 김매읍동이 조심스럽게 말을 건넸다.

"도련님, 주인마님께서 돌아오실 시간입니다."

"벌써 그리되었느냐?"

조유경이 아쉬움이 담긴 말투로 묻자 김매읍동이 소매에서 작은 해시계를 꺼내서 보여 줬다.

"미시未時[16]가 거의 끝나 가고 있습니다요."

"알겠다. 돌아가자."

아쉬움이 가득 담긴 목소리로 대답한 조유경은 발걸음을 떼기 전에 마지막으로 석란을 바라봤다. 얼마 전에 아버지와 함께 석란의 집을 찾아갔을 때 뒤뜰에서 잠시 얘기를 나눈 적이 있었다. 초롱초롱한 눈매로 자신을 바라보고 앵두 같은 입술로 자신의 이름을 부르던 그 모든 순간이 행복했었다. 웃음을 남기고 자리를 뜬 조유경은 숭례문으로 들어와서 북촌에 있는 집으로 향했다. 기분이 좋아진 조유경은 김매읍동에게 말을 건넸다.

"이제 봄도 끝나 가는구나."

"그러게 말입니다. 올여름은 제법 더울 텐데 걱정입니다."

두 사람은 서로 전혀 다른 얘기를 하면서 집으로 향했다. 그리고 활짝 열린 대문과 처참한 집 안 광경에 똑같이 입을 다물

---

16 하루를 12간지로 나눈 시간 중에 여덟 번째 시간으로 오후 1시에서 3시 사이를 가리킨다.

지 못했다. 마치 태풍이 휩쓸고 지나간 듯 문이란 문은 모두 열려 있었고, 가재도구들이 모두 마당에 흩어져 있었다. 늘 사람들로 북적거리던 집 안은 마치 빈집처럼 고요했다.

"이, 이게 어찌 된 일이냐?"

조유경의 물음에 김매읍동이 떨리는 목소리로 대답했다.

"그, 그러게 말입니다. 환한 대낮에 도둑이 들었을 리도 없고 말입니다. 쇤네가 이웃집에 가서 알아보고 오겠습니다."

조유경은 허겁지겁 달려가는 김매읍동의 뒷모습을 멍한 눈으로 바라봤다. 임금의 측근이자 병조판서인 아버지는 탄탄대로를 걸어왔기 때문에 갑자기 집안에 우환이 생길 법한 일은 떠오르지 않았다. 잠시 후, 이웃집 사람과 얘기를 나누던 김매읍동이 파랗게 질린 얼굴로 뛰어왔다.

"큰일 났습니다."

"무슨 일인데 그러느냐?"

"의, 의금부에서 집안사람들을 죄다 잡아갔답니다."

의금부라는 얘기를 듣는 순간 조유경은 온몸에 소름이 돋았다. 왕부나 조옥이라고도 불리는 의금부는 반역죄나 강상죄, 그리고 임금의 어명을 받은 사건을 처리하는 곳이었다. 죄인으로 끌려 들어가면 살아나오기 어려운 곳으로 알려져 있어서 사람들은 입에 올리기도 꺼렸다. 하지만 조유경은 자신이나 집안이 그런 곳에 엮일 줄은 꿈에도 몰랐다.

"어찌 의금부가 우리 집안에 들이닥쳤단 말이냐?"

"쇤네도 그건 잘 모르겠습니다만 이웃집 사람 얘기로는 여,

역모라고 했답니다."

"역모라니……."

다리의 힘이 풀린 조유경은 그대로 주저앉을 뻔했다. 의금부에서 역모를 이유로 집에 들이닥쳤으리라곤 상상도 하지 못했기 때문이다. 휘청거리는 조유경을 부축한 김매읍동이 다급한 목소리로 말했다.

"지금 이러고 있을 때가 아닙니다. 어서 몸을 피하십시오."

"피, 피하다니?"

"주인마님이 역모죄로 잡혀갔는데 도련님이라고 무사하시겠습니까?"

"어디로 피해야 하지?"

"일단 몸을 숨기십시오. 소인도 한목숨 부지하려면 도망쳐야 할 것 같습니다. 다시 만나 뵙기를……."

김매읍동과 헤어진 조유경은 무작정 달렸다. 처음에는 성균관으로 몸을 피할 생각이었다. 성균관과 주변의 반촌은 죄인이 숨어도 함부로 체포하지 못하는 곳이었다. 그곳으로 가던 조유경의 발걸음은 중간 즈음에서 멈췄다. 사소한 죄라면 모를까 역모죄까지 감싸 줄 것 같지는 않았다. 거기에다가 함께 공부하는 유생들에게까지 피해가 갈지도 모른다는 데 생각이 미친 것이다. 가만히 서서 발을 동동 구르던 조유경은 묘안이 떠올랐다. 어제까지만 해도 말도 안 되는 얘기였겠지만 지금은 망설일 때가 아니었다. 주변을 살핀 조유경은 발걸음을 돌렸다.

석란의 집 뒤쪽은 산기슭을 접하고 있어서 사람들의 눈에 띄지 않았다. 뒤뜰과 통하는 야트막한 담장을 넘어가던 조유경은 그만 발을 헛디뎌서 바닥에 떨어져 버렸다. 그 바람에 문을 열어 놓은 채 자수를 놓고 있던 석란이 그 광경을 보고 말았다. 놀란 석란이 쓰러져 있는 조유경에게 다가왔다.

"대낮에 월담을 하다니요! 이 무슨 해괴망측한 짓입니까?"

"큰일 났소. 집 안에 의금부가 들이닥쳤답니다."

조유경이 당장 울 것 같은 표정으로 입을 열자 석란은 놀라서 입을 다물지 못했다.

"대체 무슨 일이랍니까?"

"나, 나도 모르겠소. 어찌할 바를 몰라서 이렇게 결례를 무릅쓰고 찾아왔소이다."

주변을 두리번거리던 석란이 조유경을 일으켜 세웠다.

"일단 몸을 피하셔야 합니다. 따라오십시오."

석란이 뒤뜰 구석에 있는 한 칸짜리 방문을 열었다. 안에는 책이 가득 쌓여 있었다. 흠칫 놀란 조유경에게 석란이 말했다.

"책들을 넣어 놓는 서고입니다. 여기에 숨어 계시면 제가 바깥 사정을 알아보겠습니다."

"면목 없소이다, 낭자."

당장이라도 울 것 같은 조유경의 말에 석란이 고개를 저었다.

"곧 혼례를 치를 서방님의 일인데 어찌 모른 척할 수 있겠습니까? 아버님께 고해서 사정을 알아보도록 하겠습니다."

석란이 문을 닫고 사라지자 홀로 남은 조유경은 그제야 안심이 되었다. 놀란 가슴을 진정시키며 그는 대체 어떻게 이런 일이 벌어졌는지를 곰곰이 생각해 봤다.

'도통 모르겠는걸.'

조유경은 깊은 고민에 빠졌다. 아버지는 젊은 시절부터 주상을 모셨고, 박포의 난 때는 주상에게 날아오는 화살을 대신 맞을 정도로 측근이었다. 그 공로를 인정받아서 병조판서에 올랐고, 정승까지 올라갈 것이라고 주변에서 한창 얘기가 나왔다. 그럴 때마다 아버지는 무식한 무관이 올라갈 자리가 아니라고 손사래를 치면서 조유경에게 항상 말과 몸가짐을 조심하라고 신신당부했었다. 생각에 잠겨 있던 조유경은 덜컹거리는 소리와 함께 문이 열리자 깜짝 놀랐다. 문을 연 것은 둥근 소반을 든 석란과 그녀의 아버지인 석환진이었다. 놀란 조유경 앞에 소반을 내려놓은 석란이 말했다.

"아버님께 고하였더니 입궐해서 알아보겠다고 하셨습니다."

그러자 따라 들어온 석환진이 미소 띤 얼굴로 말했다.

"자네 아버님이면 전하에게는 측근 중의 측근인데 무슨 오해가 생긴 것 같네. 내가 입궐해서 전후 사정을 알아보겠네."

조유경이 안도의 한숨을 내쉬었다.

"그렇게만 해 주신다면 은혜를 잊지 않겠습니다."

"그럼 나는 입궐할 차비를 할 것이니 잠깐 얘기를 나누게."

석환진이 밖으로 나가자 석란이 소반 위의 술병을 들었다.

"요기를 하고 잠시 기다리십시오."

"고, 고맙소."

왈칵 쏟아지려는 눈물을 겨우 참은 조유경이 허겁지겁 술잔을 들었다. 그리고 젓가락을 들어서 접시의 나물을 삼켰다. 술기운이 오르고 배가 차오르자 온몸이 나른해졌다. 그런 조유경의 모습을 본 석란이 몸을 일으켰다.

"가서 이불을 가져오겠습니다."

문을 열고 나가는 그녀의 뒷모습을 보면서 까무룩 잠이 들었다. 잠이 들기 전, 깨어나면 모든 오해가 풀려서 정상으로 돌아왔으면 하는 바람을 품었다. 얼마인지 모를 시간이 흐른 후에 문이 열렸을 때 조유경은 눈을 비비면서 물었다.

"낭자?"

그러나 문을 열고 들어온 사람은 검은색 철릭을 입고 전립을 쓴 금부도사였다. 어안이 벙벙해진 조유경은 그에게 멱살이 잡혀서 밖으로 끌려 나왔다. 밖에는 창을 든 병사들이 가득 있었다. 바닥에 내팽개쳐진 조유경은 득달같이 달려든 병사들에게 마구 짓밟히고 나서 뒤로 결박을 당했다. 난생처음 두들겨 맞고 결박을 당한 그는 정신을 차릴 수가 없었다.

"이보시오. 뭔가 오해가 있는 모양인데, 나는 성균관 유생일 따름이오."

조유경의 애원에 금부도사가 코웃음을 쳤다.

"네놈이 대역 죄인 조진형의 외아들인 걸 모를 줄 알았느냐? 쥐새끼처럼 숨어 있으면 우리가 못 찾으리라 생각했다면 오산이다. 어서 금부로 끌고 가라!"

병사들이 결박당한 그를 일으켜 세워 밖으로 끌고 나갔다.

맨발로 끌려 나온 조유경은 그 와중에도 석란을 찾아보려고 고개를 두리번거렸지만, 그 어디에서도 그녀의 모습을 찾을 수 없었다. 대신 뒷짐을 진 채 서 있는 석환진만 보일 뿐이었다.

"장인어른, 살려 주십시오!"

"장인어른이라니, 역적 주제에 못 하는 말이 없구나!"

성을 낸 석환진이 등을 보이고 돌아섰다. 그제야 입궐해서 알아보겠다는 석환진의 얘기가 거짓이었음을 깨달았다. 거리로 끌려 나온 조유경은 운종가에 있는 의금부로 끌려 들어갔다. 평상시에 그 앞을 지날 때는 일부러 부채로 얼굴을 가리거나 다른 길로 돌아갈 정도로 피해 다녔는데, 죄인의 신분으로 끌려올 줄은 꿈에도 몰랐다. 의금부 안으로 들어서자 앞에 큰 전각이 보였다. 옆으로 돌아가서 담장 사이에 난 작은 문을 지나자 추국청이라는 현판이 붙은 전각이 나왔다. 조유경은 추국청 앞에 놓인 의자에 묶였다. 옆에서는 한쪽 어깨를 드러낸 험악한 얼굴의 나졸들이 그를 노려봤다. 추국청의 섬돌 앞에는 관복을 입고 수염을 기른 관리가 서 있었다. 그 앞으로 걸어간 금부도사가 고개를 숙인 채 우렁찬 목소리로 말했다.

"제조提調[17] 어르신! 숨어 있던 죄인 조유경을 잡아 왔습니다."

그러자 섬돌 아래로 내려온 의금부 제조가 와들와들 떨고 있는 조유경에게 다가왔다.

"네 아비가 이미 끌려와서 죄를 자백했다. 너도 어서 잘못을

---

17 관청의 최고 책임자를 뜻한다.

뉘우치고 자복하라."

"자복이라니요? 무슨 잘못을 자복하라는 말씀입니까?"

겨우 고개를 든 조유경의 반문에 의금부 제조는 옆에 서 있는 의금부 나졸을 바라봤다. 두툼한 몽둥이를 든 나졸이 옆으로 다가와 정강이를 힘껏 후려쳤다. 뼈가 부러지는 듯한 고통에 조유경은 그대로 정신을 잃을 것 같았다. 그러자 다른 나졸이 상투를 잡고 머리를 흔들어서 정신을 차리게 했다. 매질이 두어 차례 이어지고 나자 의금부 제조가 손을 들었다. 나졸이 뒤로 물러나자 다시 물었다.

"네 아비는 나라의 녹을 먹는 관리이고 네놈도 성균관의 유생이다. 그런데도 주상 전하를 능멸하고 왕가의 일을 가벼이 입에 올린 죄를 모른다는 말이냐?"

의금부 제조의 거듭된 추궁에 조유경은 두려움과 분노로 폭발해 버리고 말았다.

"제 아비는 주상 전하를 위해 전쟁터에서 목숨을 아끼지 않은 분입니다. 저도 성균관에서 공부하면서 그릇된 마음을 먹은 적이 한 번도 없습니다."

혀를 찬 의금부 제조가 눈짓을 하자 나졸이 다시 정강이에 매질을 가했다. 다섯 번째 매질을 당하자 고통을 못 이긴 조유경은 악에 받쳐서 소리쳤다.

"대체 무슨 잘못을 저질렀는지 얘기를 해 줘야 뉘우치든 말든 할 거 아닙니까?"

그러자 의금부 제조가 소매에서 두루마리를 꺼냈다.

"보름 전에 네놈이 성균관 동무들 앞에서 주상 전하를 능멸하고 부정하는 말을 했다는 것을 잊었느냐?"

"그런 적 없습니다."

"이미 하늘이 알고 땅이 아는 일이다."

어처구니가 없어진 조유경이 낮지만 자신 있는 목소리로 덧붙였다.

"그 모임은 그냥 성균관에서 뜻이 맞는 유생들이 명나라에서 들여온 패관소설을 읽고 잡담을 나누는 게 전부입니다. 저나 동무들 모두 그릇된 마음을 품은 적이 없습니다."

자칫하면 동료들에게 불똥이 튈까 걱정스러워진 조유경이 극구 변명을 했다. 그러자 제조가 두루마리를 펼쳐서 그의 무릎에 던졌다.

"발고자가 거기에 있던 네 동무들인데도 잡아떼는 것이냐?"

뜻밖의 얘기에 충격을 받은 조유경은 어처구니가 없다는 듯 반문했다.

"발고한 자가 제 동무들이라고요? 그, 그럴 리가 없습니다."

"네가 그런 말을 한 적이 없다면, 거기에 있던 다섯 명의 동무들이 모두 거짓말을 했다는 것이냐?"

"다섯 명이 전부 다 말입니까?"

의금부 제조는 대답 대신 두루마리를 눈으로 가리켰다. 무릎에 놓인 두루마리 아래에는 정말로 다섯 명의 이름과 화압이 선명하게 적혀 있었다. 믿을 수 없는 현실 앞에 조유경은 고개를 저었다.

"그럴 리가 없습니다. 말도 안 됩니다."

조유경은 미친 듯이 고개를 젓다가 마침내 흐느껴 울었다. 그런 조유경을 바라보던 의금부 제조가 두루마리를 손에 쥐고 돌아섰다.

"쉽게 자복하지 않을 것 같으니 매질을 몇 차례 더 하고 옥에 처넣어라. 아비와 함께 엄하게 추국할 것이다."

우렁차게 대답한 나졸들이 몽둥이로 조유경의 정강이를 후려쳤다. 멀어져 가는 의금부 제조의 뒷모습을 바라보던 조유경은 고통에 몸부림쳤다.

지옥 같은 며칠이 지나갔다. 처음에는 오해라고 생각했던 일들이 현실이 되어 갔다. 며칠 사이에 일가친척들이 모두 잡혀 들어와 매를 맞으면서 심문을 받았다. 감옥에 갇힌 그는 담장 너머에서 들려오는 고통에 찬 비명을 들으면서 넋이 나갔다. 무엇보다 간담상조肝膽相照[18] 같은 사이라고 생각했던 친구들이 모두 한통속이 되어서 자신을 궁지에 몰아넣었다는 사실이 믿기지 않았다.

창피함과 두려움, 번뇌로 점철된 며칠이 지나고 다시 추국청 앞으로 끌려 나왔다. 지난번과는 달리 수많은 관리가 나와 있었고, 나졸들의 수도 더 많았다. 그리고 무엇보다 아버지가 먼저 끌려 나와 있었다. 하얀색 저고리와 바지는 피와 고름으

---

18 간과 쓸개를 내놓고 서로에게 보인다는 사자성어로 그만큼 가깝다는 뜻.

로 범벅이 되어 있었고, 상투는 모두 풀어헤쳐진 채였다.

"아버지!"

비통함에 가득 찬 조유경의 외침에 아버지는 힘없이 고개를 들었다. 아버지 옆에 놓인 의자에 묶인 조유경은 차마 고개를 들지 못했다. 지난번 그를 심문했던 의금부 제조가 쩌렁쩌렁한 목소리로 말했다.

"죄인 조진용과 그 아들 조유경은 고개를 들라."

눈물을 터뜨린 조유경이 계속 고개를 들지 못하자 나졸이 다가와 억지로 세웠다. 섬돌 위에 선 의금부 제조가 호통을 쳤다.

"죄인 조진용은 나라의 녹을 먹는 관리임에도 무엄하게 세자 저하의 책봉 문제를 논하여서 주상 전하를 능멸하였다. 그 아들 조유경은 불경한 말을 한 치의 거리낌 없이 동료 유생들에게 얘기하였느니라. 이는 전하와 나라를 어지럽히는 역심에서 나온 것이며, 나아가서는 세자를 마음대로 세워서 나라를 좌지우지하려고 모의했음이 분명하다."

의금부 제조가 얘기하는 터무니없는 죄목을 듣던 조유경은 필사적으로 고개를 저었다.

"아닙니다. 제 아버지는 저에게 그런 얘기를 한 적이 없고, 저역시 동무들에게 그런 말을 한 적이 없습니다."

"네 동무들이 모두 그런 얘기를 들었다고 발고하였는데도 발뺌을 하는 것이냐?"

"대질을 시켜 주십시오. 뭔가 오해가 있음이 분명합니다."

"죄인이 감히 대질을 요구하다니, 아직도 정신을 차리지 못했구나. 저놈을 매우 쳐라!"

다시 매질이 이어지자 정강이가 부서져 나갈 것 같았다. 하지만 억울함을 못 이긴 조유경은 고래고래 소리를 질렀다.

"대질을 시켜 주시오! 대질을 시켜 달란 말이오!"

"저, 저놈의 입을 당장 틀어막아라!"

나졸들이 다가와 천으로 입을 막으려고 하자 조유경은 필사적으로 머리를 흔들면서 외쳤다.

"대질을 시켜 주시오. 그러지 않으면 혀를 깨물고 자결할 것이오!"

조유경이 혀를 이빨로 깨물자 피가 뚝뚝 떨어졌다. 그 광경을 본 나졸들이 주춤거리면서 물러나자 의금부 제조가 발을 굴렀다.

"지은 죄를 뉘우치지는 못할망정 자해를 하다니, 참으로 흉악한 자로구나."

조유경은 입 안에 가득 찬 피를 뱉어 내고는 힘겹게 말했다.

"결단코 억울하오. 그러니 어서 대질을 시켜 주시오. 그럼 진실이 밝혀질 것이외다."

그의 얘기를 들은 의금부 제조는 성난 표정을 지었다.

"괘씸하구나. 하지만 사안이 중대하니 네놈의 청을 들어주마."

의금부 제조가 고개를 끄덕거리자 추국청의 뒤편에서 친구들이 걸어 나왔다. 며칠 동안 원망도 많이 했지만, 막상 얼굴을 보자 반가움이 찾아왔다. 그들이 의금부 제조에게 사실대로 얘기해 준다면 악몽 같은 현실에서 벗어날 수 있으리라고 믿은 것이다. 조유경은 희망을 담은 눈빛으로 친구들을 바라봤다. 의금부 제조 앞에 선 친구들은 김온을 시작으로 차례대로 입을 열었다.

"신이 발고장에 쓴 대로 듣고 보았습니다."

"아뢴 것에서 한 치의 어긋남이 없습니다."

"틀림없는 사실입니다."

"제 귀로 똑똑히 들은 대로 적었습니다."

쐐기를 박은 것은 제일 마지막으로 얘기한 황덕중이었다. 다른 친구들은 그나마 조유경과 눈을 마주치지 못하고 얘기한 것에 반해 그는 조유경을 똑바로 바라보고 또박또박 얘기했다.

"어찌 한 입으로 두말을 할 수 있겠습니까? 하늘을 우러러 한 치의 거짓도 없습니다."

친구들의 배신을 직접 두 눈으로 지켜본 조유경은 맥이 탁 풀리고 말았다. 김온을 비롯한 친구들이 모두 밖으로 나가자 의금부 제조가 다가왔다.

"네놈의 동무들이 하나같이 사실이라고 고하였느니라. 이래도 아니라고 하겠느냐?"

믿었던 친구들이 설마 이런 식으로 배신했을 것이라고는 상상지도 못했던 조유경은 할 말을 잃었다. 그가 침묵을 지키자 나졸들이 정강이에 매질을 했다. 하지만 아픔 따위는 느낄 겨를이 없었다. 자신은 그렇다 치고 아무 잘못도 없는 아버지가 곤욕을 치르는 것은 어떻게든 막아야만 했다. 매질을 견디면서 고민하던 조유경은 드디어 할 말을 찾았다. 일부러 고통스러운 척 몸을 비틀던 그가 입을 열었다.

"죄를 자백하겠습니다, 제조 어르신."

의금부 제조가 손짓을 하자 매질을 하던 나졸들이 물러났다. 입 안에 고인 피를 뱉어 낸 조유경이 입을 열었다.

"동무들에게 주상 전하를 능멸하고 세자 책봉 운운한 것은 사실입니다."

드디어 자백을 받자 의금부 제조가 흡족한 표정을 지었다. 잠깐 숨을 고른 조유경이 다음 얘기를 이어 갔다.

"하오나 그 얘기는 제가 저잣거리에서 들었던 것이지 아버지에게 들었던 것은 아닙니다."

"뭐라고?"

의금부 제조의 표정이 일그러지는 것을 본 조유경은 빠르게 말을 이어 갔다.

"기방인지 어딘지는 확실히 기억나지 않지만, 술자리에서 이런저런 얘기들이 오간 것을 동무들에게 전한 것입니다. 아버지는 아무 관련이 없습니다."

말을 끝낸 조유경은 비로소 아버지를 바라볼 수 있었다. 하지만 아버지는 미동도 하지 않은 채 눈만 감고 있을 뿐이었다. 조유경은 자신이 죽더라도 아버지만큼은 풀려나게 만들어야만 했다. 앞으로 쏟아질 고문을 견딜 각오를 하던 조유경은 의금부 제조가 갑자기 껄껄거리며 웃자 불길한 느낌이 들었다. 한참을 웃고 난 의금부 제조가 그를 쏘아봤다.

"감히 속임수를 써서 빠져나가려고 하느냐?"

"아버지는 아무것도 모르십니다!"

불안해진 그가 악을 쓰며 외치자 의금부 제조가 손짓을 했다. 그러자 뒤쪽의 문이 열리면서 발소리가 들렸다. 바로 뒤에 멈춰 선 그에게 의금부 제조가 물었다.

"두 죄인이 집 안에서 흉중의 역심을 주고받은 것이 사실이냐?"

"그렇습니다. 부자는 매일 사랑방에서 마주 앉아 주상 전하를 욕하고 세자를 정해야 한다는 얘기를 주고받았습니다."

"어김없는 사실이렷다?"

"어찌 감히 거짓을 고하겠습니까? 소인은 지난 10년간 역적의 밑에서 일하면서 그 사실을 낱낱이 보고 들었습니다."

양측의 오가는 얘기를 듣던 조유경은 온몸의 힘이 쭉 빠졌다. 조유경이 간신히 고개를 돌리자 김매읍동이 서 있는 게 보였다.

"어떻게 네가……."

그가 말끝을 잇지 못하자 김매읍동이 입에서 침을 튀겨 가며 말했다.

"내가 비록 미천한 노비의 몸이지만 네놈들의 흉한 얘기를 들을 때마다 곧바로 돌아와서 물로 귀를 씻어 냈느니라."

태연하게 거짓말을 늘어놓는 김매읍동의 얘기에 조유경은 그만 두 눈을 질끈 감아 버리고 말았다. 얼마나 깊은 함정에 빠져들었는지 느낀 조유경은 더 이상 살고 싶지 않았다. 혀를 질끈 깨물자 비릿한 피 냄새가 입 안에 감돌았다. 그런 조유경의 모습을 본 나졸이 외쳤다.

"놈이 자해를 합니다."

나졸들이 달려와서 입을 벌리려고 했지만 조유경은 필사적으로 버텼다. 그러자 나졸 중 한 명이 몽둥이로 뒷덜미를 내리쳤다. 강한 충격을 받은 조유경은 그대로 기절해 버리고 말았다.

"정신이 좀 드느냐?"

익숙한 아버지의 목소리에 조유경은 간신히 눈을 떴다. 며칠 동안 갇혀 있던 감옥 안이라는 사실을 깨달은 조유경은 아버지가 머리맡에 앉아 있는 것을 보고는 어리둥절해했다. 그러자 아버지가 쓴웃음을 지었다.

"원하는 대로 자백을 했다. 대신 오늘 밤은 같이 있겠다고 했더니 부탁을 들어주더구나."

그게 무슨 뜻인지 안 조유경은 왈칵 눈물을 쏟았다.

"아버지, 참으로 면목이 없습니다."

"입은 관문과 같으니 늘 입조심을 해야 한다고 일렀거늘, 네가 친구들을 믿고 너무나 허물없이 얘기했구나. 이 일로 우리 집안이 몰락의 길을 걷게 되었으니 이를 어찌할꼬."

"참으로, 참으로 원통하옵니다. 소자는 그런 얘기를 한 적이 없습니다."

"그런 얘기를 했는지 안 했는지는 그다지 중요하지 않다."

"그게 무슨 뜻입니까?"

"전하께서 나를 내치기로 마음먹은 게지."

"내치다니요? 아버님이 전하를 호종하신 지가 수십 년입니다. 게다가 박포의 난 때는 화살까지 대신 맞지 않으셨습니까."

조유경의 말에 아버지는 긴 한숨과 함께 대답했다.

"사냥이 끝나면 사냥개는 솥에 들어가야 할 운명이란다."

"토사구팽이라는 말씀입니까?"

"주상이 지금의 자리에 오르기까지 얼마나 많은 피를 흘렸는지 너도 잘 알지 않느냐. 이제 왕위에 올랐으니 필요 없어진 게지."

"말도 안 됩니다."

"권력은 말이 안 되는 법이 없느니라. 내가 너에게 그놈들과 너무 가깝게 지내지 말라고 했던 말 기억하느냐?"

조유경이 고개를 끄덕거리자 아버지가 고개를 돌려 감옥 밖의 달을 바라봤다.

"너는 그들을 진심으로 대했을지 모르지만, 저들에게는 오히려 질투만 불러일으켰을 것이다. 그러던 중에 네가 경솔하게 얘기를 했으니 속으로 얼마나 기뻐했겠느냐."

"그자들은 그렇다 쳐도 김매읍동까지 배신할 줄은 몰랐습니다."

"아마 우리 재산이 탐났겠지."

"재산이라니요?"

"역모를 저지른 자의 재산은 고발한 자들에게 주어진다. 김매읍동도 우리를 고발했으니 한몫 챙길 것이다. 게다가 노비 신세도 벗어날 수 있으니 하늘이 내려 준 기회라고 생각했겠지."

비로소 주변 사람들이 왜 자신을 배신했는지 이유를 알게 된 조유경은 크게 낙담했다. 자신의 경솔함이 집안을 멸문으로 이끈 단초가 된 것이다.

"이 혓바닥을 잘라 버리고 싶은 심정입니다."

"이미 지난 일이다."

체념한 아버지의 모습을 본 조유경의 가슴은 찢어질 것만 같았다. 그때 어둠 속에서 인기척이 들려오면서 희미한 등불이 다가왔다. 조유경은 흠칫 놀랐지만, 아버지는 마치 기다렸다는 듯 그쪽을 바라봤다. 감옥의 문 앞까지 온 등불 뒤로 관복 차림의 늙은 사내가 보였다. 등불을 내려놓은 구사丘史가[19] 인사를 하고는 뒷걸음질로 멀리 물러났다. 등불 앞으로 바짝 다가간 아버지가 찾아온 관리에게 말을 건넸다.

"어서 오게, 도승지都承旨[20]."

"어인 일로 나를 찾으셨는가?"

헛기침을 한 도승지의 물음에 아버지가 낮게 웃었다.

"전하께 아뢸 말이 있어서 청하였네."

"죄인의 몸으로 어찌 사사로이 전하를 입에 담는가?"

도승지의 엄한 목소리에 아버지의 목소리도 높아졌다.

"이 몸이 죄가 없음은 전하도 알고, 나도 알고, 자네도 알고 있지 않은가? 단지 나를 죽여서 외척들과 공신들이 발호하지

---

19 관리들이 부리는 공노비.
20 조선 시대 임금의 비서실 격인 승정원의 우두머리.

36

않게 하려고 오늘의 이 옥사가 있음은 잘 알고 있네."

정곡을 찌르는 아버지의 말에 도승지가 불편함이 가득 담긴 헛기침으로 응수했다.

"그리 잘 아시면 곱게 죽는 게 신하 된 자의 도리 아니겠는가."

"맞네. 한미한 집안에서 태어나 전하의 총애를 받아서 한평생 잘살았지. 생각지도 못한 부귀영화를 누려 보고, 잠깐이지만 판서의 자리에도 올랐으니까 말이야. 하지만 저 아이……."

조유경은 아버지가 자신을 가리키자 저도 모르게 움찔했다.

"저 아이는 아무것도 모르네. 보다시피 병약하고 순진한 아이지. 저 아이만 살려 준다면 전하가 원하시는 대로 곱게 죄인의 몸이 되어 형장의 이슬로 사라지겠다고 전해 주게."

단호하지만 간절한 아버지의 말에 도승지가 낮게 혀를 찼다.

"받아들일 수 없다는 걸 자네도 알고 있지 않은가?"

"물론이지. 역적 집안의 사내는 살아남을 수 없다는 거 말이야. 하지만 전하는 내게 빚이 있으시네."

"빚이라니?"

도승지의 물음에 아버지는 잠자코 저고리를 벗어서 한쪽 어깨를 드러냈다.

"어깨의 상처가 보이는가? 박포의 난 때 회안군懷安君[21]의 아들 의령군義寧君[22]이 전하를 노리고 쏜 화살을 대신 맞은 상처일

---

21 이성계의 넷째 아들로 제2차 왕자의 난을 일으켰다가 이방원에게 패배해서 유배를 떠났다.

22 본명은 이맹종으로 활을 잘 쐈다고 전해진다.

세. 그때 전하가 나를 끌어안고는 목숨을 빚졌으니 언제든 갚겠노라 하셨네. 전하께 내 말을 전해 주게. 그 빚을 갚아 달라고 말이야."

"그런다고 자네 아들이 살아날 성싶은가? 설사 살아난다고 해도 멀리 지방의 관노로 끌려가서 평생을 살아야 할 걸세. 자네 아들이 그런 삶을 견딜 수 있을 것 같은가?"

심중을 찌르는 도승지의 물음에 아버지는 조유경을 잠깐 돌아봤다. 그러고는 긴 한숨과 함께 대답했다.

"죽는 것보다야 낫겠지. 어쨌든 결정은 전하께서 하시겠지만 내 말을 꼭 좀 전해 주게."

아버지의 얘기를 들은 도승지는 아무 대답도 없이 돌아섰다. 그러자 어둠 속에 있던 구사가 뛰어나와서는 얼른 등불을 들고 뒤따라갔다. 어둠 속으로 사라진 도승지의 뒷모습을 응시하던 아버지가 조유경을 바라봤다.

"아마도 넌 살아남을 게다."

아버지의 얘기에 북받쳐 오는 감정을 이기지 못한 조유경이 엎드려서 눈물을 보였다.

"집안을 망치고 아버지를 죽인 죄인이 살아서 무엇 합니까? 차라리 아버지와 함께 저승으로 가겠습니다."

"사람이 죽고 사는 건 하늘에 달린 법. 죽지 않고 사는 것도 용기가 필요한 법이다."

"분하고 억울합니다. 저는 진심으로 저들을 대해 줬거늘, 어찌 이렇게 배신을……."

가증스러운 배신자들인 황덕중, 김온, 손중극, 권주혁, 이신호에 김매읍동, 그리고 자신을 안심시켜 놓고는 의금부에 고발한 석란과 그 아버지 석환진 대감까지 한 명 한 명의 얼굴이 스쳐 지나갔다. 주먹을 쥔 채 흐느껴 우는 조유경에게 아버지가 말했다.

"내가 해 줄 수 있는 건 여기까지다. 미안하다, 아들아."

이후의 일은 아버지의 말대로 돌아갔다. 전 병조판서 조진용은 역모를 자백하고 군기시軍器寺[23] 앞에서 거열형에 처해졌다. 같이 처형하라는 어명이 내려졌던 조유경은 곧 평안도의 관노로 가는 것으로 처벌이 낮춰졌다. 의금부 제조가 불러 주는 어명은 귀에 들어오지도 않았다. 자신의 섣부른 실수가 아버지는 물론 집안을 몰락시켰다는 죄책감 때문이었다. 매질을 당한 정강이가 부었기 때문에 출발은 며칠 미뤄졌다. 그 며칠 사이에 조유경은 마치 벙어리처럼 아무 말도 할 수 없었다. 그렇게 며칠이 지난 뒤, 나졸들이 옥문을 열고 그를 밖으로 끌어냈다. 코를 싸쥔 나졸들이 그를 뒤쪽의 우물가로 데려가서는 깨끗이 씻기고 새 옷을 줬다. 아무 말 없이 새 옷을 입고 짚신을 신은 그에게 나졸들이 수군거렸다.

"저승 문턱까지 갔다 와서도 멀끔하군."

"누가 아니래? 예쁜 낭자가 옷까지 챙겨 주고 팔자가 폈군."

---

23 조선 시대 병기를 제조하던 관청으로 지금의 서울시민청 자리에 있었다.

한참 낄낄거리던 나졸들은 조유경을 끌고 의금부 밖으로 나왔다. 거리는 달라진 게 하나도 없었다. 등짐을 지고 바삐 오가는 보부상과 행인들 사이로 여름 햇볕이 내리쬐는 중이었다. 너무도 평온한 거리를 둘러보던 그의 눈에 나무 뒤에 반쯤 몸을 가린 채 너울羅㫱[24]을 쓴 여인이 들어왔다. 누군지 알아볼 수 없는 차림이었지만 그는 대번에 짐작이 갔다. 반가운 마음에 미움이 잠시나마 사그라졌다. 나졸들은 조유경을 평안도의 경재소京在所[25]로 데려다 놓고는 돌아갔다. 붉은색 발립을 쓴 경저리京邸吏[26]가 조유경을 위아래로 훑어봤다.

"생긴 걸 보아하니 힘을 쓸 것 같지는 않군. 노비가 하나 생겼다고 좋아했는데 이런 약골을 보냈어."

경저리의 험한 얘기를 들으면서 조유경은 비로소 노비라는 자신의 새로운 신분을 뼈저리게 느꼈다.

◆━◆━◆

어둠이 내리고 성문을 닫는 인정人定[27]의 종이 울렸다. 길가

---

24 조선 초기 궁중과 사대부 여인들이 썼던 외출용 쓰개류로 갓에 천을 늘어뜨린 형태다.

25 조선 시대 지방관청에서 한양에 둔 일종의 연락 사무소로 공물의 운반과 노비의 차출 같은 일을 맡았다.

26 경재소에 파견된 지방관청의 아전.

27 조선 시대 한양의 종을 스물여덟 번 쳐서 성문을 닫고 통행금지를 알리던 것.

의 사람들은 종적을 감췄지만, 성균관 옆에 있는 반촌은 오히려 등불을 내걸고 사람들이 분주히 오갔다. 야경꾼이 함부로 들어올 수 없는 곳이라 밤새 술을 마시고 싶은 한량이나 성균관의 유생들이 드나들었기 때문이다. 그런 반촌에서도 구석에 있는 작은 초가집에 유생들이 하나둘씩 모여들었다. 마지막으로는 평복 차림의 김매읍동이 주변을 살피고는 안으로 들어갔다. 부엌이 딸린 방에 모인 유생들은 나중에 들어온 사내를 보고는 눈살을 찌푸렸다. 그러자 김매읍동이 능글맞게 웃었다.

"소인이 오지 못할 곳에라도 온 겁니까?"

그러자 성미 급한 손중극이 발끈했다.

"천한 상것 주제에 어디 얼굴을 들이미느냐!"

황덕중이 그런 손중극을 뜯어말렸다.

"내가 불렀으니까 진정하게."

"어쩌다 저런 놈과 엮이시는 겁니까, 형님?"

손중극이 여전히 목소리를 높이자 김온이 나섰다.

"저자와 엮이지 않았으면 일이 이렇게 쉽게 풀리지 않았을 거야. 기분은 기분이고 일은 일이니까, 진정하게."

모임의 주동자 둘이 나서자 손중극도 더 이상 목소리를 높이지 못했다. 분위기가 누그러지자 김온이 김매읍동에게 말했다.

"자네는 거기 아래 자리를 펴고 듣게."

"그러지요."

김매읍동이 자리를 잡고 앉자 황덕중이 입을 열었다.

"일이 잘 마무리되어서 모이라고 했네. 다들 잘 참아 줬어."

"이제 약속대로 한밑천 받는 겁니까?"

손중극이 신이 난 목소리로 말하자 권주혁이 눈살을 찌푸렸다.

"한밑천이라니, 말이 지나치네."

"또 잘난 척하네. 그럼 빠지든가!"

손중극의 비아냥거림에 뭐라 대꾸하려던 권주혁은 입을 다물고 말았다. 김온이 소매에서 봉투 몇 개를 꺼냈다.

"역모를 고변한 공로로 몰수된 재산을 나눠 가질 수 있게 되었네. 나와 덕중이 형님이 상의해서 나눈 거니까 아무 소리 말고 챙겨 가게."

각자 이름이 적힌 봉투를 건네받고는 안에 든 종이를 꺼내 들었다. 권주혁과 이신호는 별다른 반응이 없었지만, 손중극은 눈살을 찌푸렸다.

"생각보다 적은데요?"

그러자 황덕중이 혀를 찼다.

"적당히 욕심부리게. 나와 온이가 아니었으면 평생 가 봐야 만져 보지도 못할 거 아닌가."

"이거 왜 이러십니까? 제가 지금이라도 확 불어 버리면……."

손중극이 으름장을 놓았지만, 황덕중은 눈 하나 깜짝하지 않았고 김온은 차갑게 쏘아붙였다.

"거짓으로 역모를 고변한 죄는 역모에 준하는 죄로 처벌받아. 죽을 배짱 있으면 해 보든가."

"거참, 농담도 못 합니까?"

분위기가 불리하게 돌아가자 손중극은 얼른 꼬리를 내렸다.

김온의 시선은 구석에 조용히 앉아 있는 이신호에게 향했다.

"그리고 너도 입조심해."

"내가 뭘 어쨌다고?"

이신호가 불만스러운 얼굴로 응수했다. 그러자 김온이 차가운 눈빛으로 일행을 쏘아봤다.

"어차피 우린 한배를 탄 몸이야. 사실이 밝혀지는 순간 우린 돈에 눈이 어두워서 친구를 배신한 자로 평생 손가락질을 받게 된단 말이야."

침울한 표정으로 구석에 앉은 이신호부터 신이 난 표정으로 마당에 앉아 있는 김매읍동까지 한 명씩 찬찬히 뜯어본 김온이 덧붙였다.

"그러니까 이 일은 무덤까지 안고 가야 해."

분위기가 착 가라앉자 황덕중이 나섰다.

"자자, 너무 긴장들 하지 말게. 고비를 잘 넘겼으니까 앞으로도 잘할 수 있을 거야. 그나저나 여기 모인 이유가 하나 더 있어."

"뭡니까?"

봉투를 품속에 챙긴 권주혁의 물음에 황덕중이 조심스럽게 입을 열었다.

"평안도로 간 그놈 말이야."

그 일 이후 그들 사이에서 조유경의 이름은 오르내리지 않았다. 그놈이나 그 녀석, 혹은 역적이라는 말로 대체되었다. 따라서 그놈이라는 말이 나오자 다들 누구 얘기인지 짐작했다. 마당에 앉아 있던 김매읍동이 끼어들었다.

"북도는 춥고 황량한 곳이라 사민徙民[28]을 간 사람들도 열에 한둘만 남고 죽는답니다. 곱게 자라서 올겨울을 못 넘길 겁니다."

김매읍동의 얘기를 들은 황덕중이 김온을 바라봤다. 김온이 가볍게 고개를 저었다.

"만에 하나 주상 전하의 마음이 바뀌어서 죄를 사면한다면 일이 골치 아파집니다. 쇠뿔은 단김에 빼야죠."

"나도 신경이 쓰이긴 하네. 손쓸 방법이 있겠는가?"

"제 셋째 작은아버지가 평안도 도절제사로 있습니다."

"그렇다고 들었네."

"서찰을 한 통 써서 보내 볼까 합니다."

"그놈을 처리하라고 말인가?"

황덕중의 물음에 김온이 고개를 끄덕거렸다.

"제가 부탁하면 쾌히 들어주실 겁니다."

"서찰과 함께 보낼 선물은 내가 준비하겠네."

두 사람의 대화를 들은 김매읍동이 혀를 찼다.

"아이고, 배운 분들이라 그런지 피도 눈물도 없습니다그려. 이런 사람들인 줄도 모르고 때마다 좋은 술에 음식까지 갖다 바쳤으니……."

김온이 노려보자 찔끔한 김매읍동이 봉투를 챙기면서 일어

---

28 조선 초기에서 중기까지 남쪽의 백성들을 북쪽으로 이주시켰던 정책이다.

났다.

"아무래도 소인이 오래 있을 만한 곳은 아니네요. 이만 일어나 보겠습니다."

김매읍동이 대문 밖으로 사라지자 이신호가 참았던 한숨을 내쉬었다.

"우리 정말 이래도 될까?"

"이러지 않으면? 평생 그놈 기분이나 맞춰 주고 살 거야?"

손중극의 이죽거림에 이신호가 고개를 저었다.

"아무리 생각해도 이건 아닌 것 같아."

분위기가 싸늘해지자 김온이 나섰다.

"맞아. 우린 사람이 아니야. 다른 유생들이 우릴 가난하고 무식하다고 비웃고 손가락질할 때 그 녀석만큼은 우리와 어울렸지. 속내를 털어놓을 만큼 마음도 열었고 말이야. 하지만 우린 그자를 역모로 고변했고, 몰수된 재산을 나눠 가졌어. 추국청에서 다들 그 녀석의 얼굴을 보지 않으려고 했지. 하지만 말이야, 중간에 사실대로 얘기할 기회는 얼마든지 있었어. 그런데 아무도 입도 뻥긋하지 않고 여기까지 왔어. 그러니까 이제 와서 죄책감 같은 건 느끼지 말잔 말이야. 우린 사람이 아니라 친구를 배신한 괴물들이니까. 그러니 앞으로도 괴물답게 살면 되는 거고 말이야."

김온의 냉소에 이신호가 한마디 툭 내뱉었다.

"성균관을 그만두고 고향으로 내려가겠네."

"그러든지 말든지 상관치 않겠네. 대신 봉투는 챙기고 입은 다물게나."

김온의 대답이 끝나기가 무섭게 이신호가 밖으로 뛰쳐나가서는 마당 한구석에서 구역질을 했다. 그런 이신호를 바라보는 그들의 시선 위로 별빛이 내려앉았다. 황덕중이 그런 일행들에게 못을 박듯 얘기했다.

"다음 달이면 과거가 있네. 다들 정신 바짝 차리고 공부하게."

북쪽으로 가는 길은 더없이 험했다. 여름이라 추위를 겪지 않았던 것이 그나마 다행이었다. 일을 마친 선상노選上奴[29]들과 함께 평안도로 간 조유경은 난생처음 꽁보리로 만든 주먹밥을 먹고, 봉놋방[30]에서 잠을 잤다. 봉놋방이 없으면 마구간이나 창고 옆에 있는 토방土房[31]에서 잠을 청했다. 길을 가는 동안에도 조유경은 말을 하지 않았다. 다른 노비들이 그의 과거에 대해서 수군거리는 것도 못 들은 척했다. 그저 아버지의 간절한 뜻대로 살아남는 것이 우선이었다.

북쪽으로 올라갈수록 여름임에도 날씨가 쌀쌀해졌다. 목적지인 평안도 강계에 도착한 것은 한양을 떠난 지 거의 한 달 만

---

29 지방관청에 속한 공노비들이 번갈아 가며 한양으로 올라가서 일하던 것을 지칭함.
30 주막이나 역에서 여러 사람이 함께 어울려서 자는 큰 방.
31 바닥이 흙으로 된 방으로 머슴방이라고도 불린다.

이었다. 그렇게 오래 걸어 본 적이 없고, 한양에서 멀리 벗어나 본 적이 없었던 조유경에게는 낯설고 고통스러운 길이었다. 전쟁의 기운이 물씬 풍기는 강계는 거칠고 험했다. 성벽에는 창과 무기를 든 병사들이 줄지어 서 있었고, 거리에서는 결박당한 여진족들이 어디론가 끌려가고 있었다. 그 여진족들 뒤로는 그들에게 가족을 잃은 사람들이 쫓아가면서 악다구니를 퍼붓는 중이었다. 다들 죽음에 지치고 신경이 곤두선 것 같았다.

성안에는 한양에서는 보기 힘든 가마니로 만든 움막들이 보였다. 그 앞에는 벌거벗은 아이들이 진흙탕에서 뒹굴었다. 낯선 풍경을 뒤로한 채 그가 끌려간 곳은 평안도 도절제사가 있는 병영이었다. 살벌한 분위기가 물씬 풍기는 병영으로 들어가자 군관 한 명이 그를 데리고 어디론가 향했다. 담장에 접한 감옥으로 향하는 것을 본 조유경은 의아했지만 입을 열 분위기는 아니었다. 다행히 군관이 그를 데려간 곳은 감옥 옆에 있는 작은 오두막 앞이었다. 군관이 턱으로 오두막을 가리켰다.

"저기로 들어가라."

"예."

어설프게 고개를 숙인 조유경은 군관의 시선을 뒤로한 채 오두막 안으로 들어갔다. 삐걱거리는 문을 열고 들어서자 안에 있던 사내들이 그를 바라봤다. 하나같이 험상궂은 외모여서 조유경은 저도 모르게 움찔하고 말았다. 탁자 주변에 앉아 있는 사내는 모두 네 명이었다. 그중 가장 덩치가 크고 수염이 덥수룩한 남자가 그를 바라보면서 입을 열었다.

"이 허여멀쑥하게 생긴 핏덩이는 또 뭐야?"

"여, 여기로 오라고 해서 왔습니다. 새로 온 관노입니다."

"관노? 생긴 건 양반 끄나풀 같은데 억수로 운이 없군."

수염 난 사내의 말에 다른 사내들이 박장대소했다. 뭐가 어떻게 돌아가는지 영문을 알 수 없어 멀뚱히 서 있는 조유경에게 허연 수염이 난 사내가 말했다.

"좀 있으면 누가 온다고 했으니까 저쪽에 가서 앉아."

조유경이 시키는 대로 잠자코 구석에 가서 의자에 앉자 허연 수염이 난 사내가 흥미로운 시선으로 바라봤다. 50대 정도되어 보였는데 수염과 머리가 군데군데 허옇고 덩치가 그다지 크지는 않았다. 머리에는 누런 두건을 썼는데 그가 다른 사내들의 우두머리 노릇을 하는 것 같았다.

"이왕 이렇게 된 거 통성명이나 하지. 내 이름은 김거리차리라고 한다."

"조, 조유경이라고 합니다."

그의 이름을 들은 사내들이 의미심장한 눈으로 바라봤다. 김거리차리가 맨 처음 입을 열었던 덩치 큰 사내의 어깨에 손을 올렸다.

"이 친구는 황숙림이라고 하지. 그 옆에 있는 삐삐 마르고 굵은 눈썹을 한 친구는 방장생이고, 이쪽 내 옆에 있는 대머리는 가질동이라네."

그러자 대머리라고 불린 가질동이 벌컥 성질을 부렸다.

"대머리 아니라니까요, 형님."

"뒤에 조금 남은 거 가지고는 상투도 못 틀잖아."

김거리차리의 말에 다들 배를 잡고 웃었다. 조유경은 어떻게 돌아가는지 영문을 알 수 없었다. 강계에 도착하면 관청으로 가서 일하게 될 줄 알았는데 병영에 끌려온 것도 그렇고, 이 이상한 사내들과 함께 있게 된 연유도 궁금했다. 김거리차리 일당의 말투나 외모를 보면 평범한 사람들이 아니었기에 더 그랬다. 의문은 잠시 후, 아까 그를 이곳으로 데려온 군관이 들어서면서 잠시 접혔다. 뒤따라 들어온 병사들이 오두막 안을 가득 메운 가운데 군관이 그들에게 다가왔다.

"내일 출발하는 것으로 결정되었다."

그러자 김거리차리가 물었다.

"어디까지 가서 살펴보면 됩니까, 군관 나리?"

군관이 옆구리에 끼고 온 두루마리를 탁자에 펼쳤다. 두루마리는 압록강 건너편 주변 지도였다.

"여진족 안내인을 붙여 줄 테니까 파저강婆猪江[32] 인근을 샅샅이 뒤져 보아라. 특히 이곳 관애보와 토둔부락, 팔리수 쪽의 부락으로 가는 길들을 파악하도록. 여진족 안내인을 붙일 것이니 허튼짓할 생각은 말거라."

"파저강 인근을 살펴보라는 얘기군요."

"지금까지 우리 쪽 사절은 물론 체탐인體探人[33]들도 한 번도

----

32 오늘날의 동가강으로 조선과 사이가 나빴던 이만주의 세력이 거주하던 곳이다.
33 조선 초기 강을 건너서 여진족의 동태를 살피는 일을 했던 사람들.

가 본 적이 없는 곳이다. 여진족 안내인도 팔리수 남쪽 예토부락까지만 가 봤지."

"가서 뭘 살펴보면 됩니까?"

"길이 어디로 통하는지, 산은 얼마나 험한지 알아보거라. 마을은 어디 어디에 있고 얼마나 모여 사는지, 소와 말은 얼마나 있는지, 장정들은 몇이나 있는지 살펴봐라. 특히 이만주의 거처가 어디인지 알아내야 한다."

군관은 파저강이라고 적힌 강 주변을 손가락으로 짚어 가면서 얘기했다. 그러자 김거리차리가 의미심장한 목소리로 물었다.

"원하는 대로 해 주면 약속은 꼭 지키시구려."

"도절제사 어르신께서 왕명을 받아서 진행하는 일이다. 그런 걱정은 접어 두고 체탐이나 잘해 오너라."

"적진에 들어가려면 무기가 있어야 합니다."

"강에 도착하면 무기를 건네주겠다. 너희에게 먼저 무기를 주지 말라는 명이 계셨다."

"알겠습니다."

얘기를 끝낸 군관이 두루마리를 챙겨서 나가려고 하자 김거리차리가 물었다.

"그런데 저 관노도 데려가는 겁니까?"

"도절제사 어르신의 지시니까 잔말 말고 따라라."

"연유가 궁금했을 뿐입니다. 알겠습니다."

군관이 밖으로 사라지자 김거리차리 일당은 조금 전까지 보인 거칠고 느슨한 분위기와는 달리 눈빛을 바꾸고 탁자로 모여

들었다. 김거리차리가 낮은 목소리로 말했다.

"두 가지 방법이 있다. 하나는 무기를 받고 강을 건너자마자 원래 계획대로 도망치는 거고, 다른 하나는 시키는 대로 파저강 유역을 돌아본 후에 돌아와서 약속한 대로 사면을 받는 거지."

김거리차리의 얘기가 끝나자마자 대머리 가질동이 입에서 침을 튀겨 가며 입을 열었다.

"저놈들 말을 믿을 수 있겠습니까? 그냥 요동으로 튑시다, 형님."

"조선에 계속 드나들려면 이번에 사면을 받는 게 낫지 않겠습니까?"

방장생의 말에 황숙림도 같은 생각이라는 듯 고개를 끄덕거리면서 낮은 목소리로 덧붙였다.

"그걸 처리하려면 장사치들과도 만나야 하는데 깨끗하게 털고 가는 것이 좋겠습니다."

"찜찜하긴 한데."

부하들의 의견이 나뉘자 김거리차리는 인상을 찌푸리면서 중얼거렸다. 상황이 어떻게 돌아가는지 영문을 모르는 조유경이 조심스럽게 물었다.

"대체 어딜 간다는 얘깁니까?"

"우린 파저강으로 간다."

"거, 거길 왜 가는데요?"

조유경의 반문에 다들 배를 잡고 웃었다. 황숙림이 김거리차리를 보면서 말했다.

"저 애송이를 진짜 데리고 가야 하는 거요?"

"일단은 시키는 대로 해야지."

그러자 벌떡 일어나 조유경에게 다가온 황숙림이 누런 이빨을 드러내며 쏘아붙였다.

"왜 여기에 끼게 되었는지 모르겠지만 방해했다가는 국물도 없을 줄 알아."

겁에 질린 조유경이 아무 말도 하지 못하자 김거리차리가 의자에서 일어나면서 그에게 다가왔다.

"우린 체탐을 하러 가는 거다."

"체탐이요?"

"그래. 여긴 원래 여진족들이 사는 땅이었는데 조선이 야금 야금 밀고 올라와서 빼앗았어. 그 때문에 여진족들과 자주 싸움이 벌어지지. 그래서 저들이 언제 쳐들어오는지 알아보기 위해서 강 너머로 병사들을 보내 알아보는 거다."

"강을 건넌다는 게 그런 의미군요."

"맞아. 문제는 여진족 땅에 들어갔다 나오는 거라 적지 않은 체탐군이 죽거나 실종된다는 거지. 그래서 우리같이 죽어도 아깝지 않은 사형수들을 보내기로 한 거야."

"사, 사형수들이요?"

놀란 조유경이 눈을 부릅뜨자 사내들이 배를 잡고 웃었다. 김거리차리가 껄껄거리면서 말했다.

"그래. 여진족 땅에 들어가서 체탐을 해 오면 죄를 없애 주는 조건으로 가게 된 거지."

"뭐라고요?"

청천벽력 같은 소리를 들은 조유경은 할 말을 잃었다. 가까스로 정신을 차린 그가 말했다.

"하지만 전 죄인도 아니고 그저 관노일 뿐입니다."

"우리도 그게 이상하긴 해. 생김새와 말투를 보아하니 사람은커녕 파리 한 마리 죽이지 못한 것 같은데 말이야."

한양에서 멀리 영흥까지 오게 된 사연도 기구한데, 오자마자 사형수들과 함께 여진족의 땅으로 가야 한다는 사실이 믿기지 않았다. 낙담한 그의 어깨를 김거리차리가 토닥거렸다.

"이것도 팔자라고 생각해라."

"그래야겠죠. 남 탓을 할 수 없으니까요."

체념과 낙담에 젖은 조유경은 멍하니 앉아 있었다. 어디로 가야 할지 한참 동안 얘기를 나누던 김거리차리 일당도 얼마 후 불을 끄고 각자 잠을 청했다. 가마니 위에 누운 조유경도 잠을 청했지만 쉽사리 눈을 붙일 수가 없었다. 그러다가 새벽에 겨우 잠이 들었다가 누군가 두들겨 깨우는 바람에 눈을 떴다. 잠결에 밖으로 끌려 나가자 어제 봤던 군관이 병사들과 함께 그들의 손에 쇠사슬을 채웠다. 조유경은 군관에게 다가가 물었다.

"나리, 소인은 관노로 왔는데 어찌 체탐인으로 가게 된 겁니까?"

그러자 군관은 귀찮다는 표정으로 대꾸했다.

"노비 주제에 말이 많구나."

"소인은 칼을 잡아 본 적도 없고, 체탐을 해 본 적도 없습니다."

조유경이 목소리를 높이자 군관이 그를 주먹으로 후려쳤다. 한 대 얻어맞고 쓰러진 그에게 군관이 신경질적으로 내뱉었다.

"감히 누구 앞에서 목소리를 높이는 게냐? 죽고 싶어서 환장했구나."

자세히 알 수는 없지만 복잡한 사정이 있다고 짐작한 조유경은 입을 꾹 다물었다. 군관이 발을 떼자 김거리차리가 다가와 일으켜 세웠다.

"쓸데없이 힘 빼지 말고 일단 따라와."

병사들에게 둘러싸인 조유경과 김거리차리 일당은 북쪽으로 향했다. 온종일 걸어서 도착한 곳은 압록강이 코앞에 보이는 만포구자滿浦口子[34]였다.

나무와 흙으로 만든 작은 구자는 100여 명 정도의 병사들이 압록강을 지키고 있었다. 구자 안으로 들어간 김거리차리 무리와 조유경은 구석의 통나무로 울타리를 두른 감옥에 갇혀서 하룻밤을 보냈다. 밤이 되자 압록강 너머에서 늑대 우는 소리가 건너왔다. 구자의 성벽 위에서는 횃불을 든 병사들이 순찰을 돌면서 주변을 살폈다. 가슴의 두근거림이 그치지 않아서 눈을 붙이지 못하는 조유경과 달리 김거리차리 일당은 코까지 골면서 잘만 잤다.

감옥의 문이 제대로 닫혀 있지 않다는 걸 느낀 것은 그때였

---

34 자강도 만포시의 옛 이름. 구자는 조선 시대 전방 군사시설을 뜻한다.

다. 겉으로 보기에는 쇠사슬을 채워 놓긴 했지만 대충 걸쳐 놓은 상태라 손으로 밀면 문이 열릴 것 같았다. 병사들이 순찰을 돌고 있긴 하지만 시간이 좀 걸려서 그 틈을 타면 구자를 벗어날 수 있을 것 같았다. 한참 동안 고민을 하던 조유경은 조심스럽게 문 쪽으로 다가갔다. 잘하면 도망칠 수 있을 것 같다는 생각이 든 것이다. 문 앞에 쪼그리고 앉은 그는 마음속으로 생각했다.

'아버지가 어떻게 살려 주셨는데, 이렇게 죽을 수는 없어.'

한 달 동안이나 걸려서 이곳에 오는 내내 곱씹었던 것은 믿었던 사람들에 대한 복수심이었다. 어떻게든 살아남아서 복수해야겠다는 마음이 그를 움직였다. 마지막으로 주변을 둘러본 조유경은 조심스럽게 감옥의 문에 손을 댔다. 그때 뒤쪽에서 묵직한 목소리가 들려왔다.

"가지 마라. 함정이야."

고개를 돌린 그는 상반신을 일으킨 김거리차리와 눈이 마주쳤다. 길게 하품을 한 김거리차리가 어둠 속이라 잘 보이지 않는 구자의 문 쪽을 가리켰다.

"해가 떨어진 뒤부터 저쪽에 궁수 몇 놈이 진을 치고 있다. 여기서 문을 열고 나갈 기미를 보이면 당장 화살을 날릴 게다."

"함정이란 말입니까?"

"우린 어차피 사면을 약속받고 체탐인이 되기로 결정했다. 너만 여기 오자마자 끌려왔지."

김거리차리의 얘기를 들은 조유경은 조심스럽게 뒤로 물러났다. 그러면서 나지막하게 중얼거렸다.

"대체 누가 이런 짓을……."

"네가 죽으면 두 발 뻗고 잠을 잘 수 있는 누군가겠지. 그들을 기쁘게 해 주고 싶지 않으면 어설프게 굴지 마."

"저 너머로 간다고 해도 제가 살 수 있겠습니까?"

조유경은 늑대 울음소리가 들려오는 압록강 너머 쪽을 바라보면서 물었다. 그러자 김거리차리가 어깨를 으쓱거렸다.

"최소한 오늘은 안 죽잖아."

그 말을 곱씹은 조유경은 구석에 머리를 대고 누웠다. 그의 말대로 적어도 오늘만은 살고 싶었다.

다음 날 새벽, 김거리차리 일당과 조유경은 막대기로 울타리를 치는 소리에 깨어났다. 경번갑을 차려입은 군관 옆에는 가죽 털모자를 쓴 풍채 좋은 여진족이 서 있었다.

"움직일 시간이다. 빨리빨리 나와."

기지개를 켠 방장생이 군관 옆에 선 여진족을 보고 한마디했다.

"길잡이구먼."

"앞에 있는 보따리를 하나씩 짊어지고 밖으로 나간다."

조유경은 군관의 호령에 따라 다른 일행과 함께 짊어지게되어 있는 보따리를 건네받았다.

"보따리 안에는 열흘 치의 건량乾糧[35]과 물, 짚신 한 축씩이

---

35 길을 가면서 먹을 수 있게 만든 식량.

들어 있다.”

“무기는 언제 주십니까?”

김거리차리의 물음에 군관이 턱짓으로 구자의 문을 가리켰다.

“강가에서 준다.”

“그럼 어서 갑시다.”

김거리차리가 앞장서자 뒤로 부하들이 따라갔고, 조유경은 제일 뒤를 따랐다. 창을 든 병사들이 양쪽에 서서 강가까지 따라왔다. 경계로 나뉜 강이라 넓고 깊은 줄 알았는데 건너편 강둑이 보일 정도로 가까웠다. 조유경이 어리둥절해하자 김거리차리가 말했다.

“여름이라 물이 많이 줄었어. 게다가 여긴 강폭도 좁은 편이지. 그래서 구자를 세운 거고 말이야.”

강가에는 거적이 깔려 있고 그 위에 무기들이 놓여 있었다. 방장생이 제일 먼저 활과 화살을 집어 들었고, 황숙림은 여진족들이 쓰는 흰 칼을 챙겼다. 가질동은 도끼를 집었다. 김거리차리는 환도를 챙겼고, 조유경은 남은 무기인 짧은 환도를 잡았다. 군관이 건너편 강둑을 가리키면서 말했다.

“돌아올 때는 이곳으로 돌아온다. 밤에 건너오게 되면 군호를 외치면서 와야 적으로 오인받지 않을 거다. 군호는 용호와 대진이다.”

“알겠소이다.”

크게 고개를 끄덕거린 김거리차리가 앞장서서 강을 건넜다. 말이 없던 여진족 안내인이 군관과 잠깐 눈을 마주치고는 뒤따라 강을 건넜다. 조유경은 다른 사람들과 함께 강물에 발을 담 갔다. 여름치고는 차가운 강물에 흠칫 놀랐지만 다른 이들에게 뒤처지지 않으려고 기를 쓰고 발걸음을 떼었다. 강물은 깊은 곳도 허리를 조금 넘기는 정도였다. 겨우 건너편 강둑으로 올 라간 조유경은 숨을 돌리려고 했지만 다른 사람들은 바로 움직 였다. 지친 몸을 이끌고 뒤따라가던 조유경은 산을 하나 넘자 마자 뭔가에 걸려서 앞으로 나뒹굴고 말았다. 처음에는 나무뿌 리에 걸린 줄 알았지만, 발을 건 것은 황숙림이었다. 쓰러진 조 유경의 위에 올라탄 그가 흰 칼을 목에 갖다 댔다.

"형님, 멀리 갈 거 없이 여기서 그냥 처리해 버립시다."

그러자 앞장서 가던 일행이 모두 발걸음을 멈췄다. 여진족 안내인은 관심 없다는 표정으로 먼 산을 바라봤다. 팔짱을 낀 채 조유경을 내려다보던 김거리차리가 고개를 저었다.

"재수 없게 벌써부터 피를 볼 생각이야? 칼 거둬라."

"이 약골이 짐이 될 거라고 한 건 형님입니다."

"짐이 될 거 같으면 그때 없애."

짧게 얘기한 김거리차리가 돌아서서는 발걸음을 떼었다. 그 러자 황숙림이 칼을 거두면서 말했다.

"만약 뒤처질 기미가 보이거나 문제를 일으키면 목이 달아 날 줄 알아."

한숨 돌린 조유경은 바짝 긴장한 채 그들을 따라갔다. 여진 족들이 사는 땅은 거칠고 험했지만 자라는 풀과 나무는 조선 과 비슷했다. 하지만 빛이 들어오지 않을 정도로 울창한 숲 속은 길이 하나도 없었다. 그러나 여진족 안내인과 김거리차리는 쉽게 길을 찾았다. 한 번도 쉬지 않고 해가 뜰 때까지 산속에서 움직였다. 뒤처지면 죽을지도 모른다는 공포감에 겨우겨우 따라갔다. 더 이상은 어렵다고 생각할 즈음 앞장서 가던 여진족 안내인이 한쪽 손을 들고 발걸음을 멈췄다. 그러자 김거리차리와 부하들은 숲 속 여기저기에 흩어져서 쉬었다. 환도를 품에 안은 조유경도 나무를 등지고 앉았다. 좀 떨어진 곳에 앉은 김거리차리가 말했다.

"여기서 잠깐 숨을 돌린다. 다들 배 채우면서 쉬어."

얘기가 떨어지기 무섭게 다들 보따리를 풀어서 건량을 꺼냈다. 조유경도 보따리를 풀고 건량을 꺼냈다. 쌀과 잡곡을 빻아서 찧은 다음 떡처럼 둥글게 뭉쳐 놓은 것이다. 아무 맛도 나지 않았지만 배를 채우기 위해서는 먹어야만 했다. 정신없이 먹어치우고, 대나무 통에 든 물을 마시는데 뒤에서 김거리차리가 말했다.

"물을 많이 마시면 배가 아프고 금방 지친다. 그러니까 목을 축일 정도만 마셔."

"고맙습니다."

두 사람이 얘기를 나누는 걸 본 가질동이 말했다.

"꼭 아비가 자식 챙겨 주는 것 같습니다, 형님."

"잔소리 말고 이제 움직이자. 해 떨어지기 전에 안돌고개까지는 가야지."

그러자 좀 전까지 웃고 떠들던 부하들이 일사불란하게 움직였다. 순식간에 출발 준비를 마친 일행은 다시 움직였다. 북쪽으로 갈수록 산은 더 험해졌다. 거기에다가 길이 없는 곳만 일부러 골라 다니다 보니 몇 배나 더 힘이 들었다. 태어나서 한양밖을 나가 본 적이 별로 없고, 먼 거리를 걸어 본 적이 없던 조유경은 숨이 턱까지 차오를 정도로 힘이 들었지만 꾹 참고 걸었다. 해가 질 무렵까지 쉬지 않고 걷다가 구름이 걸쳐진 고개를 넘었다. 기진맥진한 조유경은 후들거리는 무릎을 이끌고 겨우 뒤따라갔다. 고개를 넘은 여진족 안내인은 낙엽이 쌓인 협곡 안으로 일행을 이끌었다. 그러다가 적당한 곳이라고 생각했는지 걸음을 멈췄다. 김거리차리가 부하들에게 말했다.

"오늘 밤은 여기서 잔다."

그러자 보따리를 내려놓은 부하들이 일사불란하게 움직였다. 방장생과 가질동은 근처에서 나무를 해 왔고, 황숙림은 낙엽을 모으고 땅을 팠다. 그리고 두 사람이 가져온 나무를 구덩이에 넣고 불을 지폈다. 김거리차리와 동산이라는 이름의 여진족 안내인은 땅에 나뭇가지로 그림을 그려 가면서 얘기를 주고받았다. 김거리차리가 능숙한 여진말을 하는 것을 본 조유경이 놀란 눈치를 보이자 가질동이 피식 웃었다.

"무식하게 보여도 중국말과 여진말은 아주 잘하시지."

"어디서 배운 건데요?"

"배우긴, 어릴 때부터 요동을 떠돌면서 익힌 거지."

다른 사람과는 달리 그나마 말이 통하는 것 같다고 느낀 조유경이 조심스럽게 물었다.

"그런데 어떤 일을 하다가 사형 판결을 받은 겁니까?"

"사람도 죽이고 불도 지르고 그랬지. 여기에서는 그런 건 빈번하게 벌어져."

"왜요?"

"여긴 겨울에는 코끝이 떨어져 나갈 정도로 추워. 어떤 곳은 5월에도 눈이 녹지 않는다고. 그런 곳에 어중이떠중이들을 끌고 와서 정착하라고 하니 난장판이 안 되는 게 이상하지. 추워서 농사는 안 되는데 여진족은 계속 쳐들어와서 장정들이 끌려가면, 남은 가족들은 그냥 손가락만 빨다가 굶어 죽는다고."

상상하지도 못했던 냉혹한 변방의 현실을 깨달은 조유경은 할 말을 잃었다. 따사로운 봄날 같았던 한양과는 달리 이곳은 삶과 죽음을 몽땅 집어삼키는 냉혹한 폭풍이 몰아닥치는 한겨울이었다. 조유경은 말없이 타오르는 모닥불을 바라봤다. 불과 몇 달 전까지만 해도 상상하지도 못했던 장소에서 다른 삶을 살고 있는 중이었다. 너울거리는 불빛을 물끄러미 바라보던 조유경에게 가족들의 얼굴이 떠올랐다. 그나마 작년에 어머니가 병으로 돌아가신 게 다행이라는 생각이 들었다. 그러는 사이 요동의 밤이 깊어져 갔다.

다음 날 새벽, 일찍 일어난 일행은 조용히 북쪽으로 향했다. 아무도 살 것 같지 않은 곳이었는데 북쪽으로 갈수록 인적이 보이기 시작했다. 협곡을 따라 흐르는 강가 주변이나 야트막한 산 중턱에 드문드문 오두막집이 눈에 띄었다. 집 주변에는 텃

밭이 있었는데 가끔 누군가 괭이로 밭을 가는 게 보였다.

"여진족이라면 날고기를 먹으면서 털가죽 옷을 입는 줄로만 알았는데 농사도 짓네요."

산속에 엎드려서 그 광경을 본 조유경의 말에 김거리차리가 씩 웃었다.

"농사를 짓는 게 사냥보다 안정적으로 끼닛거리를 구할 수 있으니까. 그리고 농사를 짓는 것은 여진족이 아니라 조선이나 명나라 출신 노예야."

"그걸 어떻게 아십니까?"

"여진족은 항상 머리 주변을 밀어 버리고 남은 머리를 길게 땋거든. 근데 저기 밭에 있는 사람은 상투를 틀었지 않나."

김거리차리의 설명을 들은 조유경은 다시금 오두막 앞에서 밭을 가는 사람을 바라봤다.

"여진족은 쇠를 다룰 줄 몰라서 농기구나 무기를 만들 쇠를 조선이나 명나라에서 구하곤 하지. 말이나 가죽 같은 것으로 바꾸면서 말이야. 그런데 두 나라 모두 여진족이 국경을 침략한다는 이유로 교역을 금지시켜 버렸지. 덕분에 그걸 얻기 위해서 여진족은 계속 노략질을 할 수밖에 없게 된 거야."

"노략질을 해서 필요한 걸 얻는다 이 말씀입니까?"

"그렇지. 게다가 조선이 자신들이 살던 땅을 빼앗았으니 가만있을 리 없잖아. 여긴 조선처럼 관청이나 임금이 없어. 오직 칼과 활이 지배하고 있지."

"지옥 같은 곳이군요."

조유경의 말에 김거리차리는 껄껄거렸다.

"그거야 너같이 있는 집 자식에게나 그렇지. 이런 곳이야말로 우리 같은 비렁뱅이들에게는 기회의 땅이나 다름없어."

"어째서 말입니까?"

"여진족에게는 쇠로 만든 농기구와 무기가 필요하지. 노략질을 해서 빼앗는다고는 하지만 원하는 만큼 얻을 수는 없어. 반면 명나라나 조선의 상인들은 그걸 구해 줄 수 있지. 대신 엄청 비싸게 부르지만, 어차피 여진족도 빼앗거나 훔친 물건으로 셈을 하니까 자기가 손해를 보는 것은 아니거든."

"하지만 나라에서 교역을 금지시켰다 하지 않았습니까?"

"오히려 비싸게 팔 수 있는 좋은 명분이 되지. 사람의 욕심은 국법 같은 것으로는 막을 수 없거든."

"그래도 나쁜 짓을 해서는 안 되지 않습니까?"

그의 물음에 김거리차리는 타오르는 모닥불을 보면서 대답했다.

"여기처럼 삶과 죽음의 경계가 흐릿한 곳에서는 죽는 게 나쁜 거고 사는 게 좋은 거야. 사람들은 살기 위해 모략과 이간질, 배신을 밥 먹듯이 하지. 살기 위해서 말이야."

묵직한 울림에 조유경은 할 말을 찾지 못했다. 지금껏 읽었던 책에서는 보지 못했던 생경한 풍경이자 모습이었기 때문이다. 그런 조유경에게 김거리차리가 덧붙였다.

"사람들은 누구나 필요한 게 있으면 사거나 훔치거나 힘을 앞세워서 빼앗곤 하지. 어떤 방법을 쓰는지가 다를 뿐이고 말이야."

그 얘기를 들으면서 조유경은 욕심을 감춘 채 자신과 친구처럼 지냈던 자들을 떠올렸다. 여진족들이 사는 곳을 빙 돌아서 가느라 시간이 더 걸렸다. 이틀 정도 더 북쪽으로 올라가자 주변 풍경이 서서히 변해 갔다. 산과 계곡은 더 험하고 가팔라졌고, 나무들은 점점 작아졌다. 그리고 남쪽으로 흐르는 강이 모습을 드러냈다. 여진족 안내인 동산이 팔리수라고 설명했다.

"저 강을 따라가면 파저강과 이어집니다."

"얼마나 더 가야 하지?"

김거리차리의 물음에 동산은 북쪽을 힐끔 쳐다보고는 대답했다.

"강을 따라가면 하루면 충분하지만, 산속으로 가야 하니까 이틀 정도는 잡아야 할 겁니다."

생각보다 시간이 오래 걸린다고 생각했는지 김거리차리가 얼굴을 찡그린 채 일행에게 돌아왔다. 그러자 황숙림이 슬쩍 말했다.

"그냥 여기서 저놈 없애고 요동으로 갑시다. 뭐 하러 개고생을 합니까?"

"조선에서는 이만주의 행방을 찾느라 혈안이 되어 있어. 만약 어디 있는지 알아낸다면 우린 마음 놓고 돌아다닐 수 있게 된다고."

김거리차리의 설득에 부하들은 파저강으로 향하기로 했다. 조유경도 그들의 뒤를 따랐다. 팔리수 근처에는 여진족 무리가 많이 모여 살았다. 나무를 둘러서 성곽처럼 만든 곳도 보였다. 그런 곳이 나타날 때마다 일행은 멈춰서 자세히 관찰했다. 살펴본 내용은 동산이 주머니에서 꺼낸 목간에 차곡차곡 정리했다. 그렇게 이틀을 더 북쪽으로 가자 팔리수보다 더 큰 강이 보였다.

"파저강이군요."

조유경이 중얼거리자 김거리차리가 고개를 끄덕거렸다.

"이만주가 사는 곳이지."

"그 사람이 대체 누군데 못 잡아서 안달입니까?"

"파저강에 근거지를 둔 여진족 건주위建州衛[36]의 추장이지. 조선에서는 아마 그가 여진족들을 선동해서 노략질을 한다고 믿는 모양이야."

"그러면 군대를 일으켜서 없애면 되지 않습니까?"

"그러고 싶겠지만 이만주는 명나라로부터 도지휘첨사都指揮僉事[37]라는 벼슬을 얻은 몸이라 쉽게 못 건드리지. 이씨 성도 할아버지가 명나라를 도와주고 받았고 말이야. 일단 위치라도 파악하고 싶은 모양이야. 그래야 대책을 세울 수 있으니까."

파저강 인근은 이전처럼 험한 산이나 계곡이 없고, 여진족들이 많이 모여 살고 있어서 낮에는 몸을 숨기고 밤에 움직여야만 했다. 여진족들의 마을 근처를 지날 때는 엎드린 채 내내

---

36 명나라가 여진족을 통치하기 위해 설치한 관청. 원래 위는 부대의 명칭이었다.
37 지휘관인 도지휘사를 보좌하는 벼슬이다.

기어가기도 했다. 그렇게 하루를 더 가자 다행히 몸을 숨길 만한 산들이 보였다. 사람 몸통만 한 굵기의 나무들이 울창한 숲을 이루고 있어서 낮에도 움직일 수 있었다. 다만 나무꾼을 비롯한 여진족들이 많이 돌아다녀서 다른 길로 돌아가거나 숨어 있느라 시간이 더 지체되었다. 높은 산으로 올라가서 여진족의 마을들을 살펴보고 동태를 엿봤다. 이정표도 없는 곳을 가야 했지만, 여진족 안내인의 능숙한 길 안내로 그나마 고생을 덜었다. 파저강을 따라 북쪽으로 갈수록 마을은 점점 더 커졌고, 여진족의 숫자도 늘어났다. 그렇게 이틀이 지나갈 무렵 파저강 중류에서 큰 여진족 부락을 발견했다. 맞은편 산자락에 엎드려서 살펴보던 조유경이 나지막한 탄성을 내뱉었다.

"맙소사!"

"왜 그래?"

김거리차리의 물음에 조유경이 손가락을 들어서 여진족 부락의 한가운데 걸린 깃발을 가리켰다.

"건주위 도지휘첨사 이만주라고 적혀 있어요."

"정말?"

놀란 김거리차리의 물음에 조유경이 고개를 끄덕거렸다.

"네. 분명해요."

"역시 양반이라 한문을 볼 줄 아는군."

김거리차리의 말에 방장생이 맞장구를 쳤다.

"이놈을 데려온 게 쓸모가 있었습니다요."

"그럼 저기에 이만주가 있겠군."

씩 웃은 김거리차리가 여진족 안내인 동산을 불렀다.

"여기가 어디쯤이지?"

"파저강 중간쯤에 자리한 토둔부락이 있는 관전평에서 위쪽으로 10리쯤 되는 곳입니다."

"여기에 이만주가 있을 만한 이유가 있나?"

"글쎄요. 워낙 의심이 많고 교활한 작자라 자주 거처를 옮기는 편입니다."

"어쨌든 이만주의 행방을 찾는 데는 성공했군."

조유경의 어깨를 토닥거려 준 김거리차리가 활짝 웃었다. 그리고 부하들을 돌아봤다.

"파저강까지 왔고 이만주도 찾았으니까, 이제 돌아가자."

체탐인 일행은 여진족 안내인이 앞장선 가운데 산을 넘어갔다. 꼭대기를 넘어가는데 앞쪽에 여진족 사냥꾼 한 무리가 불쑥 나타났다. 그동안 내내 조심하느라 방심했는지 아무도 그들을 발견하지 못했다. 사냥에서 돌아오는지 피가 뚝뚝 떨어지는 사슴을 어깨에 멘 여진족들 역시 놀라기는 마찬가지였다. 여진족 사냥꾼은 모두 세 명이었다. 가장 먼저 반응을 보인 것은 김거리차리였다. 환도를 뽑아 든 그는 단숨에 뛰쳐나가서 가장 앞에 선 여진족을 찔렀다. 그러자 그 옆의 여진족이 어깨에 둘러멘 사슴을 내동댕이치고 허리춤의 칼을 움켜잡았다. 하지만 옆으로 돌아온 가질동과 황숙림이 덤벼들 기미를 보이자 주춤거렸다. 그사이 제일 뒤처져 있던 한 명은 뒤도 돌아보지 않고 도망쳤다. 쓰러진 여진족의 가슴에서 환도를 뽑은 김거리차리가 활을 든 방장생에게 소리쳤다.

"저놈 놓치지 마!"

몇 걸음 뛰쳐나간 방장생이 신중하게 활을 겨누다가 시위를 당겼다. 쏜살같이 날아간 화살은 달아나는 여진족의 등에 박혔다. 화살에 맞은 여진족은 그 자리에 푹 주저앉았다가 비틀거리면서 일어났다. 욕설을 퍼부으며 활을 내동댕이친 방장생이 조유경이 가지고 있던 환도를 뺏어 들고는 쫓아갔다. 그사이 가질동과 황숙림, 김거리차리에게 포위된 남은 여진족은 이리저리 빠져나갈 구멍을 찾았다. 하지만 세 사람은 빈틈을 주지 않았고, 계속 몰리던 여진족은 갑자기 괴성을 지르면서 가질동에게 덤벼들었다. 기세에 눌린 가질동이 뒷걸음질을 치면서 생긴 빈틈으로 여진족이 달아났다. 몇 걸음 떨어진 곳에서 지켜보던 조유경이 있는 방향이었다. 방장생이 환도를 가져가 빈손이었던 조유경은 달려오는 여진족을 보고는 어쩔 줄 몰라 했다. 달려온 여진족이 휘두른 칼을 간신히 피한 조유경이 옆으로 나뒹굴었다. 여진족은 쓰러진 조유경을 내리치려다가 갑자기 우뚝 멈춰 서더니 칼을 떨어뜨리고 옆으로 쓰러졌다. 등에는 도끼가 깊숙하게 박혀 있었다. 한걸음에 다가온 김거리차리가 물었다.

"괜찮아?"

눈앞에서 죽음을 목격하고 충격에 빠진 조유경은 대답 대신 고개를 끄덕거렸다. 김거리차리가 내민 손을 잡고 일어난 조유경의 눈에 죽은 여진족들이 보였다. 방금 전까지 자신처럼 웃고 떠들던 그들은 싸늘한 시체가 되었고, 그들을 죽인 김거리차리의 부하들은 웃으면서 몸을 뒤적거리는 중이었다. 화살을 맞고 달아난 여진족을 쫓아갔던 방장생이 피 묻은 환도를 들고 돌아왔다. 한숨 돌린 김거리차리가 말했다.

"쓸 만한 것들 챙기고 어서 시체들 숨겨."

부하들이 시체를 숲 속에 숨기고 나뭇가지로 덮는 사이 김거리차리가 여진족 안내인 동산과 얘기를 주고받았다.

"늦어도 내일이면 저들이 발견될 거야. 그냥 내려갔다가는 들키고 말 텐데 어떡하지?"

"차라리 상류로 올라갔다가 동쪽으로 빙 돌아서 팔리수 쪽으로 내려가는 게 좋겠습니다. 체탐인들 소행이라는 걸 알면 분명 남쪽으로 갔다고 믿을 테니까요."

"그게 좋겠네."

죽은 여진족에게서 거둔 무기들을 챙긴 일행은 지체 없이 북쪽으로 발걸음을 옮겼다. 그날 해가 질 때까지 쉬지 않고 달렸고, 밤에도 불을 피우지 않았다. 그렇게 이틀 정도 북쪽으로 간 뒤 일행은 동쪽으로 방향을 틀었다가 다시 남쪽으로 향했다. 그렇게 시간을 보내는 사이 만포구자에서 받은 건량이 다 떨어져 버렸다. 죽은 여진족에게서 챙긴 활과 화살이 있었지만, 사냥을 할 만한 처지가 아니었다. 결국 물로 배를 채우면서 걸어야 하는 상황이 찾아왔다. 그렇게 하루가 지나자 다들 눈에 띄게 발걸음이 느려졌다. 그러다가 앞장서 걷던 동산이 손을 들어서 정지 신호를 보냈다. 영문도 모른 채 발걸음을 멈춘 일행에게 숲 바깥쪽의 오두막을 가리켰다.

"제가 가서 먹을 걸 찾아보겠습니다."

"위험하지 않을까?"

김거리차리의 물음에 동산이 고개를 저었다.

"불을 피운 흔적이 없는 걸 보면 사냥을 나가느라 집을 비운 모양입니다. 있어 봤자 여자나 아이뿐일 겁니다."

김거리차리는 여전히 불안하다는 표정이었지만 굶주린 부하들은 환영하는 눈치였다. 결국 동산이 혼자서 오두막으로 들어갔다. 집 주변을 살핀 동산이 문을 열고 오두막 안으로 들어가자 침묵이 흘렀다. 생각보다 시간이 오래 걸리자 기다리던 방장생이 투덜거렸다.

"계집이랑 재미라도 보고 있는 건가?"

방장생의 말이 끝나기가 무섭게 동산이 밖으로 나왔다. 한쪽 손에 뭔가를 쥐고 있는 것을 본 김거리차리의 부하들이 환성을 질렀다. 하지만 동산의 걸음걸이가 이상했다. 마치 술에 취한 것처럼 흐느적거리다가 몇 걸음 걷지도 못하고 무릎을 꿇었다.

"왜 저래?"

황숙림의 중얼거림이 채 끝나기도 전에 오두막 안에서 젊은 여진족 여자가 걸어 나왔다. 한 손에 도끼를 쥔 여진족 여자는 무릎을 꿇은 동산의 뒤로 다가와서는 단숨에 목덜미를 내리쳤다. 퍽 하는 소리와 함께 피가 사방으로 튀었다. 목이 반쯤 잘린 동산은 앞으로 푹 고꾸라졌다. 체탐인들은 눈앞에서 벌어진 비극에 할 말을 잃었다. 동산의 목덜미에 박힌 도끼를 뽑은 여진족 여자가 어디론가 사라졌다. 그걸 본 김거리차리가 퍼뜩 정신을 차렸다.

"남편을 찾으러 간 모양이다. 어서 여길 뜨자."

다들 쓰러진 동산을 먼발치에서 힐끔 보고는 서둘러 발걸음을 옮겼다. 정신없이 남쪽으로 달려가는데 등 뒤에서 뿔나팔 소리가 울려 퍼졌다. 그 소리를 들은 황숙림의 얼굴이 일그러졌다. 조유경은 무슨 뜻인지는 알 수 없지만 대단히 안 좋은 상황이라는 것은 눈치챌 수 있었다. 김거리차리가 부하들에게 말했다.

"이제부터는 뛰어간다. 뒤처지면 죽는 거니까 정신 바짝 차려."

걷는 것도 힘든데 뛴다는 얘기에 조유경은 가슴이 철렁 내려앉았지만 내색할 수 없었다. 김거리차리를 필두로 다들 숲속을 달리기 시작했다. 얼마나 달렸을까, 방장생이 차츰 뒤처지기 시작했다. 그러면서 앞장선 김거리차리에게 말했다.

"형님, 좀 쉬었다 갑시다."

다른 부하들도 기다렸다는 듯 지쳤다고 하소연을 하자 김거리차리도 일단 발걸음을 멈췄다. 겨우 따라붙은 조유경은 나무에 손을 짚고 허리를 굽힌 채 속에 든 것을 게워 냈다. 주변을 살피던 김거리차리가 흩어져 있는 부하들에게 말했다.

"해가 질 때까지 최대한 남쪽으로 내려간다. 팔리수 있는 곳까지만 가면 무슨 수가 생길 거야."

"여진족 놈들이 지들끼리 죽고 죽이는 게 하루 이틀이 아닌데 이렇게 뛸 필요가 있습니까?"

너덜너덜해진 짚신을 버리고 새 짚신을 발에 끼운 방장생이 물었다. 그러자 주변을 살피던 김거리차리가 고개를 저었다.

"모르는 소리 마. 놈들은 서로 죽고 죽인다고 해도 영역만큼은 철저하게 지켜. 이만주가 있는 부락 근처에서 사냥꾼들이 죽고, 하루 이틀 거리에서 여진족이 또 죽었다면 체탐인이 스며들어 왔다고 생각할 거야."

"죽은 건 여진족이잖아요."

듣고 있던 조유경이 묻자 김거리차리가 대답했다.

"옷차림이 달라서 다른 여진족이라는 걸 금방 알 수 있어. 이만주가 자신의 거처가 탐문되었다는 것을 숨기고 싶다면 어떻게든 우릴 없애려고 들 거야. 숨 좀 돌렸으면 슬슬 일어나자."

김거리차리가 지친 부하들을 독려하면서 앞장서서 걸었다. 그렇게 일행은 지치고 배고픈 상태에서 하루를 더 달려서 팔리수에 도착했다. 한숨 돌린 김거리차리가 부하들에게 먹을 것을 찾아보면서 천천히 걷자고 말했다. 다들 남은 물을 마시고 나서 주변을 두리번거렸다. 무성한 수풀을 뚫고 들어온 햇살이 비스듬하게 비추는 가운데 조유경은 약간 내리막으로 된 산길을 걸어 내려갔다. 너무나 고요해서 쫓기는 처지라는 게 실감 나지 않았다. 햇살을 뚫고 날아든 화살이 그런 고요함을 깨뜨렸다. 첫 번째 화살이 일행들 사이로 스쳐 지나가자마자 수십 개의 화살이 날아들었다. 그중 하나가 김거리차리의 한쪽 뺨에

끔찍한 소리를 내면서 박혔다.

"저쪽!"

한 손으로 뺨에 박힌 화살을 뽑은 김거리차리가 외쳤다. 조유경을 비롯한 일행 모두 그쪽으로 뛰었다. 화살이 계속 날아들었지만 달리는 그들을 맞히지는 못했다. 내리막이 점점 급해지면서 다들 구르다시피 하면서 내려갔다. 정신없이 달리던 조유경은 힐끔 뒤를 돌아 쫓아오는 여진족을 봤다. 손에 무기를 든 수십 명의 여진족이 괴성을 지르며 따라오고 있었다. 길게 땋은 머리가 마치 깃발처럼 바람결에 흩날렸다.

"형님, 앞쪽에도 있어요!"

제일 앞에서 달려가던 가질동이 고개를 돌리면서 말했다. 맞은편 산자락에도 사람들의 그림자가 보이기 시작했다. 뺨에서 흘러나오는 피를 손으로 막은 채 달리던 김거리차리가 내리막이 끝나는 곳에 있는 협곡을 가리켰다.

"저기로 가자."

산과 산이 만나면서 생긴 좁은 협곡은 낙엽이 수북이 쌓여 있어서 마치 개울물을 헤쳐 나가는 것처럼 힘이 들었다. 하지만 그곳으로 간 덕분에 양쪽에서 몰려온 여진족들의 포위망을 벗어날 수 있었다. 구불구불한 협곡을 따라 달리는 일행의 뒤로 여진족들이 따라붙었다. 이제는 화살을 쏘거나 괴성을 지르지 않고 차분하게 쫓아왔다. 얼마쯤 달렸을까. 갑자기 협곡이 끝나고 절벽이 모습을 드러냈다. 그걸 본 방장생이 우는소리를 했다.

"아이고, 우린 다 죽었네."

그러자 김거리차리가 버럭 호통을 쳤다.

"입 닥치고 얼른 올라가기나 해."

"어딜 말입니까, 형님?"

"칡넝쿨 안 보여? 저걸 잡고 올라가라고."

"그러다가 놈들이 화살을 쏘면 어쩌려고요."

방장생의 다그침에도 김거리차리는 대꾸도 하지 않고 절벽에 드리워진 칡넝쿨을 움켜잡았다. 그러자 부하들이 하나둘씩 매달렸고, 조유경도 칡넝쿨을 움켜잡았다. 끊어질지 모른다는 두려움을 무릅쓰고 올라가기 시작했다. 절반쯤 올라갔을 무렵, 여진족들이 절벽 아래에 도착했다. 몇 명은 칡넝쿨을 흔들면서 떨어뜨리려고 했고, 활을 쏘기도 했다. 머리 위로 스쳐 지나가는 화살 소리에 움찔한 조유경에게 김거리차리가 소리쳤다.

"멈추지 말고 계속 올라와!"

조유경의 옆에서 낑낑대면서 올라가던 황숙림의 등에 화살이 박혔다. 한 발의 화살을 맞을 때까진 그럭저럭 버텼지만 두 번째 화살이 등에 꽂히자 칡넝쿨을 움켜쥔 황숙림의 손이 부들부들 떨렸다. 그리고 손쓸 틈도 없이 아래로 떨어지고 말았다. 아래쪽에 있던 여진족들이 괴성을 질렀다. 그사이 김거리차리가 절벽 위로 올라가서 뒤따라온 방장생에게 손을 내밀었다. 방장생이 손을 잡으려는 찰나, 날아온 화살이 방장생의 뒤통수를 꿰뚫었다. 두 팔을 허우적거리던 방장생은 그대로 추락하고 말았다. 김거리차리가 아래쪽에 대고 욕설을 퍼부었다. 가질동이 낑낑대면서 절벽 위로 올라갔고, 조유경도 마지막에 도착했다. 김거리차리가 가질동이 죽은 여진족에게서 뺏어서 가지고 있던 활과 화살을 넘겨받아서는 아래쪽을 겨눴다.

"이거나 먹어라!"

김거리차리가 시위를 당기자 아래쪽에서 비명이 터져 나왔다. 다른 화살을 시위에 건 그가 두 사람에게 소리쳤다.

"뭐 해! 놈들이 칡넝쿨을 타고 올라오잖아. 돌이든 나무든 던져서 막아!"

정신을 차린 조유경은 가질동과 함께 나무와 돌을 집어서 절벽 아래로 던졌다. 절벽 중간까지 올라온 여진족들의 비명이 들려왔다. 아래쪽에서도 화살을 쐈지만, 이리저리 위치를 바꾸면서 화살을 쏘는 김거리차리를 맞히지는 못했다. 그러면서 절벽을 타고 올라오는 여진족의 위치를 두 사람에게 가리켰다. 그러면 두 사람은 돌과 나무를 그쪽으로 떨어뜨렸다. 결국 여진족은 절벽을 올라오지도 못하고 쏟아지는 화살을 피해 뒤로 물러나야만 했다. 마지막 남은 화살을 쏘아 버리고 활을 내동댕이친 김거리차리가 그 자리에 풀썩 주저앉았다. 뺨에 난 상처에서 난 피가 온몸을 붉게 물들였다. 조유경은 급히 소매를 찢어서 턱을 감싸 주었다.

"괜찮으십니까?"

"좀 어지럽지만 견딜 만하다."

주변을 살펴보던 가질동이 두 사람을 돌아보면서 안도했다.

"놈들이 다시 오려면 시간깨나 걸릴 겁니다."

가질동의 말이 끝나기가 무섭게 나무 뒤에서 여진족들이 튀어나왔다. 가질동은 첫 번째 덤벼든 여진족이 휘두른 창은 아슬아슬하게 피했지만 뒤따른 여진족이 휘두른 도끼에 머리를 맞고 말았다. 한 바퀴를 돌면서 피를 뿌린 가질동이 그 자리에서 꼬꾸라졌다. 창과 도끼를 든 여진족 두 명이 두 사람에게 차츰 다가왔다. 조유경을 옆으로 밀친 김거리차리가 칼을 뽑아들면서 말했다.

"내 뒤에 서라."

몸을 잔뜩 낮춘 김거리차리에게 양쪽으로 갈라진 여진족들이 다가왔다. 뭐라도 무기가 될 만한 걸 찾던 조유경은 바닥에 떨어진 나뭇가지를 집어 들었다. 끝이 두 갈래로 갈라져서 그럭저럭 무기를 막을 만했다. 그사이 창을 든 여진족이 달려들었다. 몸을 옆으로 피하면서 칼날로 창을 후려친 김거리차리가 덤벼들 기미를 보이자 도끼를 든 여진족이 끼어들었다. 몸을 뒤틀어서 도끼날을 피한 김거리차리가 칼을 크게 휘둘렀다. 도끼를 든 여진족은 옆구리를 베이고는 주춤거리며 뒤로 물러났다. 창을 든 여진족이 다시 틈을 노리고 덤벼들었다.

그러는 사이 도끼를 든 여진족이 조유경 쪽으로 다가왔다. 뒤로 물러나던 조유경은 절벽 끝까지 밀려났다. 손에 든 나뭇가지를 흔들면서 막아 봤지만, 여진족은 도끼를 휘두르면서 점차 거리를 좁혔다. 더 이상 다가오는 걸 막기 위해 나뭇가지를 쭉 내밀었지만, 여진족은 도끼로 간단하게 쳐 냈다. 그 와중에 조유경이 균형을 잃고 비틀거리자 여진족은 그 틈을 놓치지 않고 덤벼들었다. 얼른 몸을 숙인 그는 달려드는 여진족과 뒤엉켰다. 그러면서 둘 다 절벽으로 떨어졌다. 다행히 조유경은 칡넝쿨을 움켜잡아서 매달릴 수 있었다. 버둥거리던 여진족은 애처로운 비명과 함께 아래로 떨어졌다.

칡넝쿨을 잡고 간신히 올라온 조유경의 눈에 김거리차리가 창을 든 여진족에게 속수무책으로 밀리는 것이 보였다. 여진족이 떨어뜨린 도끼를 집어 든 조유경은 고함을 지르면서 달려들었다. 그러자 몸을 튼 여진족이 조유경을 향해 창을 찔렀다. 갑작스러운 공격을 미처 피하지 못한 조유경은 오른쪽 뺨에 상처를 입고 말았다. 비명을 지른 그가 도끼를 떨어뜨리고 주저앉았다. 그 틈에 김거리차리가 여진족의 정강이를 베었다. 한쪽 무릎을 꿇은 여진족이 창대로 김거리차리의 다리를 쳐서 넘어뜨렸다. 그리고 쓰러진 그의 가슴팍을 노렸다. 겨우 옆으로 몸을 피했지만 옆구리에 상처를 입고 말았다. 두 손으로 옆구리를 파고든 창대를 잡은 김거리차리가 조유경에게 소리쳤다.

"어서 놈을 없애!"

뺨에 난 상처 때문에 정신을 차릴 수 없었지만 자칫하다가는 죽을 수도 있는 상황이라 어떻게든 움직여야만 했다. 떨어뜨린 도끼를 집어 든 조유경은 여진족에게 덤벼들었다. 도끼를 피하고자 창을 놓은 여진족은 허리춤에서 단검을 뽑아 들었다. 휘두르는 단검을 피하다가 이마에 상처를 입은 조유경은 주저앉고 말았다. 쓰러진 조유경의 머리를 움켜잡은 여진족이 목덜미에 칼을 댔다. 마지막이라고 생각하고 눈을 감으려는 찰나 김거리차리의 목소리가 들려왔다.

"엎드려!"

번쩍 눈을 뜬 조유경이 여진족의 손을 뿌리치고 바닥에 엎드렸다. 김거리차리가 누운 채로 옆구리에 박힌 것을 뽑아서 던진 창은 여진족의 가슴팍에 그대로 박혔다. 입에서 피를 토한 여진족이 바닥에 누운 조유경의 옆에 나란히 쓰러졌다. 눈앞에서 죽어 가는 여진족을 본 조유경은 비명을 지르면서 몸을 일켰다. 그러고는 누워 있는 김거리차리에게 다가갔다.

"괜찮으세요?"

"견딜 만하다. 이놈들이 올라온 걸 보면 우회하는 길이 있는 모양이다. 어서 움직이자."

"잠깐만요. 일단 상처부터 묶고요."

쓸 만한 천을 찾던 조유경은 쓰러진 가질동에게 다가갔다. 옷을 찢으려는데 죽은 줄 알았던 그가 신음을 내면서 고개를 돌렸다. 도끼를 맞은 옆머리에서 피와 뇌수가 흘러나왔다. 가질동의 신음을 들은 김거리차리가 다가왔다. 가질동이 힘없이 웃으며 입을 열었다.

"이번 건만 잘 풀리면 떵떵거리면서 살 수 있었는데."

"움직일 수 있겠냐?"

"머리 터진 놈이 어떻게 움직여요. 형님이나 어서 움직이슈."

그 얘기를 끝으로 가질동도 숨이 끊어졌다. 마른침을 세차게 삼킨 김거리차리가 가질동의 옷을 찢어서 옆구리의 상처를 싸맸다. 그리고 조유경의 얼굴에 난 피를 닦아 줬다.

"다행히 눈이나 뼈는 안 다친 거 같다. 얼른 움직이자."

이마와 뺨에 천을 덧댄 조유경은 비틀거리는 김거리차리를 부축하고는 자리를 떴다. 둘 다 심하게 다친 상태라 해가 떨어질 때까지 쉬지 않고 걸었지만 얼마 걷지 못했다. 해가 완전히 떨어지자 김거리차리가 말했다.

"오늘은 여기서 머물자."

"먹을 걸 구해 보겠습니다."

"아서라. 그러다 길이라도 잃으면 위험해."

손과 나뭇가지로 구덩이를 파고 그 안에 들어간 다음 낙엽으로 위를 덮었다. 어떻게든 잠을 자야겠다고 마음먹었지만, 상처가 계속 화끈거리고 욱신거려서 제대로 눈을 감지 못했다. 신음도 내지 않고 참은 조유경은 눈을 감고 잠을 청했다.

낙엽 사이를 뚫고 들어온 눈 부신 햇살에 잠이 깬 조유경은 몸을 움직이려고 했다. 하지만 옆에 누워 있던 김거리차리가 손을 꽉 움켜잡았다.

"소리 내지 마."

영문을 몰라 하던 그는 멀리서부터 들려오는 발짝 소리를 듣고는 이내 무슨 상황인지 깨달았다. 잠시 후, 왁자지껄한 소리와 함께 수십 명의 여진족이 주변에 나타났다. 가까이서 듣는 발소리는 마치 천둥소리 같았다. 주변을 살펴보면서 지나가느라 천천히 걸어가면서 두 사람이 누워 있는 곳 근처를 지나갔다. 숨소리도 크게 낼 수 없는 일촉즉발의 상황이라 손가락

하나 까딱하지 못하고 그대로 누워 있었다. 만약 눈썰미 좋은 여진족이 눈치라도 챘다면 살아남지 못할 위기였다. 다행히 여진족들은 잡담을 하거나 주변을 살필 뿐, 두 사람이 누워 있는 바닥까지 눈길을 주지는 않았다. 두 사람은 여진족들이 사라지고 한참 후에야 일어날 수 있었다.

"예상보다 빨리 움직이는군."

두 사람은 그들이 사라진 방향을 조심스럽게 뒤따라가다가 중간에 나온 산으로 숨어들었다. 배가 미칠 듯이 고팠지만, 다행히 먹을 만한 열매를 찾아서 배를 채울 수 있었다. 김거리차리가 세 갈래로 갈라진 나뭇잎을 돌로 빻아서 상처에 붙여 줬다. 그러자 욱신거리던 통증이 좀 가라앉았다.

"놈들 숫자가 더 늘어나기 전에 남쪽으로 내려가야만 한다. 피를 봤으니 잡히면 곱게 죽이지도 않을 거야."

두 사람은 서로에게 의지한 채 남쪽으로 걸었다. 다행히 아침에 스쳐 지나간 이후 여진족과는 마주치지 않았다. 물과 열매만으로 배를 채우면서 남쪽으로 향한 지 사흘 만에 압록강 근처에 도달했다. 익숙한 지형이 보이자 조유경은 한시름 놨다.

"이제 조금만 더 가면 압록강에 도달할 수 있어요."

"그렇구나."

짧게 대답한 김거리차리가 갑자기 기절해 버렸다. 피를 많이 흘린 상태에서 너무 오래 걸었던 탓이었다. 겨우 발걸음을 떼는 그를 부축하고 남쪽으로 내려갔지만 더 이상은 무리였다. 결국 중간에 발견한 동굴 안으로 그를 옮겨 놓고 나무를 모아서 불을 피웠다. 따뜻한 기운이 감돌자 거의 의식을 잃어 가던 김거리차리가 정신을 차렸다.

"여기가 어디냐?"

"근처에 있던 동굴입니다."

"왜 날 버리지 않았느냐? 여기서부터는 너도 길을 찾아갈 수 있었을 텐데 말이다."

사실 의식을 잃은 김거리차리를 동굴까지 끌고 오는 동안 내내 그 생각을 했다. 하지만 묘하게 아버지의 얼굴이 떠올랐다. 주변에 있는 사람을 잃고 싶지 않다는 고집이 그에게 힘을 내게 했다.

"더 이상 가까운 사람을 잃고 싶지 않았습니다."

주워 온 나뭇가지를 불 속에 밀어 넣은 조유경에게 그가 말했다.

"가족을 잃은 것이 그리 큰 상처였느냐?"

그가 놀란 눈으로 바라보자 김거리차리가 껄껄 웃었다.

"소문은 발보다 더 빠른 법이지. 어차피 새하얀 얼굴 하며 굳은살 하나 없는 손을 보면 출신을 짐작하기는 어렵지 않거든. 게다가 한문도 알고 있고 말이야."

숨기고 싶은 비밀을 들킨 조유경은 씁쓸하게 웃으면서 모닥불을 바라봤다.

"제가 입을 잘못 놀린 탓에 집안이 풍비박산이 났습니다. 그런데 저만 살아남았죠."

"여기선 살아남는 게 우선이라고 말했을 텐데."

"이런 삶을 살아갈 거라고는 상상해 본 적이 한 번도 없어서요."

"죽음에 이유가 없듯 삶에도 이유가 없단다."

"사형 판결을 받은 흉악범이 할 법한 얘기는 아니네요."

"나도 한때는 너 같은 시절이 있었으니까. 아버지가 고려 때제법 높은 관직에 있었다. 나라가 망하고 아버지는 새로운 왕에게 충성하지 않는다는 이유로 이곳으로 유배를 왔지. 유배온 첫해에 아버지와 어머니, 그리고 여동생이 죽고 나만 살아남았다. 그 이후에는 먹고살기 위해 안 해 본 일이 없다."

마치 꿈을 꾸는 것 같은 표정으로 지난 세월을 담담하게 얘기하던 김거리차리가 갑자기 기침을 하면서 피를 토했다. 조유경은 미리 떠 놓은 물을 입가에 갖다 댔다. 물로 목을 축인 김거리차리가 숨을 헐떡거렸다.

"내 말 잘 들어라. 만포구자로는 돌아가지 마라."

"왜요? 거기로 가야지 살 수 있잖아요."

"사실 우리는 네가 합류한다는 걸 진작부터 알고 있었다."

"뭐라고요?"

"네가 오기 이틀 전에 그 군관이 찾아와서 한 명을 더 합류시킬 것이라고 했다. 그리고 체탐을 하는 중간에 쥐도 새도 모르게 없애 버리라고 하였다."

뜻밖의 얘기를 들은 조유경은 할 말을 잃었다.

"왜냐고 물었더니 도절제사의 명이라고 하더구나. 그 이유가 궁금했는데 출발 전에 우연찮게 네 아버지 이름을 들었다.

병조판서를 지낸 조진용 대감 맞지?"

"제 아버지를 아십니까?"

김거리차리는 대답 대신 이마의 두건을 벗었다. 그러자 이마에 화火 자 문신이 보였다.

"그건……."

"10년 전에 한양에 있을 때 큰불이 났었는데 방화범으로 누명을 쓴 적이 있었다. 주로 북쪽에서 온 사람들이 불을 잘 지른다고 해서 끌려갔었지. 꼼짝없이 죽는 줄 알았는데 그때 한성판윤이 억울한 사람이 있어서는 안 된다면서 철저하게 조사한 끝에 죽음을 면했다. 비록 방화범이라는 문신을 이마에 새기기는 했지만 말이다."

"그 한성판윤이 바로 아버지였군요."

조유경의 중얼거림에 김거리차리는 고개를 끄덕거렸다.

"묘한 인연이라는 생각이 들었단다."

"그나저나 도절제사는 왜 저를 죽이려고 한 겁니까?"

"여기서 살아남거든 알아보아라. 누가 도절제사에게 네 목숨을 지워 달라고 부탁했는지 말이다."

그 누군가의 정체를 짐작한 조유경은 아랫입술을 질끈 깨물었다.

"반드시 알아내겠습니다."

"어쨌든 네가 돌아간다고 해도 군관이 널 살려 두지는 않을 게다."

"그럼 어찌해야 합니까?"

난감해진 조유경은 힘없이 한숨을 쉬었다. 이 낯선 땅에서 버텨 낼 재간도 없지만, 압록강 너머의 조선 땅도 이제 위험하기는 매한가지였다. 그의 답답한 속마음을 눈치챘는지 김거리차리가 의미심장한 미소를 지었다.

"만포구자로 가지 말고 압록강을 따라 쭉 내려가거라. 하루 반 정도 걸으면 오른편에 관모처럼 생긴 바위가 나올 거다. 그 바위 중턱까지 올라가면 동굴이 하나 있을 게다. 양 갈래로 갈라진 소나무 옆에 있으니까 잘 찾아봐라."

"거기로 왜 가야 합니까?"

"원래 우리가 이번 체탐을 맡은 이유는 거길 가기 위해서였다. 나와 내 부하들은 여진족과 은밀히 장사를 튼 상인을 호위한 적이 있었지. 아무래도 압록강을 넘어가서 여진족과 만나려면 누군가가 옆에 있어 줘야 했으니까 말이다."

"그런데요?"

"그런데 그 상인이 흥미로운 얘기를 해 주더구나. 무기와 농기구를 살 때마다 금이나 은으로 값을 치러서 이상하게 생각했다고 말이야. 그래서 조용히 미행을 했더니 어느 동굴로 들어가더란다. 그리고 그 안에서 금과 은을 가지고 나오더란다."

"그 안에 숨겨 둔 건가요?"

"하지만 여진족이 그렇게 많은 금과 은을 숨겨 두는 게 이상해서 그 여진족을 살살 구슬렸더니 자기 조상들이 숨겨 둔 보물이라고 털어놨다는구나."

"자기 조상의 보물이요?"

"조선 사람들은 여진족들을 사람의 얼굴을 한 짐승이라고 무시하지만, 예전에는 금나라라는 아주 큰 나라를 세운 적이 있었지."

"책에서 봤습니다."

"중국의 북부와 요동을 차지한 큰 나라였는데, 어느 날 몽골이 쳐들어오면서 나라가 망했다는구나."

"몽골이면 칭기즈칸이 흥기했을 때군요."

"맞아. 그 여진족의 조상이 금나라 황제의 금위군이었는데, 몽골에 황도가 함락되기 직전에 황제가 금과 은을 맡겨서 고향으로 돌아가라는 지시를 했단다."

"동굴에 있던 금과 은은 후일을 도모하기 위해 금나라 황실에서 숨긴 것이군요."

조유경의 말에 김거리차리가 희미하게 웃었다.

"맞아. 그런데 그 상인이 여진족과 흥정을 하는 와중에 사이가 나쁜 여진족들이 쳐들어와서 모조리 몰살당했지. 우리도 여럿이 죽고 다쳐서 아까 그 친구들만 남았고 말이야."

"보물의 존재를 아는 사람들이 모두 사라졌군요."

"우리 빼고는 말이다. 그래서 그 보물들을 찾아다가 압록강 근처의 동굴에 은밀히 숨겨 놓았다."

"나중에 찾으려고 한 건가요?"

"우리 같은 놈들이 갑자기 큰 재산을 들고 나타나면 의심을 살 게 뻔해서 말이야. 그래서 일단 압록강을 건너왔다. 일이 잠잠해지면 찾으려고 했으니까 말이다. 그런데 재수 없게 예전에 지은 죄가 들통 나는 바람에 잡히고 말았다."

가질동이 죽으면서 남긴 말의 의미를 깨달은 조유경이 중얼거렸다.

"그래서 체탐을 해 주면 사면해 주겠다는 제안을 받아들인 거군요."

"그럴 생각이었지. 이제 부하들은 다 죽고 나도 거기까지 못 갈 것 같으니까 네가 가져가라."

"그걸 왜 제가 가집니까?"

"살아남았으니까. 살아 있다는 건 좋은 거란다."

"살아도 산 게 아니잖습니까? 여진족에게 쫓기고 조선 땅으로 돌아가도 죽을 팔자인걸요."

조유경은 잠시 잊고 있었던 자신의 처지가 떠오르자 머리가 지끈거렸다. 마른침을 삼킨 김거리차리가 말했다.

"동굴 안에 있는 게 너의 운명을 바꿔 줄 것이다."

"그걸로 뭘 해야 합니까?"

"그건 네가 생각해야 할 몫이지."

희미하게 대꾸한 김거리차리는 다시 피를 토했다.

"내가 죽거든 압록강에 버려라."

"꼭 그렇게까지 해야 하나요?"

"내 시신을 발견하면 아무도 살아서 돌아오지 못하리라고 생각할 게다. 그리고 마지막 부탁인데 내가 눈을 감을 때까지 옆에 있어 주겠느냐? 아무도 없는 곳에서 죽기는 싫구나."

그 얘기를 끝으로 김거리차리는 눈을 감았다. 조유경은 말없이 나뭇가지를 모닥불에 넣어서 불을 밝혔다. 먼동이 틀 무렵, 김거리차리는 더 이상 숨을 쉬지 않았다. 한동안 우두커니 앉아 있던 그는 벌떡 일어나서 발로 모닥불을 껐다. 그리고 축 늘어진 김거리차리의 몸을 안아 들고 동굴 밖으로 나갔다. 압록강까지 간 조유경은 말없이 시신을 물에 띄웠다. 물에 반쯤 잠긴 그의 시신이 서서히 맞은편 조선 땅으로 흘러갔다. 조유경은 물끄러미 그 광경을 지켜보았다.

혼자가 된 조유경은 다시 산속으로 들어갔다. 그리고 강을 따라 남쪽으로 내려갔다. 이제는 익숙해진 풍경이 하염없이 흘러갔다. 나무 그루터기에 앉아서 잠시 쉬었다가 다시 발걸음을 옮기려고 낙엽을 밟는데 갑자기 딱 하고 나뭇가지 부러지는 소리가 들렸다. 그리고 한쪽 발에 올가미가 걸리더니 허공에 붕 뜨고 말았다. 순간적으로 당한 일이라 두 팔만 버둥거리는데 멀리서 말소리가 들렸다. 털가죽을 뒤집어쓴 여진족 남자아이가 나타났다. 손가락으로 그를 가리키던 아이가 외치자 어른들이 나타났다. 그들 중 하나가 나무에 묶인 밧줄을 끊자 허공에 떠 있던 조유경은 바닥에 떨어졌다. 아이가 다가와 쓰러진 그를 내려다봤다. 그러면서 서툰 조선말로 얘기했다.

"조선 놈 같아."

그러자 뒤에 서 있던 어른이 여진말로 뭐라고 대꾸하고는 조유경을 잡아 일으켰다. 떨어진 충격에서 헤어나지 못한 조유경은 그대로 끌려갔다. 산 아래에는 10여 명의 여진족이 있었는데 피가 뚝뚝 떨어지는 토끼와 사슴이 쌓여 있었다. 사냥을 나온 것 같은 풍경이었는데 조유경의 모습이 보이자 다들 왁자지껄하게 떠들면서 한마디씩 말을 건넸다. 그사이 아이가 조유경의 두 손을 칡넝쿨로 묶으면서 신이 난 목소리로 말했다.

"넌 내 거야!"

조유경은 폭풍같이 변하는 자신의 처지를 생각하면서 쓴웃음을 지었다. 그걸 본 아이가 말했다.

"어라? 이런 상황에서 웃는 걸 보니까 멍청이네, 멍청이."

조유경이 끌려간 곳은 깊은 계곡 사이에 있는 여진족 부락이었다. 통나무로 벽을 세우고 풀로 지붕을 씌운 집들이 군데군데 흩어져 있고, 그 앞에서 여자들이 짐승 가죽을 벗겨 냈다. 깡마른 개들이 주변을 빙빙 돌면서 바닥에 떨어진 고기를 집어 먹으려고 서로 다퉜다. 그들 사이를 지나 계곡 안쪽의 제일 큰 집 앞에 끌려간 조유경은 계단 앞에 무릎을 꿇었다. 풍채 좋은 사내가 집 안에서 나왔는데 아무래도 족장 같았다. 아까 조유경을 붙잡은 아이가 다가가서 말을 건네자 사내는 웃으면서 머리를 쓰다듬었다. 붙잡아 온 사냥감들은 마을 전체에 골고루 나뉘었다. 그리고 조유경은 그 집에 남겨졌다. 족장이 뭐라고 하자 아이는 조유경을 끌고 집 뒤로 향했다. 흙으로 벽을 만들고 이엉을 얹은 야트막한 창고 같은 곳 앞에 선 아이가 조유경의 손목에 묶인 칡넝쿨을 칼로 끊었다.

"들어가. 이따가 물이랑 먹을 거 가져다줄게."

"여긴 어디고 넌 누구냐?"

조유경의 물음에 아이가 퉁명스럽게 대답했다.

"내 이름은 울매고 여긴 압록강 부근이야. 네 주인이니까 반말하지 마."

울매에게 등을 떠밀려서 들어간 창고 안은 퀴퀴한 냄새로 가득했다. 바닥은 조선의 토방처럼 그냥 흙바닥이었고, 구석에 말 먹이로 쓰는 것 같은 건초 더미가 쌓여 있었다. 그곳에 가서 몸을 누이려고 하던 조유경은 안에서 들려오는 비명에 깜짝 놀라고 말았다.

"아야!"

"누, 누구냐!"

건초 더미를 헤치고 나온 것은 열 살 남짓한 여자아이였다. 여진족 복장이 아니라 치마저고리에 댕기를 딴 계집아이는 겁에 질린 목소리로 물었다.

"아저씨는 누구세요?"

할 말을 찾던 조유경이 씁쓸하게 웃었다.

"잡혀 왔어. 너도 조선 사람이니?"

조유경의 물음에 여자아이는 고개를 끄덕거렸다.

"회령에서 살았어요. 그 전에는 문경에 살았고요."

"문경에서 어쩌다 회령까지 온 거니?"

"재작년에 아빠랑 온 가족이 다 왔어요. 나라에서 북쪽으로 옮겨 가라고 해서요."

"아! 사민이 된 모양이구나."

아버지가 병조판서였던 덕분에 사민에 대해서 대충 들은 적이 있는 조유경이 아는 척을 했다. 그러자 여자아이는 침울한 표정을 지었다.

"문경에서 살 때는 좋았는데 회령은 정말 싫었어요. 너무 춥고 먹을 것도 없어서요. 엄마는 아빠한테 맨날 돌아가자고 하면서 울었어요. 그러다 작년에 돌아가셨어요."

"저런. 넌 어쩌다가 회령에서 여기로 온 거니?"

"엄마 돌아가시고 아빠가 남은 가족들 데리고 회령 북쪽으로 가서 농사를 짓는다고 하셨는데 밤중에 여진족이 들이닥쳤어요. 노예로 여러 번 팔리다가 여기로 왔어요."

여자아이는 그때의 일이 생각났는지 굵은 눈물을 뚝뚝 떨어뜨렸다.

"다른 가족들은?"

조유경의 물음에 여자아이는 고개를 저었다.

"몰라요. 다들 뿔뿔이 흩어졌고, 저는 여기로 왔어요. 이제 어떡해요?"

대답할 말을 찾지 못하던 조유경은 김거리차리의 말이 떠올랐다.

"살아남아야지. 살아남는 게 좋은 거다."

그의 말에 여자아이는 눈물을 흘리면서 고개를 끄덕거렸다. 잠시 후, 문이 열리고 아까 봤던 울매라는 여진족 사내아이가 들어왔다. 울고 있는 여자아이를 힐끔 본 울매가 바닥에 뭔가를 내려놨다.

"말린 고기랑 물이야. 말 잘 들으면 내일부터는 아버지에게 얘기해서 풀어 줄게."

밖으로 나가려던 울매는 소매에서 뭔가를 꺼내 조유경에게 건넸다.

"말기름이랑 천이야. 얼굴에 난 상처에 발라."

울매가 나가고 여자아이가 다가왔다.

"제가 발라 드릴게요."

여자아이가 말기름을 찍어서 얼굴에 바른 다음에야 통증이 느껴졌다. 조유경이 신음을 내자 여자아이가 물었다.

"얼굴이 온통 상처투성이예요. 무슨 일이 있었던 거예요?"

"그냥 이런저런 일들이 있었지."

조유경은 얼굴에 난 상처에 꼼꼼하게 말기름을 발라 주는 여자아이의 머리를 쓰다듬어 줬다.

"이름이 뭐니?"

"엄마는 월하라고 불러 줬어요. 제가 태어났을 때 달이 아주 예쁘게 떴다고 했어요."

"좋은 이름이구나. 내 이름은 조유경이란다."

"양반 이름 같아요."

월하의 말에 조유경은 씁쓸한 표정으로 대답했다.

"한때는 그랬단다. 지금은 아니지만……."

"아저씨도 무슨 사연이 있군요."

조유경이 아무 대꾸도 하지 않자 월하가 조심스럽게 물었다.

"제가 노래 하나 불러 드릴까요?"

"부를 줄 아는 노래가 있니?"

"엄마가 어릴 때 공무도하가라는 노래 가르쳐 줬어요."

조유경의 표정이 풀어지자 월하가 양손을 맞잡고 나지막한 목소리로 노래를 불렀다.

임이여 물을 건너지 마오.
임은 결국 물을 건너시네.
물에 빠져 죽었으니,
장차 임을 어이할꼬.

낭랑하고 아름다운 월하의 노래에 조유경은 잡혀 온 처지를 잠시 잊을 수 있었다.

다음 날 아침, 문이 열리고 울매가 들어와서 두 사람을 끌고 밖으로 나왔다. 하늘 높이 뜬 태양을 올려다보던 그에게 울매가 말했다.

"어서 따라와. 사냥 가야 해."

조유경은 걱정스러운 표정으로 지켜보는 월하에게 괜찮다는 눈짓을 하고는 울매를 따라갔다. 그렇게 폭풍이 지나고 새로운 삶이 펼쳐졌다.

"석란아!"

석란은 아버지 석환진 대감의 목소리가 들리자 얼른 이불에서 몸을 일으켰다. 문을 열고 들어선 아버지가 한숨과 함께 방석 위에 앉았다.

"며칠째 아무것도 안 먹는다고 들었다."

"제가 어찌 먹을 것을 입에 댈 수가 있겠습니까."

"대체 네가 잘못한 것이 무엇인데 그러느냐?"

"혼례를 안 치렀다고는 하나 남편이 억울한 누명을 쓰고 추운 북쪽으로 끌려갔는데 혼자서 따뜻한 방에서 먹고 잘 수는 없습니다."

석란의 얘기를 들은 아버지 석환진 대감은 혀를 찼다.

"그 얘기는 더 이상 할 것 없다. 그 집안과 엮이면 우리 집안도 무사하지 못했을 것이야."

아버지의 냉정한 얘기에 석란은 저고리의 고름을 움켜쥔 손을 떨었다.

"그 집안에서 우리 집안을 도와준 것이 한둘이 아닌데 어찌 그런 말씀을 하십니까? 게다가 조진용 대감의 죽음이 억울하다는 건 한양에서 모르는 사람이 없습니다."

딸의 반박에 석환진 대감이 입가의 수염을 파르르 떨었다.

"대체 누가 그런 헛소리를 하고 다니는 것이냐!"

"저잣거리에 나가 보십시오. 다들 조 대감과 그 아들이 배신을 당했다고 얘기하고 다닙니다. 그리고 그중에는……."

"더 이상 말하지 말거라!"

성난 표정으로 외친 석환진 대감이 석란에게 말했다.

"조 대감의 옥사가 설사 억울하다고 하더라도 전하의 의중이 들어간 것이다. 그러니 신하 된 도리로는 따르는 게 당연하다."

"만약 우리 집안이 그렇게 화를 당해도 잠자코 따르시겠습니까?"

핵심을 찌르는 석란의 말에 석환진 대감이 고개를 저었다.

"이 아비가 어떤 사람인데 그런 일을 당하겠느냐. 그러니 너도 이제 그 역적의 자식은 잊고 새로운 혼삿길을 찾아야 한다."

"싫습니다!"

"혼처는 집안에서 정하는 것이니 너는 따르면 된다. 이번에는 안전하게 종친과 연을 맺을 생각이다. 그렇게 알고 있거라."

석환진 대감의 일방적인 통보에 석란이 울부짖었다.

"아버지, 어찌 사람을 버리십니까!"

"나는 역적을 버린 것뿐이다. 우리 집안을 위해서 말이다. 그러니 그만 고집부리거라."

머뭇거리던 석환진 대감이 입을 열었다.

"……이제 다 끝났으니까 말이다."

"뭐가 끝났다는 말입니까?"

놀란 표정의 석란이 묻자 석환진 대감이 한숨과 함께 입을 열었다.

"오늘 소식을 들었다. 강계에 관노로 끌려간 조유경이 체탐인으로 투입된 후 돌아오지 않았다고 하는구나."

"체탐인이 무엇입니까?"

"강을 건너서 여진족의 동태를 살피는 일을 하는 사람들이다.

너무 위험해서 군졸 대신에 사형수를 종종 투입시키곤 하지."

"그분은 사형수가 아니라 관노로 가지 않았습니까?"

"어찌 된 영문인지 모르겠지만 체탐인으로 끌려간 모양이다. 벌써 한 달째 아무도 돌아오지 않는 것으로 봐서는 여진족손에 죽었거나, 아니면 호랑이 같은 맹수에게 당한 것 같다."

"말도 안 됩니다. 어찌 그런 일이……."

석환진 대감은 실신할 것 같은 충격을 받은 딸 석란에게 말했다.

"관노로 살아가는 것보다는 차라리 그게 나을지도 모르지. 그러니 너도 이제 그자를 잊어라."

냉정하게 얘기한 석환진 대감이 자리에서 일어나더니 문을 열고 나갔다. 문이 닫히자마자 이불에 몸을 누인 석란은 울음을 터뜨렸다.

황덕중의 집 대문 앞에 선 김온이 외쳤다.

"이리 오너라!"

그러자 문이 열리고 황덕중이 새로 들인 겸인이 모습을 드러냈다.

"어서 오십시오. 주인마님께서 기다리고 계십니다."

겸인의 안내를 받아 사랑채로 들어서자 보료 위에 앉아서 책을 읽고 있던 황덕중이 고개를 들었다.

"축하하네."

"축하는 형님이 받으셔야죠. 대과에 이렇게 쉽게 붙으시다니 깜짝 놀랐습니다."

"운이 좋았지. 자네는 아쉽게 낙방했지만, 다음에는 꼭 붙을 걸세."

"형님이 출사하셔서 잘 밀어주십시오."

"우리야 같이 살고 같이 죽어야 할 팔자 아닌가. 내 힘을 아끼지 않겠네."

김온과 얘기를 주고받던 황덕중은 밖에서 대기 중인 겸인에게 말했다.

"얘기가 끝나는 대로 벽장동의 기방으로 가겠다. 미리 준비하라고 연통을 넣어라."

"알겠습니다, 주인마님."

우렁차게 대답한 겸인이 자리를 뜨자 황덕중이 낮은 목소리로 물었다.

"그래, 평안도에서는 연락이 왔는가?"

"셋째 작은아버님이 경방자京房子[38]를 통해 소식을 전해 주셨습니다."

"뭐라고 하셨는가?"

"함께 보낸 체탐인들 모두 살아서 돌아오지 못했답니다. 우두머리 격인 자의 시체가 떠내려온 걸 보면 체탐 중에 여진족

---

38 경재소에서 지방으로 문서나 편지를 전달하는 일을 맡은 공노비.

에게 발각되어 몰살당한 것 같다면서 안심하라고 하셨습니다."

김온의 얘기를 들은 황덕중이 곰곰이 생각하다가 물었다.

"시신은 발견하지 못했고?"

"여진족들이 사는 땅 어디에선가 해골이 되었을 것이라 했습니다. 혹시나 해서 용모파기를 적은 방을 평안도 곳곳에 보내서 살펴보라고 했는데 어디에서도 흔적을 찾을 수 없었답니다."

"그럼 이 문제는 일단락이 된 셈이군."

"이제 그자가 살아 돌아온다고 해도 어찌 우릴 건드리겠습니까? 몰수한 재산으로 큰 집도 사고 아랫것들도 수십 명이나 거느리고 있는데 말입니다."

"하긴, 게다가 나나 자네가 조정에 출사하면 그자가 돌아온다고 해도 우릴 어쩌지는 못하겠지."

두 사람은 서로 마주 본 채 똑같은 미소를 지었다. 한시름 던 표정의 황덕중이 물었다.

"다른 친구들은 어찌 지내는가? 주혁이는 이번에 함께 과거를 보지 않았는가?"

"두문불출하는 걸 보니 떨어진 모양입니다. 머리는 좋은데 너무 고지식한 게 탈이죠."

"중극이는?"

"기방과 투전판을 드나들면서 돈을 물 쓰듯 하고 있다는 소문입니다. 신호는 지난달에 성균관을 나와서 고향으로 돌아갔으니 이제 서로 볼 일은 없습니다. 아! 김매읍동은 배를 사서 경강에서 장사를 시작했다고 들었습니다."

김온에게 다른 밀고자들의 근황을 들은 황덕중이 은근한 목소리로 말했다.

"중요한 건 자네와 나, 우리 둘일세. 사실 그 일도 우리 둘이 다 한 것이나 다름없지."

"맞습니다. 돈 걱정 없이 마음 놓고 글공부만 하니까 형님도 금방 과거에 붙지 않았습니까."

"그러게 말이야."

황덕중이 맞장구를 치자 흐뭇한 미소를 짓던 김온이 주저하는 표정으로 입을 열었다.

"석란 낭자 소식은 들으셨습니까?"

"아니. 무슨 일 있다고 하던가?"

"며칠 전에 목을 맸다고 합니다."

"저런. 어째서?"

"정혼자의 집안이 한순간에 풍비박산이 나자 아비가 서둘러 다른 혼처를 찾았나 봅니다. 그걸 상심해서 자결한 모양입니다."

"하긴, 그놈을 집안에 숨겨 둔 탓에 이런저런 말들이 있었지 않나. 아비인 석환진 대감 처지만 난처해졌고 말이야."

혀를 찬 황덕중이 몸을 일으키면서 말했다.

"자자, 그런 얘기는 이제 그만하고, 내가 좋은 데를 알아 놨으니 오랜만에 둘이 술이나 하러 가세."

김온이 환하게 웃으면서 대답했다.

"그러시죠."

"벌써 10년이나 지났네."

울매의 말에 생각에 잠겨 있던 조유경은 퍼뜩 정신을 차리고 되뇌었다.

"10년이라……."

여진족들의 표현대로라면 화살 깃이 다 빠져 버릴 시간이 흘렀다. 지나간 세월이 꿈처럼 느껴질 때가 많았다.

"요즘 생각이 많아진 것 같던데?"

"나이가 드니까 그런가 봐."

그의 대답에 피식 웃은 울매가 손에 들고 있던 토끼를 건넸다.

"글 좀 가르쳐 준다고 주인한테 너무 까부는 거 아냐?"

"여진족들은 진짜 어제와 오늘이 다르다니까. 말 놓자고 한 건 너였어."

"주인 노릇 하기 힘드네."

"내가 처음 왔을 때 같은 약골인 줄 알아?"

"하긴, 그때와 비교하면 지금은 얼굴도 달라졌고 몸도 좋아졌지. 그걸 믿고 까부는 중이고 말이야."

울매가 장난스럽게 투덜거리자 토끼를 건네받고 낄낄거리던 조유경이 계곡 쪽을 돌아보다가 흠칫 놀랐다. 높게 치솟은 나무 위로 검은 연기가 치솟았기 때문이다. 뭔가 심상치 않은 기운을 느낀 조유경이 울매에게 말했다.

"마을에 뭔가 일이 생긴 것 같아!"

다른 덫을 살펴보기 위해 걸어가던 울매가 돌아보고는 얼굴이 굳어졌다.

"누군가 마을을 습격한 것 같아."

울매의 말에 조유경은 토끼를 내려놓고는 활과 화살을 집어 들었다. 앞장서서 달려가던 울매가 말했다.

"대체 누구야! 우린 첩지도 없는데."

"며칠 전에……."

조유경은 숨이 차서 말을 잇지 못했지만 울매는 대번에 눈치챘다.

"이만주! 그놈인가?"

며칠 전에 건주여진의 추장 이만주가 보낸 사람이 부락의 족장인 울매의 아버지를 찾아왔었다. 집 안에서 한참 동안 얘기를 나눴는데 울매의 아버지가 성난 표정으로 이만주가 보낸 사람을 쫓아냈다. 무슨 일인지 묻는 조유경에게 울매의 아버지가 말했다.

"조선으로 가도록 길을 열어 달라는구나."

"쳐들어가서 노략질을 할 생각인가 보군요."

"안 된다고 딱 잘라서 거절했다. 잘못하면 우리만 중간에 끼어서 봉변을 당하니까 말이야."

"혹시나……."

조유경이 걱정스러운 표정으로 묻자 울매의 아버지가 호탕하게 웃었다.

"우릴 건드려서 뭐 하게? 조선으로 갈 수 있는 길은 우리 계곡 말고도 많이 있어."

계곡과 들판에 흩어져 사는 여진족들은 대부분 농사를 짓거나 사냥을 하면서 살았다. 따라서 다른 부족과는 별다른 관계를 맺지 않았다. 간혹 명나라와 무역을 할 수 있는 첩지를 노리고 쟁탈전이 벌어지긴 했지만, 그가 속해 있는 여진족 부락은 그런 것에는 관심이 없었다.

숨이 턱에 찰 때까지 뛰어서 겨우 계곡에 도착하자 참상이 드러났다. 족장인 울매의 아버지 집을 비롯해서 계곡 안에 있던 집들은 모두 불에 타서 잿더미가 되어 버렸다.

"아! 아버지!"

울매가 뛰쳐나가려는 걸 조유경이 막았다. 그러고는 손가락으로 마을 사이를 오가는 여진족들을 가리켰다.

"아직 여러 놈이 남아 있어."

"내가 다 죽일 거야!"

"숫자가 너무 많아."

"그럼 어떡하자고!"

"내가 미루나무 쪽으로 가서 놈들을 유인할 테니까 그사이에 우물 쪽에서 치고 들어와."

울매가 고개를 끄덕거리자 조유경은 활과 화살, 그리고 사슴뿔 손잡이가 달린 칼을 들고 일어섰다. 대낮이었지만 집을 태운 연기가 자욱하게 끼어 있어서 몸을 숨기면서 접근할 수 있었다. 계곡 안에서 가장 컸던 족장의 집이 활활 타오르는 걸 본 조유경의 머릿속에 문득 걱정이 스쳐 지났다.

'월하는 괜찮을까?'

창고 뒤로 몸을 숨긴 조유경은 집 주변을 어슬렁거리면서 창으로 바닥을 찌르는 여진족들을 봤다. 땅속에 숨겨 둔 식량이 있는지 찾는 것으로 보였는데, 머리를 절반 정도 깎아서 길게 땋은 것으로 봐서는 이만주 휘하의 건주여진 같았다. 이들은 그저 말이 같은 여진족일 뿐 울매의 부족과는 인연이 없는 강도떼에 불과했다. 조유경은 오른쪽의 창을 들고 서 있는 도적 하나를 겨누고 활시위를 당겼다. 처음 이곳에 왔을 때는 칼도 제대로 못 썼지만, 지금은 울매 덕분에 못 다루는 무기가 없었다. 숨을 가늘게 쉬다가 멈춘 다음 시위를 놨다. 튕겨 나간 화살이 창을 든 여진족의 옆구리에 꽂혔다. 동료가 쓰러진 걸 본 다른 도적이 불타는 집 뒤로 몸을 숨겼다.

활을 내려놓고 뛰쳐나간 조유경은 쓰러진 도적의 창을 집어 들었다. 몸을 숨겼던 도적이 창을 든 조유경을 향해 이빨을 드러내며 덤벼들었다. 곧게 찔러 오는 창을 옆으로 쳐 낸 조유경이 상대방의 다리를 노렸다. 주춤주춤 뒤로 물러나던 도적은 창을 크게 휘두르면서 반격에 나섰다. 뒤로 물러나는 척하던 조유경이 갑자기 상대방의 가슴을 노리고 창을 내밀었다. 놀란 도적이 뒤로 물러나자 조유경은 상대에게 창을 내던지고는 돌아서서 도망쳤다. 우물이 있는 마을 한복판으로 도망치자 도적은 동료를 부르면서 뒤쫓았다.

마을 여기저기 흩어져서 숨겨 둔 식량을 찾던 자들이 하나둘 모여들었다. 우물가까지 도망친 조유경은 사방에서 다가오는 여진족들에게 둘러싸이고 말았다. 조유경은 일부러 눈길을 끌려고 소리를 지르면서 이리저리 도망치는 시늉을 했다. 그사이 몰래 뒤로 다가간 울매가 뒤처진 한 명의 목을 찔러서 거꾸러뜨렸다. 아까 그와 싸웠던 여진족이 창을 겨누고 주춤주춤 다가왔다. 조유경은 사슴뿔 손잡이가 달린 단검을 잽싸게 뽑아서 상대방에게 던졌다. 어깨에 단검이 박힌 도적이 신음을 내면서 창을 놓쳤다. 조유경은 상대방이 떨어뜨린 창을 집어 들고 그 옆에 있는 도적의 목을 찔렀다. 피가 울컥 치솟은 도적이 비명을 지르며 나뒹구는 사이, 불쑥 나타난 울매가 칼을 휘둘러 단번에 두 명을 쓰러뜨렸다. 등을 맞댄 울매가 조유경에게 물었다.

"뭘 하는?"

"안 보여!"

"놈들이 끌고 간 거 아닐까?"

"일단 놈들부터 해치우고 찾아보자."

두 사람이 말을 주고받는 사이, 도적들이 덤벼들었다. 칼을 능숙하게 다루는 울매가 재빨리 치고 나가서 상대방을 베어 버리는 사이, 조유경도 눈앞의 두 명을 상대로 창을 휘둘렀다. 창대로 한 명의 다리를 쳐서 넘어뜨리고, 다른 한 명의 허벅지를 찔렀다. 상대방이 창대를 잡고 넘어지는 바람에 빈손이 된 조유경에게 울매가 자기가 쓰러뜨린 놈의 칼을 던져 줬다. 칼로 상대방의 도끼를 막은 조유경이 허리를 베었다. 나머지를 쓰러뜨린 울매가 다가와서는 허벅지를 찔린 도적의 목을 베었다. 그리고 허리를 베인 채 주저앉은 도적에게 다가가서는 월하의 행방을 물었다. 입에서 피를 토한 여진족이 고개를 가로젓자 울매가 단숨에 칼을 휘둘러서 목을 베었다. 옆으로 쓰러진 도적의 옷에 피 묻은 칼을 닦은 울매가 돌아섰다.

"못 봤대."

"그럼 어디로 갔을까?"

"눈치가 빠른 애니까 어디 숨어 있을 거야."

그때 멀리서 두 사람의 이름을 부르는 목소리가 들렸다. 연기를 뚫고 나타난 월하를 본 울매가 반색을 했다.

"월하야, 괜찮아?"

울매를 지나친 월하가 조유경의 품에 왈칵 안겼다. 함께 포로로 잡힌 이후 월하는 조유경에게 많이 의지했다. 오랫동안 같이 지내면서 월하 역시 울매와 여진족 사람들과 편하게 말을 했다.

"괜찮아, 오빠?"

"난 괜찮아. 대체 무슨 일이 벌어진 거야?"

"몰라. 갑자기 비명이 나고 강도떼들이 쳐들어왔어. 남자들은 보이는 족족 죽이고, 집을 불태운 다음에 여자들과 아이들은 모조리 잡아서 북쪽으로 끌고 갔어."

두 사람의 얘기를 듣던 울매가 끼어들었다.

"노예로 팔아먹으려고 허투알라로 데리고 갔겠지."

"이제 어떡하지?"

겁에 질린 월하의 얘기에 울매가 칼을 칼집에 꽂으면서 말했다.

"어쩌긴, 가서 데려와야지."

울매의 팔을 잡은 조유경이 입을 열었다.

"잠깐."

"왜?"

"한두 놈이 아닌데 우리 둘로는 무리야."

"그럼 노예로 팔려 가서 뿔뿔이 흩어지는 걸 놔두자고?"

조유경은 화를 내는 울매를 붙잡았다.

"화를 낸다고 해결될 문제가 아니야! 일단 너와 월하는 그들을 따라가! 가서 그들을 다 살 수 있는 돈을 구해 올 테니까 기다리라고 해."

"너는?"

"마을 사람들을 살 수 있는 돈을 구해서 뒤따라갈게."

"어떻게? 가죽들도 다 빼앗겼거나 불에 탔어."

"날 믿어."

조유경이 눈을 바라보면서 단호하게 말하자 울매가 마른침을 삼켰다.

"알았어. 허투알라로 먼저 가서 기다리고 있을게."

울매의 어깨를 토닥거리고 돌아선 조유경에게 월하가 말했다.

"나, 오빠 따라가면 안 돼?"

"위험해. 그러니까 울매랑 같이 가."

월하를 달랜 조유경에게 울매가 말했다.

"월하가 좋아하나 봐."

"그냥 동생이야."

딱 잘라 말한 조유경은 두 사람이 떠나는 걸 보고 발걸음을 돌렸다. 10여 년 전 김거리차리에게 얘기를 들었던 보물을 찾으러 가기 위해서였다.

'관모처럼 생긴 바위 중턱까지 올라가면 나오는 동굴. 양 갈래로 갈라진 소나무 옆.'

10년 동안 한순간도 잊지 않았던 기억을 떠올리며 압록강을 따라 남쪽으로 걷던 조유경은 다음 날, 김거리차리가 말한 관모처럼 생긴 바위가 있는 산을 발견했다. 잠시 숨을 돌린 그는 조심스럽게 기어 올라갔다. 높은 편은 아니지만 험한 절벽이라 튀어나온 돌과 나무뿌리를 잡고 겨우겨우 올라갈 수 있었다. 몇 번이고 떨어질 뻔한 위기를 넘긴 다음 겨우 관모바위에 도달했다. 깎아지른 것 같은 절벽을 본 조유경은 그만 포기하고 내려갈까 생각해 봤다. 하지만 그는 숨을 고르고 다시 올라갔다. 10년 동안 가족처럼 지냈던 여진족들을 구출하고 복수를 하기 위해서는 반드시 위로 올라가야만 했다. 절벽에 몸을 딱 붙인 채 조심스럽게 올라가던 조유경은 몇 번이고 멈춰 서서 주변을 살펴봤다. 하지만 김거리차리가 말한 동굴 같은 것은 보이지 않았다.

'젠장!'

이젠 내려가기에도 버거울 정도로 높이 올라와 버린 상태라 그대로 바위 끝까지 올라가야만 했다. 마지막 힘을 쥐어짜 내서 바위를 올라간 조유경은 바닥에 한참 동안 누워 있었다. 겨우 정신을 차린 조유경은 바위 끄트머리에 서서 아래쪽을 내려다봤다. 그러다가 김거리차리가 얘기한 양 갈래로 갈라진 소나무를 찾았다. 숨을 고른 조유경은 칡넝쿨을 잡고 내려갔다. 소나무가 있는 곳까지 도달하자 옆에 한 사람이 겨우 들어갈 수 있는 작은 동굴 입구가 보였다. 안쪽으로 움푹 들어가 있었기 때문에 아래쪽이나 옆에서는 쉽게 발견할 수 없었다. 조심스럽게 동굴 입구에 발을 디딘 조유경은 안으로 들어갔다. 아직 해가 떨어지지 않았음에도 불구하고 좁은 동굴 안이라 몹시 어두웠다. 어둠이 눈에 익을 때까지 잠시 기다린 조유경은 천천히 안으로 들어갔다.

동굴 입구는 좁았지만, 안으로 들어가자 넓은 공간이 나타났다. 그리고 천장의 틈새에서 흘러들어 온 빛이 동굴 안을 희미하게 비췄다. 김거리차리가 얘기한 보물은 동굴 구석에 있었다. 뿌옇게 먼지를 뒤집어쓴 나무 상자 두 개와 갈대로 짠 뚜껑 달린 광주리 두 개가 나란히 놓여 있었다. 천천히 그곳으로 다가간 조유경은 한쪽 무릎을 꿇고 입바람으로 나무 상자 뚜껑의 먼지를 불었다. 자욱하게 날리는 먼지 아래로 쇠로 만든 고리가 보였다. 고리를 잡고 조심스럽게 들어 올리자 안에 든 것들이 보였다. 값비싼 것이 있을 거라고 생각은 했지만, 나무 상자 안에 있는 것은 그의 예상을 뛰어넘었다. 상자 안에는 새끼손가락 굵기의 금괴 수백 개가 들어 있었다. 그 옆 상자에는 금괴와 비슷한 크기의 은괴들과 옥으로 만든 장신구들이 들어 있었다. 김거리차리가 말한 금나라가 망하기 직전에 숨겨 둔 보물들이었다. 금과 은, 장신구를 모두 합하면 한양의 기와집 전체를 사고도 남을 것 같았다. 넋이 나가 있던 조유경은 그 앞에서 한참을 앉아 있었다. 일단 두근거리는 가슴을 진정시키고 어떻게 해야 할지 생각해야만 했다. 답은 명쾌하게 나왔다.

'복수.'

눈앞으로 사람들의 얼굴이 하나씩 지나갔다. 예전 같으면 눈물이 나거나 분노가 치밀어 올랐겠지만, 이상하게도 차분하게 한 명씩 떠올릴 수 있었다. 뭘 해야 할지 결정했지만 그 전에 해야 할 일이 너무나 많았다. 조유경은 금괴 몇 덩어리를 챙겨서 일어났다. 아래로 내려가는 일은 몇 배나 힘들어서 해 지기 전까지 겨우 내려올 수 있었다. 적당한 곳을 찾아서 밤을 보낸 그는 허투알라가 있는 북쪽으로 발걸음을 옮겼다.

허투알라까지는 이틀이 걸렸다. 파저강 상류에 있는 건주여진의 근거지 중 하나였다. 원형의 목책이 높다랗게 이어진 가운데 문으로 쉴 새 없이 사람들이 드나들었다. 말과 노예를 파는 시장이 열리고 있었기 때문이다. 각 지역에서 몰려온 여진족들이 시끄럽게 웃고 떠들면서 흥정을 하고 말젖으로 만든 우유를 나눠 마셨다. 그들 사이를 지나쳐서 시장 쪽으로 들어선 조유경은 곳곳에 묶여 있는 말과 사람들을 봤다. 다른 부족과의 싸움에서 패배해서 끌려온 여진족과 잡혀 온 명나라와 조선 사람들이 무표정한 얼굴로 말뚝에 묶여서 하염없이 서 있었다. 그들을 스쳐 지나가면서 한 명씩 얼굴을 살펴보던 그는 낯익은 얼굴을 발견했다. 웃통을 벗은 뚱뚱한 여진족이 팔짱을 낀 채 서 있었고, 그 앞에는 울매와 월하가 보였다. 초조한 표정으로 뚱뚱한 여진족과 입씨름을 벌이던 월하가 사람들을 헤치고 다가오는 조유경을 발견하고는 반색을 했다.

"오, 오빠!"

조유경에게 한걸음에 달려온 월하가 물었다.

"괜찮아?"

"응. 어떻게 됐어?"

뒤늦게 조유경을 발견하고 다가온 울매가 뚱뚱한 여진족을 바라보면서 말했다.

"저 새끼가 우리 마을 사람들을 잡아간 티무르란 놈이야."

"뭐래?"

"도둑놈이야. 마을 사람들을 다시 사려면 말 백 마리 값을 내놓으래."

씩씩거리는 울매의 어깨를 토닥거려 준 조유경이 티무르에게 다가갔다. 팔짱을 낀 그가 거만한 말투로 물었다.

"네가 저놈들이 얘기한 그놈이냐?"

"얼마라고 했지?"

"말 백 마리! 한 푼도 깎아 줄 수 없으니까 그리 알아."

"여자와 아이들 수십 명인데 너무 비싼 거 아니야?"

"싫으면 관둬. 저 멀리 흑수 쪽에 팔아 버릴 거니까."

조유경은 코웃음을 치며 말하는 티무르의 눈앞에 금괴를 내밀었다.

"이거면 충분하겠지?"

눈이 휘둥그레진 티무르가 금괴를 낚아채서 이빨로 힘껏 깨물었다. 티무르의 옆을 스쳐 지나간 조유경이 칼을 꺼내서 마을 사람들을 묶고 있는 밧줄을 끊었다. 놀란 울매가 다가와서 물었다.

"어디서 난 거야?"

"일단 사람들부터 풀어 주자."

고개를 끄덕거린 울매가 마을 사람들이 묶인 밧줄을 풀어 줬다. 초조한 표정으로 발을 구르고 있던 마을 사람들이 주저앉아 울음을 터뜨렸다. 조유경은 몇 발짝 떨어진 곳으로 울매를 불러서 금괴 두 개를 건넸다.

"이걸로 말과 필요한 것들을 사."

"진짜 어디서 난 건데?"

"모르는 게 좋아. 잘 있어라."

"무슨 소리야?"

"이제 돌아가야 해."

"어디로?"

"조선으로."

조유경의 말에 울매가 물었다.

"떠난 지 10년이나 지났는데 가서 뭐 하게?"

그 얘기를 듣는 순간, 잊고 싶었지만 잊을 수 없었던 과거를 떠올린 조유경이 차갑게 대답했다.

"복수."

울매에게 금괴를 쥐여 주고 돌아선 조유경에게 월하가 다가왔다.

"오빠, 어디 가?"

"이제 돌아가려고!"

"나도 데려가!"

"해야 할 일이 있으니까 울매랑 있어. 자리 잡히면 연락할게."

조유경은 월하의 손을 가볍게 잡았다가 놨다. 그러고는 아직도 금괴를 들고 정신을 못 차리는 티무르에게 다가갔다.

"그 금괴면 말 한 마리 더 줘도 괜찮겠지?"

"그, 그럼. 저기 저 말이 가장 좋아."

티무르가 손가락으로 가리킨 흰 말에 올라탄 조유경은 고삐를 잡고 배를 걷어찼다. 말이 서서히 앞으로 나아가면서 조유경은 10년 동안 함께 지냈던 마을 사람들과 울매, 그리고 월하와 차츰 멀어졌다.

허투알라를 빠져나온 조유경은 남쪽으로 말을 달렸다. 사흘 정도 말을 타고 달리자 압록강이 나왔다. 울매와 함께 살았을 때도 가끔 압록강에 서서 남쪽의 조선 땅을 바라본 적이 있었다. 그냥 물에 뛰어들어서 건너가고 싶을 때가 많았지만 복수를 해야 할 자들이 자신의 존재를 잊기를 바라면서 기다리기로 했었다. 이제 강을 건널 시간이었다. 조유경은 적당한 곳을 찾아서 밤을 보낸 다음에 새벽에 조심스럽게 강을 건넜다. 강물이 조금 깊어서 말의 목까지 물이 찼지만 해가 뜨기 전에 건널 수 있었다. 잠시 숨을 고르면서 주변을 살핀 그는 주변에 순찰을 도는 조선군이 없는 것을 확인하고는 말고삐를 당겼다.

좁은 길을 따라 반나절쯤 가자 담장을 높게 두른 초가집이 보였다. 마당에서는 머리가 허옇게 센 노인이 방아를 찧고, 그 옆에는 여자아이가 쪼그리고 앉아 있었다. 말을 탄 그가 오솔길에서 모습을 드러내자 여자아이가 소리를 질렀고, 노인은 얼른 옆에 놓인 활을 집어 들었다. 조유경은 두 손을 들어서 싸울 생각이 없다는 것을 드러냈다.

"저, 조선 사람입니다."

"조선말은 하는데 생긴 것도 그렇고 타고 온 말도 여진 놈들 것이구먼."

탁한 목소리로 추궁하듯 묻는 노인에게 조유경이 대답했다.

"놈들에게 붙잡혀 갔다가 말을 타고 도망쳐 온 겁니다. 말을 드릴 테니까 옷과 신발을 바꿔 주실 수 있으십니까?"

"뭐라고?"

노인이 미심쩍다는 듯 되물었다. 조유경은 말에서 천천히 내리면서 말했다.

"정말입니다. 가져가시고 옷 한 벌만 주십시오."

조유경이 말에서 뒤로 물러나자 노인이 여자아이에게 뭐라고 말하고는 활을 내렸다.

"보아하니 제대로 못 먹은 모양이군. 식사나 같이 하세."

노인은 조유경의 사연이 궁금한 듯했지만 따로 캐묻지는 않았다. 푸성귀와 된장국으로 된 식사를 마치자 여자아이가 개켜진 저고리와 바지, 그리고 토끼털로 만든 조끼를 가져왔다.

"저 아이 애비가 입던 걸세. 짚신도 몇 켤레 있으니까 그것도 가져가게."

"감사합니다, 어르신."

"가족한테 돌아가는 것 같구먼."

그 얘기를 듣는 순간, 조유경은 울컥하고 말았다. 자신의 실수로 인해 풍비박산이 난 집안과 억울하게 죽은 아버지가 떠오른 것이다. 조유경의 눈물을 본 노인이 말했다.

"돌아가서 그동안 못다 한 정을 나누게나."

"고맙습니다, 어르신."

식사를 마친 조유경은 방에서 옷을 갈아입었다. 밖으로 나오자 노인이 백면포白綿布[39] 두 필과 짚신을 건넸다.

"할멈이 짠 거야. 말 값으로는 턱없지만 가져가게."

"이럴 필요까지는 없습니다, 어르신."

"빈손으로 가지 말게. 몸에 두르고 가게나."

백면포를 건네받은 그에게 노인이 말했다.

"여기서 남쪽으로 쭉 내려가서 큰 개울을 건너면 강계가 나올 걸세. 얼마 안 걸릴 거야."

"알겠습니다."

---

39 흰색의 고급 무명베.

"어서 가서 가족들을 만나게."

조유경은 노인과 여자아이의 배웅을 받으며 길을 걸었다. 야트막한 언덕을 지나고 개울을 넘자 돌로 만든 성벽과 문루가 보였다. 노인이 얘기한 강계 같았다. 활짝 열린 성문 앞에는 창을 든 병사들이 지키고 있었다. 바짝 긴장했지만 조선 사람은 따로 눈여겨보는 것 같지 않았다.

강계는 오랜만이었고, 잠시 머물렀던 곳이라 몹시 낯설었다. 좁은 골목은 오가는 사람들이 찍어 넣은 발자국으로 가득했다. 최대한 낯선 사람이라는 것을 감추기 위해 조심스럽게 걷던 그는 어디선가 풍겨오는 국밥 냄새에 걸음을 멈췄다. 한양에 있을 때 가끔 시래기와 무를 넣은 국밥을 먹어 본 적이 있지만 그다지 좋아하지는 않았다. 하지만 지금은 그런 걸 따질 때가 아니었다. 국밥 냄새가 풍겨온 곳은 골목 끝의 싸리 담장이 둘린 주막집이었다. 그가 안으로 들어가자 국자로 가마솥을 젓고 있던 주모가 물었다.

"여기 사람이 아닌 모양인데 어디서 오셨수?"

조유경은 툇마루에 걸터앉으면서 태연스럽게 말했다.

"멀리 한양에서 주인마님을 대신해서 추노推奴[40]하러 왔네."

"아! 추노객追奴客[41]이구려."

"암튼 따끈한 국밥이나 하나 말아 주시오."

---

40 도망친 노비를 잡는 일.
41 도망친 노비를 잡으러 다니는 사람.

"가진 건 있으슈?"

미심쩍어하는 주모에게 조유경은 몸에 두른 백면포를 슬쩍 보여 줬다.

"이 정도면 충분한가?"

"아이고, 그 정도면 충분하지요."

활짝 웃은 주모가 잠시 후 따끈한 국밥과 절인 채소가 있는 소반을 가지고 왔다. 숟가락을 들어서 허겁지겁 배를 채운 조유경은 옆에서 지켜보던 주모에게 말했다.

"일단 몸을 좀 추슬러야겠는데 며칠 머물 만한 조용한 방이 있는가?"

"셈만 치러 주신다면야 제 방이라도 내드려야죠."

"그럼 방 하나만 주시고, 옷 좀 구해 주게. 백저포와 저고리, 바지, 그리고 머리에 쓰고 다닐 발립도 하나 필요하네."

"이 길 끝에 옷을 잘 만드는 아낙이 살고 있는데, 아마 말씀하신 것들을 가지고 있을 겁니다."

"알겠소. 그리고 몸을 씻고 싶은데."

"부엌간 옆에 물을 데워 놓죠."

"백면포 한 필이면 충분하겠는가?"

"그렇고 말굽쇼."

일단 주모는 별다른 의심 없이 속여 넘기는 데 성공했다. 배를 채운 조유경은 주모가 안내한 방으로 들어갔다. 잠시 후, 그가 부탁한 옷과 발립이 들어왔다. 조유경이 백면포를 건네주자 주모가 문을 닫고 나갔다. 조유경은 그제야 온몸이 노곤하게 풀리는지 눈이 스르르 감겼다. 긴장이 풀렸는지 잠이 몰려온 것이다. 밖에서 들려오는 헛기침 소리에 눈을 뜨자 바깥이 어두워진 게 느껴졌다. 헛기침 소리를 낸 주모가 간드러지는 목소리로 말했다.

"손님, 목욕물 받아 놨습니다."

부엌 옆의 창고로 들어가자 뜨거운 물이 가득 든 나무통이 보였다. 옷을 벗어 던지고 알몸으로 안에 들어가자 몸이 녹아내릴 것 같았다. 목욕을 마친 조유경은 방으로 들어와서 경대鏡臺[42]를 봤다. 지난 10년 동안 마음고생도 심했고 몇 차례 죽을 고비도 넘겼다. 그러면서 젊은 시절의 얼굴은 완전히 사라졌다. 하얗고 곱상하던 원래의 모습은 온데간데없이 사라지고, 상처가 나고 검게 탄 얼굴만 남았다. 나이도 한참 들어 보였다. 그들 앞에 서도 제대로 알아보지 못할 것이라는 자신감이 생겼다. 밖에서 주모가 상을 차렸다는 목소리가 들렸다.

배를 채우고 밖으로 나온 조유경은 찬찬히 시장의 안팎을 살폈다. 지금 상태에서는 한양으로 돌아갈 수 없었다. 복수할 기회를 엿봐야만 했다. 그들이 지금은 어떻게 변했는지, 친구를 팔아서 얼마나 출세를 했는지 알아봐야 했다.

'군자의 복수는 10년의 세월이 지나도 늦지 않는 법이니까.'

책에서 봤던 중국 속담을 떠올리며 사람들 사이를 지나가다

---

42 조선 시대의 거울.

가 시장의 공터에 도착했다. 그리고 그곳에서 한 무리의 사람들이 모여서 떠드는 소리를 들었다. 가까이 다가가자 누군가를 빙 둘러싸고 있는 게 보였다. 호기심에 그들 사이를 파고들자 사람들에 둘러싸인 사내가 보였다. 20대로 보이는 그는 백저포를 입었으며 두건을 쓰고 있었다. 사내를 둘러싼 장사꾼 중 한 명이 침을 튀기면서 소리쳤다.

"이놈이 감히 도둑질을 해!"

"말도 안 되는 억지 부리지 마시오. 값이 너무 비싸서 안 산다고 했는데 누명을 씌우는 법이 어디 있소!"

젊은 사내가 응수했지만 다른 장사꾼까지 가세하자 항변은 그대로 묻혀 버렸다. 그러자 젊은 사내가 목소리를 높였다.

"아니, 내가 아무리 한양에서 유배를 왔다지만 이런 식으로 괴롭혀도 된답니까!"

점점 오가는 말이 거칠어지자 맨 처음 으름장을 놓던 장사꾼이 주변 사람들을 선동했다.

"유배를 와서 우리 마을 사람들에게 신세를 지는 주제에 도둑질까지 했으니 이대로 두고 볼 수 없소이다. 당장 관아로 끌고 가서 혼쭐을 내 줍시다."

관아라는 얘기가 나오자 젊은 사내의 얼굴이 파랗게 질렸다. 슬슬 뒷걸음질을 치려고 했지만 장사꾼들에게 붙잡히고 말았다.

"도둑이 제 발 저린다더니, 딱 그 꼴이구나."

젊은 사내는 뒤늦게 반항해 봤지만, 워낙 사람들이 많아서 빠져나갈 틈이 보이지 않았다. 누군가가 목에 밧줄까지 감아 버렸다. 필사적으로 발버둥을 치는 그를 보던 조유경은 사람들을 밀치고 안으로 들어갔다.

"잠시만 기다리시구려."

"넌 또 뭐야!"

눈을 부릅뜬 장사꾼에게 조유경이 대답했다.

"내가 이 사람이 도둑질한 물건값을 치르겠소."

조유경이 목에 밧줄이 감긴 젊은 사내를 가리키면서 얘기하자 장사꾼이 눈살을 찌푸렸다.

"이자와 아는 사이요?"

"한양에 있을 때 신세를 진 적이 있소. 이 정도면 되겠소?"

조유경이 주모에게 주고 남은 백면포를 건네자 장사꾼의 눈빛이 누그러졌다.

"이 정도면 뭐 넘어가 드리리다."

장사꾼이 백면포를 가지고 돌아가고 구경꾼들이 사라지자 젊은 사내가 낮은 목소리로 말했다.

"구해 주셔서 고맙습니다. 저는 고주홍이라는 외지부外知部[43]입니다."

"외지부?"

"외지부를 아십니까? 송사를 도와주는 직업입지요."

---

43 조선 시대 소송을 대신하고 돈벌이를 하던 사람들. 오늘날의 변호사와 비슷한 존재다.

그러고 보니 젊은 사내의 손에는 굳은살이 없었다. 또한 얼굴도 하얀 편이었다. 얼핏 봐도 농사꾼처럼 보이지는 않았는데 외지부라는 얘기에 이해가 갔다.

"알고 있네. 그런데 한양이면 몰라도 이곳에서 외지부로 먹고살 수 있는가?"

"한양에서 일하다가 어느 날 갑자기 여기로 유배를 왔습지요."

"유배라니? 외지부가 유배를 올 일이 있는가?"

"송사를 일삼는다는 죄목으로 온 가족이 같이 끌려왔습니다요. 참 나, 송사를 일삼는 게 누군데 우리한테 덮어씌우는지 모르겠습니다요."

"그런데 어쩌다 도둑질까지 하게 되었는가?"

"가족들이 함께 와서 필요한 물건을 사러 왔습지요. 그런데 내가 유배를 왔다는 사실을 눈치채고는 터무니없이 비싼 값을 불러서 흥정만 하고 돌아서려는데 갑자기 도둑이라고 소리를 쳤습니다. 유배지를 벗어난 것을 알아차리고 도둑 누명을 씌워서 돈을 뜯어내려고 수작을 부린 것이지요."

그 얘기를 듣는 순간 조유경은 한 가지 생각이 떠올랐다. 이자를 이용하여 한양에 가지 않고도 그곳 소식을 들을 수 있는 좋은 방법이 떠오른 것이다.

"내가 한양으로 돌아갈 수 있도록 해 줄까?"

"정말이오?"

고주홍이 솔깃한 표정을 짓자 조유경이 고개를 끄덕거렸다.

"일단 시장 끝에 있는 주막집에 가서 추노객 일행이라고 하고 방에서 쉬게."

"아, 알겠습니다."

고주홍과 헤어진 조유경은 강계의 시장을 천천히 돌아봤다. 가지고 있는 금괴를 눈에 안 띄게 바꿀 수 있을 법한 곳을 찾기 위해서였다. 그런데 낯선 곳을 헤매다가 길을 잘못 든 모양이었다. 시장 뒤편으로 난 좁은 골목길을 지나가는데 누군가 앞을 가로막았다. 아까 고주홍에게 도둑 누명을 씌우려고 했던 장사꾼이었다. 몽둥이를 손에 든 그의 옆에는 패거리들이 보였다.

"아무리 봐도 수상해서 말이야."

"여기 장사꾼들은 장사는 안 하고 떼로 몰려다니면서 무뢰배 노릇을 하는가 보군."

퉁명스럽게 응수한 조유경이 반대편으로 빠져나가려고 했지만, 그쪽도 이미 몽둥이를 든 패거리들이 막아 버렸다. 아까 그와 말을 나눴던 장사꾼이 은근한 목소리로 말했다.

"아이고, 통성명도 안 했구먼. 내 이름은 강상천이야, 강상천."

"네 이름은 별로 궁금하지 않은데?"

"그러시겠지. 아무리 아는 사이라고 해도 백면포 한 필을 떡하니 내놓는 걸 보면 가진 게 제법 되는 모양이지."

조유경은 얘기를 듣는 척하면서 무기가 될 만한 것을 찾아봤다. 양쪽의 담장은 너무 높아서 넘어가기 힘들었다. 강을 넘어오면서 무기를 따로 챙기지 않았기 때문에 지금은 빈손이었다. 생각보다 상대방이 강하게 나오자 조유경은 다급해졌다.

몸에 지닌 금괴를 들키는 날에는 일이 복잡해질 수 있기 때문이다. 일단 뒤쪽으로 몸을 돌려서 상대방을 발길로 걷어차서 쓰러뜨린 다음에 넘어가려고 했다. 하지만 좁은 골목길이라 넘어진 상대가 발목을 잡자 뿌리칠 수가 없었다. 그사이 강상천이 뒤로 다가와서 몽둥이로 내리쳤다. 여러 명이 합세해 좁은 곳에서 몽둥이로 내리치자 빈손이었던 조유경은 당해 낼 수가 없었다. 이마가 터지면서 나온 피로 눈이 제대로 보이지 않게 된 그는 이를 악물고 빠져나갈 틈을 찾았다. 하지만 강상천 패거리는 이런 일을 아주 여러 번 한 것처럼 능숙하게 발목을 잡고 길을 막아선 채 몽둥이찜질을 해 댔다. 강상천이 매질을 당해 축 늘어진 조유경을 거만한 표정으로 내려다봤다.

"어디서 굴러온 개뼈다귀……."

조유경은 강상천의 머리 위로 그림자가 떨어져 내리는 걸 봤다. 강상천은 뒤통수를 움켜잡은 채 비명을 질렀다. 위에서 떨어진 그림자는 앞뒤에 있던 강상천 패거리를 단번에 제압했다. 몽둥이를 휘두르며 달려드는 패거리의 발을 걸어서 넘어뜨린 다음에 턱을 걷어찼다. 강상천 패거리의 비명이 골목길에 울려 퍼졌지만 아무도 들여다보지 않았다. 삽시간에 강상천 패거리를 제압한 그림자가 그를 내려다보면서 입을 열었다.

"괜찮으십니까?"

손가락으로 눈가에 고인 피를 닦아 내자 비로소 상대방이 보였다.

"울매야!"

"하하, 제가 왔습니다."

"갑자기 웬 존댓말이야?"

울매가 조유경 앞에 무릎을 꿇었다.

"우리 부족을 구해 줬으니까 앞으로 형님으로 모시겠습니다."

"장난치지 마."

조유경이 웃으면서 얘기했지만 울매는 심각한 표정으로 대답했다.

"진짜입니다. 형님이 아니었으면 우리 부족은 노예로 팔려 가서 뿔뿔이 흩어졌을 겁니다. 그러니 형님으로 모시면서 그 은혜를 갚겠습니다. 진작에 말씀드렸어야 하는데 많이 늦었습니다."

조유경은 울매를 내려다보면서 생각에 잠겼다. 방금 같은 일이 벌어질 경우 든든한 울매가 곁에 있으면 큰 도움이 될 수 있기 때문이었다. 고민을 끝낸 조유경이 대답했다.

"좋다. 그런데 여긴 어떻게 온 거야?"

"중간에 형님이 말을 판 노인을 만났습니다."

둘이 얘기를 주고받는 사이 정신이 든 강상천이 벌벌 떨면서 몸을 일으켰다. 조유경이 바닥에 떨어진 몽둥이를 들고 다가가자 그는 뒤로 물러서면서 소리쳤다.

"나리, 제발 살려 주십시오."

"오냐. 살려 주마."

조유경은 몽둥이를 거두는 척하면서 갑자기 머리를 내리쳤다. 둔탁한 소리와 함께 강상천이 외마디 비명을 질렀다.

"아이고!"

가쁜 숨을 몰아쉬고 있는 강상천에게 조유경이 말했다.

"살려 줄 테니까 꺼져."

그의 말이 떨어지기가 무섭게 강상천은 엉금엉금 기어서 골목길을 빠져나갔다. 몇 발짝 떨어진 곳에서 지켜보던 울매가 한마디 했다.

"형님, 솜씨가 제법인데요."

그러자 그에게 다가간 조유경이 말했다.

"앞으로 내 이름을 강상천이라 불러야겠다. 이제 조유경이라고 부르지 마."

"조선 사람들은 이름을 잘 안 바꾸는 걸로 아는데, 왜 그러는 건가요?"

울매의 물음에 그는 강상천이 도망친 방향을 바라보면서 대답했다.

"저자처럼 법도 무서워하지 않고 철저하게 자기 이익만 챙기는 사람이 될 거니까."

"그럼 저자를 없애야겠는데요?"

"지금은 말고, 자리를 잡은 뒤에 처리하자."

"그렇게 하죠."

"그나저나 월하는?"

"형님 복수를 돕겠다면서 한양으로 떠났어요."

"뭐라고?"

그가 화를 내자 울매가 고개를 절레절레 저었다.

"말리려고 했는데 개 고집 알잖아요. 그래서 나도 형님을 도와주려고 온 거예요."

돌아가는 상황을 비로소 파악한 그는 쓴웃음을 지었다.

"아무튼 도와줘서 고마워."

조유경, 아니, 강상천의 말에 울매가 고개를 끄덕거렸다.

"이제 뭘 도와드릴까요?"

잠시 고민하던 강상천이 대답했다.

"일단 나하고 주막집으로 가자."

군자복구 십년불만

君子復仇 十年不晚: 군자의 복수는 10년의 세월이 지나도 늦지 않다.

인경을 알리는 종이 울리고 한양의 성문이 닫혔다. 바깥을 돌아다니는 사람들을 단속하기 위해 순라군들이 순찰을 돌았지만 기방이 모여 있는 벽장동 쪽은 등불을 환하게 내건 채 와자지껄했다. 드나드는 사람이나 기방을 운영하는 쪽 모두 순라군 따위가 건드릴 수 없는 사람들이었기 때문이다.

4월이지만 때늦은 추위 때문에 휘항[44]을 뒤집어쓴 조방꾼[45] 덕배는 종종걸음으로 벽장동 모퉁이의 작은 초가집 안으로 들어갔다. 불이 환하게 켜진 방문을 열고 들어서자 빙 둘러앉은 사람 중 노름판 주선자이자 좌장 노릇을 하는 무뢰배 박한수가

---

44 머리에 써서 어깨까지 드리워지는 방한모의 일종.
45 기생들의 뒤를 봐주는 무뢰배.

아는 척을 했다. 덕배와 동갑인 그는 부리부리한 눈에 두툼한 주먹코를 가진 덕분에 쉽게 말을 붙일 외모는 아니었지만 최근 들어서 덕배를 챙겨 주는 편이었다.

"어서 오게."

"돈 떨어졌다고 거들떠보지도 않더니 오늘은 웬일이슈."

"노름판 인심이라는 게 다 그런 거 아닌가. 오늘은 밑천을 줄 테니 흥을 좀 북돋워 주게."

"그거야 내 전문 아니겠어."

손을 싹싹 비빈 덕배가 활짝 웃으면서 대답했다. 박한수가 눈짓을 하자 빈자리가 만들어졌다. 박한수가 빈틈을 파고든 덕배를 소개했다.

"여기 마빡이 훤하고 비만 오면 빗물이 들어가는 들창코를 한 이 친구는 덕배라고 하네. 제법 날리는 조방꾼이니까 계집 생각이 나면 이 친구한테 얘기하시구려."

소개를 받은 덕배는 노름꾼들과 눈인사를 나눴다. 박한수 옆에는 개가죽으로 만든 조끼를 입은 파리한 얼굴의 사내가 있었고, 그 옆에는 퀭한 눈을 한 노인이 자리를 차지했다. 나머지 두 명 중 한 명은 키가 크고 깡마른 사내였는데 눈매가 제법 매서운 걸 보면 주먹으로 먹고사는 박한수 같은 무뢰배가 분명했다. 또 한 명은 헝클어진 머리를 끈으로 동여매고 눈이 충혈된 것으로 봐서 노름에 환장한 노름꾼 같았다. 그들이 모여 앉은 가운데에는 기름을 먹인 두꺼운 종이로 만든 투전패가 놓여 있었다. 투전패에는 숫자와 그림이 적혀 있었다. 덕배가 박한수에게 물었다.

"뭘 하는 거야?"

"뭐긴, 돌려대기[46]지."

투전패를 모은 박한수가 능숙한 솜씨로 노름꾼들에게 나눠
줬다. 투전패를 받은 덕배에게 박한수가 은근슬쩍 말을 건넸다.

"자네 그 소문 들어 봤나?"

넘겨받은 투전패에 적힌 숫자를 보던 덕배가 되물었다.

"무슨 소문?"

"끝내주는 거물이 나타났다는 소문 말이야."

"소문만 무성한 놈들은 막상 껍데기 까 보면 다들 별거 아니
더라고."

눈살을 찌푸린 덕배가 코웃음을 쳤다.

"이번에는 진짜래. 평양에서 제일가는 장사꾼에 땅도 많아
서 한양의 웬만한 부자 뺨칠 정도라고 하던데."

"그래?"

투전패의 숫자를 맞춰 보던 덕배가 흥미를 보이자 박한수가
바짝 당겨 앉았다.

"얼굴은 상처투성이지만 잘생겼고, 사나운 여진족을 곁에 두
고 다닌대. 통이 커서 기방이나 노름판에서 돈을 물 쓰듯 한다
는군."

---

46 조선 시대 유행했던 투전 방식 중의 하나. 40장의 투전패를 노름꾼들이 나눠 가
　지고 숫자를 맞추는 방식으로 진행된다.

"그런 작자가 한양에는 웬일이래?"

"난들 알겠어? 어쨌든 그런 놈 하나 잘 물면 팔자 고치는데 말이야."

숫자를 맞추지 못한 패를 내던진 덕배가 대답했다.

"어이구, 팔자 고쳐 봤자 그게 그거입디다. 패나 주슈."

새벽까지 벌어진 투전판에서 재미를 보지 못한 덕배는 투덜거리면서 길을 걸었다.

'4월인데 뭔 놈의 날씨가 이리 추워.'

팔을 소매에 넣은 채 질퍽한 길을 조심스럽게 걷던 덕배는 누군가 앞을 가로막고 있다는 느낌에 걸음을 멈췄다. 키가 제법 큰 사내가 길 한가운데를 막아선 게 보였다. 그 옆에는 다른 그림자도 보였는데 가죽옷에 지팡이를 들고 있었다. 순간적으로 노름판에서 빌린 돈을 받으러 온 무뢰배인가 싶었지만 그렇게 보기에는 옷차림이 너무 깔끔했다.

"뉘슈?"

"자네가 덕배인가?"

키 큰 사내의 물음에 그는 고개를 끄덕였다.

"그렇소만?"

대답을 들은 키 큰 사내가 고개를 끄덕거렸다. 그러자 지팡이를 든 사내가 품에서 작은 주머니를 꺼내서 그에게 던졌다. 엉겁결에 주머니를 받은 덕배는 안을 들여다보고 입을 다물지 못했다. 새끼손톱만 한 은 덩어리가 달빛 아래 영롱하게 빛을

128

발한 것이다.

"이거 은 아니요?"

"내 부탁을 들어주면 그런 은 덩어리를 두 개 더 주겠네."

"두 개나 더 말입니까?"

놀란 덕배가 입을 다물지 못하자 사내가 몇 걸음 앞으로 다가와서 달빛에 얼굴을 드러냈다. 검은색 발립과 붉은색 도포 차림이었는데 까무잡잡한 얼굴에는 크고 작은 상처가 꽤 많이 있었다. 특히 눈빛이 매서워서 쉽사리 말을 건네거나 바라보기 어려울 것 같았다. 상대방의 얼굴을 본 덕배는 아까 노름판에서 들었던 얘기가 떠올랐다.

"호, 혹시 평양에서 왔다는……."

"내가 어디에서 온 누구인지는 알 필요 없네. 단지 내가 시킨 일을 할 수 있느냐 없느냐가 중요할 뿐이지."

"얘기해 보슈."

"자네가 데리고 있는 기생 중에 한양 최고라는 월하가 있다고 들었네. 만남을 주선해 주게."

상대방의 얘기를 들은 덕배는 아쉬움에 혀를 찼다.

"늦었소. 그년은 얼마 전부터 병조판서 황덕중이 호시탐탐 노리는 중이외다."

"아직 머리를 얹지는 않았다고 들었네."

상대방의 얘기에 덕배가 코웃음을 쳤다.

"시골에서 와서 뭘 모르는 모양인데, 그분은 그냥 벼슬아치가 아니외다. 바로 주상 전하의 셋째 아드님이신 충녕대군의 장인이라 이 말입니다. 그분이 점찍은 이상 다른 사람이 손대면 난리가 납니다."

"어허, 한양 최고의 조방꾼이라고 해서 찾아왔더니 이렇게 겁쟁이일 줄은 몰랐네."

얘기를 듣고 발끈한 덕배가 쏘아붙였다.

"이 양반이, 사람 목이 하나뿐인데 그걸 걸고 계집질을 하시려오?"

"만나게만 해 주면 나머지는 내가 알아서 하지."

"정말이오? 잠자리를 주선해 주는 게 아니라 그냥 만나게만 해 주면 된다 이 말이오?"

믿기지 않는 행운에 놀란 덕배가 물었다. 가뜩이나 노름판에서 돈을 잃어서 빈털터리가 된 신세였는데 이렇게 물주가 굴러떨어질 줄은 꿈에도 몰랐다. 그의 물음에 상대방은 고개를 끄덕거렸다.

"대신 나에 대해서 발설하면 좋지 않은 일이 생길 거네."

뭘 어떻게 한다는 얘기는 없었지만 풍기는 분위기만으로도 겁을 먹기 충분했다. 마른침을 삼킨 덕배가 입을 열었다.

"그럼 며칠 후에 동대문 밖에서 선농제先農祭[47]를 지낼 때 데리고 나오겠소이다. 만나게는 해 줄 테니까 나머지는 알아서 하슈."

---

47 조선 시대 봄에 임금이 농사를 권장하기 위해 선농단에 제사를 지내던 일. 제사를 지낸 후에 밭을 가는 친경 행사를 했다.

"알겠네."

얘기를 마친 상대방이 등을 돌리고 떠나려고 하자 덕배가 다급하게 물었다.

"아무리 그래도 이름 석 자는 알아야 하지 않겠소?"

"내 이름은 강상천이네. 필요한 게 있으면 내 동생 울매가 자네를 찾아갈 걸세."

강상천과 하인이 바람처럼 사라지자 덕배는 주머니 안에 든 은을 꺼내서 이빨로 힘껏 깨물었다. 진짜 은이라는 사실을 확인한 덕배는 믿기지 않는다는 표정으로 강상천이 사라진 방향을 바라봤다.

선농제는 백성들에게 임금의 얼굴을 먼발치에서나마 볼 수 있는 드문 기회였다. 그래서 관광민인觀光民人[48]들이 구름처럼 몰려왔다. 가난한 백성들은 행렬이 잘 보이는 길가의 언덕 위로 올라갔고, 행세깨나 하는 자들은 길옆에 천막을 쳐 놓고 가까이서 구경했다. 머리에 천을 두른 덕배는 너울을 쓴 월하를 데리고 가장 크고 화려한 천막 앞에 섰다. 한 손으로 너울에 드리워진 천을 붙잡은 월하가 말했다.

"안 온다고 했는데 어찌 이리 고집을 부려요."

---

48 임금의 행차를 구경하기 위해 몰려든 사람들을 뜻한다.

"너도 늙은이 냄새 싫다며. 나 좀 살려 줘."

월하를 억지로 천막 안으로 밀어 넣은 덕배가 한숨을 돌렸다. 그러자 천막을 지키고 있던 울매가 주머니를 던져 줬다. 주머니 안에 든 은 덩어리를 확인한 덕배는 천막에 대고 절이라도 하고 싶은 심정이었다. 반강제로 떠밀려 들어간 월하는 천막 안의 풍경에 눈이 휘둥그레졌다. 옻칠이 된 값비싸 보이는 탑상이 놓여 있고, 옆에는 숯불이 피워져서 냉기를 쫓아내는 중이었다. 탑상 위에는 술상이 놓여 있었는데, 오랫동안 기방에서 생활한 그녀는 그것만으로도 대충 얼마만큼 돈을 썼는지 알 수 있었다.

탑상에서는 값비싼 비단으로 만든 도포를 입은 사내가 술잔을 기울이는 중이었다. 사내가 고개를 돌리자 월하의 가슴이 두근거렸다. 왼쪽 뺨에는 큼지막한 상처가 있었고, 오른쪽 눈꼬리 쪽으로도 길게 상처가 나 있었다. 검게 그은 얼굴에는 잘 다듬은 수염과 타오를 것 같은 눈이 있었다. 야수 같기도 하고 보듬어 줘야 할 상처가 있는 것 같기도 한 얼굴의 소유자는 옆자리를 가리켰다.

"오랜만이구나. 그동안 뭘 하고 지냈느냐?"

"보시다시피 한양 최고의 기생이 되었지요."

"덕분에 남의 눈을 피해서 만나느라 오입쟁이 노릇을 해야 했다. 대체 왜 기생질을 하고 있는 거냐?"

"오라버니를 위해서요."

"날 위해서?"

132

그의 반문에 옆자리에 앉은 월하가 차가운 얼굴로 대답했다.

"한때는 조유경이었다가 지금은 강상천이 된 사람을 위해서죠."

월하의 말에 오래전에 잊어버렸던 이름이 떠오른 그는 움찔했다.

"이건 내 일이다."

"제가 도와 드릴게요."

"그럴 필요 없어."

"사실 간단하게 밤중에 몰래 담을 넘어서 죽이고 도망칠 수도 있잖아요. 그런데 이렇게 차근차근 준비하는 걸 보면 한 번에 없애려고 하는 게 아니라 최대한 고통을 주려는 것 아닌가요?"

정곡을 찔린 강상천이 아무 말도 못 하자 그녀가 가볍게 웃었다.

"그중 핵심은 황덕중이고요."

"그래서 그자와 가깝게 지낸 건가?"

"머리를 올려 주겠다고 어찌나 수작을 부리는지 몰라요. 하지만 제 몸과 마음은 모두 오라버니 거예요."

"난 너를 동생 이상으로 생각한 적이 없다. 지금이라도 늦지 않았으니 어서 한양을 떠나라."

"황덕중과 김온이 자주 만나는 중이에요."

그녀의 말에 강상천의 눈빛이 빛났다. 사실 그녀가 황덕중에게 접근해 준 덕분에 일이 생각보다 쉽게 풀릴 기미가 보인 것이다. 그는 이번 일이 끝나면 월하에게 막대한 재물을 주는 것으로 보상하겠다고 결심했다. 그러면서도 여동생 같은 그녀의 희생에도 변하지 않는 자신의 마음을 느꼈다. 그리고 자신을 그렇게 만든 그들을 향한 분노가 사라지지 않았다. 마음을 가다듬은 강상천이 물었다.

"어디서?"

"제가 있는 기방에서요. 조만간 제 친척이라고 하고 소개해 드릴 테니까 자연스럽게 만나 보세요."

그녀의 얘기에 강상천은 대답 대신 손짓을 했다. 그러자 천막의 앞쪽이 걷히면서 거둥擧動[49]이 코앞에서 보였다.

"너무 오래 닫고 있으면 보는 눈들이 있어서 말이다."

"평양에서 온 엄청난 부자라는 소문은 들었어요."

"이 천막이 여기에 세워진 것도 그 때문이지."

그리고 보니 행차가 손에 잡힐 듯 가까이 보였다. 월하는 대감들을 따라 거둥을 구경해 본 적이 있지만 이렇게까지 가까이 천막을 세워 놓은 경우는 보지 못했다. 천막 안의 것들만 해도 웬만큼 사는 집의 전 재산과 맞먹을 것 같았다. 호기심에 이끌린 그녀가 물었다.

"어떻게 할 생각인데요?"

그러자 탑상에서 일어난 그가 월하의 옆에 섰다. 자수정과 금으로 만든 귀걸이가 찰랑거리는 게 보였다.

"내 방식대로 복수할 생각이다."

---

49 임금이 궁궐 밖으로 행차하는 것을 말한다.

위엄 있는 목소리로 얘기한 강상천이 손에 든 술잔을 그녀에게 건넸다.

"병조판서를 만나게 해 줘."

"옆에서 지켜봤는데 만만한 상대가 아니에요."

"병조판서가 닷새 전에 당신 집에서 사헌부 감찰과 얘기를 나눴을 거야."

"그걸 어찌 아십니까?"

비밀이라고 신신당부했던 터라 아무도 모를 것이라고 믿었던 그녀는 놀라고 말았다.

"두 사람이 만나게 된 게 바로 나 때문이니까. 그 자리에서 아마 평안도 관찰사 김척신에 관한 얘기가 오갔겠지."

강상천의 얘기에 할 말을 잃은 그녀의 고개가 끄덕거렸다.

"조만간 한양에 사 둔 저택의 보수가 끝나면 초대할 테니 와. 그래야 자연스러우니까."

며칠 후, 강상천은 울매와 함께 저택을 나섰다. 두 사람이 향한 곳은 육조거리에 있는 형조도관刑曹都官[50]이었다. 그곳 앞에는 노비 소송 때문에 온 사람들과 그들을 상대로 돈벌이를 하는 외지부들이 득실거렸다. 그들 사이를 지나친 두 사람은 곧장 형조도관 안으로 들어갔다. 미리 뇌물을 먹인 문졸이 잠

---

50 조선 초기 노비 소송을 판결하던 관청. 변정원으로 이름이 고쳐졌다가 나중에 장
   예원으로 바뀌었다.

자코 두 사람을 들여보내 줬다.

중문 안에 도관청이라는 현판이 붙은 전각 앞에서는 송사가 한창 진행 중이었다. 도관청의 마루에 앉아 있는 지사知事[51]를 향해 뜰에 서 있는 두 사람이 번갈아 가면서 얘기 중이었다. 한쪽은 지팡이에 몸을 의지한 늙은 사대부였고, 다른 한쪽은 그가 강계에서 만났던 외지부 고주홍이었다. 그동안 풍채가 좋아진 그가 먼저 목청을 높였다.

"문서로 보여 드렸다시피 석환진이 부리고 있는 노비들은 젊은 시절 혼인을 할 때 처가에서 받은 것입니다. 그런데 10년 전에 부인이 죽었고, 둘 사이에서 낳은 딸도 먼저 세상을 떠났습니다. 게다가 새로 장가를 든 이후에는 처가에 불손하게 대했으며, 부인과 딸의 제사도 소홀히 지낸 정황이 명백합니다. '경국대전'을 보면, 대가 끊기고 제사를 소홀히 지내면 처가에서 받은 노비를 돌려줘야 한다는 조항이 있습니다. 부디 상고하여 처리하여 주십시오."

고주홍의 얘기가 끝나자 늙은 선비가 앞으로 나서서 떨리는 목소리로 말했다.

"참으로 민망하고 억울하옵니다. 저는 아내와 딸을 잃고 눈물로 밤을 새운 것이 하루 이틀이 아닙니다. 하지만 주변의 권유도 있고, 늙기 전에 후사를 얻기 위해 새로 장가를 들었던 것뿐입니다. 처가에서 돌려 달라고 한 노비들은 제가 지난 20년

---

51 형조도관의 최고 책임자.

간 부려 왔던 노비입니다. 어떻게 하루아침에 돌려 달라고 할 수 있단 말입니까? 상고하여 처리하여 주시기 바랍니다."

원척元隻[52]들이 한 치의 양보도 없이 팽팽하게 맞서자 지사는 난감한 표정을 지었다. 그때 고주홍이 소매에서 서찰을 꺼냈다.

"석 대감이 죽은 부인과 딸의 제사를 지내 주었다는 것은 모두 거짓말입니다. 그걸 증명할 문기를 바칩니다."

"무슨 내용이냐?"

지사의 물음에 고주홍이 공손하게 대답했다.

"석환진이 한때 부렸던 노비들이 고한 내용을 적은 것입니다. 석 대감이 부인과 딸의 기일을 소홀히 넘긴 것은 물론이고, 술을 마시고 고기를 먹은 적도 많았다는 내용입니다."

"터무니없습니다. 어리석은 노비들을 꾀어서 거짓으로 증언케 한 것입니다."

석환진이 떨리는 목소리로 반박했지만 고주홍은 코웃음을 쳤다.

"그렇게 얘기할 줄 알고 처가 식구를 데리고 왔습니다."

그의 손짓에 뒤쪽에 있던 젊은 사대부가 앞으로 나섰다. 공손하게 인사를 한 젊은 사대부가 입을 열었다.

"석환진 대감은 첫 번째 부인인 제 고모님이 돌아가신 이후 저희 집에 먼저 연락을 하거나 찾아온 적이 한 번도 없습니다. 제사를 잘 지내고 있느냐고 물으면 알아서 지내겠다는 성의 없

---

52 원고와 피고를 함께 일컫는 말.

는 답장만 보내왔습니다. 그뿐만이 아니라 가세가 기울어져서 도와 달라고 몇 번이나 찾아갔지만 알겠다는 말만 했을 뿐이고, 나중에는 아예 만나 주지도 않아서 이렇게 염치 불고하고 송사를 하게 되었습니다."

젊은 사대부의 얘기를 들은 지사가 석환진 대감에게 물었다.

"저자의 말이 사실이냐?"

"왕래가 적었던 것은 사실이지만 제사를 소홀히 지내거나 문전 박대했다는 것은 사실이 아니옵니다. 그리고 소인은 이제 늙고 병이 들었는데, 가족도 모두 잃어서 노비까지 없으면 살아갈 방도가 없습니다."

"그렇다면 처가에서 도와 달라고 했을 때 무엇을 어떻게 도와주었는지 말해 보아라."

"그, 그것은 하도 오래전의 일이라 기억이 잘 나지 않습니다."

말문이 막힌 석환진 대감에게 젊은 사대부가 목소리를 높였다.

"기억이 나지 않는 게 아니라 도와준 적이 없습니다. 아예 인연이 끊어진 것이나 다름없으니 혼수로 준 노비들을 돌려받기를 청합니다."

구경꾼들의 웅성거림을 뒤로하고 형조도관의 지사가 말했다.

"지금부터 판결을 내릴 테니 원척들은 결송다짐[53]을 바치도

---

53 조선 시대 소송당사자들이 더 이상 변론을 하지 않고 판결에 수긍하겠다는 내용의 문서를 바치는 것을 말한다.

록 하라."

그러자 양쪽이 나란히 형조도관의 서리에게 문서를 바쳤다. 문서 내용을 확인했다고 서리가 고하자 지사가 입을 열었다.

"판결을 내리겠다. 석환진 대감은 첫 혼인을 하면서 처가로부터 노비를 받았다. 하지만 부인과 딸이 죽으면서 혈통이 끊겼고, 여러 문기를 살펴보고 증언을 들어 본 바 제사를 소홀히 하고 처가와 왕래를 하지 않았음이 명백하다. 『경제육전』의 「예전」에 따르면 이런 경우 처가에 노비를 돌려줘야 한다고 나와 있으니 피고는 원고에게 혼인을 치르면서 받은 노비들을 돌려주도록 하라."

판결이 내려지자 고주홍과 처가 쪽 사람들은 환호성을 지르며 공정한 판결이었다고 기뻐했다. 반면 석환진 대감은 고개를 늘어뜨리고 낙담했다. 판결을 내린 형조도관의 지사가 잠시 방으로 들어가자 서리들이 다음 송사를 준비했다. 석환진 대감은 서리를 붙잡고 하소연을 하려고 했지만 아무도 들어 주지 않았다. 그 광경을 먼발치에서 지켜보는 강상천에게 송사에 참여했던 고주홍이 다가왔다.

"언제 오셨습니까?"

활짝 웃는 그에게 강상천이 주머니를 건네면서 말했다.

"약조한 대가에 성의를 더 넣었네."

"아이고, 덕분에 유배를 갔던 강계에서 풀려나서 한양으로 돌아올 수 있었는데, 이렇게까지 은혜를 베풀어 주시다니요. 이번 일은 그냥 맡으라고 해도 해 드렸을 겁니다."

"그동안 한양에서 이런저런 일을 해 주지 않았는가."

"당연히 해야 할 일이었지요. 그런데 여쭤볼 게 있습니다만."

"말해 보게."

"눈치를 보아하니 지사에게도 뇌물을 먹인 모양인데 왜 굳이 저까지 챙겨 주시는 겁니까? 게다가 이번 송사에서 원고가 이겨도 나리에게는 아무런 이득이 없는데 이리 나선 이유도 궁금합니다."

고주홍의 질문에 강상천은 돌아서서 석환진 대감을 바라봤다. 아무도 자기 얘기를 들어 주지 않자 낙담한 모습이 역력했다. 사실 그 모습을 직접 보기 위해서 고주홍을 통해 오래전에 연락이 끊긴 처가를 은밀히 부추긴 것이다. 희미하게 웃은 강상천이 대답했다.

"저 모습을 보기 위해서일세."

예상 밖의 대답에 고주홍이 재차 물어보려고 했지만, 옆에 서 있던 울매가 째려보자 입을 다물고 말았다. 강상천은 흡족해하는 얼굴로 조용히 형조도관을 빠져나갔다.

"이보게, 안에 있는가?"

싸리 담장이 둘린 남산의 초가집 앞에 선 김매읍동이 큰 소리로 부르며 마당으로 들어서자 마루에서 돗자리를 짜던 권주혁이 난감한 표정을 지었다. 때마침 부엌에서 나오던 그의 아내는 아무 말도 없이 도로 들어가 버렸다. 마루에 엉덩이를 걸친 김매읍동에게 권주혁이 물었다.

"어, 어쩐 일이십니까?"

"어쩐 일이긴, 혼사 때문에 왔지. 올가을에 날을 잡자고 하지 않았던가?"

"그리 말하긴 했지만, 아들놈이 아직 공부에 한창 열중하고 있어서 말입니다."

"사내가 장가간다고 공부를 못 한다는 법이 어디 있는가? 내가 몸에 좋은 약에 솜씨 좋은 선생까지 붙여 준다고 하지 않았나."

능글맞은 김매읍동의 얘기에 권주혁이 아내가 있는 부엌 쪽을 바라보면서 대답했다.

"시, 시간을 좀 주십시오. 아내가 워낙 강하게 반대해서 말입니다."

"거참 답답하네. 이 집안의 가장은 자네일세. 어찌 아낙네의 말에 휩쓸린단 말인가?"

"아시다시피 제가 오랫동안 공부를 하느라 집안에 소홀하지 않았습니까. 그래서 아내 말을 거스르기가 힘듭니다."

"어허, 답답하네."

김매읍동은 헛기침을 하며 바짝 당겨 앉았다.

"그렇게 약한 모습을 보이니까 일이 성사가 안 되는 걸세. 자고로 암탉이 울면 집안이 망한다고 하지 않았나."

"그러지 마시고 말미를 좀 더 주십시오. 올가을에 대과를 치르고 나서 내년 봄에 혼례를 치릅시다."

권주혁의 얘기를 들은 김매읍동이 자리를 박차고 일어났다.

"보자 보자 하니까 또 혼사를 미뤄?"

"그게 아니라……."

"그게 아니면? 우리 집안의 격이 떨어져서 사위를 못 주겠다는 거 아닌가!"

버럭 소리를 지른 김매읍동은 마당으로 성큼성큼 걸어 나갔다.

"자네와 아들이 몇 년 동안 맘 편하게 글공부한 게 누구 덕분인데! 내가 이 집이며 쌀이며 다 대 줘서 그런 거잖아."

"누가 그걸 모른답니까? 약조는 꼭 지킬 것이니 마누라를 설득할 시간을 좀 주시구려."

"시간은 재작년부터 주지 않았는가."

"그러니 1년만 더 기다려 주시구려. 그럼 내가 꼭 당신 딸을 며느리로 맞이하겠소."

"올가을에 혼사를 치를 거니까 그리 알고 준비하게. 그리고 만에 하나 이 혼사가 틀어지면 그동안 나한테 받아 간 거 몇 배로 토해 낼 각오해!"

김매읍동이 삿대질을 하면서 목청을 높이자 권주혁도 핏대를 세웠다.

"이보시오. 혼인은 인륜지대사인데 그렇게 막무가내로 밀어붙이면 어찌합니까?"

"아무튼 며칠 후에 다시 올 것이니 그때까지 날을 잡아 놓는 게 좋을 거네."

화가 머리끝까지 치밀어 오른 김매읍동은 몇 번이고 삿대질을 하고는 싸리 대문 밖으로 나왔다. 밖에서 기다리고 있던 상이가 뒤따라오면서 물었다.

"그런데 괜찮을까요?"

"뭐가?"

신경질적으로 묻는 김매읍동에게 상이가 조심스럽게 말을 건넸다.

"이렇게 대놓고 싫어하는데 선화를 시집보내면 얼마나 괴롭히겠습니까?"

"그거야 그년 팔자고. 난 양반집이랑 혼사만 맺으면 그만이야."

"선화도 성격이 보통이 아닌데 그러다 일이라도 커지면 어쩌시려고요."

상이의 얘기를 들은 김매읍동이 걸음을 멈춰 서서는 눈을 부라렸다.

"이놈아, 우리 집안 문제는 내가 알아서 할 거니까 신경 쓰지 마!"

김매읍동의 호통에 상이는 찔끔한 표정으로 입을 다물었다. 아직도 분이 풀리지 않은 김매읍동은 머쓱한 얼굴로 따라오는 상이에게 물었다.

"오늘 온다는 그 평안도 상인 말이다. 이름이 뭐라고 했지?"

"임수운입니다."

"네가 보기에 그 작자가 믿을 만하더냐?"

"객주 어르신이 상인은 사람 말고 돈만 보라고 하셨잖습니까."

"그렇긴 해도 타지 사람이라 애매하단 말이야."

"일단 만나는 보시지요. 소개해 준 사람이 큰 건이라고 하지 않았습니까."

"그래, 일단 만나는 보자."

남대문을 빠져나온 두 사람은 마포의 객주로 향했다. 너른 마포의 모래밭 근처로 크고 작은 객주들이 빼곡하게 모여 있었다. 한양으로 들어오는 세곡을 비롯한 각종 물품은 모두 경강을 통해 들어왔다. 객주는 경강으로 들어온 지방 상인들에게 숙식을 제공해 주면서 거래를 알선해 주거나 아니면 직접 상품을 사들였다가 시전 상인들에게 팔았다.

경강의 객주 중에서는 김매읍동의 객주가 가장 규모가 컸다. 경강이 내려다보이는 언덕 위에 지어진 김매읍동의 객주는 상인들이 머무는 수십 칸의 행랑채와 물품들을 쌓아 놓는 창고, 소와 말을 매어 두는 마구간을 합쳐서 60칸이 넘었다. 행랑채를 낀 너른 안마당은 한양의 여느 양반집 못지않았다. 부리는 하인과 일꾼만 수십 명이었는데 젊지만 똑똑한 상이가 일을 도맡아 했다. 김매읍동은 큰손들과 연줄을 댄 양반들을 상대하는 일을 맡았다.

김매읍동이 들어서자 정신없이 물품을 나르던 일꾼들은 물론 객주에 머무는 상인들도 인사를 했다. 한결 기분이 풀어진 김매읍동은 임수운이 기다리고 있는 큰방으로 향했다. 문을 열고 들어서자 수수한 백저포에 갈대로 엮은 발립을 쓴 임수운과 지팡이를 든 하인이 보였다. 길게 드리워진 수염에 검게 탄 얼굴이라 특별히 눈에 띄지는 않았다. 의자에 앉아 있는 임수운에게 김매읍동이 호들갑을 떨면서 악수를 청했다.

"오래 기다리게 해서 죄송합니다. 딸년 시집을 보내야 하는데, 문제가 좀 있어서 말입니다."

"괜찮습니다."

수염을 쓰다듬은 임수운의 짤막한 대답을 들으면서 김매읍동은 탁자 맞은편 의자에 앉았다. 그러고는 상인으로서의 오랜 경험과 단련된 눈으로 꼼꼼하게 살폈다. 나이는 30대 중후반으로 보였고, 옷차림은 수수했지만 귀한 자수정으로 만든 귀걸이에 물소가죽으로 만든 신을 신고 있었다. 어쨌든 쉽게 말을 건넬 만한 존재는 아니었다. 김매읍동이 자신의 얼굴을 빤히 쳐다보자 임수운이 피식 웃었다.

"관상이라도 보는 중이오?"

"풍채도 좋고 얼굴도 장군감이라, 장사를 하실 분이 아니라 무인이 되셔야 할 분이 아닌가 싶어서 말입니다."

"젊은 시절에는 제법 칼부림을 해 봤소이다. 강만 건너면 바로 여진족이 사는 곳이라 말이오. 이제는 쉰이 넘어서 칼을 들고 서 있기도 힘들지만 말이오."

"어쩐지 풍기는 분위기가 예사롭지 않더이다. 의주 상인 홍철주가 보낸 서찰은 잘 받았소이다."

"내가 하고자 하는 거래를 감당할 사람은 조선 팔도에 김 객주밖에 없다고 해서 이리 찾아왔습니다."

"오랫동안 거래한 사람이 긴히 소개해 준다고 해서 궁금했던 참이외다. 그래, 나와 어떤 거래를 할 생각이시오?"

손에 깍지를 낀 김매읍동의 물음에 임수운은 심드렁한 표정으로 대답했다.

"우선 나와 거래를 할 만한 능력이 있는지부터가 궁금한데 말이오."

임수운의 얘기를 들은 김매읍동은 저도 모르게 소리를 지를 뻔했다. 경강의 객주 중에서도 으뜸가는 자신에게 그런 얘기를 할 장사꾼은 조선 팔도에 아무도 없었다. 하지만 홍철주의 서찰에 적힌 '임수운은 가지고 있는 금광이 여럿인 어마어마한 재력의 소유자'라는 문구를 떠올리고는 간신히 화를 억눌렀다.

"객주를 열고 장사를 한 지 15년이외다. 보시다시피 경강의 객주 중에서는 으뜸이고 말이오. 그러니 염려 말고 말해 보시구려."

그러자 잠시 뜸을 들이던 임수운이 입을 열었다.

"올가을에 대군이 출정해서 압록강 너머의 여진족을 토벌할 계획이 있소."

"한 치 앞도 모르는 게 세상일인데 어찌 가을의 일을 논한단 말이오."

어처구니가 없어진 김매읍동의 말에 임수운이 그럴 줄 알았다는 듯 코웃음을 쳤다.

"내년, 그리고 내후년을 예측해서 돈 벌 구석을 찾는 게 상인이 할 일 아니겠소. 하긴, 경강에 자리 잡고 앉아서 오가는 상인들 주머니만 바라보고 있으니 멀리 내다볼 턱이 없지."

김매읍동보다 더 발끈한 것은 함께 들어온 상이였다. 상이가 눈을 부릅뜨자 임수운의 뒤에 서 있던 하인이 조용히 지팡이 안에 든 칼을 살짝 뽑았다. 움찔한 상이가 주춤거리며 뒤로 물러나자 임수운이 자리에서 일어났다.

"만나서 반가웠소이다."

"잠시만."

손을 든 김매읍동이 임수운을 향해 웃어 보였다.

"뭔가 오해가 생긴 모양인데 내 말뜻은 그게 아니었소이다. 일단 진정하고 나머지 얘기를 들려주시오."

도로 자리에 앉은 임수운이 입을 열었다.

"압록강 너머의 여진족들이 파저강에 있는 건주여진의 우두머리 이만주의 선동에 휩쓸려서 국경을 빈번하게 침략하고 있소이다. 그 문제로 지금 조정에서는 어찌할지 논의가 계속 중이외다. 여진족들은 사람의 얼굴을 한 짐승들이라 토벌을 하는 수밖에는 방법이 없다오."

"그렇다고 치고 그 일과 이번 거래가 무슨 연관이 있다고 그러시오?"

그의 물음에 임수운이 가볍게 혀를 찼다.

"파저강이 어딘지 아시오?"

"압록강 너머에 있다는 것만 알고 있소."

"압록강을 건너서 최소한 이틀 정도 걸린다오. 그러니 출정하는 군대가 몇백이나 몇천이 아니라 최소 1만은 될 거요. 그

병사들이 움직이는 데 얼마나 많은 게 필요할지 생각이나 해 봤소?"

"그 군대를 상대로 장사를 하겠다는 얘기요?"

호기심에 이끌린 김매읍동의 물음에 그가 고개를 끄덕거렸다.

"이런 천재일우의 기회를 놓치면 두고두고 후회할 거요."

"그래서 나와 어떤 거래를 할 생각이오?"

"필요한 것들을 적은 목록을 건네주겠소."

눈치가 빠른 김매읍동은 그다음에 나올 얘기를 바로 알아차렸다.

"그 목록에 적힌 것들을 구해 주면 당신이 사는 거고."

"그렇소."

짧게 대답한 임수운이 품에서 접힌 종이를 꺼내서 탁자에 놨다. 종이를 집어서 펼쳐 든 김매읍동은 어처구니가 없다는 표정으로 그를 바라봤다.

"환도 백 자루에 목궁 오백 개, 화살 오천 개, 거기에다 창과 소가죽까지?"

"분명 번상병番上兵[54]을 동원할 것인데, 이때 장비를 갖추지 못하고 올라오는 병사들이 적지 않을 게요. 그들에게 비싸게 팔아넘길 생각이오."

"그러다 일이 틀어지면 그걸 다 어찌 감당하시려고 그러시오?"

---

54 군역의 의무를 진 백성이 자기 차례가 되면 한양으로 올라와서 복무하는 것을 말한다.

"구해 줄 수 있는지 없는지만 말씀해 주시구려. 가을이라고는 하나 지금부터 서두르지 않으면 물건을 못 구할 거요."

"우리가 운반해 줘야 합니까?"

"여기 창고에 모아 놓으면 우리 배가 와서 싣고 가겠소."

"나쁘지는 않은데 이 종이 쪼가리만 믿고 움직이기는……."

김매읍동은 말을 끝맺지 못했다. 임수운이 소매에서 꺼낸 작은 금괴를 탁자에 던져 놨기 때문이다.

"내가 금광을 가지고 있다는 것은 들어서 알고 있을 게요. 만약 내 제안에 응한다면 이런 금괴 열 개를 먼저 드리지. 그리고 목록에 적힌 물건을 모두 구해 주면 스무 개를 더 드리겠소."

"저, 정말이오?"

경강에서 손꼽히는 객주인 그도 이런 금괴를 본 일은 드물었다. 김매읍동이 아무 말도 하지 못하고 있자 혀를 찬 임수운이 하인에게 건네받은 나무 상자를 열었다. 안에는 열 개가 넘는 금괴가 있었다. 간신히 정신을 차린 김매읍동이 대답했다.

"뭐, 이 정도 물량을 구할 수 있는 건 한양에서 우리 객주밖에는 없소이다."

"이달 스무닷새까지 모아 줄 수 있겠소?"

"그렇게 빨리 말이오?"

"소문이 나면 너도나도 사들일 게 뻔해서 말이오. 물건을 여기 창고에 보관해 주면 세곡을 나르는 배편에 가져가겠소. 물론 보관비도 따로 드리리다."

"그, 그럽시다."

"역시 듣던 대로 호쾌하십니다."

활짝 웃은 임수운이 일어나려 하자 김매읍동이 물었다.

"그나저나 어디 머무시오? 여기에 머무셔도 되는데 말입니다."

"나루 근처에 있는 객주에 머물고 있소. 일이 있으면 그쪽으로 연락해 주시오."

애기를 마친 임수운이 자리에서 일어났다. 저도 모르게 두 손을 모은 김매읍동이 공손하게 배웅을 했다. 두 사람이 객주 밖으로 나간 것을 확인한 김매읍동이 상이에게 말했다.

"지금 당장 갈퀴를 불러라."

"그 무뢰배는 무슨 일로 부르십니까?"

"임수운이라는 자가 어디 머물고 있는지, 누구와 함께 있는지 탐문해 봐야 할 거 아니냐."

"믿을 만한 사람의 소개를 받고 왔는데요."

"멍청한 놈! 그건 그거고, 나 말고 또 누굴 만나서 무슨 거래를 하는지 알아봐야 할 거 아니냐."

"알겠습니다."

고개를 숙여 대답한 상이에게 김매읍동이 덧붙였다.

"그리고 평안도로 사람을 보내라."

"뭘 알아볼까요?"

"저자가 가지고 있다는 금광이 사실인지, 진짜로 부자인지 확인하도록 해라."

"소개를 받고 오지 않았습니까."

"그래도 규모가 너무 커. 게다가 이리도 배포가 크게 지르는 걸 보면 뭔가 의심스럽다."

"부리는 일꾼 중에 기별군사奇別軍士[55]로 일한 놈이 있습니다. 그자를 보내지요."

"꼼꼼하게 알아보라고 해라."

"알겠습니다."

고개를 숙이며 대답한 상이가 객주 밖으로 뛰쳐나갔다.

김매읍동이 돌아가자 부엌에서 나온 아내가 권주혁에게 잔소리를 퍼부었다.

"아이고, 따끔하게 얘기해서 다시는 오지 못하게 하라고 몇 번을 얘기했어요."

"그러려고 했는데 차, 차마 말이 나오지를 않았어. 이 집을 장만해 준 것도, 또 몇 년 동안 먹고살 수 있게 도와준 것도 다 그 사람이니까."

권주혁의 하소연에 아내가 가슴을 쳤다.

"그래서 하나밖에 없는 우리 아들을 천한 장사꾼 딸이랑 맺어 주겠단 말이에요?"

"상황이 그렇게 된 걸 어쩌란 말이오."

"우리 아들 집이가 어디가 어때서 저런 천한 장사치의 사위로 만들 생각을 해요? 똑똑하고 공부를 잘해서 장원급제는 따 놓은 당상이라고 주변에서 하는 소리 못 들었어요?"

---

55 승정원에서 발행하는 조보를 지방으로 돌리던 사람.

"그래서 계속 시간을 끌고 있는 거 아니오. 아들놈이 과거에 급제하기만 하면 내 다시는 저런 놈과 상종하지 않을 게요."

"말로만 그러지 말고 제발 따끔하게 좀 해 봐요. 어떻게 아비가 자식의 앞길을 막을 수 있을까?"

"그만 좀 하라니까."

발끈한 권주혁이 목청을 높이다가 마당에 누군가 와 있는 것을 보고 입을 다물었다. 이웃집에 사는 기생 출신의 할멈이 이 빠진 잇몸을 드러내며 웃고 있었다.

"아이고, 내 할 말이 있어서 왔는데 다음에 다시 올까요?"

"무, 무슨 일이시오?"

"무슨 일이긴요. 내 일이 집안의 혼사를 이어 주는 매파잖아요. 마침 좋은 혼처가 있어서 찾아왔지요."

가뜩이나 혼사 문제로 머리가 아파 왔던 권주혁은 거절하려고 했다. 하지만 할멈이 한발 앞서 먼저 입을 열었다.

"우리 옆집 사는 김 진사의 먼 친척이 멀리 경상도 안동에 사는데 한양에 있는 양반집과 혼사를 맺는 게 꿈이라고 그럽디다. 그래서 내가 이 집에 장성한 아들이 있다고 했지요."

그가 반응을 보이기 전에 아내가 먼저 나섰다.

"그게 사실입니까?"

"그럼요. 안동에서는 알부자로 꽤 소문이 났다고 합디다. 시골 사는 양반들은 한양에 사는 양반이랑 혼사를 트고 싶어 안달이 났대요, 글쎄. 혼수도 섭섭하지 않게 준비한다고 합니다."

"혼수를요?"

"아무렴요. 하나밖에 없는 딸이라 애지중지한답니다. 만약 한양으로 시집만 보낼 수 있다면 노비며 전답을 아끼지 않겠다고 했어요."

"그렇게까지 혼사를 맺고 싶답니까?"

"그렇다니까요. 정 못 믿겠으면 직접 내려와서 살펴봐도 된다고 합디다."

입에 침을 튀기면서 얘기한 매파 할멈이 치마 속에서 작게 접힌 간찰을 꺼냈다. 언문으로 적혀 있어서 권주혁 대신 아내가 읽었다.

"혼사가 맺어지면 혼수로 건장한 남자 노비 다섯과 전답 열 마지기를 준다고 하네요."

아내에게 간찰에 적힌 내용을 들은 권주혁의 마음이 흔들렸다. 그러자 할멈이 능청맞은 목소리로 맞장구쳤다.

"매파 노릇 20년 만에 이렇게 좋은 혼처는 처음 봅니다."

할멈의 얘기를 들은 권주혁이 조심스럽게 말했다.

"우리는 혼인을 약조한 집안이 있소이다."

그러자 할멈이 콧방귀를 뀌었다.

"아까 얘기한 그 천한 장사꾼 말입니까? 아이고, 속된 말로 나리 집안이 가난한 것 빼고 뭐가 부족해서 그런 놈과 인연을 맺어요. 그리고 그런 집안이랑 잘못 엮이면 대대로 양반 소리 못 들어요."

권주혁이 뭐라고 대꾸하기 전에 아내가 먼저 할멈을 데리고 부엌 쪽으로 가서 얘기를 주고받았다. 할 말이 없어진 그는 마루로 올라가서 아까 짜다 남은 돗자리를 짰다. 하지만 머리에는 매파 할멈이 얘기한 혼수라는 두 단어가 깊이 박혔다. 만약 혼인을 맺고 혼수로 노비 몇 명과 전답을 받게 된다면 무뢰배 같은 김매읍동에게 다시는 굽실거리지 않아도 될 것 같았기 때문이다. 아내도 같은 생각인지 평소에는 아는 척도 안 하던 매파 할멈의 얘기에 귀를 기울이고 있었다.

궁궐에서 나온 병조판서 황덕중은 곧장 사헌부로 들어섰다. 때마침 뒷간에 다녀오던 사헌부 감찰 김온이 반갑게 그를 맞이했다.

"기별도 없이 어인 일이십니까?"

"긴히 상의할 일이 있어서 왔네."

황덕중의 표정을 살핀 김온이 조용히 사헌부 관원들이 차를 마시는 다시청茶時廳을 가리켰다.

"가서 차라도 한잔하시지요."

다시청으로 들어가자 머리를 틀어 올린 다모茶母[56]가 공손하게 인사를 했다. 두 사람이 의자에 앉자 다모는 숯불을 올려놓은 화로 위에 물이 든 주전자를 올렸다. 다모가 물이 끓은 주전자에 찻잎을 넣고 차를 준비하는 동안 황덕중과 김온은 침묵을

---

56 조선 시대에 궁궐과 관청에서 차를 만들던 여자 노비.

지켰다. 두 사람의 찻잔에 차를 따른 다모는 당연하다는 듯 구석에 있는 부엌간으로 가서 문을 닫았다. 거리가 제법 떨어져 있기에 큰 소리만 내지 않으면 들리지 않을 터였다. 차를 한 모금 마시고 조용히 맛을 음미하던 황덕중이 눈을 감은 채 입을 열었다.

"오늘 주상 전하와 독대를 하였네."

임금이 사관을 배석시키지 않고 독대를 한다는 것은 어떤 얘기를 나누든 그 자체로서 중요했다. 김온이 입 안에 든 차를 조용히 삼켰다.

"그 문제 때문입니까?"

찻잔을 내려놓은 황덕중이 보일 듯 말 듯 가볍게 고개를 끄덕거렸다. 차마 말로 얘기할 수 없는 중요한 문제였다.

"결심을 굳히신 모양일세. 그동안은 애매모호하게 말씀하셨는데 오늘은 그러지 않았네."

"직접적으로 언급하셨다는 말이군요."

"자칫하면 목이 날아갈 수도 있고, 잘하면 승천하는 용의 등에 올라탈 수도 있지."

"당연한 일이지요. 어쨌든 잘만 풀린다면 충녕대군의 장인이신 대감의 앞길이 훤하게 열리지 않겠습니까."

김온의 얘기에 황덕중이 씩 웃었다.

"15년 전이었던가? 뜻하지 않게 출사를 하게 되었을 때는 이런 날이 올 줄은 꿈에도 몰랐는데 말이야."

"인생은 끝까지 살아 봐야 알 수 있으니까요."

가볍게 웃음을 나눈 황덕중은 다시 굳은 표정을 지었다.

"그렇지만 세자를 바꾼다고 해도 위에 효령대군이 있네. 게다가 상왕으로 물러나더라도 군권은 놓지 않겠다고 하셨네."

"결국 끝까지 권력을 놓지 않겠다는 말씀이시군요."

"건주여진의 추장 이만주를 잡아서 변방을 안정시키기 전에는 절대 군권을 놓지 않으실 생각인 것 같아."

황덕중의 얘기를 들은 김온이 고개를 끄덕거렸다.

"그자가 골칫거리인 건 사실이니까요. 거기에다 세자인 양녕대군이 장자라서 반대하는 무리도 많을 것입니다."

"그게 문제야. 어쨌든 장자인데 함부로 폐세자를 할 수도 없고 말이야."

"조정이 완전히 둘로 나뉠 겁니다."

"그리고 승리한 쪽이 모두 차지하겠지. 사실 양위를 하겠다는 언질도 완전히 믿을 수는 없네. 예전에도 양녕대군에게 양위한다고 했다가 명을 거둔 적이 있잖은가."

"그러면서 외척인 민씨 형제들과 이숙번을 내쳤지요. 결국 이번에도 같은 생각이실까요?"

김온의 물음에 황덕중은 고개를 저었다.

"그랬다면 굳이 충녕대군의 장인인 나와 독대해서 얘기할 필요가 없지 않겠는가. 아직 세자인 양녕대군을 폐하는 것도 결정되지 않았고, 둘째인 효령대군이나 양녕대군의 자제들도 있는데 말이야."

"반응을 떠보려고 했을 수도 있지 않습니까?"

"그랬다면 조회 때 다른 신하들 앞에서 얘기했겠지. 민씨 형제들을 처벌할 때도 전하가 먼저 얘기하지는 않으셨네. 민씨 형제들이 불손하게 굴었다면서 신하들이 처벌할 것을 주청하였고, 전하는 못 이기는 척 가납嘉納[57]하셨던 것뿐이지."

"어쨌든 국구國舅가 되실 몸이니 각별히 조심하시는 게 좋겠습니다."

"설마 충성을 다한 나를 의심하겠는가?"

황덕중이 설마 그럴 리가 있겠냐고 반문하자 김온이 힘주어 말했다.

"주상 전하께서 왜 쟁쟁한 가문의 여식들을 제치고 대감의 여식을 세자빈으로 맞아들였겠습니까? 그것은 왕권을 위협하는 그 어떤 세력도 받아들이지 않겠다는 의지를 보여 준 것입니다."

"하긴, 나도 내 딸이 간택될 거라곤 전혀 예상치 못했네. 덕분에 우리 둘 다 승승장구하지 않았던가."

"그러니 더욱 조심해야지요. 만약 전하께서 신하들에게 양위를 말씀하신다면 가장 강경하게 반대하시다가 사직하셔야 합니다."

"유념하겠네. 그래서 말인데……."

주저하던 황덕중이 입을 열었다.

"……자네 셋째 작은아버지 김척신 대감 말이야. 구명을 포기하는 게 좋겠네."

---

57 신하가 권하는 말을 임금이 받아들이는 것.

김온이 찻잔을 든 채 담담하게 말했다.

"다른 것도 아니고 세자와 관련된 벽서에 연루된 터라 조심하는 수밖에는 없지요. 원래대로라면 저도 사직을 하고 물러나야 하지만 어르신께서 힘을 써 주셔서 남아 있게 된 것 아니겠습니까."

"전하의 의중이 있었으니까 가능했던 것이지. 나도 김척신 대감이 그런 일에 연루된 것을 대단히 안타깝게 생각하고 있지만, 물증과 증인이 명백하게 나와서 어찌할 방도가 없네."

"소인이 나서서 조사하고 싶었지만 역시 말들이 나올 것 같아서 포기한 게 아쉬울 따름입니다."

"이럴 때일수록 몸조심해야지. 내가 걱정하는 건 심문을 받는 와중에 15년 전 일을 발설할 수도 있다는 것일세."

"그러니까 더더욱 입을 다물게 해야지요. 지금은 경황이 없어서 생각을 못 할 수 있지만, 그걸 가지고 우리를 협박할지도 모릅니다."

김온의 얘기를 들은 황덕중이 놀란 표정으로 바라봤다.

"냉정하구먼."

"그렇기에 지금 이 자리까지 올 수 있었던 것 아니겠습니까. 그리고 앞으로 더 올라가야 한다면 싹은 미리미리 잘라 놓는 게 좋습니다."

"그렇긴 하지. 차 잘 마셨네."

황덕중이 한 모금밖에 마시지 않은 차를 남겨 두고 다시청을 나서자 김온은 한동안 자리에 앉아 있었다. 그러다가 천천

히 일어나 밖으로 나갔다. 제법 시간이 흘렀는지 주변이 어둑
해졌다.

황덕중과 얘기를 나누고 집으로 향하던 김온은 의금부 뒤쪽
의 쪽문 앞에 이르자 갈도喝道[58]에게 말했다.

"잠시 멈춰라."

말이 멈추자 등자를 딛고 내린 김온이 입을 열었다.

"잠시 의금부에 들어갔다 오겠다."

쪽문 앞에는 미리 연락을 받은 문졸이 사방등을 든 채 기다
리고 있었다. 그를 알아본 문졸이 아무 말 없이 앞장섰다. 높은
담장에 둘러싸인 감옥 한쪽으로 걸어간 문졸이 처음으로 입을
열었다.

"여깁니다, 나리."

"알겠네. 잠시 물러가 있게."

사방등의 불빛이 희미하게 비추는 곳에는 목에 칼을 쓴 늙
은 사내가 있었다. 헝클어진 머리와 터진 입술을 본 김온의 눈
가가 미세하게 떨렸다. 무거운 칼 때문에 제대로 몸을 가누지
못하는 늙은 사내는 희미한 불빛에 반응을 보였다. 그리고 불
빛 뒤에 김온이 서 있는 것을 보고는 눈을 부릅떴다.

"이렇게 와 줘서 고맙네."

"몸은 좀 어떠십니까?"

---

58 관리들이 길을 갈 때 앞에서 소리를 질러서 행차를 알리는 일을 하던 노비.

"정말 억울하네. 이 사실을 전하께 고해 주게. 나 김척신의 충심은 한 치도 흔들린 적이 없다고 말일세."

"추안급국안推案及鞫案[59]을 보긴 했습니다만 직접 듣고 싶어서 찾아왔습니다."

"황망하기 그지없는 일이었네. 평안도 관찰사로 있던 중에 주변에서 하도 용한 무당이 있다고 해서 만난 게 전부일세."

"용화라는 무당 말씀이시군요."

"그렇지. 용하다는 얘기를 듣고는 점괘를 봐 달라고 했더니 나라에 큰 변고가 생길 것이고, 내가 큰일을 해낼 것이라고 얘기해서 웃어넘겼네. 그런데 어느 날인가 영흥 관아의 대문과 벽에 해괴망측한 내용의 벽서가 붙는 일이 벌어졌지."

"나라에 연거푸 흉년이 들고 여진족의 침입이 그치지 않는 것은 주상 전하가 함부로 세자를 바꿔서 하늘이 노한 것이라고 적혀 있던 게 맞습니까?"

"맞아. 차마 입에 담을 수도 없는 흉측한 내용을 적은 자를 찾고 있는데 갑자기 용화의 소행이라는 익명서가 나오면서 일이 복잡해졌네. 일단 용화를 잡아다가 매질을 하면서 문초를 했더니 자기 짓이라고 하더군. 그래서 배후가 누구냐고 물었더니 아는 유생과 토관土官[60] 몇 명의 이름을 말했네. 그들을 잡아들였더니 뜻밖에도 내가 배후에서 조종했다고 거짓 자백을 하

---

59 의금부에 수감된 중죄인들의 심문 기록.
60 조선 시대 평안도와 함경도 사람들을 특별히 뽑아서 준 벼슬.

지 뭔가."

"그자들이 용화에게 주었다는 붓과 종이가 바로 대감의 것이라는 물증이 나왔고 말입니다."

"정녕코 억울하네. 어떤 놈이 나를 모함하기 위해서 내 붓과 종이를 훔쳐다가 용화의 처소에 가져다 놓은 것이 틀림없어. 내가 평안도의 유생과 토관들에게 불온한 말을 했다는 거짓 고변으로 인해 일이 걷잡을 수 없이 커졌네. 심지어 내가 평안도와 함경도에서 오랫동안 관직을 유지한 것도 반란을 꾸미기 위해서 그런 것이라는 얘기도 나왔지."

김온은 보고를 받은 임금의 신경질적인 반응을 기억했다. 임금이 즉위한 초기 안변부사 조사의가 일으킨 반란 때문이었다. 태상왕이 배후에 있다는 소문이 파다하게 돌았을 정도로 민심이 어지러웠다. 그런 기억이 생생한 임금으로서는 북방의 민심이 흔들리는 건 용납할 수 없었다. 거기에다 관찰사까지 연루된 일이니 진노가 하늘을 찔렀고, 의금부에서는 파직된 김척신이 한양으로 압송되기 전부터 이미 처벌 수위를 결정해 놓은 상태였다. 그런 속사정을 아는지 모르는지 김척신은 하소연을 이어 갔다.

"그러다가 감옥에 갇혀 있던 용화가 갑자기 독약을 먹고 죽는 일이 벌어졌네. 그리고 어처구니없게도 독약을 먹인 게 나라는 투서 때문에 아랫것들이 잡혀가고 말았지."

물론 엄청난 고문과 회유가 뒤따랐겠지만 그들의 자백은 쐐기를 박았다. 결국 김척신은 여자 무당을 꾀어서 괘서를 붙인 배후가 되었다. 아울러 조정과 임금에 불평불만을 품고 있는 평안도의 유생과 토관들을 부추긴 혐의도 받았다. 그 결과 김척신은 의금부로 압송됐고, 연루된 자들은 현지에서 처벌을 받게 되었다. 그가 보기에는 딱딱 맞아떨어지는 게 오히려 괴이했다. 무엇보다 그가 아는 김척신은 출세에만 관심이 있지 음모와는 거리가 멀었기 때문이다. 하지만 친척이라 나설 수 없는 상황이었고, 양위 문제가 불거진 시점에서는 더더욱 몸을 사려야만 했다.

임금은 왕위에 오르기 위해 아버지의 심복인 정도전을 죽이고 이복동생들도 없앴다. 그뿐만이 아니었다. 자신의 권력에 도전할 기미가 보였던 외척인 민씨 형제들은 물론, 오른팔인 이숙번도 가차 없이 숙청했다. 그리고 그 전에는 자신의 목숨을 구해 줬던 충성스러운 조진용도 제거했다. 하지만 그런 임금도 세월을 이기지는 못할 것이다. 상왕으로 물러나서 군권을 행사한다고 해도 결국 나라에 태양이 두 개일 수는 없는 법이다. 황덕중은 임금의 장인인 국구가 된다. 그리고 오른팔인 자신에게도 상당한 권력이 쥐어질 것이다. 10년 전만 해도 터무니없는 상상이었는데 이제는 눈앞에 다가온 현실이 되었다. 그의 복잡한 심경을 아는지 모르는지 김척신이 울부짖었다.

"나는 정말 억울하네. 이건 분명 누군가 나를 음해하기 위해서 꾸민 짓이야."

"음해라면 누구 소행일까요?"

"도통 모르겠네. 내가 평생을 남에게 원한 사지 않고 살아온 사람이라는 거 잘 알지 않는가."

"그렇다고는 해도 누군가 무당에게 거짓 자백을 시킨 걸 보면 보통 일은 아닌 듯싶습니다."

"누군가 있는 게 분명하네. 자네가 손을 써서 무죄를 좀 밝혀 주게."

김척신의 애절한 얘기를 들은 김온은 잠시 마음이 흔들렸다. 하지만 어마어마한 권력을 잡을 절호의 기회가 눈앞에 다가왔는데 망치고 싶지는 않았다.

"손을 써 보겠지만 어려울지도 모릅니다. 마음의 준비를 단단히 하시는 게 좋을 겁니다."

"그게 무슨 소리인가? 사헌부에서 나서 주면 되지 않는가. 자네가 어렵다면 다른 관원에게 얘기를 좀 해 주시게."

김온은 체면도 잊고 애원하는 김척신에게 적당하게 둘러대고 자리를 떴다. 다행히 경황이 없어서 그런지 15년 전의 일에 대해서는 까맣게 잊은 것 같았다. 사건에 미심쩍은 점이 없는 건 아니지만 움직이기에는 너무 위험했다. 의금부의 쪽문을 나와서 말에 오르던 김온이 중얼거렸다.

"미안하지만 제 앞길이 우선이지요."

조심스럽게 조사해 보리라 마음먹은 그는 출발하라는 손짓을 했다.

"저깁니다."

울매가 손을 들어 가리킨 곳은 남산 기슭의 허름한 초가집이었다. 잠시 그곳을 바라보던 강상천은 울매에게 말했다.

"나 혼자 들어가겠네."

울매를 뒤로하고 초가집 안으로 들어간 강상천은 집 안팎을 살폈다. 반쯤 열린 부엌간에는 아무도 없었다. 아무도 없는 것을 확인한 그는 대청의 섬돌 앞에 서서 헛기침을 했다.

"안에 아무도 없습니까?"

그러자 안방에서 잔기침 소리와 함께 떨리는 목소리가 들려왔다.

"밖에 누구요?"

"이곳에 혹시 석 자, 환 자, 진 자 쓰시는 어르신이 계시는지요?"

잠시 후, 안방 문이 덜컹거리면서 열렸다. 얼마 전 형조도관에서 봤을 때와 달리 병색이 완연해진 석환진이 미심쩍은 눈초리로 그를 바라봤다.

"어디서 왔는가?"

정중히 인사를 한 강상천이 입을 열었다.

"조진용 대감의 아들과 동문수학하던 사이입니다. 그 친구가 석 대감님의 여식과 혼인을 맺었던 적이 있었다고 들었습니다."

"벌써 15년 전 얘기군. 그 집안은 역적으로 멸문당했고, 내 딸도 얼마 후에 세상을 떠났네."

"억울한 누명을 썼다는 얘기를 들었습니다. 친구 된 도리로 돕고자 움직이는 중입니다. 부디 아시는 게 있으면 얘기해 주십시오."

그의 얘기를 들은 석환진은 고개를 저었다.

"보다시피 내 신세도 고단하네. 명줄이 오늘내일하고 있는데 송사에 휩쓸려서 가진 재산을 모두 빼앗겼단 말일세. 그리고 역적의 집안을 어찌 도울 수 있겠는가? 이미 오래전에 끝난 일이야."

"그렇다면 억울해도 참으라는 말씀입니까?"

강상천이 목소리를 높이자 문을 닫으려던 석환진이 대답했다.

"자네 말대로 억울할지도 모르지. 하지만 전하의 뜻을 거스르는 것이 곧 죄를 짓는 것일세. 비록 자신이 손해를 보더라도 대의명분적인 차원에서 따라야만 하지 않겠는가."

"그렇다면 대감께서는 왜 노비를 돌려 달라는 처가의 얘기에 승복하지 않으셨습니까?"

뜻밖의 질문에 놀란 석환진이 역정을 냈다.

"그건 처가가 말도 안 되는 억지를 부렸기 때문일세. 게다가 사특한 외지부를 고용해서 거짓 문서와 증인들을 앞세워서 송관訟官[61]을 현혹시켰기 때문에 억울하게 진 것이야. 나라의 법과 기강이 제대로 서 있었다면 어찌 내가 패하였겠는가?"

"방금 전까지는 나랏일에는 대의명분적인 차원에서 승복해

---

61 송사를 맡아 다스리던 벼슬아치.

야 한다고 해 놓고서는, 정작 대감께 불리한 판결이 난 소송에 대해서는 왜 그러지 못하신 겁니까?"

"이것과 그것이 같은 문제인가! 나는 억울한 사람일세."

석환진의 얘기에 강상천은 혀를 찼다.

"처가가 어떻게 외지부를 고용했는지 아십니까? 그리고 송정에 불려온 증인들이 왜 대감께 불리한 증언을 했는지, 또 송관은 왜 당신 얘기에 귀를 기울이지 않은 것인지 궁금하지 않으십니까?"

"대체 네놈의 정체가 무엇이냐?"

석환진이 떨리는 목소리로 묻자 이 순간만을 기다려 왔던 강상천이 대답했다.

"군자의 복수는 10년의 세월이 지나도 늦지 않는 법이지요."

비로소 첫 번째 복수를 완성한 강상천은 타오르는 희열을 느꼈다. 절망감에 못 이겨서 몸을 부르르 떨던 석환진이 물었다.

"나에게 왜 이러느냐?"

마른침을 삼킨 강상천이 천천히 입을 열었다.

"아주 오래전, 누군가의 기대를 저버리고 배신한 적이 있지 않으셨습니까?"

"결단코 그런 일이 없네. 나는 평생 선비의 도리와 체통을 다해 왔어."

부들부들 떠는 그에게 강상천이 쐐기를 박았다.

"15년 전 딸의 정혼자에게도 말입니까?"

그 얘기에 충격을 받은 석환진이 비로소 그의 얼굴을 천천히 뜯어봤다.

"평안도에 관노로 끌려갔다가 얼마 후에 죽었다고 들었는
데……."

"당신이 첫 번째요. 이 허름한 집에서 홀로 쓸쓸하게 죽으면
서 그날 내가 겪었던 고통을 맛보길 바랍니다."

"아니야. 그럴 리가 없어."

미친 사람처럼 중얼거리며 석환진이 허둥지둥 문을 닫았다.
석환진이 닫아 버린 문을 한참 동안 바라보던 강상천은 희미한
미소와 함께 돌아섰다. 몇 걸음 옮기는데 뒤에서 문이 벌컥 열
리면서 석환진이 외쳤다.

"석란이는 아무 잘못도 없어."

"석란을 죽인 것도 당신입니다. 만약 그녀가 살아 있었다면
나는 결단코 여기까지 오지 않았을 겁니다."

이글거리는 눈빛으로 쏘아보는 강상천의 말에 석환진이 시
선을 피했다. 뭔가를 더 말하려던 석환진 대감은 주저하다가
방문을 닫았다.

석환진 대감은 죽은 지 며칠 만에 이웃집 사람에 의해서 발
견되었다. 돌보는 가족 없이 쓸쓸하게 세상을 떠난 석환진 대
감의 시신은 매골승埋骨僧[62]들에 의해 거둬졌다. 서대문 밖 애
오개 고개에 시신을 묻은 매골승들은 간단하게 염불을 외었다.

---

62 죽은 백성의 시신을 거둬서 장례를 치러 주는 승려.

소식을 들은 강상천은 몇 걸음 떨어진 곳에서 그 광경을 지켜봤다. 시신을 염한 매골승들은 석환진 대감이 한쪽 손으로 가슴을 움켜잡은 채 눈을 뜨고 죽었다면서 번민과 두려움을 잊고 극락으로 갈 것을 축원했다. 매골승들이 떠난 무덤 앞에 선 강상천은 소매에서 석환진 대감의 이름이 적힌 종이를 꺼냈다. 그리고 울매가 건네준 불씨에 불을 붙여서 종이를 태웠다. 첫 번째 복수의 완성을 만끽하던 강상천에게 울매가 속삭였다.

"누가 지켜보고 있습니다."

고개를 들자 길가에 누군가 서 있는 게 보였다. 자세히 살펴보니 삿갓을 눌러쓴 비구니였다. 무덤 쪽을 바라보던 비구니는 공손하게 합장을 하고는 발걸음을 옮겼다. 아마 장례를 치르는 것을 지켜봤던 모양이었다. 종이를 다 태운 강상천은 서대문으로 발걸음을 뗐다. 뒤따라오던 울매가 조용한 목소리로 말했다.

"며칠 전부터 머물고 있는 객주 주변에 수상쩍은 자들이 얼쩡거립니다."

"누군데?"

"갈퀴라는 무뢰배의 부하였습니다."

"김매읍동이 보냈군."

"부하들을 더 불러들이는 게 어떻겠습니까?"

울매의 말에 강상천이 씩 웃었다.

"난 너면 족해."

"여긴 너무 크고 사람들도 많습니다. 평안도에도 사람을 보낸 것 같던데 들통 날 수도 있고 말입니다."

울매의 말에 강상천이 희미하게 웃었다.

"방법이 있으니까 염려 말게."

상이의 얘기를 들은 김매읍동이 인상을 찌푸렸다.

"그게 사실이냐?"

"네, 갈퀴가 객주에 머물고 있는 임수운을 살펴봤는데 이상한 점은 없답니다. 돈을 물 쓰듯 하면서 지내고 있답니다."

"돈을 물 쓰듯 하는 걸 보면 갑부인 게 맞는 모양이군."

"그러게요. 다른 상인들은 전혀 안 만난다는 걸 보면 주인님과만 거래할 생각인가 봅니다."

"평안도에 보낸 사람은?"

"지금쯤 도착해서 알아보고 있을 테니까 여드레쯤 걸려야 돌아올 겁니다."

"그러면 약속한 날짜보다 늦게 오는 것 아니냐. 닷새 후에 오기로 했는데."

"그, 그거야……."

"물건은 잘 준비되고 있는 거지?"

"그, 그게……."

"뭐라는 거야?"

"물건을 미리미리 준비해 놨어야지!"

김매읍동의 목소리가 높아지자 상이가 우물쭈물하다가 대답했다.

"물건을 사 두라는 말씀을 해 주시지 않으셨잖습니까."

"이 멍청한 놈아! 그런 건 미리미리 알아서 해야지! 이제 어떡할 거야?"

"일단 대장장이들을 더 다그쳐 보겠습니다."

고개를 조아린 상이의 대답을 듣고 짜증이 난 김매읍동이 버럭 소리를 질렀다.

"됐어! 내가 직접 대장간에 갔다가 남산에 들렀다 올 거니까 창고나 정리해!"

화가 풀리지 않은 김매읍동은 창고 정리에 대해서도 잔소리를 한참 늘어놓고는 객주 밖으로 나갔다. 상이는 발끝에 채인 자갈을 힘껏 걷어찼다. 데굴데굴 굴러간 자갈이 안채와 연결된 대문까지 굴러갔다. 때마침 대문을 나오려던 선화가 깜짝 놀랐다. 이제 열일곱이 된 선화는 동그란 이마에 살짝 낮은 코, 동그란 눈을 가졌다. 뺨에 주근깨가 좀 있긴 하지만 상이 눈에는 선녀나 다름없어 보였다. 상이와 눈이 마주친 선화가 눈짓을 하고는 대문을 닫았다. 주변 눈치를 슬쩍 살핀 상이는 창고를 둘러보는 척하다가 뒷문으로 나갔다.

담장을 따라 걷던 상이는 안채 뒤에 딸린 사당으로 들어갔다. 김매읍동이 몇 년 전 양반 족보를 사들이고 만들어 놓은 곳이다. 하지만 족보를 사는 것만으로는 양반 행세를 하기 어렵다는 것을 깨달은 다음부터는 버려지다시피 했다. 그 후로 사당은 상이와 선화의 밀회 장소로 이용되었다. 마지막으로 주변을 살핀 상이는 조심스럽게 사당의 문을 열고 안으로 들어갔다. 상이와 눈이 마주친 선화가 옷고름을 풀었다. 문을 꼭 닫은 상이는 속속곳을 입지 않은 것 같은 치마 속으로 손을 집어넣었다.

"아이, 천천히 해."

몸을 살짝 뒤틀면서 콧소리를 낸 선화가 저고리와 속적삼을 벗자 가슴이 드러났다. 상이가 젖꼭지를 입으로 살짝 깨물자 선화가 머리를 가볍게 쓰다듬으면서 속삭였다.

"이번에는 조심해. 옷이 망가진단 말이야."

"알았으니까 얼른 치마나 벗어."

"그렇게 누르고 있으면 못 벗는다니까."

아쉬운 표정의 상이가 몸을 일으키자 선화는 엉덩이를 살짝 들고 치마와 속바지를 한꺼번에 벗었다. 그리고 상이의 바지도 벗겼다. 저고리를 벗어 던진 상이는 선화를 눕혔다. 집 안에 아무도 없다고는 하지만 언제 들이닥칠지 모르기 때문에 서둘러야만 했다. 상이 품에 안긴 선화가 넋두리처럼 중얼거렸다.

"아버지가 올가을에 시집가래."

"그 집안에서는 별로 반기지 않을 거 같은데."

"나보고 양반집에 시집가는 거니까 조신하게 살아야 한다고 하는데 어떡하지? 양반들은 이런 거 할 때도 격식 차린다며? 난 그렇게는 못 살아."

"방법을 찾아볼게."

"정말 찾아 줄 거지? 오라버니만 믿을게."

상이는 목을 꼭 끌어안은 그녀의 안으로 파고들었다.

･━･●●●━･

　대청에 앉아서 책을 읽던 권주혁은 대문을 열고 들어오는 김매읍동을 보고는 눈살을 찌푸렸다. 권주혁의 표정을 살핀 김매읍동 역시 인상을 구겼다.

　"표정이 왜 그런가?"

　"지난번 무례함에 아직 마음이 상해서 그런가 보오."

　지난번 매파 할멈의 얘기를 들은 아내는 하늘이 복을 내려 줬다면서 입을 다물지 못했다. 권주혁은 집안끼리의 약조를 어길 수 없다면서 짐짓 물리치는 모양새였지만 이미 마음은 상당 부분 그쪽으로 기운 상태였다. 그런 속사정을 모르는 김매읍동은 늘 굽실거리던 권주혁이 의외로 강경하게 나오자 속에서 열불이 났다.

　"무례함이라니? 내가 이 집도 주고, 그동안 먹고살 수 있게 해 준 게 어딘데 그딴 소리를 하는 거야?"

　"도와준 건 고맙게 생각하나 그걸 빌미로 양반을 핍박하는 건 용납할 수 없소이다."

　권주혁의 말에 어처구니가 없어진 김매읍동은 마당에 서서 삿대질을 했다.

　"양반이면 집이고 쌀이고 받아 놓고 모르쇠로 나가도 된단 말이야!"

"무엄하다!"

권주혁도 지지 않고 목청을 높였다. 뒷짐을 지고 마루에 선 그가 김매읍동을 내려다봤다.

"네놈이 아무리 경강 제일의 객주를 가지고 있다고 해도 양반을 능멸하고도 무사할 성싶으냐?"

"뭐, 뭐야?"

지난 10년간 늘 눌려 지내던 권주혁이 반발하자 김매읍동은 당황하고 말았다.

"배은망덕도 유분수지! 이 집은 물론 그동안 내가 보태 준 것들 다 내놔!"

"오냐! 빼앗아 봐라. 내가 한성판윤에게 재물이 많은 걸 믿고 양반을 능멸한 네놈의 죄를 낱낱이 고할 것이다."

서로의 감정을 드러낸 두 사람은 마치 싸움이라도 벌일 것처럼 씩씩거렸다. 김매읍동은 그러면서도 계속 머리를 굴렸다. 집을 주고 곡식을 내줄 때 문서를 주고받지 않았던 것이 마음에 걸렸다. 그뿐만 아니라 송사가 벌어진다면 한성판윤이 같은 양반인 권주혁의 편을 들어줄 가능성이 컸다. 뇌물을 써도 이긴다는 보장이 없었다. 오히려 양반을 능멸한 죄로 재산을 빼앗길 수도 있었다. 생각지도 못한 방향으로 일이 풀려나가는 바람에 미처 말을 꺼내지 못하자 마루에서 내려온 권주혁이 김매읍동을 떠밀었다.

"내 집에서 당장 나가지 않고 뭐 하느냐!"

김매읍동은 속절없이 집 밖으로 밀려났다. 기세를 잃은 그는 결국 빈손으로 돌아가야만 했다. 권주혁이 돌아서자 안방에서 문을 살짝 열고 지켜보던 아내가 반색을 했다.

"잘했어요, 여보."

매일 바가지만 긁던 아내의 칭찬에 권주혁의 어깨가 으쓱해졌다. 그런 아내에게 권주혁이 말했다.

"이제 저놈이 뭐라고 하기 전에 얼른 안동 쪽이랑 혼사를 맺읍시다."

"제가 할멈을 만나고 올게요."

"아무래도 내가 집이와 안동에 가는 게 낫겠소."

"내려간다고요?"

권주혁은 김매읍동이 사라진 길을 바라보면서 대답했다.

"여기서 혼례를 치른다면 저놈이 행패를 부릴 수도 있으니 말이오."

"체면이나 염치도 없는 놈이니 그럴 수도 있겠네요."

"그러니 내가 집이와 함께 안동에 가서 혼례를 치르게 하고, 당분간 그곳에서 머물라고 하겠소. 거기서 공부를 하다가 과거를 볼 때 올라오라고 하면 저놈도 어찌하진 못할게요."

"제갈량이 울고 가겠어요, 여보."

"매파 할멈한테 가서 내 뜻을 전해 주시구려."

"얼른 갔다 올게요."

아내가 싸리 대문을 열고 밖으로 나가는 것을 본 권주혁은 대청마루에 걸터앉았다. 하늘을 보자 때 이른 달이 보였다. 순식간에 지나가 버린 젊은 시절이 떠올랐다.

"대체 어디부터 잘못된 걸까?"

흐릿하게 중얼거린 그는 기둥에 머리를 대고 눈을 감았다.

온종일 일하느라 정신없던 상이는 해가 떨어질 무렵, 평안도로 보낸 심부름꾼이 돌아왔다는 소식을 들었다. 주막에서 쉬고 있다는 얘기를 들은 그는 투덜거렸다.

"그냥 들어오면 되지 주막에는 왜 처박혀 있는 거야?"

객주 밖으로 나온 그는 주막이 있는 강가로 걸어갔다. 강가에는 전국 각지에서 몰려온 배들의 돛대가 **빽빽하게** 서 있는 게 마치 울창한 숲 같았다. 돛대 끝에는 먹을거리를 찾아 날아온 갈매기들이 날개를 터는 중이었다. 배에서 내린 물건들을 쌓아 두는 강변에는 주막과 객주, 난전이 뒤엉켜 있었다. 돌아온 심부름꾼이 있다는 주막으로 향하던 상이는 누군가 막아서고 있는 것을 눈치채고는 걸음을 멈췄다. 고개를 들어서 상대방을 바라본 상이는 깜짝 놀라고 말았다.

"당신은?"

"나하고 술이나 한잔하지."

객주에서 봤던 임수운이 나지막한 목소리로 말했다.

"무, 무슨 일인데 그러십니까?"

"성공할 기회를 주고자 하네."

"그게 무슨 말입니까?"

"내가 시키는 대로 한다면 원하는 걸 얻을 수 있단 말일세."

미심쩍은 기분에 뒷걸음질 치던 상이는 어느 틈엔가 뒤를 막아선 임수운의 여진족 하인을 봤다. 도망치는 것을 포기한 그가 임수운에게 말했다.

"왜 이러시오?"

"따르시게."

짧게 얘기한 임수운이 앞장서서 걸었다. 여진족 하인이 어서 따라가라는 눈짓을 하자 상이는 임수운의 뒤를 따랐다. 그가 향한 곳은 김매읍동을 따라 입구까지만 몇 번 갔던 마포나루에서 가장 큰 기방이었다. 뒷문으로 들어간 임수운이 뒤뜰에 있는 별채로 그를 이끌었다. 불이 환하게 켜진 방 안에는 상다리가 휘어질 만큼 술과 안주가 차려져 있었다. 상석에 앉은 임수운이 맞은편 자리를 권했다.

"기생은 얘기가 끝나고 나서 부를 것이니 적적해도 조금만 참게."

"저한테 왜 이러십니까?"

상이가 머뭇거리면서 묻자 임수운이 껄껄거렸다.

"거래를 할 만한 상대에게는 일단 호의를 베푸는 게 내 방식이지."

"저는 한낱 일꾼일 뿐입니다."

조심스러운 상이의 대답에 임수운이 술을 권하면서 말했다.

"자네 주인인 김매읍동도 한때는 노비였다는 사실을 아는가?"

"소문을 들은 적은 있습니다."

"사람 팔자는 한순간에 결정된다네."

주저하던 그가 술을 받자 임수운이 가볍게 웃으며 덧붙였다.

"이제 자네 팔자를 바꿔 보겠나?"

"어떻게 말입니까?"

"내가 시키는 대로 하면 그리될 걸세."

술을 단숨에 비운 상이가 대답했다.

"주인어른을 배반하거나 등지는 일이라면 거절하겠습니다."

"만약 주인이 자네를 배반한다고 해도 그럴 건가?"

"주인어른이 왜 저를 배반한답니까?"

"자네가 딸과 상간하고 있다는 걸 알고 있으면 가만 놔두지 않을 걸세."

임수운의 얘기에 깜짝 놀란 상이가 술잔을 떨어뜨렸다.

"그, 그걸 어찌 아셨습니까?"

"나는 많은 걸 알고 있다네. 아주 많이 말이야."

"그 사실을 주인어른에게 알리실 겁니까?"

겁에 질린 상이의 물음에 임수운은 고개를 저었다.

"나는 그런 식으로 일처리를 하지 않는다네. 우격다짐이나 협박은 장사와는 어울리지 않거든. 대신 자네가 주인을 시험해 보게."

"무슨 얘깁니까?"

"김매읍동이 자네를 데릴사위로 들이겠다는 얘기를 했던 적이 있지? 그건 물 건너갔고, 다른 약속이 하나 남았군. 스물다섯 살이 되면 한밑천 떼어 주겠다고 여러 번 말했던 걸로 아는데 말이야."

상이는 놀라지 않기로 마음먹었지만 두 사람만이 따로 나눈 얘기까지 꿰고 있다는 걸 알고는 입을 다물 수가 없었다. 상이가 비운 술잔에 술을 채운 임수운이 덧붙였다.

"자네가 올해 스물다섯 살이니 약속한 때가 되지 않았는가. 주인에게 약속을 지키라고 말해 보게."

주전자를 든 상이가 임수운에게 술을 권하면서 물었다.

"시험하란 얘기군요."

"김매읍동이 자네와의 약속을 지킨다면 나도 더 이상 미련 두지 않겠네. 하지만 그가 약속을 지키지 않는다면 나를 도와주게."

"그래서 제가 얻는 게 무엇입니까?"

"김매읍동의 객주와 선화를 얻을 수 있을 걸세."

"어떻게 말입니까?"

"내가 시키는 대로 하고 입을 다물기만 하면 되네."

"복잡한 일에 얽히는 건 질색입니다만……."

"어차피 자네가 없어도 김매읍동은 몰락할 걸세. 그럼 자넨 일당으로 몰려서 목이 달아나거나 노비가 되겠지. 운이 좋게 빠져나왔다고 해도 빈털터리가 될 것이고 말이야."

임수운의 차분한 말에 상이는 전율을 느꼈다. 그가 보여 준 엄청난 재력과 자신과 선화에 관한 비밀을 알고 있다는 것도 그렇지만, 마치 죽었다가 돌아온 것같이 한없이 차가운 눈이 그를 두렵게 만들었다. 단숨에 술잔을 비운 상이가 중얼거렸다.

"선택의 여지가 없군요."

"아까 말한 대로 자네 주인을 시험해 보게. 그가 약속을 지킨다면 자네는 무사히 발을 뺄 수 있을 거야."

"그렇다고는 해도 선화와는 영영 헤어져야겠죠. 뭘 하면 됩니까?"

체념한 것 같은 상이의 말에 임수운이 흡족한 표정을 지었다.

"일단 임수운이 평안도에서 가장 큰 부자이고, 금광을 여러 개 가지고 있다고 보고하게. 심부름꾼은 내가 따로 얘기해 놨으니까 걱정 안 해도 되네."

"그럼 사실이 아닙니까?"

"그게 중요한가?"

"금괴를 그만큼 가져온 걸 보니 사기꾼은 아닌 것 같고, 왜 이러는지는 모르겠지만 일단 따르겠습니다."

"매일 저녁 일을 마치고 마포나루에 있는 언년이네 선술집으로 가게. 거기 가면 자네에게 할 일을 알려 줄 사람이 있을 걸세."

"궁금한 게 있습니다."

"말해 보게."

"도대체 어떤 이득을 보려고 제 주인어른을 몰락시키려고 하십니까?"

"상상도 못 할 이득을 위해서지."

종잡을 수 없는 대답에 상이가 아무런 대꾸를 하지 못하자 임수운이 입을 열었다.

"자, 그럼 딱딱한 얘기는 끝났으니 회포나 푸세."

그가 밖에 대고 기척을 하자 잠시 후, 문이 열리고 화려하게 차려입은 기생들이 들어섰다.

━●━●━●━

"처음 뵙겠습니다. 강상천이라고 합니다."

문을 열고 들어온 사내가 굵은 목소리로 인사를 하고는 자리에 앉자 황덕중은 월하를 바라보면서 헛기침을 했다.

"내가 아끼는 여인의 먼 친척이라고 해서 만나기는 하지만 나는 세자의 장인이자 나라의 녹을 먹고 있는 병조판서일세. 한 치의 어긋남이나 부정함은 듣지도 보지도 않을 것이니 섣부른 청탁은 삼가시게."

분위기가 어색해지자 두 사람 사이에 앉아 있던 월하가 은근슬쩍 끼어들었다.

"그냥 인사시켜 드리는 자리입니다. 그럴 분이 아니니 너무 심려치 마세요."

황덕중이 아무 대답 없이 술잔을 들이켜자 강상천은 옆에 놓인 나무 상자를 쭉 밀었다.

"국정에 힘을 쓰시느라 바쁘실 텐데 저같이 미천한 장사꾼을 만나 주셔서 더없이 감읍할 따름입니다. 작은 선물을 준비했사오니 거절치 마시고 받아 주십시오."

"내가 방금 얘기하지 않았는가. 청탁 같은 거 안 받는다고 말일세."

"저는 청탁 같은 걸 드리려고 대감을 찾아뵌 것이 아닙니다."

"그렇다면 날 만나려고 한 이유가 무엇인가?"

"제안을 드리기 위함입니다."

"제안? 어떤 제안 말인가?"

"대감과 저 모두에게 도움이 되는 제안입니다."

정중하면서도 당당한 강상천의 모습에 호기심을 느낀 황덕중이 계속해 보라는 눈짓을 했다. 그러자 강상천은 그에게 밀어 준 나무 상자의 뚜껑을 열었다. 무심코 바라보던 황덕중은 나무 상자 안에 금괴가 가득 든 것을 보고는 입을 다물지 못했다. 눈에 보이는 것만 열 개가 넘었고, 아래 깔린 것도 금괴라면 스무 개는 족히 넘어 보였다.

"이게 다 무언가?"

가까스로 정신을 차린 황덕중의 물음에 강상천이 여유롭게 대답했다.

"소인이 가지고 있는 금광에서 캔 것들입니다. 금 말고도 은과 철을 캐는 광산도 가지고 있습니다."

"금광이라니? 나라에서 금과 은의 채굴을 엄격하게 금하고 있다는 걸 모르는가?"

황덕중의 진노에 강상천은 희미하게 웃었다.

"소인이 언제 금광이 조선 땅에 있다고 하였습니까?"

"뭐라고?"

"소인이 가진 광산들은 모두 압록강 너머에 있습니다."

어처구니가 없는 얘기에 놀란 황덕중에게 강상천이 말을 이어 갔다.

"소인의 아버지는 여진족이고, 어머니는 포로로 끌려간 조선 사람이었습니다. 덕분에 어릴 때 여진족 마을에서 자랐고, 그들의 풍습과 거처에 대해서 잘 알고 있습니다. 어머니와 함께 조선으로 돌아온 이후, 의지할 곳이 없어서 장사를 하다가 여진족 땅에서 광산을 찾아냈던 겁니다."

여진족 땅에 있는 광산에서 캐낸 금이라면 딱히 처벌할 근거가 없었다. 사실 그가 화를 낸 이유도 혹시나 문제가 생기지 않을까 해서 놓은 엄포였다.

"그런 사연이 있었군. 그럼 이 많은 금괴를 나에게 선물하는 연유가 무엇인가?"

"더 많은 금괴를 얻기 위해서입니다."

"여진족 땅에서 금괴를 구한다면서 어찌 조선의 병조판서에게 도움을 요청하는가?"

"지금까지 봤던 것 중에서 가장 큰 금맥을 가진 광산을 발견했습니다."

"가장 큰 금맥?"

"그렇습니다. 사실 지금 제가 가지고 있는 광산들도 여진족들 몰래 조금씩 캐내는 중입니다."

강상천의 얘기를 들은 황덕중이 물었다.

"그럼 자네가 얘기한 그 금광에는 금이 얼마나 묻혀 있는가?"

그의 물음에 강상천은 소매에서 새끼손가락 굵기의 금덩이를 꺼냈다.

"이런 금맥이 무려 네 개가 나란히 있습니다. 그래서 저는 사지금광이라고 부릅니다."

"어마어마하군."

강상천이 보여 준 황금에 완전히 시선을 빼앗긴 황덕중이 중얼거리자 강상천이 무릎을 바짝 당겼다.

"지금 제가 가지고 있는 광산들은 그나마 조선 땅과 가까워서 몰래 가서 캐내는 것이 가능하지만 사지금광은 멀리 떨어진 곳에 있어서 사람들을 보내는 게 어렵습니다. 그러다 만약 금광의 존재가 알려지게 된다면 여진족들이 그냥 지켜만 보고 있겠습니까?"

"그렇긴 하지."

"소인이 그 광산에서 금을 캐내게 도와주십시오. 그러면 캐낸 금의 절반을 드리겠습니다."

"절반이나?"

"제 방식은 돈으로 돈을 버는 게 아니라 사람을 법니다. 사람을 벌면 돈은 자연스럽게 따라오게 되는 것이죠."

"자네 혹시 여불위呂不韋[63]를 꿈꾸는가?"

미심쩍어하는 황덕중의 물음에 강상천이 큰 소리로 웃었다.

"조선이 진나라가 아니고 주상 전하가 진시황 같은 암군이 아닌데 어찌 제가 여불위를 꿈꾸겠습니까. 단지 큰돈을 들여서

---

63 중국 진나라의 상인이자 정치가. 진시황의 아버지 장양왕을 왕위에 올리면서 권력을 장악하지만, 진시황에 의해 제거된다.

더욱더 큰돈을 벌고자 함입니다. 이런 문제를 조선 땅에서 누구와 상의하고 부탁하겠습니까? 오직 병조판서 대감밖에는 없어서 이렇게 천 리 길을 달려와 발 앞에 엎드리는 것입니다."

황덕중은 자신을 치켜세우는 강상천의 말에 은근히 이끌렸다. 거기에다 본 적도 없을 만큼 어마어마한 금괴를 선뜻 내민 것도 그의 말에 무게감을 실어 주었다. 하지만 황덕중은 10년 넘게 관직 생활을 한 노련함을 잃지 않았다. 속내를 숨긴 그는 짐짓 무관심한 척했다. 그러면서 상대방을 슬쩍 살펴봤는데 더없이 무표정해서 속내를 읽기가 어려웠다.

"자네 말뜻은 잘 알겠네. 하지만 여진족 땅에서 금을 캐내는 데 내가 어찌 손을 쓸 수 있단 말인가?"

"대감께서는 조선의 병권을 가진 병조판서 아닙니까."

황덕중은 그의 말뜻을 단번에 알아들었다.

"뭣이라? 지금 나보고 한낱 장사꾼을 위해 군대를 일으키란 말인가?"

"여진족 1만이 모이면 천하가 감당할 수 없다는 얘기가 있습니다. 그들은 평생 말을 타고 다니면서 활로 사냥을 합니다. 따라서 천하에 겨룰 대상이 없는 강병이 됩니다. 이미 몇백 년 전에 완안부의 아골타가 여진족을 결집해서 금나라를 세운 적이 있지요. 고려에서 이를 토벌하려고 했지만 결국 실패하고 말았습니다."

"잘 알고 있군."

강상천의 입에서 장사꾼답지 않은 말이 나오자 황덕중도 크

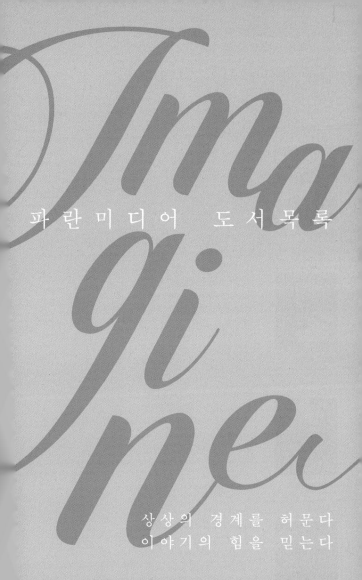

파란미디어 도서목록

상상의 경계를 허문다
이야기의 힘을 믿는다

새파란
상상

e-mail paranbook@gmail.com
cafe cafe.naver.com/paranmedia
facebook facebook.com/paranbook
tel 02. 3141. 5589 **fax** 02. 3141. 5590

브레인 임플란트 이혜원 지음 | 값 10,000원

백두산 폭발로 벌어진 아비규환!
거대한 음모 속에 숨겨진 살인극

"이젠 학습법이 아니라 뇌를 바꿔야 합니다!"
우리의 삶을 바꾸는 브레인 임플란트의 세계에 오신 것을 환영합니다.

초인은 지금 김이환 지음 | 값 10,000원

우리 시대의 모순을 안은 초인이 온다!

하늘을 날고 모든 것을 듣고 모든 것을 보는 초인이
시민들을 지켜준다.
초인은 무엇 때문에 사람들을 위해 봉사하는 것일까?
그를 믿어도 되는 것일까? 초인은 선한 사람인가?

킬러에게 키스를 김상현 지음 | 값 11,000원

그동안 고마웠어. 그 말을 끝으로 이메일 주소 하나 남기지 않고
깨끗이 사라졌던 여자 친구가 실은 킬러였다!

그녀에게 묻고 싶은 말이 있어 국가정보부의 작전에 동참한
평범한 한 남자의 슬프고도 웃긴 이야기.

고스트 에이전트 김상현 지음 | 값 12,000원

《킬러에게 키스를》 두 번째 작품.

당안리 화력발전소를 노린 폭탄 테러, 서울 전역에서
테러리스트가 출몰하고 급기야 국가정보부가 공격당한다!
그 누구도 절대 막을 수 없다!

이순신의 나라 임영대 지음 | 각 권 12,000원 (전2권)

이순신이 살아남은 조선!
새로운 바람이 분다, 새로운 나라가 온다!

임진왜란이라는 절체절명의 국난에서 우리 민족을 구원한
이순신 장군. 그런 이순신 장군이 만일 죽지 않고 살아남았다면
과연 무슨 일이 벌어졌을까?

붉은 말 백성민 이야기그림집 | 값 22,000원

네이버 한국만화 거장전 제1호 작가 백성민의 새로운 만화 모음집.
〈장길산〉, 〈싸울아비〉, 〈광대의 노래〉 등 역사만화의 거장 백성민이 새롭게 선보이는 이야기그림 〈붉은 말〉. 우리나라의 신화와 전설, 전래동화 등에서 폭넓게 소재를 취하여 새로운 해석을 내보이는 만화들에서 삶의 위안을 찾아낼 수 있을 것이다.

살해하는 운명 카드 윤현승 지음 | 값 11,000원

다섯 장의 카드, 다섯 개의 운명.
모두가 승리할 수도 있고, 모두가 패배할 수도 있다.

인생 막다른 골목에서 받아들인 위험한 초대.
오직 운명을 거역한 사람만이 승자가 된다!

눈사자와 여름 하지은 지음 | 값 13,000원

《얼음나무 숲》의 작가 하지은이 선보이는 유쾌발랄 코믹 추리극!

평화로운 작은 도시 그레이힐에서 벌어진
대문호 오세이번 독살 사건!
진상에 다가갈수록 진실에서 멀어지는
예측불허의 대반전이 시작된다.

루월재운 이야기 조선희 지음 | 각 권 11,000원 (전2권)

한국판타지문학대상에 빛나는 조선희 작가의
치밀하고 놀라운 환상의 세계를 만난다!

가장 많은 눈물을 흘린 자가 주인이 되느니,
사랑을 위해 목숨을 버리는 사람들!
그들의 운명이 아로새겨진 서라벌의 하늘.

19 씩씩하게 아픈 열아홉 감성현 지음 | 값 12,000원

달려 루다, 멈추지 말고, 끝까지 달려

어른도 아이도 아닌 열아홉.
달리기를 좋아하던 난, 열아홉 살이 되던 해.
더 이상 달릴 수 없게 되었다.

게 감탄했다.

"명나라가 건국하면서 여진족을 건주여진과 해서여진, 야인 여진으로 나눠서 추장들에게 교역할 수 있는 첩지를 주고는 통제를 가하고 있습니다. 가장 강성한 것은 건주여진으로 회령 부근의 올량합이 주로 강을 건너와서 노략질을 하고 있지요."

"그렇다네. 강을 경계로 하고 있어서 겨울에 얼기만 하면 쉽게 넘어올 수 있어서 골칫거리지. 그렇다고 그 기나긴 강 전체에 군대를 둘 수도 없고 말일세. 게다가 명나라와의 관계도 생각해 봐야 하고 말이야."

"명나라는 앞으로도 계속 여진족을 나눠서 통제할 것입니다. 여진족들이 우리 조선을 버리고 명나라를 따르는 것도 문제가 될 수 있습니다."

"그러하네. 해서 압록강과 두만강 너머의 여진족들에게는 조공을 받고 사은을 하고 있지만, 워낙 못 믿을 자들이라서 말이야."

황덕중의 얘기를 들은 강상천이 무덤덤하게 말했다.

"어차피 여진족은 조선의 변방을 약탈하는 골칫거리 아닙니까. 조만간 전하께서 세자께 양위를 하고 물러나신다면 그 틈을 타서 여진족이 더욱 기승을 부릴 것이니 미리 기를 꺾어 놔야 합니다."

강상천의 얘기를 듣고 깜짝 놀란 황덕중이 반문했다.

"양위라니? 무슨 얼토당토않은 말인가?"

"소인이 비록 미천한 장사꾼이라고는 하나 제 황금과 선물

은 귀한 몸이니까요. 저는 대감과 전하가 언제 독대를 하였는
지도 알고 있습니다."

비로소 상대방이 가진 힘을 어렴풋하게 느낀 황덕중은 헛기
침을 하면서 시선을 돌렸다. 그 틈으로 강상천의 목소리가 파
고들었다.

"대감께서는 충녕대군의 장인이십니다. 만약 충녕대군이 양
위를 받으시면 국구가 되실 몸이지요."

"말도 안 되는 소리 하지 말게!"

"세자인 양녕대군이 주상 전하의 속을 썩이고 있다는 소문
은 제가 있는 곳에서도 알 수 있을 정도입니다. 만약 양녕대군
을 폐하고 다른 대군을 세자로 삼는다면 충녕대군이 가장 유력
하지 않겠습니까. 만약 그리된다면……."

잠시 뜸을 들인 강상천이 은근한 목소리로 덧붙였다.

"……따르고자 하는 자들로 이 집의 문턱이 닳을 날도 머지
않았습니다. 하지만 그런 날을 맞이하시려면 주변의 질시와 견
제를 눌러야 하고, 외척이라면 무조건 나쁘게만 보는 삼사의
관원들도 구슬려야 합니다."

듣고 보니 틀린 말이 아니었기에 황덕중은 저도 모르게 고개
를 끄덕거렸다. 그러자 강상천이 금괴가 든 나무 상자를 손바닥
으로 천천히 쓸면서 덧붙였다.

"이것이 대감의 친구를 늘려 주고, 적들을 없애 줄 것입니
다. 전답이나 노비를 선물로 준다면 흔적이 남지만 이건 흔적
이 전혀 남지 않으니까 말입니다."

황덕중은 고개를 돌려 강상천을 바라봤다. 상처투성이의 얼굴에는 어디선가 본 것 같은 낯익음이 묻어 있었지만 지금 그게 중요한 것이 아니었다.

"군대를 일으켜서 금광 근처의 여진족들을 몰아내 달라 이 말인가?"

"그렇습니다. 나중에 지도를 보여 드리겠습니다만 그 지역의 여진족들은 조선의 변경을 노략질한 자들입니다. 군대를 움직여서 그쪽 지역을 열흘만 차지한다면 그 틈에 인부들을 끌고 가서 최대한 많은 금을 캐내면 됩니다. 인부들을 모으고 금을 운반하는 것은 모두 소인이 알아서 하겠습니다. 소인이 여진족이 어디에 머물고 있고, 어느 길로 가야 하는지 상세하게 적은 지도를 바치겠습니다."

군대를 움직여서 여진족을 몰아내고 금을 캐겠다는 강상천의 얘기를 듣고는 나름의 묘책이라고 생각했다. 미심쩍은 점이 없진 않지만, 눈앞의 금괴가 그런 의심을 없애고 말았다. 이렇게 많은 금괴를 바치면서 거짓말을 하거나 음모를 꾸밀 이유는 없으니까 말이다. 작게 헛기침을 한 황덕중이 입을 열었다.

"자네 뜻은 잘 알겠네만 이 자리에서 대답을 줄 수 있는 문제는 아닐세."

"들어 주신 것만 해도 감읍할 따름입니다. 만약 이번 일이 성사되지 않는다고 해도 금을 돌려받거나 소문을 내지는 않을 것이니 심려치 마시옵소서."

얘기가 어느 정도 순조롭게 진행되자 옆에서 지켜보던 월하가 나섰다.

"천 리 길도 한 걸음부터라고 하지 않습니까. 술로 목이라도 축이면서 말씀들 나누시지요."

월하가 따라 준 술로 목을 축인 황덕중이 조용히 술잔을 기울이는 강상천에게 물었다.

"그나저나 하는 얘기를 들어 보니 일자무식의 장사꾼은 아닌 듯하네."

"어린 시절 귀양 온 양반을 스승으로 모셨던 적이 있습니다. 심 자, 유 자, 환 자를 쓰셨지요."

"심 대감이라면 나도 잘 알고 있지. 그분에게 『소학』을 배웠는가?"

황덕중이 은근한 목소리로 묻자 강상천이 씩 웃었다.

"『소학』은 아이들이나 배우는 거라면서 거들떠보지도 말라고 하셨습니다. 남자라면 무릇 『춘추』를 배워야 한다고 하셨죠. 그리고 게장을 좋아하셔서 선물로 드리면 늘 좋아하셨죠."

"그랬지. 그래서 우리끼리는 게장대감이라고도 불렀지."

혹시나 하고 물었던 걸 정확하게 대답하자 황덕중의 의구심은 조금 사그라졌다.

"알겠네. 주변 사람들과 은밀히 상의한 뒤 전하께 고할지 말지를 결정하지. 주변에서 만류할 수도 있고, 전하께서 받아들이지 않으실 수도 있다는 점 명심하게."

"쉽게 성사될 수 없는 일이라는 건 잘 알고 있습니다. 너무 걱정하지 마시옵소서."

문제가 될 법한 상황들이 손쉽게 정리되자 황덕중은 홀가분한 마음으로 술을 마실 수 있었다. 월하가 생황을 불어서 분위기를 돋우자 두 사람은 술잔을 주거니 받거니 했다.

약속한 날 점심 무렵, 임수운이 객주에 모습을 드러냈다. 여진족 하인이 끌고 온 수레에는 천에 꽁꽁 묶인 상자가 실려 있었다. 대문가에서 서성거리던 김매읍동은 임수운을 보자 허리를 굽혀 굽실거렸다.

"어서 오십시오."

"물건을 보고 싶소이다."

딱 잘라 얘기한 임수운에게 김매읍동이 객주 뒤쪽의 창고를 손가락으로 가리켰다.

"저쪽에 보관하고 있소."

앞장선 김매읍동이 눈짓을 하자 상이가 자물쇠를 풀고 문을 열었다. 무뢰배들의 보고에 평안도에 다녀온 심부름꾼의 이야기까지 들은 김매읍동은 임수운의 정체에 대해서 더 이상 의심을 품지 않고 열심히 무기들을 긁어모았다. 삐걱거리면서 열린 문 안쪽으로 거적에 덮여 있는 무기들이 보였다. 거적을 들추면서 무기들을 살펴보는 임수운의 모습을 보면서 김매읍동은 속이 바짝 타들어 갔다. 권주혁이 혼사를 못 하겠다고 버티는 바람에 속이 상했던 탓이다. 생각 같아서는 마포의 무뢰배들을 보내서 본때를 보여 주고 싶지만 그랬다가는 불똥이 어떻게 튈지 모르기 때문에 손을 놔야만 했다. 다행히 임수운은 세세하게 살피지 않고 대강 둘러보고는 만족감을 드러냈다.

"구하기가 쉽지 않았을 것인데, 고생하셨소이다."

"내가 괜히 경강 제일의 객주겠소. 자, 목이나 축입시다."

김매읍동은 혹시나 임수운이 눈치를 챌까 봐 서둘러서 창고 밖으로 이끌었다. 그리고 상이에게 따라오지 말라는 손짓을 했다. 김매읍동은 그를 지난번 얘기를 나눴던 방으로 안내하고 술과 안주를 내왔다. 의자에 앉아 수염을 쓰다듬는 임수운에게 그가 술을 권했다.

"말도 마시구려. 이제야 말하는데, 엄청 구하기가 어려웠소이다."

"고생한 대가는 늘 짜릿한 법이지요."

두 사람이 얘기를 주고받는 사이 임수운의 여진족 하인이 나무 상자를 들고 방 안으로 들어섰다. 탁자에 내려놓은 나무 상자의 뚜껑을 열자 가지런히 놓인 금괴들이 보였다. 지금의 객주를 두 배로 늘려도 될 만큼의 양이었다. 믿기지 않는다는 표정으로 금괴를 바라보는 김매읍동에게 임수운이 말했다.

"사 놓은 무기들을 보관하는 비용까지 함께 넣었소."

"창고에 잘 보관하고 열쇠는 나만 가지고 있을 것이니 염려 놓으시오."

서둘러 금괴가 든 상자의 뚜껑을 닫은 김매읍동이 술을 권했다.

"자, 거래가 성사되었으니 이제 편하게 술이나 마십시다."

"거래가 끝난 것은 아니외다."

혹시나 꼬투리를 잡거나 딴소리를 하는 건 아닐까 염려된 김매읍동이 조심스럽게 물었다.

"아직 남은 게 있습니까?"

"무기가 더 필요하오."

하마터면 술병을 떨어뜨릴 정도로 놀란 김매읍동이 반문했다.

"얼마나 말입니까?"

"이번에 구해 준 것만큼 더 구해 줄 수 있겠소? 값은 이번과 똑같이 쳐 주겠소."

가까스로 정신을 차린 그가 헛기침을 했다.

"장안의 물건들을 다 긁어모은 터라 시간이 좀 걸릴 것 같습니다."

"두 달 정도면 충분하겠소? 어차피 물건이 필요한 건 가을이라서 말입니다."

잠시 계산을 하던 김매읍동은 승낙의 뜻을 비쳤다.

"그 정도면 가능합니다."

"그럼 잘 부탁하겠소이다."

임수운이 흡족한 표정으로 술잔을 들었다. 잠깐 사이에 엄청난 거래를 마친 김매읍동도 만족한 얼굴로 술잔을 입으로 가져갔다. 방 안에서 울려 퍼지는 왁자지껄한 웃음소리를 듣는 상이는 속이 상했다. 물건을 구하려고 해도 약속이나 한 것처럼 없다고 하는 바람에 약속한 날짜까지 물건을 구하느라고 정말 애를 먹었다. 웃돈을 줬다면 모르지만 김매읍동이 허락하지 않아서 정말 힘들게 물건들을 사 모아야만 했다. 게다가 김매읍동이 선화를 어떻게든 양반인 권주혁의 아들에게 시집보내려고 하는 것도 마음에 걸렸다. 데릴사위로 맞겠다는 얘기를 듣고 몸이 부서져라 일했던 기억 때문에 속은 더 씁쓸했다. 거래가 끝나고 임수운과 하인이 돌아간 후에도 김매읍동은 수고했다는 말 한마디 없이 안채로 들어가 버렸다. 한숨을 깊게 쉰 상이는 차라리 다행이라고 생각하고는 마음을 결정했다.

빈청賓廳[64]에서 열린 회의가 끝날 무렵 김온이 모습을 드러냈다. 그러자 정승들은 물론 판서들도 노골적으로 불편한 기색을 내비치면서 자리를 떴다. 홀로 자리를 지킨 것은 그를 부른 황덕중뿐이었다. 그는 맞은편에 앉은 김온에게 말했다.

"이해하게."

"물러나야 할 죄인이 자리를 지키고 있으니 할 수 없지요."

"오늘 회의에서 김척신 대감에 관한 얘기가 나왔다네."

"대강 짐작했습니다."

"사건을 조사한 추국청 위관인 우의정이 주청한 대로 사형에 처하라 명하셨네. 다만 나라에 공훈이 있으니 효수나 거열

---

64 궁궐 안에 있는 대신들의 회의실. 고위 관료들이 이곳에 모여서 회의를 열었다.

에 처하는 대신 사약을 내리라고 하셨지. 연좌도 일가에게만 하라고 하셨으니 자네는 걱정하지 말게."

"안타까운 일이지만 어쩔 수 없지요."

김온의 무덤덤한 모습에 황덕중의 마음이 복잡해졌다. 생각에 잠긴 채 침묵을 지키던 황덕중에게 김온이 조용히 물었다.

"그 일 때문에 저를 부르신 겁니까?"

"긴히 상의할 일이 있어서 부른 걸세."

생각에서 깨어난 황덕중이 김온에게 며칠 전에 만난 강상천에 관한 얘기를 들려줬다. 설명을 들은 김온이 황덕중에게 물었다.

"그래서 어찌하실 생각입니까?"

"여진족은 나라의 근심이자 우환일세."

"지금 그 문제가 중요한 것이 아닙니다. 제 셋째 작은아버지에 대한 처분이 끝났으니 이제 슬슬 세자를 폐하는 문제가 나올 겁니다."

마치 가르치려는 것 같은 김온의 빈정거리는 말투에 살짝 마음이 상한 황덕중이 입을 열었다.

"그렇다고 나라의 녹을 먹는 관리가 일을 안 할 수는 없지 않은가."

"위험하다는 뜻입니다. 태풍이 부는데 어찌 바깥일을 생각하십니까?"

황덕중은 자기 뜻을 따를 줄 알았던 김온이 완곡하게 반대를 하고 나서자 한발 물러났다.

"그럼 자네가 그자를 만나서 얘기를 들어 봐 주게."

"며칠 안에 그자를 만나 보겠습니다."

"젠장! 패가 왜 이따위야!"

끝이 맞춰지지 않자 성질이 난 덕배가 투전패를 내동댕이치면서 짜증을 냈다. 그러자 맞은편에 앉은 박한수가 키득거렸다.

"패가 무슨 죄가 있다고 그래?"

"그렇다고 이놈의 손을 자를 수는 없잖수."

덕배는 강상천에게 월하를 소개시켜 주고 받은 은 덩어리를 가지고 박한수의 노름판에 끼어들었다. 하지만 잘 풀릴 것 같으면서도 나중에 보면 늘 잃고 말았다. 오늘까지 해서 강상천에게 받은 은 덩어리는 물론 함께 사는 퇴기 매월에게 뜯어낸 돈도 바닥이 나고 말았다. 이번 판에서 이긴 노인이 신나게 투전패를 섞는 것을 본 덕배는 손을 털었다.

"이번은 쉴게."

판에서 빠진 그는 엉덩이를 떼고 일어나서 구석에 놓인 이불 위에 누웠다. 그 모습을 본 박한수가 한마디 했다.

"밑천 다 떨어졌으면 집에 가서 발 닦고 잠이나 자."

"잠깐 쉬는 거라니까."

그러자 박한수가 굴러다니는 저화楮貨[65] 몇 장을 집어서 던

---

65 조선 초기 발행된 닥나무 껍질로 만든 지폐.

졌다.

"이거나 가지고 집에 가라니까."

박한수의 얘기에 다른 노름꾼들이 키득거리면서 저화를 한두 장씩 보탰다. 짜증이 난 덕배가 벌컥 화를 냈다.

"지금 돈 없다고 날 무시하는 거야?"

"노름꾼이 돈 없으면 노름꾼인가? 비렁뱅이지."

박한수의 이죽거림에 덕배는 더 이상 버티지 못하고 방을 박차고 나왔다. 쪽마루에 걸터앉아 짚신을 신는데 뒤에서 박한수가 조롱했다.

"어이, 저화 챙겨 가야지."

덕배는 잠깐이나마 도로 들어가서 그거라도 챙겨 올까 생각했지만, 자존심을 지키는 쪽을 택했다.

"됐어! 이놈의 노름판에 다시 끼면 내가 성을 간다!"

그렇지만 거리로 나서기도 전에 어디서 돈을 구할 것인가부터 골똘히 생각하게 되었다. 매월에게서는 더 이상 뜯어내기 어려울 것 같았지만 한 번 더 매달려 보기로 했다.

•─••••─•

예장동에 있는 월하의 집에 도착한 김온은 뒷문을 통해 안으로 들어갔다. 사방등을 들고 기다리고 있던 노비가 그를 안내했다. 마당에는 칼을 든 여진족이 구석에 서서 그를 응시하고 있었다. 댓돌에 신을 벗고 방 안으로 들어가자 미리 기다리고 있던 강상천이 자리에서 일어나 그를 맞이했다.

"처음 뵙겠습니다. 강상천이라고 합니다."

공손하게 인사를 하는 그를 지나 김온은 상석에 자리를 잡고 앉았다. 월하가 주안상을 가지고 들어왔다. 김온은 황덕중을 단숨에 사로잡은 정체불명의 장사꾼과 단둘이 얘기를 나누고 싶었다. 하지만 혹시나 나중에 문제가 되면 곤란했기 때문에 월하에게 나가지 말고 앉으라는 손짓을 했다. 그러고는 다짜고짜 강상천에게 물었다.

"일개 장사치 주제에 무슨 꿍꿍이속으로 값비싼 재물을 뿌리면서 나라를 어지럽히는 건가?"

그러자 강상천은 월하가 따라 주는 술을 바라보면서 대답했다.

"사람은 늘 자신의 위치에서 최고가 되고자 하지 않습니까. 저 역시 그러합니다."

"내 병조판서 어른께 자네 계획에 대해서 들었네. 한마디로 허무맹랑하네."

"그렇게 생각하실 수도 있지요."

"그리고 설사 진행한다고 해도 너무 위험하네."

김온의 다그침에도 태연하게 술을 마신 강상천이 반문했다.

"무엇이 위험하다는 것입니까?"

"개인의 사욕을 위해 군대를 움직이는 게 위험한 것이 아니면 무엇이 위험하단 말인가? 게다가 이 사실이 알려지기라도 한다면 큰 사달이 날 걸세."

196

"무릇 큰일은 항상 위험을 동반하기 마련이지요. 정치나 돈벌이 모두 말입니다."

"감히 나랏일과 장사치의 돈벌이가 같다고 말하는 건가?"

"만약 그 두 가지의 이익이 일치한다면 무엇이 문제겠습니까? 무릇 여진족은 국초부터 나라의 우환이었습니다. 예의와 염치를 모르는 그들은 사납고 흉포한 자들인 데다가 말을 타고 바람처럼 나타나서 노략질하고 사라지기를 반복해서 변방의 백성들을 괴롭혔습니다."

"그건 잘 알고 있네."

"국경을 안정시키려면 큰 강을 경계로 삼는 것이 좋은데, 이때 강 건너편은 웅번雄藩[66]이 자리를 잡고 울타리 역할을 해 줘야만 합니다. 그리고 백성들을 이주시켜 자리를 잡게 하고, 그들 중에서 병정을 뽑고 식량을 거둬서 지키도록 하는 것이 최선의 방도입니다."

김온은 한낱 욕심 많은 장사꾼이라고 생각했던 강상천의 핵심을 꿰뚫는 식견에 입을 다물지 못했다. 중간에 술잔의 술을 비운 강상천의 얘기가 이어졌다.

"그러기 위해서는 국경에 보루와 장벽을 쌓고 지키는 것으로는 부족합니다. 군대를 출병시켜서 저들의 부락을 쑥대밭으로 만들어서 위력을 보여야만 합니다. 저들이 약탈을 포기하고 북쪽으로 떠나게 하든지, 아니면 조정에 충성하게 하든지 둘

---

66 강성한 번진을 지칭한다. 조선 초기에는 우호적인 여진족을 뜻한다.

중 한 가지를 선택하도록 해야 하니까 말입니다. 때문에 최선의 결과를 위해서는 위험하더라도 군대를 출병시켜야 한다는 게 소인의 생각입니다."

"섣부르게 움직일 수 없는 일이야."

"소인도 잘 압니다. 자고로 조선은 명나라를 섬기고 있지만, 요동 문제에서만큼은 첨예하게 대립했습니다. 건국 초기에 명나라에서 철령위를 설치한다고 해서 봉화백奉化伯[67]이 정벌을 꾀하기도 하지 않았습니까."

"어찌 역적의 이름을 입에 올리는가!"

"전하께서 봉화백을 역적으로 삼고 토벌한 것은 맞지만 그의 정책 대부분을 받아들이지 않았습니까. 사병을 혁파하고 진법도 받아들이셨지요. 어디 그뿐입니까. 봉화백의 큰아들도 관직을 주고 곁에 두고 있지 않습니까."

"조정 소식을 잘 알고 있군."

"무릇 장사를 하려면 귀를 활짝 열어 두어야 하는 법이지요."

"계속 얘기해 보게."

"요동 문제는 명나라와 조선, 그리고 여진이 복잡하게 얽혀 있습니다. 여진이 발호하는 걸 막기 위해서 명나라는 여진을 부족별로 잘게 쪼개서 뭉치지 못하게 하고 있지요."

"여진족에 대해서 잘 알고 있다니 어디 아는 걸 말해 보시게."

"현재 여진족 중에서 강성한 것은 건주위와 모련위입니다.

---

67 정도전의 봉작.

둘 다 명나라가 설치한 위소로서 건주위는 혼하의 지류인 휘발천을 따라 자리 잡고 있고, 모련위는 우랑카이족이 있는 회령 북쪽에 설치되어 있지요. 산과 들에 흩어져 사는데 농사와 수렵을 병행하고 있습니다. 지금은 흩어져 살고 있지만, 아골타 같은 영웅이 나타난다면 다시 뭉칠 수도 있습니다."

김온은 조정의 소식을 손바닥 보듯 꿰뚫어 보는 것은 물론, 북방의 정세 전반에 걸친 강상천의 해박한 지식에 놀란 나머지 아무 말 없이 술을 마셨다. 헛기침을 한 강상천이 말을 이어 갔다.

"정치를 하려면 반드시 돈이 필요합니다. 사헌부 감찰이시니 잘 아시겠지만 많은 대신이 장사꾼들로부터 다양한 명목으로 뇌물을 받고 있지요. 이 과정에서 장사꾼들이 뇌물을 준 이상으로 이득을 얻으려 하기 때문에 이런저런 말썽이 납니다. 하지만 제가 제안한 방식이라면 그런 문제가 일어나지 않을 겁니다. 조정의 일과 장사꾼의 이익이 일치한다고 고한 까닭이 여기에 있습니다."

논리 정연한 강상천의 얘기에 김온은 딱히 반박할 말을 찾지 못했다. 계획의 성사 여부는 둘째 치고 틀린 얘기가 아니었기 때문이다. 하지만 의구심을 완전히 감추지 못한 김온의 얼굴은 여전히 어두웠다. 그런 김온에게 월하가 술을 권했다. 술을 한 잔 마신 김온이 강상천을 똑바로 바라봤다. 추운 북쪽에서 온 사람답게 거친 상처투성이인 그의 얼굴이 문득 가면처럼 느껴졌다. 술잔을 내려놓은 김온이 딱 잘라 말했다.

"한낱 장사치의 말을 듣고 군대를 움직일 수는 없는 노릇이네. 전쟁을 장사와 비교할 수도 없고 말이야. 수많은 병사가 군령에 따라 움직여야 하고, 막대한 군수물자가 소요되기 때문이지. 그뿐인가. 엄청나게 정교한 계획을 짜서 움직여야 하는데 하나라도 어긋나면 큰 문제가 생긴다네. 혹시라도 실패를 해서 입게 되는 피해는 장사꾼이 손해를 보는 정도와는 비교할 수가 없을 정도로 크지. 그러니 헛된 망상을 버리고 고향으로 돌아가게."

"병조판서께서 과연 수긍하시겠습니까?"

"수긍하고 말고가 어디 있겠나. 지금은 자중해야 할 때일세. 그리고 자네는 장사꾼답지 않게 똑똑하고 야심이 있군."

그러자 강상천이 희미하게 웃었다.

"한때는 과거를 볼 준비를 하고 있었지요. 덕분에 세상이 어떻게 돌아가는지 정도는 알고 있습니다."

"그렇다면 내가 무슨 말을 하는지 잘 알아들었으리라 믿네. 다시는 병조판서를 현혹시키지 말게. 받은 것도 돌려주라고 얘기해 놓겠네."

"뇌물이 아니라 선물이라 굳이 돌려받을 필요는 없습니다."

"뇌물이 선물이 되고 선물이 뇌물이 되는 법이지."

"줄 때는 선물이었지만 돌려받으면 뇌물이라고 생각하겠습니다."

김온은 태연스럽게 얘기하는 상대방의 배포에 놀랐다. 그도 장사치에게 뇌물을 받은 적이 있었지만 다들 이익을 위해서였기 때문에 뭔가 요구하는 게 있었다. 하지만 강상천은 그 많은 금을 쓰고도 아까워하지 않았다. 오히려 돌려주려고 하면 가만 있지 않겠다고 엄포를 놓은 것이다. 가까스로 정신을 차린 김온이 헛기침을 하면서 말했다.

"병조판서를 뭘로 보고 그런 말을 하느냐! 또 나타나서 혓바닥을 놀린다면 그날이 자네 제삿날이 될 것이야."

얘기를 마친 김온은 자리에서 일어나 밖으로 나갔다. 옆에 있던 월하가 안절부절못하며 뒤따라 나가서 인사를 했다. 잠시 후 돌아온 월하가 그의 옆에 앉았다.

"일이 성사가 안 돼서 어떡해요?"

"성사가 안 되긴. 내 계획대로 되고 있어."

"감찰 어른은 병조판서의 심복 중의 심복입니다."

"단단해 보이는 관계도 사실은 사상누각인 경우가 많지. 너무 심려치 말게."

자신에 찬 강상천이 술잔의 남은 술을 들이켰다.

"어머니, 소자 다녀오겠습니다."

괴나리봇짐을 짊어진 아들 권집의 인사에 권주혁의 아내는 흐뭇한 표정을 지었다.

"그래, 가서 혼례 잘 치르고 오너라."

"예. 이번엔 꼭 과거에 합격해서 어머니를 기쁘게 해 드리겠습니다."

"아이고, 누굴 닮아서 이렇게 효성이 지극한지 모르겠다."

두 사람의 얘기가 길어지자 이미 싸리 대문 밖으로 나가 있던 권주혁이 아들에게 말했다.

"그만 인사하고 어서 가자."

"네, 아버지."

권주혁은 아들을 따라 대문 밖까지 나온 아내에게 신신당부했다.

"혹시 김가 놈이 찾아오면 절로 며칠 공부하러 갔다고 하시구려."

"걱정하지 말고 다녀와요. 가다가 매파 집에 들러 인사하는 거 잊지 말고요."

남편이 못마땅한 표정을 짓자 아내가 토닥거렸다.

"당신이 싫어하는 거 알지만 그래도 그이 덕분에 우리 아들 장가가게 됐잖아요."

"알겠소."

"그럼 잘 다녀오세요."

아내의 배웅을 받은 권주혁은 아들과 함께 길을 나섰다. 아들이 안동의 처가에서 공부를 하고 과거에 합격하면 그동안의 설움이 모두 풀릴 것만 같았다. 거기에다가 혼수로 받을 전답과 노비라면 김매읍동에게 집을 빼앗긴다고 해도 사는 데 별문제가 없었다. 아니, 아들이 과거에 합격하기만 하면 김매읍동의 엄포쯤은 가볍게 무시할 수 있을 것 같았다. 권주혁은 그제야 비로소 일이 잘 풀린다는 기쁨에 절로 웃음이 나왔다.

◆━◆━◆

빈청에서 황덕중과 마주친 김온은 말이 없었다. 그는 주변에 아무도 없는 것을 확인하고는 입을 열었다.

"그자를 만나 봤습니다."

"어떻던가?"

황덕중의 들뜬 목소리를 들은 김온은 단호하게 고개를 저었다.

"너무 위험한 자입니다. 가까이하지 않는 게 좋을 겁니다."

"원래 돈을 많이 가진 자들은 위험한 법이지. 안 그런가?"

김온은 능글능글하게 자신의 얘기를 피해 가는 황덕중을 보고는 욕심이 너무 많아졌다고 속으로 생각했다.

"그런 뜻이 아닙니다. 그자는 어르신께 드린 뇌물을 돌려받지 않아도 된다고 했습니다."

"뭐라고? 그게 정말인가?"

"좋아하실 일이 아닙니다. 장사꾼이 뇌물을 쓰는 건 더 많은 이권을 얻어서 돈을 벌기 위함입니다. 그자가 그 많은 것을 줬다면 더 큰 것을 원한다는 것 아니겠습니까?"

"원하는 것은 그자가 얘기해 줬지. 압록강 너머의 금광에서 금괴를 캘 수 있게 해 달라고 말이야."

"그게 가능하다고 믿으십니까?"

"불가능할 건 없지 않은가?"

"대감마님, 지금은 일을 벌일 때가 아니라 바짝 엎드려서 주변을 살펴볼 때입니다. 자중하십시오."

"자중이라니, 내가 지금 헛된 욕심이라도 부리고 있다는 뜻인가?"

황덕중이 못마땅한 표정으로 얘기하자 김온은 속으로 아차 싶어서 서둘러 대답했다.

"그런 뜻이 아니라, 조심해야 할 시점이라는 얘깁니다. 일이 성사되려면 변수가 너무 많지 않습니까."

다행히 그는 김온의 말을 알아들었다. 헛기침을 하며 턱수염을 쓰다듬은 황덕중이 입을 열었다.

"하긴, 지금은 조심해야 할 때지. 내가 그자를 만나서 제안을 거절한다고 말하겠네."

"잘 생각하셨습니다. 만나는 것도 피하십시오."

"하면?"

"사람을 시켜서 서찰을 보내는 게 좋겠습니다."

"서찰을 적으면 나중에 물증으로 남지 않겠는가?"

황덕중의 물음에 김온이 고개를 저었다.

"구체적으로 적지 마시고, 그냥 지난번에 만나서 받은 제안을 거절하겠다고 하십시오. 그게 오히려 나중에 그자가 마음이 바뀌어서 얘기를 했을 때 확실한 물증이 되지 않겠습니까."

"돌다리도 두드려 보고 건너라 이 말이군."

"이유 없는 호의는 피하는 게 좋습니다."

204

김온의 말에 황덕중이 의미심장한 표정을 지었다.

"예전의 우리처럼 말인가?"

"우리가 그랬던 적이 있었습니까?"

"아닌 말로 어리고 버르장머리 없는 조유경을 떠받들어 줬던 것도 술과 음식을 얻어먹기 위해서였지. 안 그런가?"

갑자기 언급된 예전 일에 김온은 날카로운 헛기침을 하면서 말머리를 돌렸다.

"기다리면 더 좋은 기회가 올 것입니다."

"어쨌든 받은 금괴는 돌려주지 않아도 된다 이 말인가?"

"그자가 하는 말을 듣자 하니 그걸로 문제 삼지는 않을 겁니다. 하지만 두 번 다시 만나시면 안 될 것입니다."

김온이 딱 잘라 말하자 황덕중은 아쉬운 표정을 감추지 않았다.

"알겠네."

촛불을 켠 채 사랑방에 앉아 있던 강상천은 경상의 서랍에서 이름이 적힌 종이들을 꺼내서 하나씩 살펴봤다. 이미 한 장은 태웠으며, 나머지도 차근차근 태울 준비를 하고 있었다. 한순간도 잊지 않았던 이름이 적힌 종이들을 차례차례 넘기던 손길은 마지막에 가서 멈칫하고 말았다.

'석란 낭자.'

그녀의 죽음은 이미 알고 있었지만, 복수의 명단에는 올려 놓았다. 미련 때문인지 아니면 증오 때문인지는 모르겠지만 계속 보고 싶다는 생각이 머릿속에서 맴돌았다. 의주와 평양에 자리를 잡고 강상천과 임수운으로 살아가면서 복수를 준비했다. 5년 동안 차근차근 그들의 주변을 살피면서 빈틈을 찾았다. 그러면서 황덕중과 김온 사이가 생각보다 견고하지 않다는 점을 알아냈고, 김매읍동이 양반과의 혼사를 위해 권주혁을 압박하고 있다는 것도 알아냈다. 석환진이 두 번째로 맞이한 부인에게 빠져서 원래 처가와 사이가 벌어졌다는 점도 파악했다. 약점이 없던 김척신은 거짓으로 괘서사건을 일으켜서 옭아맸다. 손중극 역시 어떻게 복수할지 차근차근 준비 중이었다. 그런데 석란 낭자만큼은 어떻게 복수해야 할지 생각해 보지 못했다. 너무 일찍 죽었기 때문일까? 하지만 다른 배신자들이 죽었다면 무덤이라도 파헤쳤을 것이다. 이런저런 생각에 잠겨 있던 그의 귀에 울매의 목소리가 들렸다.

"손님이 찾아왔습니다."

이 저택의 존재를 알고 찾아올 사람은 손에 꼽을 정도였다. 잠시 후, 사랑방의 문이 열리고 그가 들어섰다. 백저포 차림의 그는 발립을 푹 눌러써서 겨우 턱수염만 보였다. 강상천은 마주 앉은 그에게 물었다.

"어서 오십시오. 술이라도 한잔하시겠습니까?"

"잠깐 짬을 내서 왔네. 얘기만 하고 일어나야 하네."

초조해하는 상대방에게 강상천은 고개를 끄덕거렸다.

"그러시지요."

"우선 조정에서 세자를 폐하는 얘기가 슬슬 나오고 있다네. 아직 조회에서 공표하지는 않았지만 적당한 시점에 얘기할 걸세."

"이제부터 시끄러워지겠군요."

"세자를 바꾸면 바로 양위를 한다고 하실 거야. 주상 전하가 양위를 한다고 할 때마다 대신들과 외척들의 목이 떨어져 나갔네. 당연히 몸을 사리면서 의중을 파악하려고 하겠지."

그가 기다리던 상황이었다. 이제 황덕중과 김온을 함정에 몰아넣을 시간이 찾아온 것이다. 생각을 차분하게 정리한 강상천이 물었다.

"김척신 대감은 어찌 되었습니까?"

"사약을 내리라는 어명이 있으셨네. 며칠 후에 의금부에서 형이 집행될 걸세."

"역모 사건치고는 쉽게 죽는군요."

"괘서사건 자체는 의심할 여지가 없지만, 오랫동안 조정 일을 한 공로를 인정한 셈이지."

"무슨 말씀인지 잘 알겠습니다."

상대방의 말에 고개를 끄덕거린 강상천은 경상 아래 놓아둔 작은 나무 상자를 꺼냈다.

"받으시지요."

그러자 상대방은 안에 든 것을 확인하지도 않고 집어 들었다.

"분명히 말해 두지만 자네 일을 돕는 것은 사리사욕을 채우기 위함이 아닐세."

"명심하겠습니다. 어찌 보면 우리 모두 주상 전하의 손바닥 안에 있는 셈이니까요."

"함부로 입 놀리지 말게."

"그리하지요."

여유로운 강상천의 말에 주저하던 그가 물었다.

"황덕중은 어찌 되었는가?"

"김온에게 무슨 얘기를 들었는지 저의 제안을 거절한다는 서찰을 보냈습니다."

"쉽사리 넘어오지 않는군."

"만만한 인물은 아니니까요. 하지만 조만간 거절할 수 없는 제안을 할 생각입니다."

"어찌 그리 자신만만해하는가?"

그의 물음에 강상천이 차갑게 웃으며 대답했다.

"그자를 잘 알기 때문이죠."

한동안 침묵이 흘렀다. 강상천은 상대방을 바라보면서 입을 열었다.

"대감께서 이렇게 움직이시는 건 제가 드리는 금 때문만이 아니라는 것쯤은 잘 알고 있습니다. 금은 다른 재물들처럼 흔적을 남기지 않으니까 마음 놓고 쓰셔도 됩니다."

"고맙네."

어색한 헛기침을 한 상대방이 일어나려고 하자 강상천이 뭔가 생각났다는 표정으로 그를 바라봤다.

"한 가지 부탁이 있습니다."

"무슨 부탁인가?"

"조만간 사람을 따로 보내서 알려 드리겠습니다."

"그리하게."

상대방이 사랑방을 나간 후 강상천은 김척신의 이름이 적힌 종이를 집었다.

"아무리 발버둥을 쳐도 하늘을 벗어날 수는 없지."

흐릿하게 중얼거린 그는 김척신의 이름이 적힌 종이를 촛불에 갖다 댔다. 종이는 나비처럼 활활 타올랐다.

천라지망

天羅地網: 아무리 발버둥을 쳐도 벗어날 수 없다.

발립에 도포 차림의 황덕중이 시전으로 들어섰다. 청지기가 몇 걸음 뒤에서 따라오고 있었지만, 언뜻 보면 혼자 나온 사대부처럼 보였다. 시전은 좁은 길 좌우로 창고를 겸한 2층짜리 전각들이 늘어서 있는데 사람들이 구름처럼 많이 몰린다고 해서 운종가로도 불렸다. 거리에는 손님을 끌어모으기 위해 괴상한 차림을 한 여리꾼과 물건을 사러 온 사람들로 뒤섞였다. 주변을 조심스럽게 살피던 그는 시전의 상점 중 한 곳으로 들어갔다. 퇴청이라고 불리는 상점 주인이 앉아 있는 공간은 삼베로 만든 포렴布簾[68]으로 가려져 있었다. 포렴 안으로 들어가자

---

68 식당이나 상점 입구에 늘어뜨린 천으로 문 역할을 대신한다. 포렴에 상점의 이름을 적어 놓기도 한다.

안쪽과 이어진 문이 나왔다. 문 안쪽으로 가자 사방이 막힌 공간이 나왔는데 위쪽은 천막까지 쳐 놔서 밖에서는 보이지 않았다. 구석의 평상에 앉아 있던 김매읍동이 벌떡 일어났다.

"아이고. 오랜만입니다, 병조판서 나리."

"어허, 여기서는 관직을 부르지 말라고 하였잖느냐."

눈살을 찌푸린 황덕중의 핀잔에 김매읍동이 굽실거렸다.

"이놈의 입에 붙어 있다 보니까 그렇습니다."

"잔말 말고 지난번에 얘기한 대로 준비했는가?"

김매읍동이 품속에서 꺼낸 문서를 바치면서 말했다.

"그, 그게 말입니다. 요즘 통 장사가 안되지 뭡니까."

"어허, 그래서 약조를 못 지키겠다는 말이냐?"

"그, 그것이 아니오라 일단 절반을 드릴 것이니 나머지는 말미를 좀 주십사 청하옵니다."

"장사의 기본은 신의라 하거늘, 어찌 이리 밥 먹듯이 약조를 어기는가?"

"송구스럽습니다. 대신 저화를 좀 더 챙겨 왔으니 마음을 푸십시오."

황덕중은 쓸모도 없는 저화는 잘도 챙겨 왔다고 호통을 칠 뻔했지만 꾹 참았다. 김온의 말대로 지금은 일단 몸조심을 하는 게 우선이었다. 거기에다가 강상천이 건네준 금괴들만 해도 김매읍동이 몇 년간 바친 것보다도 더 많았다. 황덕중이 따라온 청지기에게 문서를 건넸다. 청지기는 김매읍동의 일꾼과 함께 가져온 것들을 확인했다. 김매읍동이 가져온 뇌물들은 황덕중의 노비가 운영하는 상점의 창고로 옮겨질 예정이었다. 청지기가 문서에 적힌 수량이 맞다고 확인하자 황덕중은 짐짓 엄하게 말했다.

"다음번에는 이번에 빠진 수량까지 채워 오게."

"그렇게 하겠습니다, 어르신."

김매읍동은 자신의 인사가 끝나기도 전에 밖으로 나가 버리는 황덕중과 청지기의 뒷모습을 보면서 짜증이 났다. 그는 소매에서 꺼낸 장부를 펼치고 오늘 건네준 뇌물의 수량을 적으면서 투덜거렸다.

"돈만 뜯어 갔지 부탁은 들어줄 생각도 안 하네."

그러자 옆에서 지켜보던 상이가 조심스럽게 말했다.

"이럴 거면 굳이 뇌물을 줘야 할 필요가 있습니까?"

"멍청한 놈, 저 작자가 대군의 장인이라고 내가 몇 번을 얘기했어! 잘하면 주상의 장인이 될 몸인데 어떻게든 잡아 놔야지."

"그냥 다른 줄을 찾는 게 어떨까요? 저러다 결정적일 때 모른 척하면 들인 돈만 날리게 되는 거잖아요."

"걱정 마라. 내가 저놈의 약점을 알고 있으니까."

득의양양한 미소를 짓는 김매읍동을 본 상이는 조용히 한숨을 쉬었다. 그리고 지나가는 말처럼 권주혁의 얘기를 했다.

"주인께서 사돈으로 삼으려고 하는 그 남산골 선비 말입니다."

"그놈은 왜?"

"제가 아는 사람이 그쪽 동네에서 가쾌家儈[69] 일을 하고 있는

---

69 조선 시대에 집의 매매를 돕던 중개인. 오늘날의 공인중개사 역할을 했다.

뎁쇼, 며칠 전에 그 선비가 아들과 함께 어디론가 가는 걸 봤답니다."

"어디로 갔다는 얘기냐?"

"물어보니까 절에 공부하러 가는 중이라고 했답니다. 그런데 멀리 떠나는 것처럼 보여서 이상했다고 하더라고요."

"그게 사실이냐?"

김매읍동의 물음에 상이는 고개를 끄덕거렸다.

"네. 괴나리봇짐에 짚신을 한 축이나 매달고 갔다는데요."

장부를 접은 김매읍동이 굳은 표정으로 말했다.

"나와 같이 어서 남산에 가 보자."

상이는 허둥지둥 밖으로 나가는 김매읍동의 뒤를 따랐다.

한걸음에 남산 기슭에 있는 마을까지 뛰어간 그는 권주혁이 사는 집의 싸리 대문을 박차고 들어갔다.

"이보게! 어디 있는가?"

몇 번이고 불러도 권주혁이 나타나지 않자 김매읍동의 표정이 일그러졌다. 그는 뒤따라온 상이에게 소리쳤다.

"뭐 하고 있어! 어서 찾아보지 않고."

그때 빨래를 했는지 옷가지가 든 광주리를 옆구리에 낀 권주혁의 아내가 들어왔다. 김매읍동이 냉큼 그녀에게 물었다.

"이보시오. 당신 남편과 아들 어디 갔소?"

"어디 가긴요? 집에 자꾸 누가 찾아와서 공부하는 데 방해가 된다고 절에 공부하러 갔어요."

"혼례 날짜도 안 잡고 질질 끌면서 대체 어느 절로 갔단 말이오!"

"그걸 알아서 뭐 하게요?"

권주혁의 아내가 시치미를 떼는 동안 상이는 조용히 문밖으로 빠져나갔다. 어제저녁에 지시받은 대로 이 동네에 사는 매파 할멈을 찾아가야만 했다. 사실 찾아갈 필요도 없었다. 문밖을 나서자마자 한눈에 봐도 매파로 보이는 늙은 할멈이 어슬렁거렸기 때문이다. 할멈은 호기심 어린 목소리로 물었다.

"저 사람이 김매읍동이오?"

"맞아요."

"앞장서시구려."

할멈의 재촉에 상이는 머뭇거리면서 권주혁의 집 마당으로 들어섰다. 할멈은 상이의 뒤를 따라갔다. 어디 갔는지 말할 수 없다고 버티는 권주혁의 아내와 사람을 무시해도 되냐며 성을 내는 김매읍동 사이에 할멈이 끼어들었다.

"이 집 주인을 찾아왔는가?"

느닷없는 질문에 김매읍동은 퉁명스럽게 대답했다.

"네. 절에 갔다고 하는데 사실입니까?"

"절? 무슨 절? 아들 장가보낸다고 안동으로 내려갔을걸?"

"뭐라고요?"

놀란 김매읍동이 할멈의 팔을 잡았다.

"그게 사실입니까?"

"그럼. 나한테 작별 인사도 하고 내려갔는걸."

두 사람의 대화를 듣던 권주혁의 아내가 끼어들었다.

"노망 난 할머니예요. 우리 남편과 아들은 절에 공부하러 갔다니까요. 며칠 뒤에 돌아올 거예요."

눈치 빠른 김매읍동은 단번에 상황을 눈치챘다. 권주혁의 아내를 뿌리친 그는 할멈을 데리고 집 밖으로 나갔다. 그러면서 상이한테는 권주혁의 아내를 막으라고 손짓했다. 뒤따라 나오려던 권주혁의 아내는 상이에게 붙잡힌 채 애처롭게 똑같은 말만 반복했다.

"남편과 아이들은 절에 갔어요. 절에 갔다고요."

상이가 막는 사이 김매읍동은 할멈에게서 자초지종을 들었다. 이를 뿌드득 간 김매읍동은 권주혁의 아내를 향해 돌아서서는 삿대질을 했다.

"배은망덕도 유분수지! 내가 몇 년 동안 집도 주고 먹을 양식도 대 줬는데 이렇게 배반을 해?"

"배반은 무슨 배반! 우리가 천한 너희 집안과 사돈을 맺기라도 바란 거냐!"

권주혁의 아내도 지지 않고 응수하자 김매읍동은 당장이라도 때릴 것처럼 주먹을 쥐었다. 이번에는 상이가 김매읍동을 뜯어말렸다.

"이러지 마시고 진정하세요, 어르신."

"진정하긴! 양반이면 다야! 양반이면 이렇게 뒤통수 쳐도 되는 거냐고!"

상이가 펄펄 뛰는 김매읍동을 진정시키는 사이 권주혁의 아내는 집으로 들어가서 문을 닫아 버렸다. 그 모습을 본 매파 할멈이 바닥에 침을 뱉었다.

"기생 출신이라고 날 무시했지? 어디 한번 당해 봐라."

권주혁의 집을 노려보던 김매읍동이 상이에게 말했다.

"마포 갈퀴를 만나러 가자."

"갈퀴는 왜요?"

"왜긴. 도망친 두 놈을 잡아야 할 거 아니야!"

당장이라도 사람을 죽일 것 같은 음산한 목소리에 상이는 마른침을 삼켰다. 누구보다 냉정하고 차가웠던 김매읍동이 이렇게 흥분하는 모습은 처음이었다. 이렇게 사람을 망가뜨리는 보이지 않는 그의 힘에 대해서 두려움을 느꼈다. 예전이라면 어떻게든 뜯어말려야 했지만, 지금은 그럴 필요가 없었다. 적당하게 부추기기만 하면 그만이었다.

"주인어른을 무시해도 유분수지, 정말 나쁜 사람들입니다."

"껍데기만 있는 양반 주제에 경강에서 제일 큰 객주를 무시하면 어찌 되는지 똑똑히 보여 줘야지."

주먹을 불끈 쥔 김매읍동이 앞장서서 내려가는 가운데 상이가 복잡한 표정을 지으며 뒤따라갔다.

"없어! 때려죽여도 없다고."

속곳 차림의 매월이 털썩 주저앉은 채 짜증을 왈칵 냈다. 그녀가 운영하는 선술집에 얹혀사는 처지의 덕배는 찔끔하고 말았다. 아침나절부터 일어나 부지런히 일을 도와주면서 분위기를 맞춰 준 것까지는 잘 먹혔다. 하지만 어깨를 주물러 주며 이번에 한 번만 더 보태 주면 틀림없이 따겠다고 말하는 순간 그녀가 돌변했다. 뒤늦게 미안하다고 했지만 이미 늦고 말았다.

잘나갈 때는 손님들이 줄을 섰지만, 나이가 든 다음에는 월하를 비롯한 다른 기생들에게 밀려 버린 매월이었다. 자존심이 상한 그녀가 신경질적으로 변하면서 남아 있던 손님들도 떨어져 나갔다. 뒤늦게 정신을 차렸을 때는 변두리에 선술집을 차릴 정도의 돈밖에는 남지 않았다. 그나마 처음에는 무뢰배와 별감을 비롯해서 기생 시절에 친분이 있던 사람들이 손님으로 왔지만, 그것도 한때였다. 결국 파리 날리는 일이 많아지게 된 게 요즘 상황이었다. 덕배는 매월의 조방꾼 노릇을 했던 인연으로 은근슬쩍 얹혀살게 되었다. 한참이나 난리를 피우던 매월은 가슴을 치면서 신세 한탄을 했다.

"호강시켜 준다고 같이 살자고 할 때는 언제고 허구한 날 노름할 돈만 달라고 하네. 아이고, 월하 년은 병조판서가 머리를 얹어 준다고 해도 튕기더니 샛서방까지 두고 재미를 보고 있는데, 이년 팔자는 왜 이렇게 한심한지 몰라."

월하라는 이름을 듣는 순간 덕배의 머릿속에는 새로운 계획이 떠올랐다. 무릎을 친 그가 껄껄거렸다.

"내가 왜 그 생각을 못 했을까?"

그자에게 한밑천 두둑하게 떼어먹을 수 있겠다는 생각을 한 덕배는 히죽 웃었다. 어디 사는지 알아내야 한다는 문제가 있지만, 그동안 한양 바닥을 누비면서 알게 된 무뢰배에 여리꾼, 별감까지 총동원한다면 어렵지 않은 일이었다. 겸사겸사 힘 좀 쓰는 무뢰배를 몇 명 데려가면 여진족 하인 하나쯤은 감당할 수 있을 것 같았다. 신이 난 덕배가 매월에게 말했다.

"나 좀 나갔다 올게."

이른 새벽, 의금부의 감옥 밖으로 끌려 나온 김척신은 뒤뜰 한가운데 깔려 있는 거적 위에 무릎이 꿇려졌다. 까치등거리를 입은 나졸이 대접이 놓인 소반을 가지고 나타나는 것을 본 김척신은 마지막 남은 희망을 버렸다. 의금부의 관리 몇 명을 대동한 승지가 모습을 드러냈다. 김척신의 앞에 선 승지가 두루마리를 펼치고는 낭랑한 목소리로 임금의 교서를 읽어 나갔다.

"전 평안도 관찰사 김척신은 영흥 관아에 붙은 괘서사건의 배후로 지목되었다. 사악한 무당 용화에게 사특한 말을 해서 괘서를 쓰도록 했고, 그것도 모자라 붓과 종이까지 대 주었다. 그뿐만 아니라 평안도의 유생과 토관들에게 나쁜 말을 퍼뜨려서 조정을 욕되게 하였다. 허무맹랑한 괘서를 써서 주상 전하와 세자를 능멸한 죄를 생각하면 사람들 앞에서 찢어 죽여서 본보기로 삼아야 하나, 평생을 조정을 위해 일한 공이 적지 않기 때문에 특별히 사약을 내린다."

임금의 교지를 들은 김척신은 벌떡 일어나 궁궐을 향해 절을 했다. 그리고 무릎을 꿇더니 비통한 목소리로 승지에게 말했다.

"내 억울함은 하늘이 알고 땅이 알 것이외다. 부디 전하께 내 충심을 꼭 전해 주시오."

"알겠소이다."

승지의 재촉을 받은 김척신은 소반에서 사발을 집어 들었다. 그리고는 김이 모락모락 나는 사약을 단숨에 마셨다. 빈 사약 그릇을 내려놓은 그가 눈을 감고 앉았다. 시간이 좀 지났는데도 별다른 기미가 보이지 않자 승지가 눈살을 찌푸렸다.

"뭣들 하느냐! 어서 사약을 더 가져오너라."

어디론가 부리나케 달려간 나졸이 사약을 더 가져왔다. 그렇게 사약을 두 그릇이나 더 마시고는 기운을 잃고 옆으로 쓰러졌다. 하지만 아직 숨이 붙어 있었다. 그러자 초조한 표정의 승지가 나졸들에게 말했다.

"어서 보내 드리지 않고 뭘 하는 게냐?"

더그레를 푹 눌러쓴 나졸 둘이 나섰다. 한 명이 오랏줄을 김척신의 목에 걸고 다른 한 명이 올라타서 팔을 눌렀다. 오랏줄이 당겨지고 목이 졸리자 혼절해 있던 김척신이 눈을 뜨고 발버둥을 쳤다. 하지만 위에 올라탄 나졸이 팔을 붙잡고 누르는 바람에 꼼짝도 하지 못했다. 목이 졸린 김척신이 힘겹게 외쳤다.

"사, 살려 주시오."

그러자 위에 올라탄 나졸이 갑자기 씩 웃으면서 말했다.

"15년 전에 누군가를 이렇게 사지로 몰아넣었던 것을 기억하시오?"

"누, 누구냐!"

놀란 김척신이 눈을 부릅뜨면서 묻자 나졸로 변장한 그가 대답했다.

"15년 전 당신이 체탐인으로 보냈던 조진용 대감의 아들 조 유경이외다."

"뭣이라?"

그는 숨을 헐떡거리는 김척신의 귓가에 속삭였다.

"아무리 빠져나가려고 해도 피할 길이 없다는 천라지망天羅 地網이라는 말을 아시오? 세상이 아무리 넓다고 한들 악인이 숨을 공간은 없소이다. 자신의 이득을 위해 남을 고통받게 했으니 당신도 대가를 치러야 하지 않겠소."

"대가라니?"

"당신이 죽게 된 괘서사건은 내가 꾸민 것이오."

뒤늦게 사태를 깨달은 김척신은 발버둥을 치면서 벗어나려고 했지만, 그는 꽉 잡은 손을 놓지 않았다. 결국 의식을 잃은 김척신은 축 늘어진 채 숨을 거두었다. 승지가 물었다.

"끝났느냐?"

"그렇습니다."

그의 대답을 들은 승지는 홀가분한 표정으로 돌아섰다. 의금부의 관리가 나졸들에게 지시했다.

"어서 매골승을 불러서 시신을 치워라."

나졸들이 김척신의 시신에서 옷을 벗긴 다음 거적에 둘둘 말았다. 피와 토사물이 묻어서 지저분하지만 깨끗하게 빨아서 팔면 술 한 잔 값 정도씩은 돌아갔기 때문이다. 시신을 수습하고 뒷문을 열자 숭례문 밖에서 활인서에 소속된 매골승들이 들어왔다. 가족들은 모두 유배를 떠났거나 감옥에 갇혀 있었기에, 역모죄로 처형당한 김척신의 시신을 수습할 사람이 없었다. 매골승들이 가져온 지게에 거적에 둘둘 말린 김척신의 시신을 올려놓은 나졸들은 홀가분한 표정을 지었다. 건장한 매골승이 지게를 짊어졌고, 나머지 매골승들이 염불을 외면서 뒤를 따랐다. 다른 나졸들 틈에 낀 강상천은 착잡한 심정으로 그 광경을 바라봤다. 그때 같이 나졸로 변장해서 김척신의 목을 오랏줄로 졸랐던 울매가 속삭였다.

"저기 매골승 중에 지난번에 우릴 봤던 비구니가 있습니다."

"뭐라고?"

울매가 가리킨 곳을 보자 승복인 납의를 입은 비구니 한 명이 다른 매골승들을 뒤따라가는 것이 보였다. 안 그래도 정체가 궁금했는데 뜻밖의 장소에서 만난 것이다. 뒤를 밟고 싶었지만 나졸 차림으로는 나갈 수가 없었다. 문으로 나가던 비구니가 갑자기 고개를 돌려서 이쪽을 바라봤다. 그는 머리에 쓰고 있던 전립을 푹 눌러써서 시선을 피했다.

　　　　　　　　◆◆◆◆◆

갈퀴와 무뢰배 몇 명이 객주로 들어섰다. 그러자 기다리고 있던 김매읍동이 그들을 맞이했다.

"어서들 오게. 얘기는 들었지?"

"듣고말고요. 우리가 잡아야 할 놈들의 용모파기나 일러 주십쇼."

덥수룩한 수염을 한 우두머리 격인 갈퀴의 얘기에 김매읍동이 권주혁의 얼굴이 그려진 종이를 건넸다.

"나이는 30대 중후반에 얼굴이 둥글고 눈꼬리가 처진 편일세. 사흘 전에 안동으로 내려갔다고 하네."

"사흘 전에 출발했으면 빨리 갔다면 충주 근처까지 갔을 겁니다."

"잡을 수 있겠는가?"

"어차피 길은 하나고 안동으로 가려면 무조건 문경새재를 넘어야 합니다. 밤을 낮 삼아서 부지런히 가면 따라잡을 수 있을 겁니다."

갈퀴의 호언장담에 김매읍동이 안심하는 표정을 지었다.

"놈을 잡아 오면 약속한 대가에 웃돈을 얹어 주겠네."

"걱정 마십시오. 조선 팔도 안에 있는 한 우리가 못 찾을 사람은 없답니다."

"그럼 자네들만 믿겠네."

권주혁을 붙잡을 갈퀴와 무뢰배들이 떠나자 김매읍동은 술이나 한잔하겠다면서 밖으로 나갔다. 그가 떠난 것을 확인한 상이는 창고를 둘러보는 척하다가 안채로 들어갔다. 안채로 통하는 중문 옆에는 값비싼 비단이나 땅문서 같은 것을 넣어 두는 창고가 있었다. 가지고 있던 열쇠로 자물쇠를 열고 안으로 들어선 상이는 구석에 놓인 문갑의 서랍을 열었다. 안에 든 문서들을 꺼내고 문갑 바닥을 조심스럽게 들어내자 안에 숨겨 둔 장부가 보였다. 김매읍동이 황덕중을 비롯한 조정 대신들에게 바쳤던 뇌물의 내용을 적은 것이었다. 나름대로 숨긴다고 숨겼지만 몇 년 동안 그림자처럼 일했던 상이의 눈길을 피하지는 못했다. 장부를 챙긴 상이는 비슷하게 생긴 장부를 품에서 꺼내서 집어넣었다. 김매읍동이 황덕중에게 뇌물을 주는 건 한 달에 한 번씩이라 다음 달까지는 꺼내 보지 않을 것이다. 임수운은 김매읍동이 다음번 뇌물을 주기 전에 끝장날 것이라고 단호하게 말했다. 이렇게 된 이상 상이 역시 자기만의 길을 가야만 했다. 장부를 품속에 넣은 상이는 밖으로 나와서 창고의 자물쇠를 잠갔다.

─•••◆••─

황덕중이 들어서자 안채의 대청에 앉아서 생황을 불고 있던 월하가 미소를 지으며 반겼다.

"어서 오십시오, 나리."

"몸이 안 좋다고 해서 뛰어왔는데 꾀병이었구나."

"상천 오라버니가 고향으로 돌아가기 전에 작별 인사를 하신다고 하셨습니다."

그녀가 뒤쪽을 바라보자 푸른색 도포에 검은색 두건을 쓴 강상천이 안채 뒤에서 모습을 드러냈다. 황덕중이 못마땅한 눈길로 바라보자 월하가 얼른 뛰어왔다.

"그래도 요즘 나리를 이렇게 챙겨 준 사람이 어디 있다고요. 저를 봐서라도 잠깐만 시간을 내주세요."

"머리를 얹어 주겠다는데도 그리 앙탈을 부리더니 저자 일은 발을 벗고 나서는구나."

황덕중이 혀를 차면서 말하자 월하는 가볍게 한숨을 쉬었다.

"혈연이라는 게 다 그렇지요."

사실 월하가 갑자기 아프다고 하면서 자신을 부른 이유가 강상천 때문이라고 어렴풋하게 짐작하기는 했다. 혹시나 생각이 바뀌어서 금괴를 돌려 달라고 할까 봐 내심 언짢았지만 모른 척하고 만나 보기로 했다. 김온은 절대로 만나서는 안 된다고 했지만, 너무 매몰차게 거절하는 것도 좋지 않을 것 같았기 때문이다. 황덕중이 언짢은 속마음을 감추고 대답했다.

"네 청이 그러하니 만나 보도록 하지."

활짝 웃은 그녀가 안방 문을 열고 두 사람을 들여보냈다. 주안상이 미리 차려진 방의 상석에 자리를 잡은 황덕중이 맞은편에 앉은 강상천에게 물었다.

"그래, 고향으로 돌아간다고?"

"뜻을 이루지 못하면 고향으로 돌아가 은인자중하면서 힘을 기르는 게 장부의 길 아니겠습니까."

지난번에 바친 금괴를 돌려 달라고 할 것 같지 않자 황덕중은 내심 안심이 되었다.

"나도 자네 뜻이 크게 나쁘지 않다고 생각하네. 하지만 때가 때인지라 자중하는 게 좋을 것 같군. 상황이 변하게 되면 연락하도록 하지."

얘기를 나누는데 뒤따라 들어온 월하가 지필묵을 내밀었다. 그녀에게서 붓을 건네받은 강상천은 종이에 뭔가를 적었다. 붓을 내려놓은 강상천이 황덕중을 똑바로 바라봤다.

"하지만 끝까지 포기하지 않는 것도 장부가 가야 할 길이지요."

그러면서 종이를 똑바로 치켜들었다. 종이에 적힌 글씨를 본 황덕중이 입을 다물지 못했다.

"이만주!"

"건주좌위 도지휘첨사이자 파저강 유역의 여진족들을 지배하고 있는 자입니다. 아울러, 20년 전부터 조선을 괴롭히는 여진족 추장이기도 하지요."

병조판서인 황덕중은 임금인 이방원이 이만주를 얼마나 증오하는지를 잘 알고 있었다. 이만주가 조선과 가까운 파저강으로 이주했을 때 명나라의 승인만 얻었을 뿐 조선에는 아무런 통보도 없었다. 그러면서 명나라로부터 이씨 성을 부여받고 관직까지 얻은 것을 배경으로 사사건건 조선과 마찰을 빚었다. 그러면서도 위기감이 고조되면 얄밉게도 사절을 보내 공물을 바치면서 화친을 청하는 모습을 보였다. 그 때문에 몇 번이고 그를 토벌할 계획을 세웠지만, 명나라와의 마찰을 우려해서 실행에 옮기지 못했다. 물론 단번에 출병해서 그를 없앨 수 있다면 마찰을 최소화할 수 있겠지만, 그러지 못할 경우 명나라와의 관계에 문제가 생길 수 있었다. 무엇보다도 명나라를 등에 업은 그의 존재는 압록강과 압록강 근처에 살고 있는 여진족들이 조선에 불만을 품고 돌아설 경우 큰 부담이 되었다. 최악의 경우에는 이만주의 지원을 받은 여진족들이 압록강을 넘어서 조선의 변경을 침범할 수도 있었기 때문이다. 생각지도 못한 이만주의 존재를 듣게 된 황덕중이 관심을 보이자 강상천이 은근한 목소리로 말했다.

"이자를 잡는다는 명분으로 군대를 일으킨다면 누가 감히 반대하겠습니까?"

"그렇긴 하지."

황덕중이 수긍하자 강상천이 자신에 찬 표정으로 이야기를 이어 갔다.

"만약 이만주를 죽이거나 사로잡는다면 나라의 큰 복일 뿐만 아니라 세자가 되실 대군마마에게도 큰 힘이 되지 않겠습니까."

조정에서도 몇 명만 아는 사실을 태연자약하게 얘기하는 것에 놀란 황덕중이 물었다.

"자네가 그 사실을 어찌 아는가?"

"장사를 하려면 물건 대신 사람을 사야만 합니다. 사람을 사면 이야기는 자연스럽게 딸려 오기 마련이죠."

"모르는 게 없군."

"전하께서 양위를 하신다고 해도 이만주를 잡는다는 명분으로 군권을 그대로 가지고 계실 것이라 들었습니다. 그런데 이만주가 제거된다면 더 이상 군권을 장악할 명분이 사라지게 되는 것입니다.”

마치 속을 들여다본 것 같은 강상천의 얘기에 황덕중은 속으로 움찔했다. 그의 말대로 이만주를 없앤다면 임금이 양위를 한 이후 병권을 계속 장악할 명분이 사라지게 되는 것이다. 생각에 빠져 있던 그의 귓가에 강상천의 묵직한 목소리가 파고들었다.

“그렇게 된다면 국구가 되시는 병조판서의 세상이 열리는 것이지요.”

“어허, 함부로 말하지 마시게.”

“사실 지금 전하께서도 아버지의 측근들과 이복동생들을 처치하고 세자의 자리를 차지하였고, 형과도 일전을 겨루면서 왕위에 오르지 않았습니까. 이제 물러나실 때가 되셨습니다.”

거침없는 강상천의 얘기에 황덕중은 자신도 모르게 주변을 둘러봤다. 틀린 얘기는 아니었다. 사위에게 세자 자리를 주고 양위를 해 주는 것은 고맙지만 군권은 가지고 있겠다는 결정은 결국 대리청정代理聽政[70] 정도밖에는 안 된다는 얘기였다. 머리가 복잡해진 황덕중이 입을 다물고 있자 강상천이 말을 이어갔다.

“소인은 오래전부터 압록강을 넘나들면서 여진족과 장사를

---

70 임금이 병들거나 나이가 들어서 정사를 돌보지 못하게 되면 세자가 대신 통치하는 것을 가리킴.

해 왔습니다. 이만주가 머무는 파저강도 가 본 적이 있지요."

"정말인가?"

"지금 그자의 행방을 확인하고 있습니다. 조만간 어디 머물고 있는지 찾아낼 수 있을 겁니다."

"정녕 이만주를 찾을 수 있다는 얘긴가?"

"오랫동안 그들과 거래를 하면서 그들의 습성이나 동태에 대해서는 누구보다 잘 알고 있습니다. 아마 조선에서 저보다 더 여진족 사정을 속속들이 알고 있는 사람은 없을 겁니다. 이만주의 거처를 알아내는 것쯤은 손바닥 뒤집는 것보다 쉽습니다."

황덕중이 관심을 기울이자 강상천은 자신감 넘치는 목소리로 여진족에 대해서 말했다.

"우선 길주 북쪽에는 우디거라고 부르는 오랑캐가 거주하고 있습니다. 이들은 알목하斡木河[71]를 중심으로 소와 말을 치면서 농사를 짓고 삽니다. 전 왕조인 고려가 망할 무렵 추장 동맹가첩목아가 명나라로부터 건주위 도지휘사로 임명되었지만, 우리 조정과도 원만한 관계를 유지하고 있지요. 만포진 북쪽에는 올량합이라고 부르는 여진족들이 살고 있지요. 대개 수십 호가 모여서 추장의 지배를 받고 있습니다. 백두산 인근에는 오도리족이 살고 있는데 맹가첩목아가 추장이지요. 본래 알목하에서 살다가 우디거족에게 밀려서 백두산 인근에 자리를 잡았습니다. 이들 중에서 가장 사납고 흉악한 자들은 우디거족입니

---

71 회령이 여진족 땅이었을 때 불린 명칭. 오음회라고도 불렸다.

다. 이들은 명나라에 빌붙어 우리 조정을 무시했고, 급기야 몇 년 전에는 경원부를 공격해서 병마사 한흥보를 비롯한 관군들을 살상하였습니다."

얘기를 듣던 황덕중은 여진족에 대한 그의 해박한 지식에 놀랐다. 경원부를 공격당한 보복으로 출병한 조선군이 여진족 마을을 쑥대밭으로 만들었다. 이에 분노한 여진족이 재차 경원부를 공격하면서 조선군은 큰 피해를 보아야만 했다. 이후 소강상태가 유지되고 있었기에, 이런 상황에서 이만주를 죽이거나 생포할 수만 있다면 사위의 입지가 굳어질 것은 분명했다. 그 얘기는 장인인 자신에게 어마어마한 권력이 모인다는 것을 의미하기도 했다.

"이만주를 잡기 위한 군대가 출병한 틈을 타서 금광이 있는 우라산에 따로 사람을 보내 캐낸다면 아무런 문제가 없을 것입니다."

강상천의 마지막 얘기에 황덕중은 또다시 마음이 흔들렸다. 며칠 전에 김온이 너무 위험한 제안이고 지금은 관망하고 있어야 한다고 충고한 것을 까맣게 잊어버리고 고민에 빠진 것이다. 그러자 강상천이 한 걸음 더 나아갔다.

"제가 책임지고 이만주의 거처를 알아내겠습니다. 그러면 병조판서께서 체탐인을 보내서 제 말이 사실인지 아닌지를 확인한 후에 군대를 움직이면 되지 않겠습니까?"

"그렇게 하면 출병이 손쉬워지겠지."

"그리고 죄인들을 체탐인으로 보내면 설사 실패한다고 해도 큰 손해는 보지 않을 것입니다. 제가 아는 여진족을 길잡이로 삼으면 반드시 이만주를 찾아낼 겁니다."

"내가 조금 더 고민해 보겠네."

황덕중의 얘기를 들은 강상천이 소매에서 봉투를 꺼냈다.

"제가 지금까지 모은 여진족에 관한 정보들입니다. 이만주가 어디 머물고 있는지도 적혀 있으니 계획하실 때 도움이 될 겁니다."

"잘 읽어 보겠네."

"얘기 들어 주셔서 감사합니다."

인사를 하고 방을 나가려던 강상천이 물었다.

"이 얘기는 감찰에게도 했는데 못 들으셨습니까?"

"들은 적은 없네만……."

"그렇습니까? 분명 제 얘기를 전하겠다고 했는데 이상하군요."

강상천이 의아해하며 문을 닫고 사라지자 황덕중은 김온이 자신을 무시했거나, 혹은 자기 의견을 관철시키기 위해 일부러 그 얘기는 뺐을 수도 있겠다고 생각했다. 그러면서 저도 모르게 얼굴을 찌푸렸다. 자신의 말을 딱 잘라서 안 된다고 하면서 무시하는 눈치를 준 것도 그렇고, 자기 뜻을 관철시키기 위해 중요한 얘기를 빼먹었다는 사실에 화가 난 것이다.

'김온, 네놈이 아무리 머리가 좋다고 해도 나를 가르치려 들어?'

뒷문으로 향하는 강상천을 따라간 월하는 주변에 아무도 없는 것을 확인하고는 속삭였다.

"기사회생하셨습니다, 오라버니."

"다 네 덕분이다."

가볍게 웃은 강상천이 월하의 등을 토닥거렸다. 황덕중과 김온은 과거에 합격해서 조정에 출사한 이후 서로를 도왔다. 김온은 황덕중의 꾀주머니 역할을 했고, 황덕중은 그런 김온을 후원해 줬다. 하지만 그는 두 사람이 서로의 능력을 과신하면서 상대방을 은근히 얕잡아보고 있다는 사실을 간파했다. 권력을 쥐게 되는 순간이 다가오자 상대방에 대한 의심이 커져 갔다. 김온이 황덕중에게 신신당부했지만 이만주라는 이름 석 자에 넘어와 버렸다. 생각에 잠긴 그는 아직 불이 켜져 있는 방을 응시했다.

월하와 작별을 한 강상천은 울매와 함께 저택으로 돌아왔다. 그의 표정을 살핀 울매가 입을 열었다.

"큰 고비를 넘긴 모양입니다."

단둘이 있을 때는 편하게 말을 해도 될 터였지만, 낮말은 새가 듣고 밤말은 쥐가 듣는다고 울매는 긴장을 늦추는 법이 없었다.

"가장 단단해 보인다고 생각했던 곳인데 의외로 쉽게 허물어졌어. 역시 권력 앞에서는 본모습을 보이는 거 같아."

"끝나면 뭘 하실 겁니까?"

일부러 한 번도 생각해 보지 않았던 질문에 강상천은 머뭇거릴 수밖에 없었다.

"두렵네."

"여진 속담에 복수가 끝나면 집에 돌아가 가죽을 손질하고 낚싯바늘을 마련하라는 얘기가 있습니다."

"예전의 삶이 기억나지 않아. 어떻게 살았는지, 그리고 누구와 지냈는지 말이야."

"10년 동안은 우리와 같이 지냈습니다. 그 이후에도 우리 부족은 형님을 가족처럼 생각하고 있고요."

"나에게 과연 편하게 살 자격이 있을까? 여기까지 오기 위해 수많은 사람을 죽였고, 앞으로도 죽게 만들겠지. 내가 과연 복수하려고 하는 그들과 다를 게 뭔지 모르겠어."

강상천의 얘기에 울매가 주저하다가 대답했다.

"그 질문에 대한 대답은 스스로 찾을 수밖에 없겠군요."

울매가 갑자기 움직임을 멈추고는 맞은편 골목의 어둠을 노려봤다. 잠시 후, 어둠 속에서 덕배가 걸어 나왔다.

"어이구. 오랜만입니다, 오입쟁이 나리."

옆에 있던 울매가 강상천에게 속삭였다.

"뒤에 패거리가 더 있습니다."

울매의 얘기가 끝나기가 무섭게 덕배가 걸어 나온 골목에서 너덧 명의 무뢰배들이 걸어 나왔다. 다들 손에 몽둥이와 칼을 든 채였다. 덕배가 기세등등한 얼굴로 강상천에게 말했다.

"하도 조용히 다니셔서 못 만날 뻔했소이다."

"일이 있으면 내가 찾아간다고 하였잖느냐."

"나도 당신한테 볼일이 있어서 말이야."

"말해 보게."

강상천이 전혀 겁먹지 않은 표정으로 입을 열자 덕배가 짜증스러운 목소리로 말했다.

"월하와 운우지정을 나누고 있다고 하던데 머리를 올려 준 병조판서께서 이 사실을 알면 심기가 많이 불편하실 거외다."

덕배의 얘기를 들은 강상천이 빙그레 웃으며 물었다.

"그러니까 입을 다무는 조건으로 뭔가를 내놔라 이 말이군."

"역시 장사꾼이라 말이 잘 통하네. 나하고 내 동생들이 요즘 춥고 배고파서 말이야."

"아직 여름인데 추울 리는 없고, 노름판을 전전하다가 돈이 다 떨어진 모양이군."

"거참, 이건 흥정하는 게 아니라니까. 좋은 말 할 때 돈 내놓지 않으면 병조판서에게 이 사실을 알려 버릴 거야."

"안됐지만 우리 둘을 만나게 해 준 게 자네니까 함께 엮이겠군."

강상천이 계속 조롱하자 덕배가 바닥에 침을 찍 뱉었다.

"말로 해서는 안 되겠군."

그걸 신호로 무뢰배들이 덤벼들었다. 울매가 손에 든 지팡이를 강상천에게 건네고 맨손으로 대적했다. 지팡이를 넘겨받은 강상천은 덤벼드는 무뢰배의 몽둥이를 슬쩍 피했다. 그러고는 지팡이로 다리를 걸어서 넘어뜨렸다. 칼을 든 무뢰배가 뒤에서 덤벼들었지만, 강상천이 휘두른 지팡이에 손목과 옆구리를 강타당하고는 쓰러지고 말았다. 그사이 울매는 발차기로 두 명을 쓰러뜨리고 남은 한 명을 주먹으로 때려서 기절시켰다.

발차기에 넘어진 두 무뢰배는 비틀거리면서 일어나다가 또다시 발길질에 명치를 걷어차이고 주저앉고 말았다. 데리고 온 무뢰배들이 두 사람 앞에서 추풍낙엽처럼 쓰러지자 당황한 덕배는 뒷걸음질을 쳤다. 하지만 지팡이 안에 든 칼을 뽑아 든 강상천이 목을 겨누자 꼼짝도 하지 못했다. 칼을 겨눈 강상천이 말했다.

"방금 좋은 생각이 났는데 말이야. 널 죽이고 네 패거리에게 입을 다물라는 조건으로 뭘 쥐여 주면 아주 깔끔하게 끝나겠지?"

"내, 내가 잘못했소이다. 그러니 칼을 좀 치우고 얘기합시다."

덕배가 벌벌 떨면서 말하자 강상천이 혀를 찼다.

"왜 사람은 칼이 자기를 겨눌 때만 잘못을 뉘우칠까?"

"미안하게 됐소이다. 다시는 앞에 나타나지 않을 것이니 한 번만 봐주시구려."

지금까지 살면서 수많은 고비를 넘겼지만, 눈앞에 있는 북쪽에서 온 정체불명의 상인은 그의 오금을 저리게 만들었다. 진짜로 자신을 죽이고 나서도 눈 하나 깜짝하지 않을 것이라는 사실을 뒤늦게 깨달은 것이다. 그사이 울매는 덕배가 데려온 무뢰배들을 쫓아 버렸다. 도망치는 무뢰배들의 발소리가 멀어지자 덕배의 목에 살짝 상처를 낸 강상천이 웃으면서 칼을 거뒀다.

"이렇게 죽이는 건 나도 재미없지."

그러면서 품에서 작은 주머니를 꺼내 그의 발치에 던졌다.

"용기가 가상해서 주는 상이자 경고일세. 다시 내 앞에 나타나면 그땐 죽어도 곱게 못 죽을 거야."

"고, 고맙습니다, 나리."

저절로 고개를 푹 숙인 덕배가 연거푸 고맙다는 말을 남기자 강상천이 혀를 찼다.

"그걸 들고 또 노름판에 끼었다가 다 털리고 말겠지?"

"이번에는 정신 바짝 차려서 딸 겁니다요."

"안됐지만 따지는 못할 거야."

"그게 무슨 말씀입니까?"

주머니를 챙기던 덕배의 물음에 강상천이 울매에게 지팡이를 돌려주면서 대답했다.

"자네와 함께 노름하는 작자들 말이야. 꼭 돌려대기만 하지 않나? 자네가 돈을 잃는 판은 항상 오른쪽에서 왼쪽으로 패를 돌리고 말이야. 그리고 자네 앞의 순서에서 연거푸 패를 버리면서 판돈을 늘리지 않던가?"

곰곰이 생각해 보던 덕배는 맞는 것 같다는 생각에 저도 모르게 고개를 끄덕거렸다.

"가끔 서로 다투거나 말을 안 섞어서 안면이 없는 것처럼 보이지만 다 한패거리일세. 그리고 자기들만 알아볼 수 있는 표식이 된 투전패를 써서 자네에게 독박을 씌우는 거야."

"그, 그걸 어찌 아십니까?"

"자네가 자꾸 돈을 잃는 게 이상해서 해 본 말이야. 평양 노름꾼들이 자주 쓰는 수법이네. 다음에 가서 투전패랑 노름 방식을 바꿔 보자고 하게. 다들 안 된다고 하면 그들이 짜고 자네를 속인 걸세."

"가, 감사합니다요."

충격을 받았는지 주머니를 챙긴 덕배는 비틀거리는 걸음걸이로 어둠 속으로 사라졌다. 그 광경을 지켜보는 강상천에게 울매가 물었다.

"계획을 바꾸시는 겁니까?"

그러자 강상천이 알 듯 말 듯 한 미소를 지었다.

"일이 재미있게 돌아가는군."

사랑방에서 난을 치고 있던 황덕중은 문을 열고 들어선 김온을 바라봤다. 그가 방석에 앉자 붓을 놓고 물었다.

"연락도 없이 어쩐 일인가?"

"방금 사직 상소를 올리고 왔습니다."

"김척신 대감 때문인가?"

"발을 빼고 몸을 낮춰야 할 시기입니다."

"그것도 나쁘지 않겠지. 어쨌든 죄인의 친척이니까 말이야."

김온은 마치 남의 일처럼 얘기하는 황덕중의 말투에 살짝 눈살을 찌푸렸다. 하지만 꾹 참고 입을 열었다.

"이제 대감께서도 사직하실 때입니다."

"내가 말인가?"

"전하께서 조만간 세자를 폐하고 충녕대군으로 바꾼다는 소문이 돌고 있습니다. 이제 대감의 일거수일투족이 사람들의 관심거리가 될 것이니 마땅히 칩거해야지요."

"칩거라……."

붓을 도로 집어 든 황덕중이 별다른 반응을 보이지 않자 김온은 답답해졌다. 안 그래도 강상천이라는 정체불명의 장사꾼이 그만 만나라는 자신의 충고에도 불구하고 황덕중의 집을 뻔질나게 드나든다는 얘기를 듣고 불안해진 상태였기 때문이다.

"지금은 스스로 몸을 낮추고 주변을 살펴야 할 때입니다. 부디 자중하십시오."

"이만주의 행방을 알 수 있을 것 같네. 그자가 어디 있는지만 안다면 잡는 건 손바닥 뒤집는 것보다 쉽지 않겠는가."

"지금은 그럴 때가 아닙니다."

"아니, 이만주를 잡을 절호의 기회가 왔네. 자네도 전하께서 그자를 얼마나 잡고 싶어 하는지 잘 알잖는가?"

황덕중의 들뜬 목소리를 들은 김온이 고개를 저었다.

"그자가 얼마나 신출귀몰하는 자인지 잘 알고 계시잖습니까. 섣불리 잡으려고 들다가 놓치기라도 한다면 명나라와의 관계에 문제가 생길 수 있습니다."

"무작정 출병하자는 얘기가 아닐세. 체탐인을 먼저 보내서 이만주의 거처를 확인하고 군대를 일으켜 토벌할 것이야."

"그사이에 그 장사꾼이 말한 광산에서 금을 캐낼 것이고 말입니까?"

김온의 가시 돋친 얘기에 황덕중이 희미하게 웃었다.

"어차피 손해 볼 건 없지 않은가?"

"한낱 장사꾼에 불과한 자의 말을 믿고 군대를 움직이기에는 위험부담이 너무나 큽니다. 그리고 다른 때도 아닌 지금 정국에서는 더더욱 아니 됩니다."

그러자 황덕중이 벌컥 짜증을 냈다.

"그래서 체탐인을 먼저 보내서 이만주의 거처를 확인해 본다고 하지 않았는가. 체탐인들도 죄수를 보내면 손해 볼 것도 없고 말이야!"

"자칫하다가는 큰일에 휘말릴 수 있습니다. 부디 다시 생각해 보십시오."

"지금은 기회를 놓치는 게 더 큰일이야. 아무튼 결심을 했으니 더 이상 얘기하지 말게."

어이가 없어진 김온이 쏘아붙였다.

"설마 그자의 말을 믿는 것은 아니겠지요?"

"안 믿을 이유가 뭐가 있는가? 황금도 한 아름 안겨 줬고, 여진족을 어찌 처리해야 하는지도 소상히 설명했네. 게다가 압록강과 압록강 너머의 여진족 사정을 속속들이 알고 있고, 이만주의 거처도 알고 있는 자인데 말이야."

황덕중의 얘기를 들은 김온은 속으로 아차 싶었다. 너무 오랫동안 가깝게 지낸 탓에 그가 가지고 있는 물욕을 얕잡아 본 것이다. 분위기가 굳어지자 황덕중은 도로 붓을 들고 난을 쳤다. 그러는 황덕중을 응시하던 김온이 자리에서 일어났다.

"실례가 많았습니다, 대감."

문을 열고 나가려는 김온에게 황덕중이 물었다.

"그런데 강상천에게 이만주 얘기를 들었으면서도 나에게 알리지 않은 연유가 무엇인가?"

어이가 없어진 김온이 되물었다.

"설마 그 장사치의 말을 믿는 건 아니겠지요?"

"믿고 안 믿고의 문제가 아니라 확인해 보고자 하는 것일세."

"저는 이만주 얘기를 들은 적이 없습니다."

단호하게 대답한 김온은 거칠게 문을 닫았다.

◦•◦•◦—

한양에서 출발한 지 엿새 만에 문경새재 초입에 도착한 권주혁은 아들 권집과 길가의 돌에 걸터앉아서 잠시 쉬었다. 한쪽은 제법 높은 절벽이었고 다른 한쪽은 까마득한 낭떠러지였다. 주먹으로 무릎을 툭툭 친 권주혁이 아들에게 물었다.

"다리는 안 아프냐?"

"소자는 괜찮습니다만 아버님이 염려되옵니다."

"아들 장가보내러 가는 길인데 어찌 다리가 아프겠느냐."

권주혁의 아버지는 내내 가난했고, 자신도 한때 잠깐 재물이 많았던 적이 있었을 뿐 인생의 대부분을 가난하게 자랐다. 어떻게 해서든 아들에게는 지긋지긋한 가난을 물려주고 싶지 않았다. 그래서 김매읍동이 손을 내밀었을 때 꿍꿍이속을 알면서도 뿌리치지 못했다. 그렇게 살림이 편안해지면 공부에 매진

해서 과거에 합격할 수 있으리라고 믿은 것이다. 하지만 그 무수한 세월 동안 그는 번번이 낙방하였다.

어려운 환경에서도 잘 자란 외아들 권집은 착하고 총명했다. 아들만큼은 과거에 합격해서 가난의 굴레를 벗어버릴 수 있을 것만 같았다. 안동에서 혼례를 치르고 그곳에 머물게 하면 김매읍동도 어쩌지 못할 것이다. 그리고 나서 자신이 한양으로 올라가서 무릎을 꿇고 빌든지, 아니면 옛날 일을 가지고 협박을 하든지 해서 결판을 낼 생각이었다. 비로소 인생의 빛이 보인다고 생각하자 엿새 동안 걸으면서 생긴 노독路毒[72]이 잊혔다. 싱글벙글하는 권주혁에게 아들이 놀란 목소리로 말했다.

"아버님, 누가 쫓아오는 것 같습니다."

아들이 가리키는 쪽을 바라보자 고개 아래쪽에서 여러 명의 사내가 뛰어오는 게 보였다. 아들이 겁에 질린 목소리로 물었다.

"험한 산에 있다는 도적 아닙니까?"

"그럴 리가. 여긴 사람들이 많이 오가는 곳 아니냐."

걱정하지 말라고 했지만 권주혁 역시 걱정스러운 마음이 들었다. 장사꾼같이 등짐을 짊어지지도 않았고, 옷차림을 보면 낙향하는 선비나 노비도 아닌 것 같았다. 선두에는 수염이 덥수룩한 자가 서 있었고, 뒤로는 네 명이 따라오고 있었는데 하나같이 맨손으로 소도 때려잡을 것 같은 건장한 체격과 외모였다. 아무래도 남에게 행패를 부리고 돈을 뜯어서 먹고사는 무

---

72 먼 거리를 걸으면서 느낀 피로나 병을 뜻함.

뢰배들 같았다.

"누군지 모르겠지만 일단 자리를 뜨고 보자."

권주혁은 아들을 데리고 서둘러 발걸음을 떼었다. 하지만 건장한 사내들을 뿌리치지는 못했다. 텁수룩한 수염의 사내가 소매에서 종이를 한 장 꺼내서는 권주혁의 얼굴과 번갈아 가면서 봤다. 불길한 기분이 든 권주혁이 아들의 앞을 가로막으며 소리쳤다.

"웬 놈들이냐?"

"김매읍동이 보낸 사람이외다."

그 이름을 듣는 순간 권주혁은 하늘이 무너지는 기분이었다. 어떻게 알아차렸는지 모르겠지만 이렇게 빨리 움직여서 뒤따라올 줄은 꿈에도 몰랐다. 일단 벗어나야겠다고 마음먹은 권주혁이 딴청을 부렸다.

"나는 모르는 사람이오."

"모르긴, 당신이 돈을 떼어먹고 아들과 함께 도망치는 걸 잡아 달라고 했소."

"어허, 감히 뼈대 있는 양반을 능멸하는 게냐? 나는 모르는 사람이니 썩 물러가라."

"미안하지만 우린 당신을 붙잡아 오라는 명을 받아서 말이오."

손가락을 우두둑 꺾으며 무뢰배들이 다가왔다. 권주혁은 급한 대로 땅에 떨어진 돌을 양손에 집어 들면서 아들에게 소리쳤다.

"여긴 내가 막을 테니 어서 도망쳐라!"

"아버님을 두고 제가 어딜 가겠습니까? 소자가 막을 테니 아버님이 피하십시오."

고지식한 아들이 떠날 기미를 보이지 않자 권주혁이 소리를
질렀다.

"아버지 말 안 듣고 뭐 하는 게냐! 어서 도망가라!"

머뭇거리다 그제야 뛰어가는 아들을 본 권주혁이 양손의 돌
을 던지고 다른 돌을 집어 들어서 던지려는 찰나, 번개같이 달
려든 무뢰배가 아랫배를 걷어찼다. 숨이 멎을 것 같은 고통에
그대로 쓰러진 권주혁은 쏟아지는 몰매 속에서도 한 놈의 다리
를 붙잡으면서 악을 썼다.

"내 아들은 안 된다! 못 준다고!"

아버지가 무뢰배들에게 둘러싸여서 몰매를 맞는 것을 본 아
들 권집이 도망치다가 다시 돌아왔다. 아버지를 짓밟는 무뢰배
에게 덤벼들며 권집이 외쳤다.

"이놈들! 뭐 하는 짓이냐!"

그러자 무뢰배 중 한 명이 귀찮다는 표정으로 권집을 떠밀
어 버렸다. 낭떠러지 쪽으로 밀린 권집은 나무뿌리에 걸려서
뒤로 넘어지면서 그대로 아래로 떨어졌다. 눈앞에서 아들이 사
라지는 것을 본 권주혁이 절규했다.

"안 돼!"

뜻밖의 상황에 놀란 무뢰배들이 잠시 주춤한 사이 아들이
떨어진 낭떠러지 쪽으로 기어간 권주혁은 아래를 내려다봤다.
수십 길이나 되는 낭떠러지 아래에 아들의 널브러진 모습이 보
였다. 머리 쪽에서 흘러내린 피는 멀리서도 선명하게 보였다.

아들의 죽음이 믿기지 않는 권주혁은 비실거리면서 일어났다. 뒤에서 덥수룩한 수염을 한 무뢰배의 목소리가 들렸다.

"재수 없게 됐네. 얼른 데리고 여기를 뜨자."

무뢰배 중 한 명이 소매에서 꺼낸 쇠좆매로 멍하게 서 있는 그의 목덜미를 내리쳤다. 혼절한 권주혁을 다른 무뢰배 한 명이 둘러메고 곧장 왔던 길로 돌아갔다.

"뭐라고 하셨습니까? 출병이라니요?"

빈청에 모인 대신들은 황덕중의 얘기를 듣고 다들 입을 다물지 못했다. 하지만 황덕중은 자신만만한 목소리로 말했다.

"이만주가 어디에 머물고 있고, 그 세력이 얼마나 되는지를 알게 되었는데 주저할 이유가 뭐 있겠습니까?"

"그, 그렇긴 하지만……."

능구렁이 같은 영의정을 필두로 한 정승들은 발을 빼기 바빴지만, 황덕중은 자신 있었다. 어차피 출병을 결정하는 건 임금의 몫이었고, 충분히 설득할 수 있다고 믿었기 때문이다.

"게다가 미심쩍은 부분은 체탐인을 보내서 확인하면 됩니다. 만약 이만주가 있다면 기병을 보내서 붙잡으면 되지 않겠습니까."

황덕중이 좌중을 둘러보면서 얘기하자 다들 서로의 얼굴을 바라보기만 할 뿐 의견을 제시하지는 않았다. 그런 대신들을 향해 황덕중이 혀를 찼다.

"그러시면 제가 주상 전하께 따로 청을 올리도록 하겠습니다."

정승들을 건너뛰고 판서가 직접 임금에게 고하는 것은 이례적인 일이었다. 하지만 정승들은 못마땅한 얼굴을 보일 뿐 딱히 반대하지 않았다. 빈청을 나온 그는 밖에서 기다리고 있던 병조참판 임준석에게 말했다. 40대 초반의 야심만만한 임준석은 탄탄한 가문의 힘을 배경으로 출세 가도를 달리는 중이었다. 변변찮은 집안 출신인 그를 은근히 무시하는 눈치였기 때문에 이번 기회에 손을 봐 줄 생각이었다.

"형조에 얘기해서 중죄인들을 추리게."

"무엇 때문에 그러십니까?"

"압록강 너머로 체탐을 보내려고 하네."

"갑자기 체탐을 보내는 연유가 무엇입니까? 그것도 죄인들로 말입니다."

"이만주의 행방에 대한 단서를 얻었네. 확인해 보기 위해서 체탐을 보내야 하는데, 위험한 일이니 죽어도 아깝지 않은 중죄인들을 쓸 생각이야."

"지금 같은 때에 출병은 무리입니다."

걸음을 멈춘 황덕중이 노려보자 겸연쩍어진 그는 수염을 쓰다듬으면서 딴청을 피웠다.

"그 문제는 주상 전하께서 결정하실 걸세. 자네는 시키는 일만 하면 되는 것이고 말이야."

"죄송합니다. 형조에는 제가 직접 가 보겠습니다."

눈엣가시 같던 병조참판의 기를 꺾은 황덕중은 씩 웃었다.

•—•◦•—•

상이는 객주의 입구에서 서성거리는 김매읍동에게 종종걸음으로 다가갔다. 상이가 혼자인 것을 본 김매읍동이 짜증을 냈다.

"왜 혼자 오는 게냐?"

"그, 그게…… 그자가 없답니다."

"없다니?"

청천벽력 같은 소리를 들은 김매읍동의 입이 크게 벌어졌다. 약속한 날짜에 임수운이 나타나지 않자 김매읍동이 상이에게 임수운이 머무는 객주에 가 보라고 한 것이다.

"종적을 감춘 지 오래고, 객주 주인도 어디로 갔는지 모른답니다."

"천하의 몹쓸 놈 같으니라고……."

객주 대문의 기둥에 머리를 기댄 김매읍동이 이를 갈았다. 그런 주인의 모습을 지켜보던 상이가 조심스럽게 말을 건넸다.

"오히려 좋은 일 아닙니까?"

"좋은 일이라니?"

"이미 금괴는 받았고, 그자가 종적을 감췄다면 모아 놓은 것까지 다 우리 물건이 되는 셈입니다."

"거래에서 불투명한 건 안 좋은 일이야. 이만한 거래라면 뒤탈이 없을 수 없고."

"좀 더 기다려 봤다가 정 안 나타나면 물건을 팔아 버리지요. 어차피 거래할 때 문기를 작성한 것도 없지 않습니까."

상이의 얘기를 들은 김매읍동의 얼굴에 슬며시 미소가 지어졌다.

"맞다. 뭔 속셈인지 모르지만, 놈이 자기 발등을 찍었구나."

표정이 바뀐 김매읍동의 얼굴을 보면서 상이의 마음은 복잡해졌다. 처음 임수운에게 이렇게 말하라는 얘기를 들었을 때는 긴가민가했다. 하지만 김매읍동은 임수운이 예상한 대로의 반응을 보였다. 기분이 풀어진 것 같던 김매읍동이 다시 짜증을 냈다.

"그나저나 권가 놈을 잡으러 간 놈들은 왜 안 나타나는 거야?"

상이는 투덜거리는 김매읍동에게 조용히 인사를 하고 자리를 떴다. 이제 당분간 창고에 모아 둔 무기를 처분하지는 않을 것이니 다음 계획으로 넘어갈 차례였다.

◆◆◆◆

"정벌이라니?"

임금의 반문에 고개를 조아리고 있던 황덕중은 조심스럽게 어깨를 폈다. 빈청에서의 회의가 끝나자마자 도승지를 통해 독대를 청한 그는 편전에서 임금과 마주하자마자 본론을 꺼냈다.

"소신이 병조의 일을 맡으면서 백방으로 이만주의 행방을 찾아봤습니다. 그러다가 변방의 장사치로부터 이만주와 휘하 부족에 관한 소상한 정보를 얻었습니다."

황덕중은 강상천으로부터 받은 문서를 토대로 적은 상주문 上奏文[73]을 바쳤다. 승지를 통해 상주문을 받은 임금이 천천히 읽었다. 황덕중은 임금이 상주문을 다 읽을 즈음 고개를 다시 조아렸다.

"이만주는 간교하고 흉악한 자로서 조정의 큰 근심거리입니다. 상국인 명나라의 위엄을 등에 업고 우리를 업신여기거나 행패를 부리는 것은 물론, 인근의 여진족들을 선동해서 변방을 노략질하도록 만들었습니다."

"그자는 사람의 얼굴을 한 짐승 같은 자라 반드시 제거해야 한다."

임금의 단호한 목소리에는 이만주에 대한 증오가 서려 있었다. 그자가 조선의 변방과 가까이 있는 파저강 유역에 자리를 잡는 순간부터 갈등이 시작된 셈이었다. 다른 여진족들은 그나마 태조 이성계와 동생 이지란 덕분에 조선에 충성을 다하고 가깝게 지냈지만, 그는 명나라로부터 이씨 성을 하사받고 도지휘첨사라는 벼슬까지 받으면서 조선과 거리를 두는 모습을 보였다. 변방을 안정시키기 위해서는 여진족들을 복속시켜야 하는데 명나라를 등에 업은 이만주는 그런 조선의 정책에 큰 걸림돌이었다. 양위를 선언한 임금 이방원은 몇 번이고 이만주를 토벌할 계획을 세웠지만, 명나라와의 관계를 비롯한 여러 가지 문제로 인해서 포기해야만 했다. 하지만 이만주가

---

73 신하가 임금에게 바치는 글.

어디서 지내는지를 알아낸다면 가장 큰 걸림돌이 사라져 버리는 셈이다.

"소신이 바친 상주문에 그동안 모은 변경의 여진족들에 대해서 소상하게 적어 놨습니다. 이만주가 어디서 지내는지도 탐문했으니 하늘이 내리신 기회가 아닐 수 없습니다."

"정녕 이만주를 없앨 수 있단 말인가?"

"그가 있을 법한 곳에 체탐인을 보내서 확인하고 전광석화처럼 군대를 보낸다면 성공할 수 있습니다. 상주문에는 어느 길로 가야 하는지, 숙영할 수 있는 곳은 어디인지를 상세하게 적어 놨습니다."

"과연 병조판서로군. 다들 과인이 세자를 바꾼다는 소문에 두려움을 품고 손 하나 까딱하지 않는데 말이야."

"신의 충심을 하늘이 아는데 무엇이 두렵겠습니까."

"군대를 출병하는 건 쉽지 않으니, 그대가 상주한 대로 죄인들을 체탐인으로 보내서 이만주의 거처를 확인하는 것을 허락한다."

"성은이 망극하옵니다."

고개를 조아린 황덕중은 뒷걸음질로 편전을 나왔다. 가장 큰 고비를 넘겼다는 생각에 홀가분해진 그는 발걸음을 떼면서 웃음을 지었다.

해가 질 무렵, 박한수의 집에 도착한 덕배가 문을 열고 목청을 높였다.

"나 왔수."

그러자 둥그렇게 모여 있던 노름꾼들 사이에서 박한수가 고개를 들었다.

"어서 오게. 얼굴을 보아하니 어디서 판돈이 생긴 모양이지?"

"어떤 눈먼 놈한테 돈을 얻었지."

덕배가 소매에 넣어 둔 저화를 꺼내서 보여 주자 박한수가 너털웃음을 지었다.

"자넨 정말 운이 좋단 말이야. 그 운을 노름판에서 시험해 보게."

"그럽시다."

냉큼 자리를 차지한 그는 주변을 살폈다. 매번 박한수와 함께 노름을 하는 네 명이 그대로 있었다. 개가죽 조끼를 입은 젊은이와 눈이 움푹 들어간 노인, 그리고 무뢰배로 보이는 두 사내였다. 노름꾼들이 자주 바뀌는 다른 노름판과는 확연히 달랐다. 덕배는 투전패를 섞으려는 박한수를 제지했다.

"이번에 내가 좋은 투전패를 하나 구했는데 이걸로 합시다."

덕배가 차고 온 주머니에서 새 투전패를 꺼냈다. 두꺼운 종이에 기름을 먹이는 방식으로 만든 투전패는 시간이 흐르면 닳거나 떨어져 나간다. 박한수의 투전패는 거기에다가 손때까지 절어서 숫자나 그림을 알아보기 어려울 정도였다. 하지만 박한수는 물론 다른 노름꾼들도 손사래를 쳤다. 눈이 움푹 들어간 노인이 가래가 섞인 목소리로 말했다.

"패랑 마누라는 함부로 바꾸는 게 아니야."

다른 노름꾼들이 동조하자 박한수는 서둘러 자신이 가지고 있던 투전패를 돌렸다.

"그 패는 다음번에 쓰세."

결국 새 투전패를 쓰지 못한 덕배는 가만히 다른 노름꾼들을 살폈다. 나이 차이도 제법 나고 고향이 다르다고 해서 가깝지 않은 것처럼 보였는데, 이제 보니 서로 눈짓을 주고받는 게 꽤 친밀해 보였다. 노름 방식도 바꿔 보자고 했지만 여전히 돌려대기를 고집했다. 그렇게 몇 판이 지나자 덕배가 가져온 저화가 절반이나 없어져 버렸다. 판돈을 계속 잃었지만 여러 사람이 번갈아 가면서 돈을 땄기 때문에 그동안 의심을 하지 않았던 터. 하지만 서로 아는 사이라면 얘기가 달라진다. 박한수가 패를 섞는 사이 덕배가 짐짓 딴청을 피우면서 일어났다.

"속이 더부룩하네. 이번 판은 쉬고 측간에 갔다 오겠수."

문을 열고 밖으로 나온 덕배는 측간에 가는 척하면서 뒤쪽 담장으로 갔다. 그가 모습을 드러내자 밖에 숨어 있던 포졸 차림의 무뢰배들이 모습을 드러냈다.

"잠시 뒤에 방으로 들이닥쳐. 지난번처럼 실수하면 국물도 없으니까 정신들 똑바로 차리고."

단단히 주의를 준 덕배는 소매 안쪽에 숨긴 칼을 확인하고는 방으로 들어갔다. 짜고 치는 것이 확실해지면 포졸로 변장한 무뢰배들을 시켜서 덮치게 할 생각이었다. 어차피 노름은 불법이라 털려도 신고할 수 없다는 점을 이용하기로 한 것이다. 바지를 추스르는 척하면서 안으로 들어간 덕배는 자리를 잡았다. 해가 떨어지면서 어두워진 방을 밝히기 위해서인지 구석에 등잔불이 켜져 있었다. 그렇게 몇 판이 더 돌면서 판돈이 점점 커지는 찰나, 누군가 문짝을 걷어찼다.

"노름꾼들이 있다는 고변이 들어왔다. 모두 꼼짝 마!"

포졸 차림의 무뢰배들이 큰 소리를 내지르면서 안으로 들어왔다. 덕배는 놀란 표정으로 구석으로 기어갔다. 다른 노름꾼들도 깜짝 놀란 듯 멈칫거리며 사방을 둘러봤다. 무뢰배들이 들어오면서 방 안은 사람들로 가득 찼다. 기세 좋게 쳐들어오긴 했지만, 무뢰배들의 포졸 흉내는 서투르기 그지없었다. 눈치 빠른 박한수가 이를 놓칠 리 없었다.

"너희들 가짜지!"

자신의 엄포에 무뢰배들이 움찔하는 것을 본 박한수가 누런 이를 드러냈다.

"이것들이 어디서 감히 노름판을 털려고 해."

예상과 달리 일이 돌아가는 것을 느낀 덕배가 나서려는 찰나 박한수가 벽에 옷을 걸어 놓을 때 쓰는 횃대를 손으로 잡더니 단숨에 뽑아냈다. 번쩍거리는 칼날을 본 덕배가 소리쳤다.

"횃대검!"

포졸로 변장한 무뢰배들도 무기를 들고 있긴 했지만, 정체가 들통 난 마당이라 기세가 꺾였다. 박한수가 횃대검을 휘두르면서 소리쳤다.

"누가 시켰어! 어떤 놈의 짓이야!"

이러다가 사주한 게 밝혀지면 뼈도 못 추린다는 생각에 덕배는 도망칠 궁리를 했다. 하지만 하나밖에 없는 문은 포졸로 변장한 무뢰배들이 막고 있어서 진퇴양난이었다. 터질 것 같은 긴장감은 무뢰배 중 한 명이 실수로 육모방망이를 떨어뜨리면서 폭발했다. 박한수가 횃대검으로 육모방망이를 떨어뜨린 무뢰배의 배를 쑤시는 것을 시작으로 무뢰배들과 노름꾼들이 좁은 방 안에서 서로 뒤엉켜 버린 것이다. 그 와중에 누군가 등잔불을 발로 걷어차면서 방 안은 어둠에 휩싸였다. 칼이 살을 파고드는 소리와 함께 피가 터져서 주르륵 쏟아지는 소리가 들렸다. 그 와중에 짧게 내지르는 비명과 뭔가에 맞은 신음이 뒤엉켰다. 어둠 속에서 이리저리 밟히고 걷어차인 덕배는 겨우 문밖으로 빠져나올 수 있었다. 밖으로 기어 나와서 겨우 한숨을 돌리는데 피투성이가 된 박한수가 한 손에 횃대검을 들고 따라 나왔다.

"네놈이지! 네놈이 사주한 거지!"

덕배는 횃대검을 들고 당장이라도 찌를 것처럼 캐묻는 박한수 앞에 무릎을 꿇었다.

"아이고, 제발 목숨만 살려 주십시오."

그때 방에서 누군가 내지르는 단말마의 비명이 들려왔다. 박한수가 무심코 고개를 돌리는 순간, 덕배는 소매에 숨겨 둔 단검을 잽싸게 꺼내서 박한수의 목을 찔렀다. 급소를 찔린 박한수는 피를 쏟으면서 앞으로 고꾸라졌다. 죽을 고비를 넘긴 덕배는 방 쪽을 바라봤다. 아까 넘어진 등잔불에서 옮겨붙었는지 방 안이 불길에 휩싸였다. 불길이 점점 거세지면서 이웃집 사람들이 몰려나왔다. 겁에 질린 덕배는 쓰러진 박한수를 버려 두고 무작정 도망쳤다.

"이게 어찌 된 일이야?"

밤이 깊어질 무렵, 객주에 나타난 무뢰배들과 권주혁의 모습을 본 김매읍동이 물었다. 덥수룩한 수염의 갈퀴가 떨떠름한 목소리로 말했다.

"그게, 문경새재에서 따라잡고 몸싸움을 벌이다가 아들놈이 절벽 아래로 떨어졌습니다."

얘기를 들은 김매읍동은 입을 다물지 못했다. 결박당한 채 무뢰배들에게 끌려온 권주혁이 악을 썼다.

"너 때문에 내 아들이 죽었다. 하나밖에 없는 아들이 죽었 다고."

주저앉아서 통곡하는 권주혁을 본 김매읍동이 믿기지 않는 다는 얼굴로 갈퀴에게 물었다.

"그게 사실이냐?"

"그렇다니까요. 어쨌든 잡아 왔으니 약속은 지키슈."

사위로 삼으려고 했던 권주혁의 아들이 죽었다는 얘기를 들은 김매읍동은 잠시 정신을 못 차렸다. 까딱 잘못하면 양반을 죽인 것을 사주한 셈이 되기 때문이었다. 가까스로 정신을 차린 김매읍동은 무뢰배들에게 말했다.

"일단 이자를 창고에 가두게."

"그럽시다."

김매읍동은 혹시나 누가 볼까 하는 마음에 서둘러 문을 닫았다. 그리고 통곡을 멈추지 않는 권주혁에게 재갈을 물려 빈 창고에 가두고 자물쇠를 채웠다. 갈퀴와 무뢰배들에게 약속한 대로 베 열 필을 주면서 입을 다물라고 신신당부했다. 무뢰배들이 걱정하지 말라면서 돌아가자 한숨 돌린 김매읍동은 서둘러서 안채로 돌아갔다. 그러자 어둠 속에 숨어서 지켜보던 상이도 자리를 떴다.

상이가 향한 곳은 마포가 내려다보이는 망원정이라는 정자였다. 숨을 헐떡거리면서 망원정에 도착한 상이는 미리 와 있던 임수운을 발견했다.

"권주혁이 잡혀 왔습니다."

"그런가?"

"그런데 아들이 끌려오는 와중에 변을 당한 모양입니다."

"변이라니?"

"멀리 있어서 자세히 듣지는 못했는데 권주혁이 통곡을 하면서 아들이 너 때문에 죽었다고 했습니다."

상이의 얘기를 들은 임수운은 아랫입술을 지그시 깨물었다. 그런 임수운에게 상이가 물었다.

"이제 어찌합니까?"

"가져왔느냐?"

정신을 수습한 임수운의 물음에 상이는 소매에서 봉투를 꺼냈다.

"일러준 대로 썼습니다."

"조만간 객주에 관군이 들이닥칠 걸세. 그때까지는 모른 척하고 있게."

붙잡힌 권주혁과 창고의 무기들을 떠올린 상이는 비로소 임수운의 속셈을 알아차렸다.

"그럼 주인어른은 어찌 되는 겁니까?"

주저하던 임수운이 차갑게 대답했다.

"자네 주인은 배신으로 재물을 벌었네. 이제 대가를 치를 시간이 찾아온 거지."

상이가 사라지자 임수운은 정자 뒤에서 지켜보던 울매에게 봉투를 넘겼다.

"오늘 밤에 병조 안에 던져 넣어."

"알겠습니다."

울매가 떠나자 홀로 남은 임수운은 망원정을 바라봤다. 그가 조유경이라는 이름으로 살았던 시절의 추억들이 되살아났다. 그는 이제 원하는 걸 이룬다고 해도 다시는 그 시절로 돌아갈 수 없다는 걸 인정해야만 했다. 한 손으로 난간을 붙잡은 임수운은 어둠을 향해 울었다. 그 울음은 이제부터 암흑으로 떨어질 그의 친구들을 향한 장송곡이기도 했다.

다음 날 아침, 해가 뜨자마자 의금부의 도사가 군사들을 이끌고 김매읍동의 객주에 들이닥쳤다. 놀란 김매읍동이 허둥지둥 옷을 차려입고 밖으로 나와서는 앞을 막아섰다.

"대체 무슨 일이십니까?"

의금부 도사가 김매읍동에게 호통을 쳤다.

"여기 객주에 무기와 군수품을 몰래 숨겨 놨다는 익명서가 들어왔느니라. 어서 창고를 열거라."

"무슨 말도 안 되는 말씀입니까?"

"원래 익명서는 보지 않고 없애 버려야 하지만 워낙 정황이 뚜렷해서 살펴보기 위해서 나왔다."

김매읍동은 억울하다는 표정을 지었지만, 가슴이 철렁 내려앉았다. 그사이 의금부의 군사들이 창고의 문을 부수고 안쪽을 살폈다. 그러고는 거적에 싸인 무기들을 밖으로 꺼냈다. 쏟아지는 칼과 창을 비롯한 무기들을 본 의금부 도사가 그를 다그쳤다.

"저런 것들을 대체 왜 모았느냐?"

"그, 그게 임수운이라는 상인의 주문을 받고 사들였습니다."

"그렇다면 거래를 했다는 문서를 내놓아라."

의금부 도사의 말에 김매읍동은 속으로 아차 싶었다. 임수운이 건넨 금괴에 정신이 팔린 탓에 거래한다는 문서를 쓰지 않은 것이다. 돌아가는 분위기가 심상치 않음을 느낀 김매읍동은 일단 머리를 굴렸다.

"저 방에 있으니 제가 들어가서 가져오겠습니다."

행랑채에 딸린 방으로 들어간 김매읍동은 문을 닫자마자 창문을 열고 밖으로 빠져나갔다. 그런 와중에 창고에 갇혀 있던 권주혁이 군사들에게 발견되었다. 밖으로 나온 권주혁을 본 의금부 도사가 물었다.

"네놈은 누군데 창고에 갇혀 있었느냐?"

그때 김매읍동이 들어간 방을 살피던 군사가 김매읍동이 사라졌다고 외쳤다. 그러면서 아무도 권주혁에게는 신경을 쓰지 않았다. 묶였던 결박을 풀고 입에 물린 재갈을 벗어 버린 권주혁은 객주와 안채를 이 잡듯이 뒤지는 의금부 군사들과 어쩔 줄 몰라 하는 객주의 일꾼들 사이를 비집고 밖으로 나왔다. 김매읍동을 찾지 못한 의금부 도사가 상이를 가리켰다.

"우두머리가 도망쳤으니 네놈이라도 잡아가야겠다!"

"자, 잠시만요. 그 익명서를 보낸 것이 바로 접니다."

"뭐라고?"

놀란 의금부 도사에게 상이가 품속에서 봉투를 한 장 꺼냈다.

"제가 보낸 익명서의 사본입니다. 저는 김매읍동과 한패가 아니옵니다."

상이가 건넨 봉투 속의 종이를 살핀 의금부 도사가 말했다.

"알겠다. 일단 무기들을 옮겨야 하니 수레와 지게를 모으고, 일꾼들을 대령하라."

"그리하지요."

의금부 도사의 지시에 상이가 우왕좌왕하는 일꾼들에게 지시를 내렸다.

권주혁은 혼란스러운 김매읍동의 객주를 뒤로하고 남산의 집으로 돌아갔다. 아들의 죽음 이후 아무것도 생각할 수 없었지만, 본능적으로 집으로 돌아가야 한다고 생각한 것이다. 마치 귀신처럼 느릿하게 걷던 권주혁은 어느덧 집 앞까지 도달했다. 인기척을 느낀 아내가 부엌에서 뛰어나왔다가 초췌한 몰골로 들어서는 그를 보고는 걸음을 멈췄다.

"여, 여보, 집이는요? 우리 아들은 어디 가고 당신만 돌아왔어요?"

아내의 떨리는 목소리를 들은 권주혁은 땅바닥에 주저앉아 흐느꼈다.

"미안하오. 집이가 나를 도와주려다가 그만……."

권주혁의 말이 채 끝나기도 전에 아내가 한 손으로 머리를 짚었다.

"어떻게 아버지가 돼서 아들을 죽이고 와요. 차라리 당신이 죽었어야지. 당신이 죽고 아들을 살렸어야지."

"내가 김매읍동이 보낸 놈들을 막으면서 집이한테 도망치라고 했는데, 내가 당하는 걸 보고는 되돌아와서 뜯어말리다가 그만 절벽 아래로 떨어지고 말았소."

"이게 다 그 매파 할멈의 입방정 때문이에요. 김매읍동이 와서 행방을 묻기에 내가 절에 갔다고 끝까지 잡아뗐어요. 그런데 갑자기 할멈이 나타나 안동으로 내려갔다고 말하는 바람에 이런 일이 벌어지고 말았네요."

하염없이 울던 아내는 휘청거리는 걸음으로 안방으로 들어갔다. 땅바닥에 주저앉은 채 한참을 울던 권주혁은 힘겹게 몸을 일으켰다.

"내가 잘못했소. 내가 욕심을 부리다가 하나밖에 없는 아들을 저승으로 보냈소."

울먹거리면서 아내가 들어간 안방 문을 연 권주혁은 눈앞에 보이는 아내의 버선발에 기겁을 했다. 대들보에 목을 맨 아내의 얼굴은 창백했다.

"아이고, 이게 무슨 짓이오!"

아내가 발을 디디고 올라선 나무토막을 세우고 올라선 그는 밧줄을 풀려고 안간힘을 썼지만 소용없었다. 부엌으로 가서 밧줄을 끊을 칼을 가져온 권주혁은 아내의 입에서 하얀 거품이 흘러나오는 걸 봤다. 그제야 방구석에 뒹굴고 있는 그릇을 발견했다. 그릇 바닥에는 간수[74] 찌꺼기가 보였다. 죽을 준비를 하고 혹시나 하는 마음에 기다렸다가 아들이 변을 당했다는 것을 확인하고는 그대로 결행해 버린 것이다. 아내의 목에 걸린

---

74 소금에서 흘러나온 물로 두부를 응고시킬 때 쓰지만 조선 시대에는 자살할 때 이걸 마셨다.

밧줄을 끊을 생각도 하지 못하고 문가에 주저앉아 통곡하던 권주혁은 매파 할멈이 김매읍동에게 발설했다는 아내의 마지막 말을 떠올렸다.

"그래, 그 할멈 때문이야. 좋은 혼처가 있다고 바람만 넣지 않았어도 이 꼴은 나지 않았을 거야."

미친 사람처럼 중얼거린 권주혁은 칼을 쥔 채 벌떡 일어났다. 그러고는 비틀거리는 걸음으로 대문 밖으로 나가서 매파 할멈의 집으로 향했다. 때마침 마당의 평상에 앉아서 웃통을 벗고 이를 잡던 할멈은 심상치 않은 권주혁의 모습을 보고는 주춤주춤 일어섰다.

"아니, 여긴 어쩐 일인가?"

권주혁이 아무 대답 없이 다가오자 할멈은 부리나케 방으로 도망쳤다. 권주혁이 문을 열려고 하자 안에서 문고리를 잡은 채 악을 썼다.

"사, 사실은 어떤 선비가 와서 돈을 주면서 거짓으로 좋은 혼처가 있다고 얘기해 달라고 했어. 편지도 그 사람이 줬고 말이야. 나는 그저 그 사람이 시키는 대로 했을 뿐이야. 제발 살려 줘."

할멈의 말을 듣고 충격에 빠진 권주혁이 물었다.

"누, 누가 시킨 거요?"

"나도 몰라. 올 때마다 부채로 얼굴을 가렸단 말이야."

이 모든 비극이 누군가의 농간이라는 사실에 화가 머리끝까지 치밀어 오른 권주혁은 있는 힘껏 문을 열어젖혔다. 방바닥을 엉금엉금 기어간 할멈이 문갑에 넣어 둔 비단을 꺼냈다.

"받은 거 다 줄게. 그러니까 제발 살려 줘."

권주혁은 비단을 물끄러미 바라보다가 할멈의 축 늘어진 젖가슴 사이를 찔렀다. 피가 온몸에 튀고 비단까지 적셨다. 숨넘어가는 비명을 내지르며 쓰러진 할멈 위에 올라탄 권주혁은 비명이 멈출 때까지 찌르고 또 찔렀다. 그러다가 할멈의 숨이 완전히 끊어졌다는 것을 깨닫고서야 손을 멈췄다. 형체를 알아볼 수 없을 정도로 갈기갈기 찢긴 할멈의 입에서 피가 꾸역거리면서 나오고 있었다. 바닥에 떨어진 비단을 집어 들어 손에 묻은 피를 닦은 그는 밖으로 나왔다. 밖에는 할멈의 비명을 듣고 모여든 이웃들이 있었지만, 야차 같은 권주혁의 모습을 보고는 아무도 나서지 못했다. 물끄러미 하늘을 바라보던 그가 중얼거렸다.

"날씨 좋네. 아들 녀석 장가보내기에 딱 좋겠어."

미친 사람처럼 웃은 권주혁은 주춤주춤 물러서는 사람들 사이를 지나 집으로 돌아왔다. 이웃의 신고를 받은 관령管領[75]이 부하들을 이끌고 왔을 때 권주혁은 아내의 시신을 눕혀 놓고 머리를 빗질해 주는 중이었다.

강상천은 사랑방과 연결된 작은 누각에서 밤하늘에 뜬 달을

---

75 조선 시대 한양과 인근 지역을 5부로 나누고 그 아래 방을 설치했다. 관령은 방의 행정과 치안을 책임지는 관리다.

바라보았다. 오늘 적지 않은 사람들이 어제와는 다른 시간을 보내면서 힘겨워했을 것이다. 오랫동안 준비해 왔던 일이 이제 막바지를 향해 치닫는 중이었다. 예상하지 못한 일들이 몇 가지 벌어지긴 했지만, 지금까지 그의 정체나 계획을 눈치챈 사람은 없었다. 복잡한 마음이 담긴 시선으로 달을 바라보던 그는 올매의 발짝 소리에 시선을 돌렸다.

"어떤가?"

"김매읍동은 온종일 자기가 뇌물을 바친 대신들을 만나려고 했지만 아무도 만나지 못했습니다."

"당연한 일이지. 누가 그자 편을 들겠나. 지금은 어디로 몸을 숨겼지?"

"누하동에서 가쾌로 일하는 장 씨라는 자의 집에 숨어 있습니다."

"덕배도 아직 숨어 있나?"

"매월이라는 퇴기의 선술집에 있습니다."

"조정은 지금쯤 난리가 났을 거야. 임금이 세자를 바꾸려고 하는 민감한 시기에 경강상인이 천 명은 너끈히 무장시킬 수 있는 무기를 사들여서 창고에 보관하고 있었으니까 말이야."

"그 문제로 황덕중과 김온을 엮어 넣으실 겁니까?"

"마지막에는 그래야겠지만 아직은 좀 더 놔둘 생각이야. 그 두 사람에게는 올가미가 점점 목을 죄어 오는 고통을 느끼게 해 주고 싶어."

"다음 계획은 뭡니까?"

"서찰을 하나 써 줄 테니 덕배에게 전해 줘. 그리고 김매읍 동을 만나러 갈 준비를 하게."

"임수운으로 나서는 마지막이 되겠군요."

"그자의 가슴에 비수를 박아 줄 생각이야."

상복 차림에 방립을 써서 변장한 덕배는 한성부 앞에서 서성 거리다가 안면이 있는 서리를 발견하고는 재빨리 따라붙었다.

"이보시오."

"자네, 이 차림은 뭔가?"

덕배는 눈을 동그랗게 뜬 서리를 끌고 골목길로 들어갔다.

"일이 어찌 돌아가는지 알아보려고 나왔네."

"어찌 되긴. 그 집은 불이 나서 다 타 버렸고, 노름꾼 넷에 무뢰배 셋이 죽었네."

"일곱이나 죽었단 말인가?"

"그렇다니까. 붙잡힌 사람들이 죄다 자네가 원흉이라고 지 목했어."

"오해야. 난 아무 잘못이 없어. 그냥 자기들끼리 쑤시고 찌 른 거라고."

"일곱이나 죽고 불까지 났는데 그런 변명이 통하겠어?"

"이거 정말 미치겠네."

발을 동동 구르는 덕배에게 서리가 속삭였다.

"게다가 죽은 노름꾼의 친척들이 자네를 잡아서 요절내겠다고 한양 바닥을 뒤지고 다니는 모양이야."

"정말?"

"아까 아침나절에도 찾아왔었어. 모른다고 잡아떼긴 했는데 기세가 보통 사나운 게 아니야. 얼른 자수하든지, 아니면 멀리 도망치는 게 자네가 살길일세."

"어쨌든 잘 알겠어. 어디 가서 날 봤다는 얘긴 하지 마."

"알겠으니까 어서 가게."

한성부 서리와 헤어진 덕배는 운종가를 피해 그 옆의 피마 길로 들어섰다. 그러다가 맞은편에서 오는 한 무리의 사내들을 봤다. 흉흉한 기세를 본 덕배는 그들이 죽은 노름꾼의 친척들일지도 모른다는 생각이 들자 오금이 저렸다. 좁은 길이라 도망치면 오히려 눈에 띌 게 뻔했다. 방립을 푹 눌러쓰고 길옆으로 물러났다. 옷자락이 스칠 정도로 가깝게 지나갔지만, 다행히 정체가 들통나지는 않았다. 그들이 멀어지는 것을 확인한 덕배는 한숨을 돌린 채 발걸음을 옮겼다. 매월의 선술집에 돌아온 그는 뒤쪽 방으로 조용히 들어와서는 한숨을 돌렸다. 그때 문이 벌컥 열리는 바람에 화들짝 놀란 덕배가 엉덩방아를 찧었다. 문을 연 매월이 손으로 입을 가리면서 웃었다.

"겁은 많아 가지고……."

"놀랐잖아. 무슨 일이야?"

매월이 조그맣게 접힌 쪽지를 건네주면서 대답했다.

"아까 누가 이걸 당신한테 전해 주라고 했어요."

"뭐라고! 어, 어떤 놈이?"

"머리를 뒤로 묶은 무사 같았어요. 쪽지에 적힌 대로만 하면 고발하지는 않을 거라고 하던데요. 봤는데 까막눈이라 무슨 내용인지 알 수가 있어야지요."

"알았으니까 어서 문 닫아."

신경질을 내면서 문을 닫은 덕배는 바닥에 앉아서 쪽지를 펼쳤다. 몇 번이고 쪽지의 내용을 읽은 그는 심각한 표정으로 한숨을 쉬었다.

조정의 분위기는 말 그대로 찬물을 끼얹은 것 같았다. 전날 경강상인 김매읍동의 창고에서 발견된 엄청난 양의 무기들 때문이었다. 보고를 받은 임금은 그 자리에서 한성판윤을 체직시켜 버렸다.

"한성부를 책임지는 자가 코앞에서 벌어진 일을 몰랐다니, 관리의 책무를 다하지 못한 죄가 크다."

무엇보다도 대군과 세자였던 시절 두 차례나 정변을 벌이면서 왕위를 차지했던 임금은 더없이 신경질적인 반응을 보였다. 마치 임금이 아니라 젊은 시절의 정안대군 이방원을 보는 듯했다. 황덕중은 애써 태연함을 유지했지만 속은 바짝바짝 타들어 갔다. 김매읍동에게 뇌물을 받은 사실이 알려진다면 이번 일에 엮일 수도 있기 때문이었다. 한참 동안 화를 내던 임금이 차분한 표정으로 하명했다.

"전 사헌부 감찰 김온을 입궐시켜라."

임금의 명을 들은 늙은 영의정이 난색을 표했다.

"그자는 역적 김척신의 친척입니다. 조정에 발을 디디게 해서는 아니 되옵니다."

"지금 그런 걸 따질 때가 아니다. 장사치가 무기를 사들인 것은 분명 누군가의 사주를 받은 것이 틀림없느니라. 그 배후를 캐낼 자는 김온밖에 없다."

임금의 추상같은 어명에 영의정은 더 이상 반박하지 못하고 고개를 조아렸다. 그 모습을 보면서 황덕중은 속으로 아차 싶었다. 김온과 예전 같은 관계였다면 솔직하게 털어놓고 도움을 청하겠지만, 최근 여진족 토벌 문제를 놓고 의견 충돌을 벌인 터라 그럴 만한 상황이 아니었기 때문이다. 거기에다가 야심차게 준비한 여진 정벌 문제에도 제동이 걸릴 수밖에 없었다. 이래저래 복잡한 마음에 사로잡혀 있던 황덕중의 귀에 임금의 목소리가 들렸다.

"병판은 들으라."

"하명하시옵소서."

"여진 정벌 문제는 이 문제가 해결될 때까지 잠시 보류하겠다. 다만 체탐인을 보내서 정탐하는 것은 허락한다."

"알겠사옵니다."

조회를 마치고 나온 황덕중은 정전 밖에서 대기하고 있던 병조참판 임준석에게 지시했다.

"어명이 내렸으니 체탐인으로 보낼 만한 죄인들을 뽑게."

"몇 명은 추려 놨고, 나머지는 더 살펴보겠습니다."

"늦어도 사흘 안에는 출발시켜야 하니까 만반의 준비를 하게."

지시를 내린 황덕중은 한숨을 쉬었다. 이렇게 된 이상 이만 주의 거처를 알아내는 것 정도의 수확이 필요했기 때문이다.

•─••••─•

김매읍동이 길옆에 있는 작은 움막에 들어섰다. 그러자 집을 지키고 있던 가쾌 장 씨가 물었다.

"오늘도 허탕입니까?"

힘없이 고개를 끄덕거린 김매읍동이 바닥에 주저앉았다.

"다들 약속이나 한 것처럼 피하거나 문을 열어 주지도 않아. 내가 그렇게 열심히 뇌물을 바쳤건만……."

"그럼 이제 어찌합니까?"

"발고한 자가 상이라고 하는군. 내가 어릴 때 거둬서 먹여 주고 입혀 주었건만 그놈이 그리 배신할 줄은 몰랐어."

"도성에 소문이 쫙 퍼졌습니다. 차라리 자수해서 억울함을 호소하는 건 어떻겠습니까?"

집주릅 장 씨의 얘기에 김매읍동은 한숨을 푹 쉬었다.

"섣불리 자수했다간 배후를 밝히라고 혹독한 고문을 받다가 사지가 찢겨 죽고 말 거야. 뇌물을 준 장부라도 챙겼으면 그걸로 어떻게 했을 텐데 말이야."

그때 밖에서 인기척이 들려왔다. 김매읍동은 얼른 옷을 뒤집어쓰고 벽을 바라봤다. 목청을 가다듬은 가쾌 장 씨가 밖에 대고 물었다.

"뉘슈?"

대답 대신 누군가 안으로 들어섰다.

"김매읍동이 여기 있다고 해서 찾아왔소이다."

대답한 사람이 다름 아닌 임수운이라는 사실을 알아차린 김매읍동은 고개를 돌렸다. 임수운을 본 김매읍동의 눈에서는 불이 났다.

"이놈!"

김매읍동이 냅다 덤벼들었지만, 임수운을 따라다니는 여진족 하인에게 붙잡혀서 바닥에 내동댕이쳐지고 말았다. 발버둥치려고 하는 김매읍동에게 임수운이 말했다.

"시끄러워지면 좋을 게 없으니 조용히 얘기합시다."

"이 비열한 놈! 너 때문에 15년 동안 일궈 왔던 객주를 하루 아침에 잃게 되었다."

"상황이 곤란해진 건 피차 마찬가지요. 나도 뒤를 봐주던 사람이 갑자기 발을 빼서 난처하게 되었소이다."

"그럼 나와 같이 관아에 가서 그 사실을 밝힙시다."

"그랬다가는 그자 손에 쥐도 새도 모르게 죽을 거요."

혹시나 했던 희망이 산산조각 나 버리자 김매읍동은 할 말을 잃었다. 딸을 양반집에 시집보내서 양반 행세를 하겠다는 부푼 희망은 온데간데없이 사라지고 쫓기는 몸이 된 것이다.

낙담한 김매읍동에게 임수운이 속삭였다.

"방법이 전혀 없는 것은 아니외다."

"살아날 방도가 있단 말이오?"

임수운이 김매읍동의 귓가에 대고 뭔가를 속삭였다. 그러자 김매읍동이 미심쩍은 표정으로 물었다.

"너무 위험하오."

"그럼 다른 방법이 있소?"

임수운의 물음에 김매읍동은 아무 말도 하지 못했다. 뇌물을 받은 대신들이 모른 척하고 있는 상황에서는 빠져나갈 구석이 없었기 때문이다. 눈을 감고 잠시 생각하던 김매읍동이 입을 열었다.

"당신이 말한 대로 하겠소."

"좋소이다. 그럼 그동안 저는 그분을 설득해 보도록 하지요."

얘기를 마친 임수운이 여진족 하인과 함께 떠나자 구석에서 벌벌 떨던 가쾌 장 씨가 물었다.

"대체 뭐가 어떻게 돌아가는 겁니까?"

가슴이 텅 비도록 한숨을 쉰 김매읍동이 대답했다.

"내일 심부름 하나만 해 주시게. 그럼 더 이상 신세를 안 져도 될 거 같아."

권주혁은 서린방에 있는 전옥서典獄署[76]에 갇혔다. 살인범이기 때문에 목에 칼이 씌워지고 발에는 족쇄까지 채워졌다. 하지만 삶에 대한 미련이 조금도 남지 않았기에 두려움이나 고통 같은 것은 느껴지지 않았다. 그렇게 하루가 속절없이 지나고 밤이 깊어졌다. 목에 쓴 칼 때문에 제대로 눈을 붙이지 못하던 그는 꾸벅꾸벅 졸기 시작했다. 그러다가 잠결에 누군가 다가오는 기척에 눈을 떴다. 전옥서의 나졸들이 그가 갇혀 있는 감옥의 문을 여는 것이 보였다. 안으로 들어온 나졸들이 목에 쓰인 칼을 벗기고는 그를 일으켰다. 형장에 끌려간다고 생각한 권주혁은 나지막하게 중얼거렸다.

"집아! 여보! 이제 나도 따라가리다."

나졸들에게 이끌려 간 곳은 형장이 아니라 구석에 있는 작은 오두막이었다. 오두막 앞에는 부채로 얼굴을 가린 사내가 서 있었다. 나졸들이 사내 앞에 권주혁을 데려다 놓고는 뒤로 물러났다. 쓰러진 권주혁에게 부채로 얼굴을 가린 사내가 물었다.

"살고 싶소?"

그러자 허탈한 웃음을 지은 권주혁이 대답했다.

"아들과 아내를 내 손으로 죽인 거나 진배없소. 삶에 미련이 전혀 없소이다."

"복수를 할 기회가 있어도 말이오?"

그 말에 눈이 번쩍 뜨인 권주혁이 사내를 올려다봤다.

---

76 의금부 옆에 있던 감옥으로 죄인들이 갇혀 있었다.

"당신 누구요?"

"내가 누군지는 지금 중요하지 않소. 당신이 살아서 복수할 생각이 있느냐 없느냐가 더 중요한 일이지."

"아들과 아내의 원수를 갚을 수만 있다면 뭐든 하겠소."

"그럼 내가 방법을 하나 알려 주리다. 잠시 후에 관리가 와서 체탐인으로 지원하지 않겠느냐고 물을 거요. 그럼 두말하지 않고 가겠다고 하시구려."

"체탐인으로 말이오? 그게 복수와 무슨 상관이 있단 얘깁니까?"

그러자 부채를 반쯤 거둔 사내가 권주혁의 귓가에 대고 무언가 속삭였다. 놀란 권주혁이 물었다.

"그게 정말이오?"

"그렇소. 어찌하시겠소?"

"체탐인으로 가겠소. 반드시 가겠소이다."

"그럼 잠시만 기다리시오."

권주혁에게서 등을 돌린 강상천이 부채를 접고 전옥서의 뒷문으로 향했다. 문 옆에서 기다리고 있던 울매가 문을 열어 주자 밖으로 나온 강상천은 기다리고 있던 병조참판 임준석 앞에 섰다.

"얘기해 놨으니까 가서 물어보시지요."

그러자 턱수염을 손으로 쓰다듬은 임준석이 낮은 목소리로 말했다.

"전하께서 경강상인 김매읍동이 무기를 사들인 것은 필시 배후가 있을 것이라면서 사헌부 감찰이었던 김온을 불러서 조사를 맡겼네."

김온이라는 이름을 들은 강상천이 물었다.

"그자가 조사를 하는 겁니까?"

"궁에 들어가 전하와 만나자마자 바로 김매읍동의 일을 고발한 상이라는 자를 잡아서 의금부에 가뒀다고 하네."

"빠르군요."

"병조판서의 심복인데 그런 자에게 조사를 맡기다니 전하의 마음은 알다가도 모르겠어."

"다 생각하는 바가 있어서 그랬겠지요."

"정말 이번 일로 나한테 불똥이 튀지는 않겠지?"

"어차피 전하의 뜻대로 되는 것 아니겠습니까."

"그렇긴 하지. 어차피 신하의 운명은 주상 전하의 마음에 달려 있으니까."

"이번 일은 전하께서 세자를 교체하는 일의 후유증을 최소화하기 위한 것으로 보입니다. 그 점만 유념하신다면 큰 문제는 없을 것입니다."

"나보다 조정 일에 대해서 더 잘 아는군. 혹시 전하와 독대라도 하는가?"

반쯤은 진심으로 묻는 임준석에게 강상천이 희미한 웃음으로 대답을 대신했다. 공손히 인사를 한 강상천은 고개를 돌려서 임준석이 전옥서로 들어가는 모습을 바라봤다. 지금까지는 일이 잘 풀렸지만 김온이라는 변수가 생겼다. 황덕중은 물욕이 있고 질투가 심하다는 단점이 있지만, 김온은 누구보다 명석하면서도 냉정했다. 그래서 가장 골치 아플 것으로 생각했는데 뜻밖에도 사건의 중심에 뛰어들었다. 나름대로 철저하게 준비해서 함정을 팠지만 김온이라면 자신이 파 놓은 속임수를 알아차릴 수 있을 것 같았다. 강상천은 뒤따르는 울매에게 말했다.

"의금부에 갇힌 상이와 연락할 방안을 찾아봐."

"빼내 옵니까?"

"아니. 연락이 되면 안심하라고 얘기해. 도와줄 것이니 너무 겁먹지 말라고 말이야."

"알겠습니다."

"그리고 활인서의 부사에게 연락해서 시신을 하나 준비해 달라고 하게."

"시신을 말입니까?"

"나하고 키와 체격이 비슷한 시신이 필요하네."

고개를 갸웃거리던 울매가 대답했다.

"말해 놓겠습니다."

• • •

상복에 방립 차림의 덕배는 조심스럽게 주변을 살피면서 걸었다. 다행히 해코지할 만한 사람은 보이지 않았다. 형조로 향한 덕배는 주변을 살펴본 후에 곧장 대문으로 향했다. 그러고는 대문을 지키는 문졸에게 말했다.

"자수하러 왔소이다."

"자, 자수?"

떨떠름한 표정의 문졸에게 덕배가 서둘러 대답했다.

"며칠 전 노름꾼들이 죽고 죽인 사건에 관련되어 있습니다. 죄를 뉘우치고 자수를 하러 왔습니다. 어서 저를 가두십시오."

"문지기 노릇 10년 만에 제 발로 찾아온 죄인은 또 처음이네. 여하튼 들어와."

문졸이 그를 끌고 안으로 들어갔다. 덕배는 끌려 들어가면서 말했다.

"체탐인으로 자원할 것이니 병조에 알려 주시오."

어제 받은 쪽지에는 자수해서 체탐인으로 지원하라는 내용이 적혀 있었다. 위험하겠지만 공을 세우면 죄를 감면받게 되고 무뢰배들의 손아귀에서 벗어날 수 있다고 쓰여 있었다. 듣고 보니 그럴듯한 얘기였지만 이곳에 오게 된 가장 큰 이유는 마지막의 만약 시키는 대로 하지 않으면 무뢰배들에게 거처를 알리겠다는 내용 때문이었다. 도망칠까도 생각해 봤지만, 언제까지고 계속 도망만 다닐 수는 없는 노릇이었다. 덕배는 홀가분함과 두려움이 뒤섞인 발걸음으로 감옥으로 향했다.

병조의 당상청사堂上廳舍[77]에서 마지막 남은 문서에 도장을 찍고 퇴근할 준비를 하던 황덕중은 갑작스럽게 들이닥친 김온과 마주쳤다. 도장을 찍은 문서를 서리에게 넘겨준 황덕중이 관복 차림의 김온에게 말했다.

"연락도 없이 어쩐 일인가?"

"어명을 받들어서 김매읍동의 사건을 조사하는 중입니다."

"얘기 들었네. 그 일 때문에 온 건가?"

짧게 대답하면서 의자를 권한 황덕중은 아랫입술을 질끈 깨물었다. 안 그래도 김매읍동의 오른팔이었던 상이가 체포되었다는 소식을 들었기 때문이다. 거기에다 아침에는 김매읍동이 보낸 심부름꾼이 찾아왔었다. 나름대로 조심한다고 직접 뇌물을 받으면서 비밀을 유지하긴 했지만 지금 상황에서는 부질없는 짓이 되어 버렸다. 의자에 앉은 김온이 다짜고짜 물었다.

"김매읍동과 가까운 사이라고 들었습니다."

"그렇게 따지면 자네도 가까운 사이라고 할 수 있지."

"저는 그 일 이후 그자와 따로 만난 적이 없습니다. 만나자는 연락이 오긴 했지만 거절했으니까요."

"아무튼, 그자와는 잘못된 일을 꾸민 적 없네."

"그자의 오른팔이자 이번 사건을 고변한 상이를 의금부에 가뒀습니다. 아직은 입을 다물고 있지만, 조만간 입을 열겠지요."

"지금 나를 협박하는 건가?"

---

77 해당 관청의 고위 관리들이 업무를 보던 공간.

황덕중이 탁자를 내리치면서 호통을 쳤지만, 김온은 눈 하나 깜짝하지 않았다.

"전하께서는 이 일에 반드시 배후가 있을 것이라면서 명명백백하게 밝혀내라고 하셨습니다. 상식적으로 생각해 봐도 일개 장사치가 스스로 무기를 구해서 창고에 숨겨 놓았을 리 만무합니다."

"다들 그렇게 생각하겠지. 하지만 나는 아닐세."

"김매읍동같이 큰 객주를 운영하는 자라면 반드시 조정 대신들에게 뇌물을 주었을 겁니다. 그리고 그 뇌물을 받은 자가 배후로 몰리기 딱 좋은 상황이고요. 이 정도까지 얘기했으면 알아들으실 거라 믿습니다."

피할 틈 없이 구석으로 몰린 황덕중은 마침내 사실을 털어놨다.

"그자에게 뇌물을 받은 건 사실일세. 하지만 결단코 무기를 사들이라고 한 적은 없네."

"그걸 알고 있는 자가 누굽니까?"

"우리 둘, 그리고 내가 부리는 청지기와 그자가 부리는 상이일세."

"김매읍동이 잡혀서 문초를 받는다면 대감의 이름을 발설할 수 있습니다."

"전하께서는 나의 충심을 믿으실 거네."

황덕중의 대답에 김온이 코웃음을 쳤다.

"전하를 곁에서 모시고도 모르십니까? 전하는 그 누구의 충심도 믿지 않으십니다. 이번 일에 왜 셋째 작은아버지의 일로 물러난 저를 발탁하셨겠습니까? 없는 배후라도 만들어서 바치라는 뜻입니다."

"그렇겠지."

절박한 자를 이용해서 원하는 것을 얻어 내는 건 임금의 방식이었다. 황덕중이 난감한 표정을 짓자 김온이 낮은 목소리로 말했다.

"누가 진짜 배후인지 전하께서는 크게 개의치 않으십니다. 오직 이번 일을 빌미로 방해가 될 만한 자를 처단하려고 하는 것뿐이지요. 외척인 민씨 형제나 이숙번, 그리고 조진용처럼 말입니다."

모골이 송연해진 황덕중은 마른침을 삼켰다.

"나는 그들과 다르네. 그리고 뇌물을 받은 것은 사실이지만 그 이상의 일은 없네. 필요하면 김매읍동과 대질을 해 봐도 좋아."

"너무 자신하지 마십시오. 대질이라는 것도 양쪽이 서로 다른 얘기를 하면 신빙성이 떨어집니다."

"어쨌든 상관없네. 그리고 미리 말해 두지만 날 엮어 넣을 생각은 하지 말게나."

"왜 그런 생각을 하십니까?"

빙그레 웃은 황덕중이 턱수염에 묻은 땀을 손으로 털어 내면서 대답했다.

"자넨 야심가니까."

"저는 사헌부 감찰일 뿐입니다."

"아니지. 이번 일을 기회로 전하의 총애를 얻고 싶어 하는 걸 모를 줄 알아? 하지만 명심하게. 사냥이 끝나면 사냥개가 갈 곳은 솥밖에 없다는 사실을 말이야. 조진용이 왜 그렇게 허술한 고변에 엮이게 되었는지 잘 생각해 보게."

"조진용 대감 처지와 가까운 것은 제가 아니라 대감입니다."

"난 충녕대군의 장인일세. 세자가 바뀌고 대군이 보위에 오르면 든든한 버팀목이 되어 줄 외척이라고. 전하가 거슬리는 누군가를 이번 일에 엮어 넣을 수도 있다는 건 나도 짐작하고 있네. 하지만 적어도 난 아니야. 그러니까 두 번 다시 나를 찾아와서 으름장 놓을 생각일랑 하지 말게. 내가 몰락하면 자네라고 무사할 성싶은가?"

"그래서 이렇게 직접 찾아온 겁니다. 조금이라도 켕기는 게 있으면 미리 자복하시고 납작 엎드려 계시라고 말입니다."

김온의 말을 들은 황덕중이 노기에 찬 목소리로 말했다.

"뭐라고?"

"가뜩이나 폐세자 문제로 조정이 어수선한 가운데 벌어진 일이라 이번 일은 역모 사건으로 번지기 쉽습니다."

"내 일은 내가 알아서 하네."

황덕중의 호통 뒤로 싸늘한 침묵이 흘렀다. 김온을 노려보며 씨근덕거리던 황덕중이 의자에서 일어났다.

"먼저 일어나 보겠네."

길을 나선 강상천과 울매가 향한 곳은 지난번 김척신의 시신을 수습했던 숭례문 밖의 서활인서였다. 가난하고 병든 사람들이 오가는 곳이라 죽음이 곁에 떠도는 것 같았다. 활인서 옆에 있는 한증소汗蒸所[78]로는 바지만 입은 환자들이 줄줄이 들어가는 중이었다. 두 사람이 들어서자 환자들을 살펴보던 활인서의 책임자인 부사가 다가왔다.

"어서 오십시오."

"준비는 되었는가?"

강상천의 물음에 주변을 살핀 부사가 조심스럽게 고개를 끄덕거렸다. 그러고는 두 사람을 조용히 뒷문으로 데려갔다. 활인서 뒤쪽 오두막으로 들어간 부사가 뒤따라온 두 사람에게 거적에 덮여 있는 시신을 가리켰다.

"이 정도면 적당하겠습니까?"

시신의 얼굴과 키를 확인한 강상천이 대답 대신 고개를 끄덕거렸다. 그러자 울매가 작은 주머니를 부사에게 건넸다. 잽싸게 주머니를 챙긴 부사가 말했다.

"어찌하실 겁니까?"

"내가 알아서 하겠네. 지게를 하나 사고 싶네만."

---

78 조선 시대 활인서에서 운영했던 한증막으로 나무나 돌로 만들었다. 승려들이 운영을 책임졌다.

"구해 놓겠습니다."

강상천의 말에 부사가 밖으로 나갔다. 그사이에 울매가 시
신을 거적에 둘둘 말았다. 잠시 후, 부사가 지게를 가지고 나타
났다. 울매가 거적에 싸인 시신을 지게에 올리는 사이 강상천
이 부사에게 물었다.

"혹시 활인서에서 일하는 승려 중에 비구니가 있는가?"

"정업사에 계시는 매란 스님입니다. 종종 와서 일을 도와주
시지요."

강상천과 울매는 서로의 얼굴을 바라봤다.

"정업사라면 양반이나 왕족의 부인들이 출가해서 머무는 곳
이 아닌가."

"맞습니다. 거기 주지 스님도 제조상궁 출신이지요. 혹시 아
시는 분입니까? 저도 사정이 궁금해서 여쭤봤지만 도통 입을
열지 않으셔서요."

강상천과 부사가 얘기를 나누는 사이 울매가 거적에 말린
시신을 실은 지게를 어깨에 멨다. 강상천이 부사에게 말했다.

"그냥 궁금해서 물어본 걸세. 신경 쓰지 말게."

"그럼 살펴 가십시오."

울매를 뒤따라가던 강상천은 석환진이 마지막에 보인 석연
찮은 눈빛을 떠올렸다.

"설마……."

당장이라도 달려가서 확인해 보고 싶었지만, 지금은 때가 아
니었다. 시체를 짊어지고 시구문 밖을 나간 두 사람은 길옆의

한적한 산등성이까지 올라갔다. 울매가 시신의 품속에 쪽지를 넣은 다음 가지고 온 밧줄을 목에 걸어 적당해 보이는 나뭇가지에 매달았다. 두 사람이 힘을 합쳐서 밧줄을 당기자 축 늘어진 시신이 끌어올려졌다. 한숨 돌린 울매가 강상천에게 말했다.

"이 정도면 속고도 남겠습니다."

"그렇겠지."

울매는 시신을 운반할 때 쓴 지게와 거적을 버렸다. 그러는 사이 해가 저물어 가고 있었다. 울매와 함께 시구문으로 들어선 강상천은 갑자기 걸음을 멈췄다. 그리고 고개를 돌린 울매에게 말했다.

"잠깐 정업사에 들렀다 오겠네."

"같이 가시죠."

"혼자 갔다 오는 게 좋겠어. 먼저 들어가게."

주저하던 울매가 고개를 끄덕거리고는 발걸음을 옮겼다. 울매와 헤어진 강상천은 서둘러 정업사로 향했다. 직접 두 눈으로 확인해 보고 싶다는 마음이 발걸음을 재촉한 것이다. 인왕산 중턱에 있는 정업사는 출가한 비구니들이 머무는 곳이라 다른 절보다 더 고요했다. 석양을 등지고 사찰로 들어서자 때마침 뜰을 가로질러 가던 늙은 비구니가 걸음을 멈췄다.

"어떻게 오셨습니까?"

주저하던 강상천이 입을 열었다.

"혹시 이곳에 머무는 비구니 중에서 활인서의 일을 돕는 매란 스님이라는 분이 계신지요?"

"있긴 합니다만, 무슨 일 때문에 만나러 오신 겁니까?"

늙은 비구니의 말에 강상천의 가슴은 미친 듯이 요동쳤다.

"예전에 알고 지낸 분 같아서 말입니다."

강상천을 보면서 작게 한숨을 쉰 늙은 비구니는 대웅전 앞의 작은 불탑을 가리켰다. 불탑 주변에는 송낙을 쓴 비구니가 합장한 채 탑돌이를 하는 중이었다. 강상천이 다가가자 탑돌이를 하던 비구니는 걸음을 멈추고 고개를 돌렸다. 그리고 천천히 머리에 쓴 송낙을 벗었다. 설마 하던 강상천은 송낙 아래 감취졌던 비구니의 얼굴을 보고는 입을 다물지 못했다.

"서, 석란 낭자."

강상천을 향해 공손히 합장을 한 석란은 조용히 눈을 감았다.

"이게 어찌 된 일이오?"

"대들보에 목을 맸는데 질긴 목숨이라 그런지 죽지 않았습니다."

눈을 뜬 석란이 고개를 들어서 목에 난 상처를 보여 줬다.

"난 당신이 죽은 줄로만 알았소."

강상천이 떨리는 목소리로 말하자 석란은 가볍게 미소를 지었다.

"다시 살아나긴 했지만, 아버지께서 죽었다고 소문을 내고 장례를 치러 주셨습니다. 그리고 저는 머리를 깎고 출가를 하였지요."

"석 대감의 장례식 때 먼발치에 있었던 것도 당신이었소?"

"그렇습니다. 저는 석환진의 딸 석란이 아니라 부처님의 딸

매란입니다. 속세의 인연을 모두 털어 버리는 게 맞지만, 불심이 부족해서인지 그리 못 하고 있습니다."

"나, 나는 그런 줄도 모르고 당신이 죽은 줄로만 알았소."

강상천이 눈물을 보이자 석란은 그에게 간절한 목소리로 얘기했다.

"당신이 돌아온 것을 알고 있었습니다."

"진즉 모습을 드러내지 그랬소."

"그동안 어찌 지내셨습니까?"

"체탐인으로 끌려가서 여진족에게 10년간 잡혀 있었고, 돌아온 이후에는 절치부심하면서 복수의 기회만을 노렸소이다."

울컥한 강상천은 석란의 모습을 보면서 미안한 생각이 들었다.

"아버님 일은 미안하게 되었소. 당신이 살아 있었다는 걸 알았다면 그리하지는 않았을 것이오."

"그건 아버님의 업보이지요. 당신도 업보가 더 쌓이기 전에 그만 멈추십시오."

강상천은 그녀의 말을 듣고는 거친 목소리로 반문했다.

"지금 뭐라고 하였소?"

"복수를 포기하라고 하였습니다."

"어림없는 소리 하지 마시오. 그자들은 친구인 나를 배신하고 우리 집안을 멸문에 빠지게 했소. 그것도 모자라서 우리 집안에서 빼앗은 재물로 호의호식하면서 관직에 나아갔단 말이오. 내 어찌 그들을 용서할 수 있단 말이오."

"마음속에 칼을 품고 있으면 언젠가 그 칼에 스스로 다친다 하였습니다. 부디 생각을 바꾸십시오."

석란의 말을 들은 강상천은 아무 말 없이 자신의 가슴을 풀어헤쳤다.

"이 가슴의 상처가 보이시오? 체탐인으로 갔다가 죽을 고비를 넘기면서 얻은 것이오. 이 상처를 볼 때마다 그때의 쓰라림과 배신감이 떠오른단 말이오. 복수를 마칠 때까지 나는 절대 멈추지 않겠소."

"지금이라도 늦지 않았습니다. 복수를 포기하세요."

"절대로 그럴 수 없소. 그 오랜 세월 동안 와신상담해 온 것은 복수하기 위해서였소."

"복수는 허망한 것으로 언제든지 놓을 수 있는 것입니다."

"지난 15년 동안 오직 복수를 위해 살아왔소. 복수만을 위해 장사를 해서 재물을 모으고 뇌물을 써서 조정에 인맥을 쌓아 왔소이다. 그자들의 일거수일투족을 감시하면서 빈틈을 노려 왔고 말이오."

석란은 묵묵히 분노에 찬 강상천의 말을 들었다.

"그뿐인 줄 아시오? 김척신을 엮어 넣은 괘서사건이나 석환진이 처가와 벌인 송사를 진행한 것도 오랜 계획과 막대한 재물을 써서 꾸민 일이오. 그것을 위해서 나는 강상천이나 임수운이라는 이름으로 사람들을 만나고 설득해 왔소. 결단코 멈추지 않을 것이오. 설사 부처님의 진노를 사서 연옥으로 떨어진다고 해도 말이오."

지난 세월을 털어놓는 강상천, 아니, 조유경의 눈에서는 불꽃이 튀었다. 그런 그의 분노 앞에서 석란은 합장을 한 채 조용히 읊조릴 뿐이었다.

"나무아미타불."

"집어치우시오. 부처님이 계셨다면 우리 집안이 그렇게 몰락하지도 않았을 것이고, 배신자들이 이렇게 떵떵거리면서 살지도 못했을 것이외다. 기필코 나와 우리 아버지가 겪은 고통만큼 그들에게 되돌려줄 것이오."

"그렇게 하면 마음이 편안해지겠습니까?"

그녀의 물음에 강상천이 되었던 조유경은 아무 대답도 하지 못하고 참았던 눈물만 쏟았다. 울고 있는 그에게 석란이 조용히 말했다.

"지금이라도 늦지 않았으니 포기하십시오."

"그러기에는 너무 멀리 왔소. 당신이 석란이 아니라 비구니 매란이듯, 나 역시 조유경이 아니라 강상천이나 임수운이 되었기 때문이오."

"어쩌다 당신이 이리 변했는지 모르겠습니다."

"이제 조금만 더 지나면 일이 끝나게 되오. 그때가 되면 나와 같이 이곳을 떠납시다."

눈물을 삼킨 그가 손을 내밀었다. 그가 내민 손을 물끄러미 바라보던 석란이 조용히 합장을 했다.

"참선 시간이 되었네요. 멀리 안 나갑니다."

석란이 대웅전으로 향하고 홀로 남은 그는 북받쳐 오는 눈물을 쏟았다. 복수만을 위해 살아왔던 지난 세월이 주마등처럼 스쳐 지나갔다. 그렇게 서서 한참을 울던 조유경은 눈물을 그쳤다. 눈물을 멈추고 석란이 있는 대웅전을 물끄러미 바라보던 그는 강상천이 되어 특유의 무표정한 얼굴로 돌아섰다. 대웅전의 문틈으로 정업사를 떠나는 그의 뒷모습을 지켜보던 석란은 뜨거운 눈물을 흘렸다. 해가 저물며 세상의 빛이 사라져 갔다.

　늦은 밤, 초헌軺軒[79]을 타고 집으로 돌아오는 내내 황덕중은 초조함을 감추지 못했다. 곧 세자가 되는 충녕대군의 장인이라는 탄탄대로의 아래쪽에는 김매읍동이라는 구덩이가 입을 벌리고 있었다. 김온에게 큰소리치기는 했지만, 김매읍동이 잡혀서 자신을 끌고 들어가는 날에는 일이 복잡하게 돌아갈 수밖에 없었다. 거기에다가 더 큰 근심은 문제의 김매읍동이 자신의 집에 와 있다는 사실이다. 아침나절에 심부름꾼을 보내서 만나고 싶다는 뜻을 전달받았을 때는 그냥 무시하려고 했다. 하지만 이번에도 만나 주지 않으면 뇌물을 준 내역이 적힌 장부를 들고 의금부로 찾아갈 것이라는 엄포에 어쩔 수 없이 만나기로 했다. 가마를 보내서 김매읍동을 집으로 데려왔다.

　병조에 등청해서 일하는 내내 가시방석에 앉은 기분이었다.

---

79 조선 시대 종2품 이상의 벼슬아치가 타던 외바퀴가 달린 수레.

게다가 퇴청 직전 김온이 찾아와서 협박하는 바람에 더더욱 좌불안석이 되었다. 이런저런 생각을 하는 동안 그가 탄 초헌이 멈췄다. 한숨을 쉰 그는 초헌에서 내려서 곧장 사랑방으로 향했다. 사랑방 앞을 지키고 있던 청지기가 고개를 숙여 인사를 했다.

"그자는 안에 있느냐?"

"예, 대감마님."

"아무도 들이지 말고 주변에 잡인이 오지 못하도록 하여라."

청지기에게 단단히 이른 황덕중은 가죽신을 벗고 사랑방 안으로 들어섰다. 안에 있던 김매읍동이 일어서서 그를 맞이했다.

"오랜만입니다, 대감마님."

능글거리는 김매읍동의 인사에 심기가 불편해진 그는 헛기침을 하면서 자리에 앉았다. 뒤따라 앉은 김매읍동이 납작 엎드린 채 말을 이어 갔다.

"죄인의 몸으로 염치 불고하고 이렇게 찾아온 것은 살길을 열어 주십사 애원하기 위해서입니다."

"살길이라니? 죄를 지었으면 벌을 받아야 하고 그것이 아니라면 오해를 풀어야 하거늘, 어찌 이러고 있는가?"

"소인은 장사로 15년 동안 먹고살았습니다. 이번 일은 아무래도 누군가 작정하고 저를 함정에 빠뜨린 것이 분명합니다. 이대로 죽기는 억울합니다. 제발 살려 주십시오."

"미안하지만 나도 오늘 조사를 받았네. 딱한 사정을 모르는 바는 아니지만 도울 방도가 없네."

황덕중이 냉담하게 대꾸하자 고개를 든 김매읍동이 간청했다.

"사형수로 구성된 체탐인들을 압록강 너머로 보낸다는 소문을 들었습니다. 저도 그 체탐인들 사이에 끼워 주십시오."

"뭐라고? 말도 안 되는 소리 하지 말고 썩 물러가게."

황덕중이 호통을 치자 김매읍동 역시 목소리를 높였다.

"저에게 정 그렇게 나오시면 조정 대신들의 이름이 적힌 뇌물 장부를 공개할 겁니다. 거기에는 어르신 이름도 있다는 사실을 명심하십시오."

"지금 나를 협박하는 게냐?"

"궁지에 몰리면 쥐도 고양이를 문다고 했습니다. 소인이 죽게 생겼는데 어찌 물불을 가리겠습니까."

김매읍동이 마치 장부가 있는 것처럼 강하게 나오자 황덕중은 일이 커질까 봐 두려워졌다.

"알겠으니까 일단 진정하게. 자네 체탐인이 얼마나 위험한 일을 하는지는 알고 있는 것인가?"

"물론입죠. 그렇지만 이대로 죽을 바에는 큰 공을 세워서 살길을 도모하고 싶습니다."

뜻밖의 제안을 받은 황덕중은 곰곰이 생각했다. 체탐인으로 삼아서 멀리 보내 버리는 것도 나쁘지 않을 것 같았다.

"일단 본명으로는 어렵고 가명으로는 체탐인에 넣어 줄 수 있네."

"방법을 알려 주시면 시키는 대로 하겠습니다."

"대신 절대 비밀을 지켜야 하네. 자네를 체탐인으로 빼돌린 걸 알면 나도 무사하지 못할 거야."

"염려 놓으십시오."

누런 이를 드러낸 김매읍동이 히죽 웃으면서 대답했다. 그런 그에게 황덕중은 몇 가지를 일러줬다. 황덕중의 당부를 들은 김매읍동은 시키는 대로 하겠다는 말을 남기고 떠났다. 한숨을 돌린 황덕중은 망건에 묻은 땀을 손등으로 닦았다. 점점 수렁으로 빨려 들어가는 느낌이었다. 급한 불을 끄긴 했지만, 김매읍동을 몰래 체탐인으로 삼았다는 것이 알려진다면 의심을 받을 게 뻔했다. 김온과 사이가 좋았다면 상의해서 방법을 찾아봤겠지만 둘 사이가 이렇게 된 이상 그에게 얘기할 수는 없는 노릇이었다. 몰래 없애 버릴까도 생각해 봤지만, 김매읍동이 그 정도도 대비하지 않고 찾아왔을 리는 없었다. 한참을 생각하던 그가 중얼거렸다.

"그래, 차라리 잘된 일이야. 저자가 체탐인으로 갔다가 죽거나 돌아오지 못하면 이번 사건도 그대로 묻혀 버리겠지."

김온이나 병조참판 임준석이 눈치채지 못하게 체탐인으로 빼돌린 다음 바로 출발시킨다면 일단 고비는 넘길 수 있을 것 같았다. 아무리 똑똑한 김온이라고 해도 설마 이런 방식으로 김매읍동을 빼돌릴 것이라고는 생각하지 못할 것이다. 한숨을 돌린 황덕중은 지끈거리는 관자놀이를 엄지손가락으로 꾹꾹 눌렀다.

돌아온 김매읍동에게 자초지종을 들은 가쾌 장 씨가 물었다.

"체탐인이라는 게 엄청 위험하다고 들었는데 괜찮겠습니까?"

"방법이 없어, 방법이."

짜증 섞인 표정으로 대답한 김매읍동이 덧붙였다.

"장부만 있어도 어떻게 해 보겠는데 황급히 나오느라 미처 챙기지를 못했어."

"체탐인으로 가면 살 방도가 있답니까?"

"일단 갔다 오는 동안 일이 잠잠해질 거야. 그러면 뇌물을 준 장부를 찾든지 아니면 가짜로 만들든지 해서라도 생명을 부지할 방법을 찾아야지."

"임수운이라는 자가 그리하면 된다고 한 건가요?"

"갔다 오는 동안 자기가 수습을 하겠다고 했어. 그 말을 믿지는 않지만 일단 시간은 벌 수 있잖아. 게다가 나한테 뇌물을 받은 대감들이 손을 쓸지도 모르니까 겸사겸사 피해 있는 게 좋지. 아무도 내가 체탐인으로 갔을 거라고는 생각지도 못할 테니까 말이야."

"호랑이한테 물려 가도 정신만 차리면 살 수 있으니까요."

가쾌 장 씨의 말에 김매읍동이 자신만만하게 대답했다.

"두고 보게. 예전에도 이런 식으로 한몫 잡고 경강 제일의 객주를 일궜네."

다음 날, 새벽이 되자 움막 앞에 황덕중이 보낸 가마가 왔다. 주변을 살핀 김매읍동은 곧장 가마에 올라탔다. 청지기가 앞장선 가운데 그를 태운 가마는 곧장 병조로 향했다. 뒷문 앞에서 멈춘 가마에서 내린 김매읍동은 청지기를 따라 곧장 병조로 들어갔다. 기다리고 있던 황덕중이 붓을 들고 종이에 이름을 적었다.

"앞으로 자네 이름은 천득수일세. 불을 지르고 강도를 일삼은 죄로 갇혔고, 체탐인으로 자원을 한 것이야."

"명심하겠습니다."

"전옥서에 따로 방을 마련했으니 그곳에 있다가 출발하게."

"언제 떠납니까?"

"내일 아침에 떠나도록 손을 써 놨네."

"이 은혜 잊지 않겠습니다."

고개를 조아린 김매읍동을 힐끔 쳐다본 황덕중은 관인을 들어서 그의 이름이 적힌 문서의 구석에 찍었다. 이것으로 경강 상인 김매읍동은 사라지고 체탐인으로 자원한 방화 강도범 천득수만 남았다.

날이 밝자 의금부에 갇혀 있던 상이는 젊은 관리 앞에 끌려 나왔다. 단단히 각오한 터였지만, 눈앞의 젊은 관리는 만만치 않아 보였다. 거기에다 관리 앞에는 객주의 일꾼들도 죄다 끌려와 있었다. 그가 무슨 거짓말을 하면 바로 확인할 수 있도록 손을 쓴 것이다. 나졸이 무릎을 꿇리자 젊은 관리가 그에게 걸어왔다.

"나는 이번 사건의 조사를 맡은 사헌부 감찰 김온이라고 한다. 한 치의 거짓도 없이 사실대로 고한다면 목숨을 부지할 수 있겠지만 그러지 않는다면 저자에서 사지가 찢겨 죽을 것이다."

"소인은 아는 대로 다 얘기했습니다요."

자신의 눈길을 피한 상이의 대답에 김온은 히죽 웃었다.

"그런지 아닌지는 조만간 알 수 있겠지."

그의 눈짓을 받은 나졸들이 지필묵을 가져왔다. 김온은 어리둥절해하는 상이에게 말했다.

"네가 보냈다는 고변서를 그대로 다시 써 보아라."

"소인이 설마 거짓으로 고변했다고 보시는 겁니까?"

상이의 반박에 김온이 엄한 표정으로 발을 굴렀다.

"이놈! 이곳은 주상 전하의 어명을 받은 사건이나 역모죄를 다루는 의금부다. 조정의 관리들도 이곳에 들어오면 감히 하늘을 볼 생각을 못 하는데 천한 장사치가 감히 어디서 말대꾸를 하느냐!"

김온의 호통에 상이는 아무런 대답도 못 하고 붓을 들었다. 그사이 김온은 객주의 다른 일꾼에게 물었다.

"객주 주인이 무기를 모으는 걸 알았느냐?"

"쇤네 같은 일꾼이 그걸 어찌 알겠습니까. 다만 제일 큰 창고를 비우고 거기에 뭔가를 계속 쌓고 있는 것만 알고 있었습니다."

"도망친 김매읍동은 임수운이라는 자에게 주문을 받고 무기를 사들였다고 얘기했다. 그자를 본 적이 있느냐?"

"올 때마다 주인어른과 상이가 데리고 바로 방으로 들어가서 먼발치에서 본 게 전부입니다."

"그자가 어찌 생겼는지 아는 대로 말해 보아라."

"스쳐 지나가듯 본 게 전부입니다. 키가 크고 호리호리하며 수염이 꽤 길었습니다. 그, 그리고 오른쪽 뺨에 상처가 있었습니다."

"상처라고?"

"그, 그렇습니다."

뭔가 미심쩍은 구석이 느껴진 김온은 나졸을 시켜서 일꾼들에게 붓과 종이를 나눠 주고 임수운의 얼굴을 그리게 했다. 그 사이 상이가 쓴 고변서가 완성되었다. 나졸이 바친 고변서와 예전의 고변서를 대조해 본 김온은 눈살을 찌푸렸다. 필체와 내용이 모두 똑같았다. 적어도 다른 사람이 대신 쓴 건 아니라는 뜻이었다. 김온의 눈치를 살피며 상이가 조심스럽게 고했다.

"오랫동안 모셔 온 주인어른을 고변한 게 마음이 편하지는 않았습니다. 하지만 옆에서 몇 번이고 만류해도 듣지 않으셨습니다. 그러다가 임수운이 나타나지 않아 큰일 났다 싶어서 서둘러 고변하게 된 것입니다."

이번 일이 발각되면 김매읍동은 물론이고 상이 같은 일꾼들도 무사하지는 못했을 것이니 상이의 말은 여러모로 앞뒤가 맞았다. 하지만 김온은 마치 자로 잰 것같이 굴러가는 모양새가 뭔가 미심쩍었다. 그사이, 객주의 일꾼들이 그린 임수운의 용모파기가 완성되었다. 종이를 펼쳐든 김온은 깜짝 놀랐다. 나이가 많고 수염이 있다는 점은 달랐지만, 한쪽 뺨에 깊은 상처가 있고 키가 크다는 점은 강상천과 놀랍도록 일치했다. 한 번 밖에 보지 못했지만, 워낙 인상이 강렬했기 때문에 쉽게 기억한 것이다. 본능적으로 수상하다고 느꼈다. 하지만 강상천이 임수운이라면 왜 그런 짓을 저질렀는지 이유를 알 수 없었다. 김온이 생각하기에 더 이상 김매읍동을 건드렸다가는 강상천이 줄을 대고 있는 황덕중에게 불똥이 튈 것 같았다. 지금은 사이가 좀 나빠졌지만, 끝까지 밉보일 생각은 없었다. 일단 강상천에 대한 의문은 뒤로하고 김매읍동에게 무기를 주문했다는 임수운의 정체를 캐내는 데 집중하기로 했다.

◆◦◦●◦◦◆

인왕산 중턱의 활터인 등과정登科亭[80]은 경치가 좋은 곳이라서 활을 쏘려는 한량과 무사로 늘 북적거렸다. 손목에 팔찌를 끼고 손가락에 반지를 낀 채 시끄럽게 떠드는 한량 무리를 지나친 강상천은 구석에 있는 정자로 향했다. 암묵적으로 조정의 관리들만 쓸 수 있는 곳이라 주변은 한산했다. 강상천은 방금 흑각궁으로 화살을 쏜 병조판서 황덕중에게 다가갔다. 그가 인사를 하자 황덕중이 입을 열었다.

"파저강으로 보낼 체탐인들이 내일 떠날 걸세."

"그럼 여진족 길잡이를 만포진에 대기시켜 놓도록 하겠습

---

80 지금의 황학정.

니다.”

“체탐인들이 이만주의 거처를 확인할 수 있겠나?”

“제가 알려 주는 대로 가면 가능할 겁니다.”

“만약 군대가 출병한다면 금광에서 금괴는 얼마나 캘 수 있겠는가?”

“여러 가지 변수가 있겠지만 열흘만 시간을 주시면 못해도 열 근은 캐낼 수 있을 겁니다.”

“열 근이라? 그럼 내 몫은 다섯 근이겠군.”

“설사 열 근을 못 채운다고 해도 다섯 근은 맞춰 드리겠습니다.”

“고맙네.”

“미천한 장사치의 말을 믿어 주시니 당연히 해 드려야지요. 잘 준비해 놓을 테니 염려 마십시오.”

“알겠네. 그리고 이번에 체탐인으로 뽑은 자 중에 천득수라는 자가 있네. 그자는 살아서 돌아오지 못하게 해 주게.”

“손을 써 놓겠습니다.”

강상천의 얘기를 들은 황덕중은 흐뭇하게 웃었다. 중간에 위기가 있긴 했지만, 그 정도의 황금이라면 알토란 같은 한양 인근의 땅을 사들이거나 큰 배를 몇 척 사서 객주를 열기에 충분했다. 그뿐만 아니라 약점을 쥐고 있는 김매읍동까지 쥐도 새도 모르게 없앨 수 있었다. 권력과 부를 모두 손에 쥘 생각을 하고 있는 황덕중을 바라보던 강상천이 말했다.

“소인도 일꾼들을 구하고 여러 가지 준비를 해야 해서 한양을 떠나야 할 것 같습니다."

"좋은 소식을 기다리고 있겠네."

"실망시켜 드리지 않겠습니다."

"그나저나 피곤해 보이는군."

황덕중의 물음에 강상천이 눈가를 손으로 살짝 누르면서 대답했다.

"큰일은 앞두고 있어서 그런지 잠을 좀 설쳤나 봅니다."

어제 석란을 만나고 돌아와서 밤새 고민했다. 그녀의 말대로 복수를 포기할까도 생각해 봤지만 멈출 수는 없었다. 결국 퉁퉁 부은 눈으로 황덕중을 만나러 와야만 했다. 다행히 그가 어떤 고민을 했는지 상상도 하지 못한 황덕중은 별다른 의심 없이 넘어갔다.

황덕중과 만나고 등과정을 내려온 강상천은 곧장 근처에 있는 또 다른 활터인 누상동의 풍소정風嘯亭으로 향했다. 그곳에는 병조참판 임준석이 활을 쏘고 있었다. 깍지를 고르고 있던 그에게 다가간 강상천이 소매에서 옥으로 만든 숫깍지를 건넸다.

"작은 선물입니다."

"시위를 당기기 아까워 보이네."

"얼마든지 있으니 아끼지 마십시오."

소매에서 옥으로 만든 숫깍지 한 움큼을 꺼낸 강상천의 말에 임준석이 턱수염을 만지작거리면서 호탕하게 웃었다.

"역시 배포가 남다르군."

"체탐인이 곧 출발한다고 들었습니다."

그의 얘기에 임준석이 불만 가득한 얼굴로 말했다.

"판서께서 엄청 서두르시네. 이만주를 잡을 수 있다고 생각하시는 것 같더군."

"소인이 장담하건대 병조판서는 절대 이만주를 잡을 수 없으실 겁니다."

"그러는 게 우리 두 사람에게 좋겠지."

"부탁이 있어서 찾아왔습니다."

주변을 잠시 살핀 강상천이 소매에서 작은 쪽지를 꺼내면서 덧붙였다.

"이번에 가는 체탐인으로 한 명을 더 넣어 주십시오."

"누군가?"

쪽지를 펼친 임준석의 물음에 강상천이 입을 열었다.

"평안도 강계에 있는 죄인입니다. 미리 손을 써 놨으니 명단에만 올려 주시면 됩니다."

"이자의 이름도 다른 체탐인들처럼 가명인가?"

"아닙니다. 하지만 병조판서께는 보이지 않으시는 게 좋겠습니다."

쪽지를 챙긴 임준석이 고개를 끄덕거렸다.

"그리하겠네. 그나저나 김매읍동을 체탐인으로 넣은 건 자네 생각이었나?"

"등잔 밑이 어두운 법 아니겠습니까."

"나도 그자에게 적지 않은 뇌물을 받았네. 김온이 지금 사건을 조사하고 있어서 그자에게 뇌물을 받은 대신들은 걱정이 크다네."

"거기에 대한 대책도 마련해 놨습니다. 잠시 귀를 빌려 주십시오."

강상천이 귓가에 대고 소곤거리자 임준석이 고개를 끄덕거렸다.

"역시 용의주도하군. 자네가 말한 대로 하겠네. 그나저나 이번에 가는 체탐인들은 병조판서 어른과 어떤 관계인가? 가명을 쓰도록 하고 직접 마주치지 않게 해 달라고 부탁한 걸 보면 서로 얼굴을 아는 사이 같던데."

"정확하게 보셨습니다. 병조판서와 다들 아는 사이입니다."

"병조판서와 체탐인들이 대체 자네한테 무슨 잘못을 저질렀기에 이렇게 처참하게 복수를 하는 건가?"

"저에게 더없이 소중한 친구들을 빼앗아 갔습니다."

단호하게 대답한 강상천은 인사를 하고 돌아섰다.

한자리에 모인 그들은 믿기지 않는다는 표정으로 서로를 바라봤다. 그러다가 권주혁이 김매읍동에게 달려들었다.

"원수는 외나무다리에서 만난다더니 여기서 만나는구나!"

뒤엉킨 두 사람을 뜯어말린 것은 덕배라는 가명으로 조방꾼 노릇을 했던 손중극이었다. 의금부의 나졸들까지 가세해서 말리자 두 사람은 서로를 노려보면서 씩씩거렸다. 그 광경을 본 손중극이 어리둥절한 표정으로 말했다.

"대체 우리가 왜 모인 거지?"

그러자 세 사람은 같은 생각이라는 듯 서로를 바라봤다. 잠시 후, 관복을 입은 관리가 그들 앞에 모습을 드러냈다.

"너희들은 모두 사형에 해당하는 죄를 지었지만, 체탐인으로 자원했기 때문에 처벌을 하는 대신 기회를 준다."

사형이라는 말이 나오자 세 명 모두 심각한 표정을 지었다. 관리의 말이 이어졌다.

"압록강을 건너서 파저강 유역에 사는 여진족 추장 이만주의 행방을 알아내면 죄를 용서해 주는 것은 물론 포상도 받게 될 것이다."

대강 짐작은 하고 있었지만, 충격에 빠진 세 사람은 제대로 말을 하지 못했다. 김매읍동이 가까스로 입을 열었다.

"그 넓은 땅에서 이만주를 어찌 찾습니까?"

"파저강을 잘 아는 여진족이 길잡이로 나서니까 그자를 따라가거라."

"어, 언제 출발하는 겁니까?"

"지금 바로 출발할 것이다."

"우리 셋에 여진족 안내인이 갑니까?"

"만포에서 한 명이 더 합류할 것이다."

귀찮다는 표정으로 대답한 관리가 자리를 뜨자 나졸들이 세 명의 족쇄를 풀고 밖으로 끌고 나갔다. 의금부 밖으로 나온 세 사람은 나졸들의 엄중한 감시를 받으며 서대문으로 향했다. 먼 발치에서 그들이 끌려가는 것을 지켜보던 울매가 강상천에게 말했다.

"드디어 떠납니다."

나졸들에게 끌려가는 옛 친구들을 바라보는 강상천의 마음은 착잡했다. 복수를 위해서 오랜 세월 준비했건만 막상 그 시간이 찾아오자 형언할 수 없이 가슴이 쓰렸다. 그는 복잡한 심경을 뒤로하고 울매에게 물었다.

"의금부 쪽은 어때?"

"김온이 상이를 계속 문초하는 중입니다. 지금까지는 잘 버티고 있지만 조치를 취해야 할 것 같습니다."

"판을 뒤흔들 때가 왔군. 의금부로 가자."

씩 웃은 강상천이 발걸음을 옮겼다.

사필귀정

事必歸正: 모든 일은 결국 올바른 방향으로 흘러간다.

"이상하군."

의금부의 당상대청에 앉아서 추안급국안推案及鞫案[81]을 읽던 김온이 고개를 갸웃거렸다. 돈이 많은 김매읍동이 가난한 권주혁과 사돈 관계를 맺으려고 하다가 거절당하자 무뢰배들을 풀어서 강제로 그를 끌고 왔다는 내용 때문이었다. 창고에 갇혀 있던 권주혁은 무기를 찾는 과정에서 풀려나 버렸다. 두 사람의 이름이 언급되자 김온은 얼마 전 사약을 받은 김척신을 떠올렸다. 어쩌면 황덕중 역시 이번 일에 연루되었을지도 모르는 상황이었다. 이들에게는 소름 끼치는 공통점이 하나 있었다. 15년 전 조진용 대감의 역모 사건에 연루돼 있다는 것이다. 혹

---

81 조선 시대 의금부에서 조사하던 죄인들의 심문 기록.

시나 하는 마음에 김척신과 연좌되어서 영흥에서 처벌받은 자들의 명단에서도 낯익은 이름을 발견한 그의 심증은 더욱 굳어져 갔다. 거의 비슷한 시기에 몰락했거나 혹은 처벌받은 것이다. 추안급국안에서 눈을 떼지 못하던 그는 중얼거렸다.

"우연의 일치라고 보기에는 소름 끼치도록 시기가 맞아떨어지는데."

만약 임수운과 강상천이 같은 인물이라면 대체 왜 그런 일을 저지르고 다녔는지가 의문이었다. 배후에 누군가 있는 게 분명하다면 남은 목표는 그 일과 연루되고도 아직 멀쩡한 자신이었다.

"설마……."

한 사람이 떠오르긴 했지만 이내 고개를 저었다. 죽은 지 오래였고, 설사 살아 있다고 해도 도망친 노비의 몸이니 제 한 몸 건사하기 힘든 처지일 것이다. 이런저런 생각에 잠겨 있는 와중에 황덕중이 당상대청의 문을 열고 들어섰다. 노골적으로 불쾌한 표정을 감추지 않으며 황덕중이 그에게 말했다.

"어찌 나에게 의금부로 오라고 한 건가?"

"급히 알려 드릴 일이 있어서 그랬습니다. 이걸 보시지요."

김온이 탁자 구석에 놓인 임수운의 용모파기를 보여 주자 황덕중이 눈살을 찌푸렸다.

"이자가 누군가?"

"김매읍동에게 무기를 주문한 임수운이라는 상인입니다. 그런데 어디서 많이 본 얼굴이 아닙니까?"

"누구를 말하는 것인가? 도통 모르겠네."

"수염이 난 부분을 제외하고 보십시오. 큰 키에 한쪽 뺨에 상처가 있는 이 얼굴은 영락없이 강상천입니다."

김온의 설명을 들은 황덕중이 파랗게 질린 얼굴로 물었다.

"강상천이 임수운을 자처했다 이 말인가? 말도 안 되네."

"그뿐만이 아닙니다. 최근 김척신 대감과 김매읍동이 잇달아 변고를 겪었습니다. 그리고 권주혁도 김매읍동에게 갇혀 있다가 풀려났고 말입니다."

"다들 우리와 연관이 있지 않은가?"

"여길 보십시오."

김온이 황덕중에게 김척신과 함께 처벌받은 평안도 지역 선비들의 명단을 보여 줬다. 명단에 적힌 이름을 확인한 황덕중이 입을 열었다.

"대체 상황이 어찌 돌아가는 거지?"

"일단 강상천을 불러들여서 조사해야 합니다."

"그, 그래야겠지."

"섣불리 움직이면 의심을 하고 자취를 감출 수도 있으니까 대감께서 부르십시오."

"그자는 며칠 전에 한양을 떠났네."

"어디로 갔습니까?"

"만포로 갔네. 그곳에서 광산을 채굴할 준비를 한다고 했어. 사람을 보내서 잡아 올까?"

"한양 밖에서 잡아 오는 건 위험합니다. 사람들 눈에 띄었다가는 공개적으로 조사를 해야 하는데 그 와중에 만약 김매읍동의 뇌물 문제가 터지면 어찌합니까?"

김매읍동은 체탐인이 되어서 이미 떠났다고 말하려던 황덕중은 황급히 입을 다물었다. 일이 어떻게 번질지 모르는 상황에서 김온에게 약점을 잡히는 것도 피하고 싶었다.

"일단 월하와 연줄이 닿았던 모양이니까 물어보도록 하겠네."

"그러십시오. 그동안 저는 다른 관련자들이 지금 어찌 지내고 있는지 알아보겠습니다."

"설마, 그자 소행은 아니겠지? 죽었다고 하지 않았나?"

"살아 있다고 해도 도망자 신세인데 무슨 힘을 쓰겠습니까?"

"그, 그렇긴 하지. 일단 월하에게 가 보겠네."

"그리고 승정원에 얘기해서 조보朝報[82]에 임수운의 정체를 찾는다고 하십시오."

"조, 조보에 말인가?"

"어차피 그자는 김매읍동에게 무기를 주문한 자가 아닙니까. 정체를 캐내다 보면 이번 일의 배후가 나타날 겁니다."

"알겠네. 내가 직접 도승지를 만나 보겠네."

"마음 단단히 드셔야 합니다."

"나는 억울하다네."

황덕중에 말에 김온이 쓴웃음을 지었다.

"전하의 처남들인 민씨 형제와 이숙번도 같은 생각이었을

---

82 조선 시대 승정원에서 발행하던 관보.

겁니다. 아무래도 이번 일에는 전하의 의중이 깊게 개입된 것 아닌가 싶습니다."

"그게 무슨 말인가? 전하의 의중이라니?"

"전하는 누군가가 왕실의 권력에 도전하거나 근접하는 걸 싫어하셨습니다. 조만간 세자를 대감의 사위이자 셋째 아들인 충녕대군으로 바꾸실 결심을 하셨다면 쉽게 볼 수 있는 문제가 아닙니다."

"내가 걸림돌이 된다는 말인가? 장인인 내가? 어째서?"

"전하께서 자신을 도운 처가와 측근들을 왜 제거했겠습니까? 이제는 대감 차례일지 모른다는 말씀입니다."

황덕중이 넋이 나간 표정으로 중얼거렸다.

"그럴 리가 없네. 내가 얼마나 전하께 충성을 다했는데……."

"아직 확실한 건 아니니까 최대한 몸을 낮추십시오. 그리고 진범을 빨리 잡아내야 우리가 살 수 있습니다."

"알겠네. 조보에 얼른 임수운의 정체를 찾는다는 글을 올리라고 하겠네."

황급히 일어난 황덕중이 당상대청을 나가는 걸 본 김온은 굳은 표정으로 추안급국안을 바라봤다. 잠시 후, 문이 열리면서 의금부 도사가 들어섰다. 김온이 붓을 들어서 종이에 몇 명의 이름과 생년월일을 적은 다음 그에게 건넸다.

"내일까지 이 사람들이 지금 어디서 뭘 하는지 확인하고 보고하게."

지시를 받은 의금부 도사가 밖으로 나가자 김온은 참았던 한숨을 내쉬었다. 해가 저물어 가는지 문살에 걸린 빛이 차츰 사라지고 있었다.

날이 밝자마자 일단의 군사들이 시구문 밖의 길가를 샅샅이 뒤졌다. 그러다가 나뭇가지에 매달린 시신을 발견했다. 보고를 받은 임준석은 짐짓 놀란 표정으로 그곳으로 다가갔다.

"이상한 게 없는지 뒤져 보아라."

그러자 시신을 살피던 군사가 품속에서 쪽지를 발견했다면서 그에게 바쳤다. 쪽지를 펼친 임준석은 흡족한 표정을 지으면서 부하를 불렀다.

"급히 궁으로 가야 하니 너는 시신을 수습하여라."

부하를 남겨 놓은 임준석은 준비해 놓은 말을 타고 급히 궁궐로 향했다. 궁궐 근처에서 임준석이 오는 것을 지켜본 강상천과 울매는 곧장 의금부로 향했다. 궁궐로 들어선 임준석은 빈청으로 가서 영의정을 만났다.

"병조참판께서 여긴 어인 일인가?"

"급히 아뢸 일이 있어서 찾아왔습니다."

짧게 대답한 임준석은 시신에서 찾은 쪽지를 건넸다.

"시구문 밖에서 발견된 시신에서 찾은 유서입니다."

"유서라니?"

"내용을 읽어 보고 너무 놀라서 한걸음에 달려왔습니다."

쪽지의 내용을 읽어 보던 영의정의 눈가가 파르르 떨렸다.

"이게 사실인가?"

"죽은 자가 남긴 글인데 어찌 거짓이 있겠습니까? 김온이 황덕중의 오른팔인 건 세상이 다 알고 있습니다. 그런 자가 지금 조사를 맡고 있으니 제대로 추국이 이뤄질 리가 없습니다."

"그렇긴 하지."

영의정이 동조하자 임준석이 힘주어 말했다.

"이러다가 김온이 황덕중을 돕기 위해 의금부에 끌려온 자들을 장살이라도 하면 큰일입니다."

"주상께는 내가 고할 것이니 자네는 어서 의금부로 가 보게."

"알겠습니다."

영의정이 자리를 뜨자 임준석은 한숨을 돌렸다. 두 사람 모두 황덕중과 사이가 나빴다. 그래서 그가 국구의 자리에 오르게 되면 앞길에 그림자가 드리워질 수밖에 없었다. 그런 상황에서 이런 일이 벌어졌으니 속으로는 크게 기뻐했다.

의금부 도사에게 보고를 받은 김온은 떨리는 목소리로 물었다.

"여기 적힌 게 정녕 사실이냐?"

"그렇습니다."

김온은 의금부 도사가 건넨 종이를 뚫어지게 바라봤다. 그러고는 고개를 절레절레 내저었다. 며칠 전에 조사를 맡길 때만 해도 이 정도일 줄은 꿈에도 몰랐다. 그들이 한꺼번에 무언가에 의해 몰락한 이유가 무엇인지 궁금했다.

같은 시각, 강상천과 울매는 나졸 복장으로 갈아입은 채 뒷문으로 들어섰다. 애초의 계획에는 없었던 일인데 김온이 김매읍동 사건을 조사하는 추관으로 임명되었기 때문이었다. 황덕중을 엮어 넣으면서 추관인 김온까지 몰락시킬 수 있는 좋은 기회였기 때문에 나졸로 변장해서 의금부로 잠입하기로 했다. 거기에다 의금부에 갇혀 흔들리고 있는 상이를 다잡기 위해서라도 모습을 드러낼 필요가 있었다. 뇌물을 잔뜩 받은 나졸들이 모른 척하고 두 사람을 자기들 틈에 끼워 줬다. 그리고 잠시 후에 병조참판 임준석이 의금부에 들이닥쳤다. 그는 어리둥절하는 의금부 도사를 닦달해서 상이를 끌어내도록 했다. 아까 김온에게 보고했던 의금부 도사가 떨떠름한 표정으로 대답했다.

"추관께서 계시는데 함부로 불러낼 수 없습니다."

"모든 책임은 내가 질 것이니 어서 끌어내라."

임준석의 기세에 눌린 의금부 도사가 상이를 끌고 나왔다. 초췌한 모습의 상이는 두 사람이 다투는 모습을 보고는 어리둥절해했다. 전립을 푹 눌러쓴 강상천과 울매가 상이를 의자에 결박시키면서 속삭였다.

"이제 마지막 고비일세. 그러니 지난번에 얘기한 대로 대답을 잘하게."

흠칫 놀랐던 상이는 조심스럽게 고개를 끄덕거렸다. 바깥이 소란스러워지자 당상대청 안에 있던 김온이 밖으로 나왔다. 무슨 일인지 의아해하던 그에게 의금부 도사가 한걸음에 달려가서 귓속말로 상황을 전했다. 그러자 김온이 당혹스러운 표정을 지었다. 그러고는 서둘러 임준석에게 다가갔다. 품계 상으로는 임준석이 위였기 때문에 김온은 일단 공손하게 인사를 했다.

"병조참판께서 이곳에는 어인 일이십니까?"

"김매읍동 사건 때문에 왔네. 이곳에 갇힌 상이라는 자를 문초할 일이 생겨서 말이야."

"그 사건의 추관은 엄연히 저입니다. 하문하실 일이 있으면 저에게 물어보시면 심문하도록 하겠습니다."

"미안하네만 자네는 빠져 줬으면 하네."

"그게 무슨 말씀입니까? 저는 이번 사건을 조사하라는 어명을 받은 몸입니다."

김온이 노기를 띤 목소리로 대답하자 임준석이 코웃음을 쳤다.

"주상 전하의 명을 받든 추관이 사건을 은폐하려 한다기에 한걸음에 달려왔네."

"누가 그런 말도 안 되는 모함을 한단 말입니까!"

김온이 노려보면서 소리쳤지만, 임준석도 물러나지 않았다.

"금방 밝혀질 것이니 잔말 말고 물러나게."

결국 김온이 물러나고 임준석이 상이를 심문하게 되었다. 상이 앞으로 걸어온 임준석이 물었다.

"객주 주인 김매읍동이 누구에게 뇌물을 주었는지 아는 대로 말해 보아라."

마른침을 삼킨 상이는 나졸로 변장하고 옆에 서 있는 강상천을 힐끔 쳐다보고는 입을 열었다.

"병, 병조판서 황덕중 대감에게 뇌물을 주었습니다."

상이의 입에서 황덕중의 이름이 나오자 주변에 있던 의금부 관리들이 술렁거렸다. 의기양양한 표정의 임준석이 재차 물었다.

"명확한 사실이렷다?"

"여기가 어딘데 거짓을 고하겠습니까?"

"어떤 방법으로 건네주었느냐?"

"혜정교 근처의 상점 안에서 저와 주인어른, 황덕중 대감과 그 집 청지기가 만나서 뇌물을 주었습니다. 뇌물로 바친 베나 비단은 해가 떨어진 다음에 황덕중 대감 쪽에서 가져갔습니다."

"황 대감 말고 또 누구에게 뇌물을 바쳤느냐?"

"제가 알기로는 황 대감에게만 바쳤습니다."

만족스러운 대답을 들은 임준석이 희미한 웃음을 지었다. 반면 지켜보고 있던 김온의 표정은 급격하게 어두워졌다. 느긋해진 임준석이 상이에게 물었다.

"그렇다면 네놈의 자백을 뒷받침할 물증이 있느냐?"

"상점 주인과 황 대감의 청지기가 지켜봤으니 잘 알고 있을 겁니다. 그리고 주인어른이 기록한 장부가 있습니다."

"장부에는 어떤 것이 적혀 있느냐?"

"언제 만나서 얼마만큼 뇌물을 주었는지, 그리고 어떤 청탁을 했는지를 적었습니다."

"그 장부는 어디에 숨겼느냐?"

"객주의 안채 창고 바닥에 비밀 공간이 있습니다. 그 안의 문갑에 넣어 두는 걸 봤습니다만 지금도 있는지는 모르겠습니다."

상이의 자백을 받은 임준석이 의금부 도사를 손짓으로 불렀다.

"지금 즉시 김매읍동의 객주로 가서 안채 창고를 확인해 보아라."

"예."

우렁차게 대답한 의금부 도사가 자리를 떴다. 의기양양해진 임준석이 김온을 쏘아붙였다.

"이자를 붙잡아서 문초한 지 열흘이 넘었는데 황덕중에게 뇌물을 주었다는 것도 밝혀내지 못하고 뭘 하고 있었던 건가?"

"김매읍동에게 무기를 주문한 임수운이라는 자의 정체를 캐고 있었습니다."

"그자는 오늘 시구문 밖에서 시신으로 발견되었네."

"시신이라니요? 죽었다는 말입니까?"

"유서 한 장을 남기고 목을 매 자진했네."

충격을 받은 김온이 아무 대답도 하지 못하자 임준석이 혀를 찼다.

"이미 죽은 자를 찾는다고 귀중한 시간을 허비했군."

"무슨 내용이 적혀 있었습니까?"

"알려고 하지 말게."

"저를 의심하시는 겁니까?"

"유서에 적힌 내용이 사실이라면 자네 역시 알아서는 안 될 자이기 때문이지."

"죽은 자가 임수운인지는 어찌 확인하셨습니까?"

"유서에 구구절절하게 사연을 적어 놨는데 임수운이 아니면 누구란 말인가?"

임준석이 코웃음을 치자 김온은 더 이상 할 말이 없었지만 이대로 물러날 수는 없었다.

"사건을 어찌 조사하는지는 추관이 결정하는 일입니다. 아무리 저보다 품계가 높다고 해도, 병조참판께서는 이번 사건의 추관이 아니지 않습니까?"

두 사람이 말다툼하는 와중에 의금부 안으로 승지가 들어섰다. 그걸 본 임준석이 김온에게 말했다.

"새로운 어명이 내려온 모양이군."

두 사람 앞에 선 승지가 숨을 헐떡거리면서 말했다.

"이번 사건에 대한 추관을 전 사헌부 감찰 김온에서 병조참판 임준석으로 바꾸라는 어명이오."

승지의 말이 끝나기가 무섭게 임준석이 김온에게 말했다.

"그동안 수고했네."

주먹을 불끈 쥔 김온이 승지에게 따졌다.

"조사 중인 추관을 이렇게 바꿀 수는 없습니다."

"어명이라고 하지 않았느냐!"

퉁명스럽게 대꾸한 승지가 쏘아보자 김온은 더 이상 저항하지 못했다. 낙담한 김온이 돌아서려는 찰나 의자에 결박당한 상이가 바로 옆에 있는 나졸과 눈짓을 주고받는 것을 봤다. 뭔가 이상한 느낌이 든 김온은 두 사람을 유심히 살펴봤다. 그러다가 고개를 돌린 나졸의 뺨에 난 상처를 발견했다. 그걸 보자 그제야 나졸의 키와 체격이 눈에 들어왔다. 확신이 서지는 않았지만 누구인지 짐작이 갔다. 문제는 북쪽으로 떠난다고 했던 그가 변복까지 하고 이곳에 잠입한 이유였다. 김온은 일단 잠자코 지켜보기로 했다. 김온이 배제된 채 임준석에 의해 진행된 추국은 일사천리로 진행되었다. 상이가 그가 심문할 때와는 달리 마치 봇물이 터진 것처럼 술술 자백했기 때문이다.

"소인은 임수운이라는 상인을 처음부터 의심했습니다."

"어떤 면에서 말이냐?"

"다짜고짜 나타나서는 금괴부터 내밀며 엄청난 양의 무기를 주문했기 때문입니다. 게다가 사들인 무기를 우리 객주에 보관하겠다고 했으니 의구심이 들 수밖에요. 저는 그렇게 거래를 하는 상인을 본 적이 없습니다."

"그래서 어찌하였느냐?"

"일단 거래를 하기 전에 임수운에 대해서 더 알아봐야 한다고 간청을 했습니다. 시간이 걸리더라도 의주에 사람을 보내서 알아봐야 한다고 말이죠. 그랬더니 주인어른이 불같이 화를 냈습니다. 나를 믿고 거래를 하러 온 사람을 의심한다고 말이죠. 그래서 더 이상했습니다."

"더 이상했다니?"

"주인어른은 늘 처음 거래하는 상인이나 객주의 뒷조사를 했거든요. 그런데 그런 큰 거래를 제안한 상대방에 대해서 아무것도 알려고 하지 않았습니다."

"그래서 의심을 하게 되었던 것이군."

"점점 불안해졌습니다. 참다못해서 예전에 약속한 대로 한 밑천을 떼어 달라고 하고 따로 나올 생각도 했습니다. 그런데 안 된다고 해서 할 수 없이 곁에 남게 되었습니다. 그러다가 약속한 날짜가 되어도 임수운이 나타나지 않았습니다. 일이 잘못되었다 싶어서 미리 준비했던 고변서를 의금부에 던지게 된 것입니다."

"임수운이라는 자는 이후 어찌 되었는지 아느냐?"

"마치 바람처럼 사라져 버렸습니다. 그가 머물던 객주에서는 일찌감치 떠났고, 아무런 흔적을 찾을 수 없었습니다."

자백을 하던 상이가 울먹거리자 임준석이 혀를 찼다.

"이제야 돌아가는 정황을 알겠구나. 오늘 심문은 여기까지 하겠다."

상이가 도로 감옥으로 끌려들어 가자 임준석이 지켜보던 김온에게 다가가 자신만만한 목소리로 말했다.

"이것으로 모든 정황이 드러났네."

"어찌 돌아간 것입니까?"

"임수운이라는 자는 애초부터 존재하지 않았네. 누군가 가짜를 내세워서 거래를 하는 척 꾸민 것이지."

"가짜를 내세워서 그리할 까닭이 있습니까?"

"거래를 한다는 핑계를 대고 의심을 피하려고 한 것이지. 그냥 무기를 사들였다면 주변에서 모두 의심했을 테니까."

임준석의 얘기를 들은 김온이 고개를 갸웃거렸다.

"그렇긴 한데 어째서 그자가 무기를 사들인 걸까요?"

"그거야 이제부터 밝혀내야지. 저자가 아는 건 저것이 전부일 것이니 다른 관련자들을 추국해야 하네."

"다른 관련자라면……."

임준석의 말뜻을 깨달은 김온이 허탈한 웃음을 지었다.

"더 이상 소인이 있을 자리가 아닌 것 같으니 이만 물러가겠습니다."

김온이 의금부 밖으로 나가는 것을 본 강상천은 한숨을 돌렸다. 임준석은 궁궐에서 온 승지에게 계속 말을 이어 갔다.

"임수운이 가짜라면 김매읍동은 혼자서 무기를 사들여서 보관했다는 얘기가 되네."

"일개 장사치가 그럴 리가 있겠습니까? 틀림없이 배후가 있을 겁니다."

"내 말이 그 말일세. 그럼 김매읍동의 배후가 누구인지를 조사해야 하는데 추관이었던 김온이 누구인가? 황덕중의 오른팔이란 건 세상이 다 알고 있지 않은가?"

"그렇긴 하지만 물증도 없이 섣불리 연루되었다고 할 수는 없습니다."

"시신에서 발견된 유서가 물증일세. 거기에는 김매읍동이 시켜서 가짜 노릇을 했는데 갑자기 죄인 신세가 되어서 억울함을 참을 길이 없어서 스스로 목숨을 끊는다고 나와 있네."

임준석의 얘기를 들은 승지가 심각한 표정을 지었다. 두 사람

의 얘기를 엿듣던 강상천은 이것으로 복수는 거의 완성되었다
고 속으로 중얼거렸다. 체탐인으로 간 배신자들을 제외한 나머
지 두 명인 황덕중과 김온이 드디어 덫에 걸려들었기 때문이다.
더없이 복잡한 심경을 가슴에 담은 그에게 울매가 속삭였다.

"이제 그만 자리를 뜨는 게 좋겠습니다."

"그러지."

조용히 대열을 빠져나온 두 사람은 뒷문으로 나왔다. 그런
두 사람을 지켜보던 김온이 자신의 청지기에게 일렀다.

"저자들을 따라가서 어디에 머무는지 알아봐라. 특히 저기
왼쪽에 있는 자를 놓치면 안 된다."

청지기가 두 사람의 뒤를 따라가는 것을 본 김온은 병조판
서 황덕중의 집으로 급하게 말을 몰았다.

혜정교에 있는 집으로 돌아오자 기다리고 있던 고주홍이 종
이를 내밀었다.

"이것 좀 보십시오."

종이를 펼쳐 본 강상천의 눈살이 찌푸려졌다.

"임수운의 정체를 찾는다는 글이 왜 조보에 실린 거지?"

"소인도 연유를 잘 모르겠습니다. 만에 하나 임수운의 정체
가 어르신이라는 것이 밝혀지는 날에는 일이 복잡해집니다."

고주홍의 걱정스러운 얘기에 울매가 나섰다.

"임수운은 유서를 가지고 죽은 것으로 되어 있어. 그러니 걱정하지 마."

"그렇긴 하지만 혹시 평안도에서 이상한 얘기가 나오면 재조사에 들어갈 수 있습니다. 강상천이라는 이름도 조사 대상이 될 수도……."

고주홍의 거듭된 얘기에 강상천이 고개를 끄덕거렸다.

"괜찮아. 강상천은 확실히 사라졌으니 조사해 보아야 아무 소용이 없지. 그보다도 분명 김온이나 황덕중이 손을 썼을 텐데 그들 귀에 임수운이 가짜라는 단서가 포착되면 일이 복잡해져."

"손을 쓸 만큼은 쓰지 않았습니까."

울매의 말에 강상천이 대답했다.

"그래도 조심하는 게 좋지. 두 사람이 가서 더 이상 뒷말이 안 나오게 처리해 줘."

"같이 가시는 게 아니었습니까?"

울매의 물음에 강상천은 고개를 저었다.

"할 일이 남아 있네."

"이제 한양에 남아 있는 건 위험합니다. 저와 같이 가시지요."

"만나야 할 사람이 있네. 길어야 하루 이틀이니 너무 염려 말고 먼저 떠나게. 준비할 게 많지 않은가."

"알겠습니다. 그럼 최대한 빨리 움직이십시오."

인사를 한 울매와 고주홍이 떠나자 강상천은 홀로 집에 남았다. 먼발치에서 집을 살펴보던 김온의 청지기도 자리를 떴다.

사랑방에 앉아 있던 황덕중은 김온에게 의금부에서 벌어진 상황을 전해 듣고 깊이 탄식했다.

"어떻게 일이 이렇게 돌아갔단 말인가?"

"가짜 임수운의 시신이 발견되고 유서가 나온 게 결정적이었습니다."

"말도 안 되는 얘기일세. 나는 김매읍동이 무기를 사들이고 있다는 사실을 몰랐네. 강상천이 임수운 행세를 했던 것도 몰랐고 말이야."

"임수운이 강상천과 동일 인물인 정황이 있긴 하지만 그자가 대감과 가깝게 지냈다는 사실이 알려지면 오히려 불리해질 것입니다. 그런데 처음 소개를 받았을 때 강상천은 월하라는 기생의 먼 친척이라고 하지 않았습니까?"

"내가 다그치니까 할 말이 없다고만 하네. 애당초 친척이 아니었던 모양이야."

어차피 그에게는 뇌물을 받은 것이 중요할 뿐 월하의 친척인지 아닌지는 중요하지 않았다. 그 대가를 뼈저리게 치르고 있다는 생각에 황덕중이 볼멘소리를 했다.

"정녕 억울하네. 뇌물을 받은 것이 나 혼자는 아니란 말이야."

"무작정 억울하다고 얘기하는 것으로 풀릴 상황은 지났습니다. 게다가 그동안 입을 다물고 있던 상이가 오늘 추관이 바뀌자마자 갑자기 김매읍동이 대감에게 뇌물을 주었다고 자백했습니다."

"고얀 놈 같으니. 김매읍동이 분명 나에게만 뇌물을 주지는 않았을 것인데 어찌 내 이름만 언급했단 말인가?"

"아마 목숨을 살려 주기로 하고 거래를 했겠지요. 지금이라도 김매읍동이 나타나서 사실대로 얘기한다면 뒤집을 수 있습니다만 어디로 숨었는지 도통 찾을 수가 없습니다."

김온의 얘기를 들은 황덕중은 주저하다가 입을 열었다.

"사, 사실은 말일세, 김매읍동은 지금 한양에 없네."

"그자의 행방을 알고 계십니까?"

더 이상 숨길 수 없다고 생각한 황덕중은 하는 수 없이 사실을 털어놨다.

"실은 얼마 전에 그자가 나타나서 자신을 숨겨 주지 않으면 뇌물을 준 사실을 털어놓겠다고 협박했네. 그래서 이번에 이만주를 정탐하러 가는 체탐인으로 넣었네."

"그게 사실입니까?"

김온이 어이없다는 표정으로 묻자 황덕중이 고개를 끄덕거렸다.

"이럴 줄 알았으면 잡아 두는 건데 경황이 없어서 미처 생각지 못했네."

"출발한 지는 얼마나 되었습니까?"

"엿새쯤 되었지."

"만에 하나 김매읍동이 무기를 사들인 게 대감의 사주라는 얘기가 나온다면 반드시 역모로 몰릴 것입니다. 그런 상황에서 김매읍동을 체탐인으로 빼돌린 것까지 밝혀지면 큰일이 날 수도 있습니다.”

“누가 그런 억측을 믿겠는가? 나는 세자의 장인이자 곧 국구가 될 몸이네.”

“15년 전 일을 벌써 잊었습니까?”

김온의 따끔한 반박에 황덕중은 할 말을 잃었다. 숨을 고른 김온이 말했다.

“당장 사람을 보내서 그자를 데려오십시오. 은밀히 데려와야 합니다.”

“그리하겠네. 그런데 김매읍동에게 무기를 주문한 임수운이 사실은 강상천이라고 했지?”

“거의 확실합니다.”

“대체 그자가 무슨 원한이 있다고 나를 이리 해코지하는지 모르겠네.”

“대감만 당하신 게 아닙니다.”

황덕중이 놀란 눈으로 바라보자 김온은 소매에 넣어 온 종이를 꺼내서 보여 줬다. 말없이 종이에 적힌 내용을 읽은 황덕중은 가슴이 철렁 내려앉았다.

“권주혁은 한동네의 매파를 죽인 죄로 갇혔고, 손중극은 노름판에서 칼부림을 벌인 죄를 저질렀다가 제 발로 자수를 했군. 김척신 대감이야 괘서사건으로 사약을 받고 이미 죽었고 말이야.”

“그뿐만이 아닙니다. 석란 낭자의 아버지인 석환진 대감도

처가와의 노비 송사에 져서 곤경을 겪다가 홀로 세상을 떠났다고 합니다."

"맙소사. 그 일과 관련된 사람들이 모두 죽거나 큰일을 겪고 있군."

"그것도 거의 비슷한 시기에 겪었습니다."

"죽었다고 하지 않았나? 설사 살아 있다고 해도 그자가 어찌 이런 일을 꾸밀 수가 있단 말인가?"

"일단 단서를 더 찾아봐야겠습니다. 집에서 부리는 하인 중에 힘깨나 쓰는 자들이 있습니까?"

"힘쓰는 일이라면 마포에 갈퀴라는 무뢰배가 있네. 김매읍 동이 소개해 준 자인데 마포에서도 알아주는 무뢰배라는군."

"그자를 빨리 만나 봐야겠습니다."

"청지기를 시켜서 자네 집으로 가라고 하지. 이제 어찌해야 하는 건가?"

"일단 사직 상소를 올리시고 칩거하십시오. 그동안 제가 뒷 조사를 해 보겠습니다."

"진작 자네 말을 들었어야 했는데 욕심에 눈이 멀었어."

"지금이라도 늦지 않으니 정신 바짝 차리셔야 합니다."

"서, 설마 그자 소행은 아니겠지? 제, 제발 아니라고 해 주게."

미친 사람처럼 중얼거리는 황덕중을 물끄러미 바라보던 김 온은 고개를 저었다.

"그자는 죽었습니다. 설사 살아 있다고 해도 도망친 관노가 뭘 할 수 있겠습니까? 분명 우연의 일치일 겁니다."

"그렇겠지. 그자가 살아 돌아온다는 건 말도 안 되는 얘기니까 말이야."

대문 밖을 나오자 기다리고 있던 청지기가 허리를 굽혀 인사를 했다. 김온이 말에 오르면서 물었다.

"어디 사는지 확인했느냐?"

"예, 혜정교를 지나 누상동에 있는 집으로 들어가는 걸 두 눈으로 똑똑히 봤습니다."

"누구와 함께 있더냐?"

"여진족처럼 생긴 사내와 젊은 사내가 종종 드나들었다고 합니다."

"그밖에는?"

"안팎으로 조용하기에 마을에 사는 노인에게 물었더니 본래 집에서 부리는 자는 별로 없고, 일을 도와주는 사람들이 드나든 게 전부라고 합니다."

"알겠네. 아랫것 중에 눈썰미 좋고 똑똑한 자들을 뽑아서 그 집을 지켜보도록 하게."

"그리하겠습니다."

모두가 잠든 깊은 밤이었다. 온종일 걸었던 탓에 체탐인으로 뽑힌 세 사람과 호송을 하는 의금부의 나졸들 모두 지쳐서 머리를 대자마자 곯아떨어졌다. 바닥에 흙이 깔린 토방에 누워 있던 권주혁은 조용히 눈을 떴다. 일꾼들이 많고 넓은 역에서는 좀처럼 기회가 오지 않았는데 이번에는 주막에 머물렀던 탓에 체탐인들만 토방에서 잠을 자게 되었고, 호송하는 나졸들은 봉놋방에 있었다. 북쪽으로 걸어오는 동안 몰래 만들었던 올가미를 꺼낸 권주혁은 아무것도 모른 채 코를 골며 자고 있는 김매읍동 곁으로 다가갔다. 순식간에 목에 올가미를 건 권주혁은 있는 힘껏 잡아당겼다. 자다가 숨이 막힌 김매읍동은 미친 듯이 발버둥을 쳤고, 옆에서 자고 있던 손중극도 잠에서 깼다.

"이게 무슨 짓이야!"

손중극의 고함에 봉놋방에서 자던 나졸들이 뛰쳐나왔다. 권주혁은 악착같이 올가미를 당겼지만, 나졸들의 발길질과 주먹세례에 결국 놓치고 말았다. 겨우 숨통이 트인 김매읍동에게 권주혁이 악을 썼다.

"이놈! 언젠가는 내 손으로 죽이고 말겠다!"

"네놈이 욕심만 부리지 않았어도 이런 일은 일어나지 않았을 거야."

두 사람의 입씨름을 지켜보던 손중극이 중얼거렸다.

"대체 어쩌다 이렇게 된 거지?"

날이 밝자마자 저택을 나선 강상천은 정업사로 향했다. 석란을 만나서 같이 가자고 설득할 생각이었지만 어디에서도 그녀를 찾을 수 없었다. 지난번 만난 늙은 비구니가 그에게 말했다.

"속세의 인연을 빌미로 출가한 사람을 괴롭히지 마십시오."

"한 번만 만나게 해 주십시오."

노기를 띤 강상천의 외침에 늙은 비구니는 딱하다는 표정을 지으면서 고개를 저었다.

"안 됩니다."

"그럼 나올 때까지 기다리겠습니다."

그러자 늙은 비구니는 대웅전 맞은편의 별채를 가리켰다.

"저기서 기다리시지요. 차를 준비해 드리겠습니다."

별채의 빈방으로 들어간 강상천은 문을 활짝 열어 놓고 대웅전을 노려봤다. 잠시 후 늙은 비구니가 차를 가져왔다.

"날이 참 좋습니다."

합장을 한 늙은 비구니가 사라지자 강상천은 차를 한 모금 마셨다. 해가 질 때까지 그렇게 기다렸지만 그녀는 모습을 드러내지 않았다. 방 안이 완전히 어둠에 잠겨 들자 강상천은 그제야 천천히 일어나서 밖으로 나왔다. 등불을 들고 기다리고 있던 늙은 비구니가 먼발치에서 그를 지켜봤다.

해가 떨어지자 김온은 사랑방 밖으로 나왔다. 뜰에는 이미 갈퀴와 부하들이 기다리고 있었다. 하나같이 험상궂게 생긴 그들은 손에 철퇴나 날붙이들을 하나씩 들고 있었다. 김온이 섬돌 아래서 사방등을 들고 기다리고 있던 청지기에게 말했다.

"자네가 그자의 집을 아니 앞장서게."

청지기가 종종걸음으로 앞으로 나서자 김온이 갈퀴에게 지시를 내렸다.

"절대 놈을 죽여서는 안 된다. 가자."

하인들이 열어 놓은 뒷문으로 김온과 갈퀴, 그리고 부하들이 속속 빠져나갔다.

누상동의 저택으로 돌아온 강상천은 기다리고 있던 임준석과 만났다.

"기별도 없이 어인 일이십니까?"

"고맙다는 인사를 하려고 왔네. 자네 덕분에 10년 묵은 체증이 내려갔으니까 말이야."

"일단 안으로 드시지요."

강상천을 뒤따라 저택 안으로 들어온 임준석이 주변을 살펴보면서 말했다.

"이렇게 큰 집이 비어 있으니 좀 으스스하군."

"이제 일이 다 끝나 가니 여기 있을 이유가 없지요."

사랑방에 들어선 강상천은 벽에 걸린 고비[83]에 꽂힌 문서를 꺼내서 그에게 건넸다.

"집문서입니다. 이제 저에게는 필요가 없으니 대감께서 쓰십시오."

"이 집을 말인가?"

---

83 조선 시대 편지를 꽂던 가구로 종이나 대나무, 나무 등으로 만들었다.

"일을 마무리 지어 주시면 제가 선물을 드린다 하지 않았습니까."

"눈엣가시 같은 황덕중을 몰아내는 것만으로도 내겐 큰 선물일세. 그자만 아니었어도 내 여식이 충녕대군의 부인으로 간택되었을 것이야."

"그러고도 남았을 겁니다."

강상천이 임준석을 끌어들인 이유도 바로 그것 때문이었다. 충녕대군의 부인을 간택할 때 마지막까지 남은 건 황덕중의 딸과 임준석의 딸이었다. 다들 집안이 좋은 임준석의 딸이 간택될 것으로 생각했지만, 임금이 뽑은 것은 황덕중의 딸이었다. 외척에게 힘을 실어 주지 않겠다는 임금의 의중 때문이었다. 그 이후부터 황덕중과 임준석은 사이가 나빠졌고, 얼마 전 황덕중이 병조판서의 자리에 오른 뒤 병조참판인 임준석을 수하로 부리면서 둘 사이는 결정적으로 틀어지고 말았다. 집문서를 챙긴 그가 강상천에게 말했다.

"내일 영의정과 함께 전하를 알현해서 그간의 일들을 고할 것이네. 그러면 황덕중과 김온은 모두 무사하지 못할 게야."

"힘써 주셔서 고맙습니다. 그럼 마무리를 부탁드리겠습니다."

"그러면 자네는 앞으로 어찌할 작정인가?"

"원래의 삶을 찾아갈 생각입니다."

"원래의 자네는 누군지 궁금하군."

임준석의 물음에 그는 쓴웃음을 지었다.

"저도 그것이 궁금합니다."

"아무튼 두 사람은 며칠 안에 끝장날 것이네. 전하께서는 다른 건 몰라도 역모에 관해서는 조금의 인정도 베풀지 않으시지. 자신을 도운 외척인 민씨 형제를 남김없이 주살하셨고, 오른팔인 이숙번도 한순간에 귀양을 보내셨지. 그뿐인가. 박포의 난 때 전하에게 날아오는 화살을 몸으로 막은 조진용도 어쭙잖은 이유로 멸문시키신 분이야."

오랫동안 잊고 있었던 아버지의 이름을 듣자 강상천의 얼굴이 굳어졌다. 하지만 기분이 좋아진 임준석은 전혀 눈치채지 못했다. 가까스로 정신을 가다듬은 강상천이 입을 열었다.

"어차피 이번 일은 전하의 뜻에서 시작되었고, 전하의 뜻대로 마무리될 것입니다. 우리는 단지 바둑의 포석일 뿐이지요."

"내 생각도 그러네. 전하께서 모든 걸 다 손바닥처럼 들여다보면서 우리를 움직이셨겠지. 어쩌면 내 여식이 충녕대군과 혼사를 맺지 않은 걸 다행으로 여겨야겠군."

"사람의 앞날을 어찌 예측할 수 있겠습니까? 단지 조심하고 또 조심해야 할 뿐이지요."

"아무튼 그동안 수고 많았네."

대문 밖에 숨어 있던 김온과 갈퀴 패거리들은 임준석이 나오는 모습을 봤다. 당장 들이닥치려고 했던 그들은 대문 밖에 있던 임준석의 가마와 하인들을 보고는 일단 기다리기로 한 것이다. 기다리고 있던 김온은 가마에 탄 임준석이 시야에서 사라지자 갈퀴에서 말했다.

"수하들을 보내서 뒷문을 막고 앞문으로 들어간다. 신속하게 놈을 잡아야 한다."

"염려 놓으십시오."

호언장담한 갈퀴가 손짓을 하자 무뢰배들이 담장에 달라붙었다. 동료의 등을 밟고 담장을 넘은 무뢰배가 빗장을 풀고 대문을 열자 기다리고 있던 갈퀴가 손에 철퇴를 든 채 안으로 들어갔다. 뒤따라 들어간 김온이 갈퀴에게 지시했다.

"놈은 사랑채에 있을 것이다."

임준석이 돌아간 후 책을 읽던 강상천은 책장을 넘기려던 손을 멈췄다. 밖에서 들려오는 미세한 소리 때문이었다. 일하는 사람이 남아 있을 때라면 무심히 넘어갔겠지만 지금 집 안에는 아무도 없었다. 조용히 자리에서 일어난 그는 등잔불을 끄고 병풍 뒤에 있는 다락문을 열었다. 원래 책을 보관했던 다락 안에는 가죽신과 괴나리봇짐, 그리고 칼이 숨겨진 대나무 지팡이인 죽장도가 있었다. 조용히 봇짐과 대나무 지팡이를 챙기고 가죽신을 신은 그가 쪽문을 열고 밖으로 나가려는 순간, 사랑방의 문이 활짝 열리고 무뢰배들이 쏟아져 들어왔다. 무뢰배들이 아무도 없다고 외치자 밖에 있던 갈퀴의 얼굴이 일그러졌다.

"집에 없는 것 아닙니까?"

"병조참판이 방금 밖으로 나갔다. 눈치를 채고 숨어 있는 게 분명해. 횃불을 들고 샅샅이 살펴라."

"알겠습니다."

갈퀴가 지시를 내리자 횃불을 든 무뢰배들이 저택 안으로 흩어졌다.

사랑방을 빠져나와서 뒤뜰에 있는 취병 안쪽에 숨어 있던 강상천은 횃불을 든 무뢰배들이 다가오자 잎사귀 모양의 정자 아래로 몸을 피했다. 그러면서 사랑방 앞에 선 김온을 봤다. 일단 몸을 피해야겠다고 마음먹은 강상천은 가까운 담장 쪽을 향해 뛰었다. 하지만 발짝 소리를 들은 무뢰배에게 들키고 말았다.

"이쪽이다!"

고래고래 소리를 지른 무뢰배가 철퇴를 휘두르며 앞을 가로막았다. 죽장도를 뽑아 든 강상천은 철퇴를 피하면서 상대의 허벅지를 베었다. 하지만 그 틈에 사방에서 몰려든 무뢰배들에게 포위되고 말았다. 정원에 세워진 괴석 뒤로 몸을 피한 강상천은 반대쪽으로 움직이면서 포위망을 빠져나갔다. 앞을 가로막으려는 무뢰배에게 죽장도를 휘두르면서 빠져나간 그는 쪽문이 있는 방향으로 뛰었다. 하지만 그쪽도 무뢰배 서넛이 이미 막아선 상태였다. 달리다가 방향을 튼 강상천은 전각의 쪽마루로 올라서서 달려드는 무뢰배들에게 죽장도를 휘둘렀다. 숫자는 무뢰배들이 훨씬 많았지만, 집 안팎을 구석구석 잘 아는 강상천은 이리저리 도망치면서 쉽사리 잡히지 않았다. 강상천을 찾았다는 소리를 들은 김온은 갈퀴에게 외쳤다.

"그자가 나타난 모양이네."

"제가 잡아 오겠습니다."

갈퀴가 손에 든 철퇴를 휘두르면서 달려가자 김온도 뒤를 따랐다. 담장 쪽으로 몰린 강상천은 죽장도를 휘두르면서 무뢰배들을 막아 냈다. 하지만 갈퀴의 날렵한 발차기를 피하지 못하고 쓰러지고 말았다. 한 바퀴 구르면서 몸을 일으킨 강상천은 무뢰배가 휘두른 칼에 어깨를 찔리고 말았다. 순간적으로 몸을 튼 강상천은 무뢰배의 아랫배를 죽장도로 길게 그었다. 그러고는 곧장 대문 쪽으로 뛰었다. 그 모습을 본 김온이 외쳤다.

"대문을 막아라! 나가지 못하게 해야 한다."

앞을 가로막는 무뢰배를 베어 넘긴 강상천은 대문 앞을 막아선 김온의 목에 죽장도를 갖다 댔다. 그러고는 대문을 등진 채 몰려든 무뢰배들에게 외쳤다.

"어서 대문을 열어라!"

"열어서는 안 된다!"

김온이 지지 않고 응수하자 무뢰배들은 섣불리 판단을 못하고 움직이지 않았다. 그러면서 대치가 이어졌다. 김온은 목에 칼을 갖다 댄 강상천에게 말했다.

"네놈이 누군지 모르겠지만 여기서 포기해라."

"입 닥쳐!"

그는 김온이 아직도 자신의 정체를 깨닫지 못하고 있다는 사실에 비통함과 안도감을 동시에 느꼈다.

김온은 강상천의 눈치를 살피면서 갈퀴에게 뒤로 돌아가라는 손짓을 했다. 의미를 눈치챈 갈퀴가 부하 중 한 명에게 빙 돌아서 뒤로 가라고 눈짓을 했다. 그걸 본 김온은 강상천의 신경을 끌기 위해 말을 걸었다.

"뭣 때문에 나와 황덕중 대감을 노린 것이냐?"

"정녕 아직도 모른단 말인가?"

강상천이 낮은 목소리로 묻자 김온은 고개를 저었다.

"무슨 이유인지는 모르겠지만 이제 끝났어."

"천만에!"

그렇게 두 사람이 입씨름을 벌이는 사이 무뢰배 한 명이 조심스럽게 담장에 붙어서 뒤로 접근했다. 강상천은 김온을 잡은 채 눈앞의 무뢰배들과 대치하느라 뒤쪽을 살피지 못했다. 갈퀴는 일부러 눈길을 끌기 위해서 위협적으로 무기를 휘두르면서 그의 앞을 왔다 갔다 했다. 김온이 강상천에게 말했다.

"상처를 입은 걸로 아는데 얼마나 더 이렇게 버틸 수 있겠는가?"

"네놈을 저승길 동무로 삼을 만큼은 되니까 염려 말게."

신경질적으로 쏘아붙인 강상천은 등 뒤에서 쩔그렁거리는 소리를 들었다. 뒤쪽으로 접근한 무뢰배가 일격을 날리기 위해 꺼내 든 편곤의 쇠사슬 소리였다. 강상천은 뒤도 돌아보지 않고 몸을 숙였다. 편곤이 머리 위로 아슬아슬하게 스쳐 지나갔다. 몸을 돌린 강상천은 죽장도를 들어서 내리쳐지는 편곤을 막았다. 그사이 몸을 빼낸 김온이 외쳤다.

"절대로 놓치지 마라!"

편곤을 막아 낸 강상천은 상대방을 발로 걷어차서 위기를 넘겼다. 하지만 무뢰배들이 순식간에 거리를 좁혀 들어왔다. 주변을 살피던 그는 방금 전에 걷어찬 무뢰배가 비틀거리면서 일어나는 것을 봤다. 무뢰배 뒤로는 담장이 보였다. 그냥 넘어 갈 수는 없을 정도로 높아서 빠져나가는 것은 불가능했다. 심지어 대문은 빗장이 채워진 상태였다. 사면초가에 빠진 강상천은 다가오는 무뢰배들에게 위협적으로 칼을 휘둘러서 거리를 둔 다음 담장을 등진 무뢰배를 향해 달려갔다. 그 모습을 본 갈퀴가 허리춤에서 표창을 꺼냈다. 강상천이 달려오자 당황한 무뢰배가 편곤을 크게 휘둘렀다. 옆으로 몸을 비틀어서 편곤을 피한 강상천은 그대로 몸을 날려서 무뢰배의 무릎과 어깨를 발로 밟은 다음 허공으로 날아올랐다. 그때 갈퀴가 손에 든 표창을 날렸다. 담장 밖으로 몸을 날린 강상천은 비명을 지르면서 옆으로 굴렀다. 허벅지에 갈퀴가 던진 표창이 박힌 것이다. 안간힘을 써서 표창을 뽑아낸 강상천은 서둘러 몸을 일으켰다.

강상천이 기가 막힌 방법으로 담장을 넘어가자 김온은 입이 쩍 벌어지고 말았다. 표창을 날린 갈퀴가 서둘러 대문의 빗장을 풀고 밖으로 나왔다. 어둑해진 길거리에는 아무도 보이지 않았다. 김온이 노기 어린 목소리로 소리쳤다.

"대체 어디로 사라진 거야?"

대문을 열고 나온 무뢰배들이 사방으로 흩어져서 강상천의 행방을 쫓았지만 종적을 찾을 수 없었다. 그러던 중 갈퀴가 바닥에 떨어진 핏자국을 발견했다. 그는 근처에 떨어진 피 묻은 표창을 보고는 김온에게 외쳤다.

"놈이 표창을 맞고 피를 흘렸습니다."

"핏자국을 따라가라. 절대 놓쳐서는 안 된다."

갈퀴가 횃불을 든 부하들을 앞세워 바닥의 핏자국을 따라갔다. 중간에 야경꾼과 만났지만 흉흉한 무뢰배들의 기세에 겁을 먹고 발걸음을 돌렸다. 횃불을 들고 바닥을 살피던 갈퀴가 김온에게 외쳤다.

"핏자국이 인왕산으로 이어집니다."

"산으로 숨을 속셈인가? 어서 가자."

고통을 참고 필사적으로 발걸음을 옮기던 강상천은 등 뒤에서 들려오는 발소리에 이를 악물었다.

'여기서 물거품으로 만들 수는 없어.'

만약 자신이 잡혀서 정체가 밝혀진다면 황덕중과 김온은 살아남을 가능성이 컸다. 최소한 황덕중이 잡힐 때까지는 어떻게든 몸을 피해야만 했다. 추격을 당하는 강상천은 상처입은 몸을 이끌고 인왕산으로 향했다. 발걸음을 뗄수록 어깨와 허벅지의 통증이 심해졌다. 힘겹게 걷던 강상천은 인왕산 중턱에 있는 정업사에 도착했다. 밤하늘에 뜬 달빛 아래 대웅전 앞의 탑을 돌고 있는 비구니가 보였다. 그쪽으로 힘겹게 걸어가던 강상천은 중간에 의식을 잃고 쓰러지고 말았다.

횃불을 든 무뢰배들을 이끌고 핏자국을 따라가던 김온은 숨을 헐떡거리면서 정업사에 도착했다.

"절대로 놓치지 마라."

정업사 안으로 이어진 핏자국을 발견한 김온은 갈퀴에게 주변을 잘 살펴보라고 말했다. 바깥이 소란스러워지자 비구니 하나가 그들 앞에 모습을 드러냈다.

"조용한 사찰에서 이 무슨 행패입니까?"

"나라에 죄를 지은 자가 이곳에 숨어들었소이다."

"이곳에는 낯선 사람이 들어온 적이 없습니다."

비구니가 전혀 비켜 줄 생각을 하지 않자 초조해진 김온이 버럭 소리를 질렀다.

"감히 비구니 따위가 조정 관리의 앞을 가로막는 것이냐! 처벌받고 싶지 않으면 썩 물러나라."

"관리라고 함부로 사찰에 들어와서 소란을 피워도 된답니까?"

둘의 말싸움이 길어지자 사찰의 불이 밝혀지고 비구니들이 하나둘씩 모습을 드러냈다. 그들 중에 늙은 비구니 하나가 다가왔다.

"웬 소란이냐?"

그러자 젊은 비구니가 고개를 돌려서 귓가에 속삭였다. 고개를 끄덕거린 늙은 비구니가 말했다.

"이곳은 비구니들이 모여서 수행을 하는 곳입니다. 속세와는 인연을 끊은 곳이니 시끄럽게 하지 마십시오."

늙은 비구니의 말에 김온이 짜증을 냈다.

"감히 부처 따위를 모시는 아낙네들이 조정 관리의 앞을 가로막고도 무사할 듯싶으냐!"

그의 얘기를 들은 늙은 비구니의 눈빛이 번쩍거렸다.

"지금은 정업사의 주지이지만 속세에 있을 때는 임금을 가까이서 모셨던 제조상궁 출신이외다. 여기 있는 다른 스님들도 반가의 아녀자들이거나 궁궐의 나인이나 상궁 출신들이 제법 많지요."

김온은 속으로 아차 싶었다. 그가 주저하자 처음에 앞을 막아선 비구니가 입을 열었다.

"정 살펴보고 싶다면 길을 비켜 드리지요. 하지만 정업사를 소란하게 만든 대가는 톡톡히 치러야 할 것입니다."

필사적으로 막아서는 비구니를 가만히 바라보던 김온이 물었다.

"그나저나 어디서 본 얼굴 같은데, 출가하기 전에 뭘 하셨는가?"

"속세의 인연에 대해서는 알 것 없습니다."

비구니의 얼굴을 뚫어지게 바라보던 김온이 비로소 누군지 알아차렸다.

"누군가 했더니 석란 낭자였군. 이런 곳에서 다시 만나다니 참으로 신기합니다. 아는 인연으로서 묻겠소이다. 여기 이상한 자가 오지 않았소?"

"이곳에는 아무도 오지 않았습니다."

"그자가 당신 아버지를 곤경에 몰아넣어서 결국 죽게 했다는 사실을 알고 있소?"

김온의 말에 석란 낭자는 냉담하게 대답했다.

"속세의 일은 잊은 지 오래입니다. 그럼 안녕히 가십시오."

합장을 한 그녀와 늙은 비구니가 돌아서자 옆에서 지켜보던 갈퀴가 분통을 터뜨렸다.

"보아하니 비구니들밖에 없는데 싹 쓸어버리고 뒤져 봅시다."

"방금 이곳의 주지가 제조상궁 출신이라는 말을 듣지 않았느냐! 잘못 건드렸다가는 우리 목이 무사치 못할 것이다."

김온의 핀잔을 들은 갈퀴가 찔끔한 표정을 지었다.

"몰랐습니다요."

"석란 낭자도 그걸 알고 일부러 목청을 높여서 깨웠겠지. 이 안에 있는 게 분명한데 찾을 수가 없다니."

왈칵 짜증이 난 김온은 발을 굴렀다. 그리고는 옆에 선 갈퀴에게 지시를 내렸다.

"쓸 만한 부하들을 남겨 놔서 입구를 감시하게."

"그자가 도망치지 못하게 하란 말씀이시죠?"

"내가 이곳을 뒤질 수 있는 방법을 찾아보도록 하겠네."

"개미 새끼 한 마리 못 빠져나가게 하겠습니다."

요사채의 문틈으로 김온과 무뢰배들이 떠나는 것을 지켜보던 석란은 한숨을 쉬었다. 새벽에 탑돌이를 하다가 불쑥 나타난 그를 보고는 하마터면 비명을 지를 뻔했다. 상처를 입은 그가 쓰러진 것을 보고 어리둥절해하던 그녀는 멀리서 다가오는 횃불과 발소리를 듣고는 서둘러 그를 자신의 방으로 옮겼다. 그리고 흙 위에 떨어진 핏자국을 감추려고 일부러 김온 앞에

서서 목소리를 높였다. 바깥의 상황을 살피던 석란은 조용히 문을 닫고 누워 있는 그의 곁으로 다가갔다. 김온의 패거리와 싸우다가 입은 상처에서 적지 않은 피가 흘러나왔다. 급한 대로 상처를 싸맸지만, 여전히 눈을 뜨지 못했다. 그녀는 눈을 감은 채 누워 있는 그를 바라보면서 조용히 한숨을 쉬었다.

인과응보

因果應報: 지은 죄가 있으면 반드시 벌을 받는다.

임금의 침묵이 이어지자 임준석은 뭔가 잘못되어 가고 있다는 걱정이 들었다. 그런 생각은 헛기침을 한 임금이 입을 열 때까지 이어졌다.

"김매읍동의 배후에 황덕중이 있단 말인가?"

부복해 있던 임준석은 바로 옆에 있는 영의정과 잠시 눈이 마주쳤다. 주상에게는 그가 고하기로 했기 때문에 대답도 그가 해야만 했다. 마른침을 삼킨 임준석이 입을 열었다.

"그렇습니다. 김매읍동은 임수운이라는 상인에게 주문을 받았다는 핑계로 무기를 사들였지만, 며칠 전에 시구문 밖에서 임수운의 시신이 발견되었습니다. 함께 발견된 유서에 의하면 자신은 김매읍동이 시키는 대로 가짜 노릇을 했을 뿐인데, 죄인으로 몰렸기에 억울하고 분해서 죽음으로 이 일을 밝힌다고

338

나와 있습니다. 따라서 김매읍동이 무기를 사들인 건 주문을 받아서가 아니라 다른 목적이 있다는 것을 감추기 위해서였습니다."

"그 배후가 충녕대군의 장인이자 병조판서인 황덕중이라 이 말이군."

임금의 무거운 물음에 임준석이 바짝 엎드린 채 대답했다.

"그자가 김매읍동을 빼돌린 것을 보면 사실이 틀림없습니다."

"김매읍동을 빼돌렸다고?"

"예. 황덕중은 자신의 지위를 이용해서 김매읍동을 체탐인으로 삼아서 변방으로 보냈습니다. 온 조정이 힘을 기울여서 그자를 찾고 있음을 알고 있으면서도 가명을 쓰게 해서 정체를 숨긴 다음 체탐인으로 삼은 것입니다."

다시 침묵이 흘렀다. 옥좌에 앉은 임금이 고심하고 있다는 게 느껴졌다. 황덕중은 어쩌면 세자가 될지도 모르는 충녕대군의 장인이다. 다른 대신들이 벌집을 건드리는 꼴이라면서 발을 뺀 것도 그런 이유 때문이었다. 임준석은 더 치고 나가기로 했다.

"그뿐이 아니옵니다. 김매읍동은 매달 황덕중에게 막대한 뇌물을 바치는 실과 바늘 같은 관계입니다. 김매읍동이 가짜까지 내세워서 무기를 사들인 것은 반드시 황덕중과 연관이 있습니다."

마침내 침묵하던 임금의 입이 열렸다.

"대군의 장인 된 자가 상인을 시켜서 은밀히 무기를 모은 정황이 포착되었다. 그런데도 대신들이 입을 다물고 적극적으로 나서지 않는 것을 보면 이 나라의 임금이 누구인지 모르겠구나."

결국 임금은 황덕중을 제거하기로 마음먹은 것이다. 어쩌면 애초부터 그렇게 생각하고 있었지만, 대신들의 속마음을 떠보기 위해서 침묵했던 것일 수도 있었다. 바짝 엎드려 있던 임준석은 어쩌면 우리 모두 임금의 손바닥 안에 있는 것인지 모른다던 강상천의 얘기를 떠올렸다. 어쨌든 어심이 드러났으니 눈치만 보던 대신들도 앞다투어 움직일 게 뻔했다. 임금의 말이 떨어지기가 무섭게 영의정이 입을 열었다.

"황덕중이 이렇게 은밀히 병기를 모은 이유는 주상 전하께서 충녕대군을 세자로 삼고 양위를 한다는 소문과 연관이 있는 것으로 보입니다. 황덕중은 평소에 술을 좋아하고 주변에 사람들을 즐겨 모았는데 이들 중에 특히 힘이 좋은 장사패들을 아꼈다고 합니다. 그것은 여차하면 장사패들을 동원해서 궁궐에 침입해 대신들을 척살하고 주상 전하를 겁박해서 양위를 순조롭게 하려는 역심을 품었기 때문인 것으로 사료되옵니다. 지금 조정에는 그자의 당여들이 한둘이 아니라 언제 무슨 변고가 있을지 모릅니다. 하루속히 황덕중의 죄를 밝혀내고 그 당여들을 심문해서 주상 전하의 심기를 어지럽히고 국정을 좌지우지하려고 했던 죄를 물으소서."

영의정의 주청을 들은 임금이 단호하게 명했다.

"지금 당장 황덕중과 그 당여들을 의금부에 하옥하고 추국하라."

사랑방을 찾아온 김온의 얘기를 들은 황덕중이 물었다.

"정업사에 그자가 있는 게 확실한가?"

"핏자국이 거기까지 연결되어 있습니다. 그곳에 있는 게 틀림없습니다."

낙담한 황덕중이 깊은 한숨을 내쉬었다.

"이번에 그자를 잡았어야 했는데 말이야. 임수운에 대한 얘기를 조보에 실었지만 아직까지 별다른 소식이 없네. 유서를 가진 시신까지 나와서 다들 죽은 줄로만 알고 있어."

"둘이 같은 작자라는 것만 밝혀내면 진상이 명명백백하게 드러날 겁니다. 평안도 쪽에 믿을 만한 사람을 보내서 알아보는 게 어떻겠습니까?"

"너무 늦었네. 진즉에 그랬어야 했는데 말이야."

"놈은 처음부터 치밀하게 함정을 파고 우리에게 접근한 것입니다."

"그런 줄도 모르고 재물에 눈이 어두워 놈의 손에 놀아나고 말았네."

"아직 포기하기는 이릅니다. 손을 써서 정업사를 수색해서 그자를 찾아내야 합니다. 그자가 음모를 자백한다면 빠져나갈 방도가 있을 겁니다."

"시간이 없네. 지금쯤 병조참판과 영의정이 임금에게 나를 처벌하자고 주청하고 있을 것이야."

"아직 밝혀진 게 아무것도 없는데 무슨 죄목으로 말입니까?"

김온의 물음에 황덕중은 힘없이 대답했다.

"오늘 오전에 병조참판의 이름으로 된 상소문이 올라갔네. 김 매읍동을 시켜서 무기를 사들이게 한 것이 바로 나라는 내용일 세. 내가 무기를 모아서 역모를 꾸몄다고 모함할 작정인 게지."

"전하께서 그걸 믿겠습니까?"

"자네 생각은 어떤가?"

황덕중의 얘기에 김온은 아무 대답도 하지 못했다. 그가 우 려했던 대로 일이 진행되고 있었기 때문이다. 쓸쓸한 웃음을 지은 황덕중이 입을 열었다.

"만약 전하께서 세자를 충녕대군으로 바꾸고 양위를 하는 데 있어서 나를 걸림돌로 생각한다면 목숨을 부지하기 어려워 질 것일세. 그러니 이번 일이 사실인지 아닌지는 크게 중요하 지 않다 이 말일세. 진즉에 깨달았어야 했는데 재물과 권력에 눈이 어두워져서 미처 깨닫지 못한 것이지."

"이렇게 끝낼 수는 없습니다. 군사들을 풀어서 정업사를 수 색해야 합니다."

밤새 한숨도 못 자고 고민을 했는지 초췌해진 얼굴의 황덕 중이 쓴웃음을 지으며 대답했다.

"힘을 써 보겠지만 아무래도 시간이 늦은 듯싶네."

설득하려던 김온의 귀에 거칠게 대문을 두드리는 소리가 들 렸다. 병조판서의 집 대문이 이렇게 두드려지는 것이 무엇을 의미하는지 알고 있는 김온은 소름이 쫙 끼쳤다. 오히려 황덕

342

중이 평온한 얼굴로 말했다.

"이제 끝난 모양이군. 모양새 좋게 끝내세."

"뭐가 모양새가 좋단 말입니까? 저는 끝까지 살아남을 겁니다."

자리에서 일어난 김온의 말에 황덕중이 고개를 가볍게 저었다.

"그럼 자네가 빠져나갈 시간은 벌어 주지. 어서 가게."

황급히 사랑방을 빠져나온 김온은 서둘러 뒷문이 있는 쪽으로 뛰어갔다.

* * *

미음을 가지고 방으로 들어온 석란은 방이 텅 비어 있는 것을 보고는 깜짝 놀라고 말았다. 다행히 강상천은 눈꼽째기창[84]을 통해 바깥의 동정을 살피는 중이었다.

"이제 정신이 드셨습니까?"

미음을 내려놓은 그녀의 물음에 강상천은 고개를 끄덕거렸다.

"바깥에서 서성거리는 자들은 김온의 부하들이오?"

"그렇습니다. 어젯밤에 당신을 쫓아서 이곳에 온 이후 저렇게 진을 치고 있습니다."

"내가 빠져나가지 못하게 지키고 있는 거요. 그나저나 어찌

---

84 한옥에서 바깥의 동정을 살피기 위해 만든 작은 창호문.

김온을 막았던 게요?"

"이곳은 왕실과 양반집에서 출가한 비구니들이 많이 있습니다. 성균관 유생들도 함부로 행패를 부리지 못하는 곳이지요."

"김온은 포기하지 않을 게요."

"그럴 것 같아 보였습니다. 몸은 좀 어떠십니까?"

그녀의 물음에 강상천은 어깨와 허벅지를 감싼 천을 만져보면서 고개를 끄덕거렸다.

"견딜 만하오."

"지금이라도 늦지 않았습니다. 제발 복수를 포기하십시오."

"어젯밤에 김온이 내 집에 쳐들어왔는데 내 정체를 전혀 몰랐소. 그러니까 전혀 반성하거나 뉘우치지 않았다는 얘기요."

"증오는 더 큰 증오를 낳을 뿐입니다."

"복수는 지난 15년 동안 나를 살아 있게 한 힘이었소. 친구들과 당신에게 배신을 당하고, 섣부른 내 입놀림으로 아버님을 역적으로 죽게 하고 집안이 멸문당했다는 고통이 매일 밤 나를 악몽으로 이끌었다오. 다시는 눈을 뜨지 못할 정도로 고통스러웠지. 어쩌면 복수를 꿈꾼 것은 살아가기 위한 방편이었는지도 모른다오. 그렇게 복수는 내 삶이 되고 이유가 되었소."

강상천과 임수운으로 살아왔던 조유경의 고백에 매란 스님으로 오랫동안 살아왔던 석란은 아무 대답도 할 수 없었다. 눈꼽째기창을 닫은 강상천이 그녀에게 말했다.

"나는 못 나가겠지만 당신이라면 나갈 수 있을 게요. 부탁을 들어주시겠소?"

"어떤 부탁 말입니까?"

"나를 도와줄 사람을 찾아가 주시오. 내가 이곳에 있다는 걸 알려 주면 빼내 줄 방도를 찾아줄 거요. 해 주실 수 있겠소?"

그의 물음에 그녀는 고개를 끄덕거렸다.

"그리하지요."

김매읍동과 손중극, 그리고 권주혁은 열흘이 넘는 긴 여행 끝에 만포진에 도달했다. 그동안 권주혁과 김매읍동은 내내 다퉜고, 손중극은 두 사람을 말리느라 여념이 없었다. 만포진의 병영 안에 있는 감옥으로 끌려간 세 사람은 그들보다 먼저 도착해 갇혀 있는 죄수를 보고는 깜짝 놀랐다. 그 죄수 역시 안으로 들어서는 세 사람을 보고는 입을 다물지 못했다. 가장 먼저 입을 연 것은 손중극이었다.

"자네가 여긴 어쩐 일인가?"

그러자 이신호 역시 놀란 표정으로 물었다.

"그러는 자네는 어떻게 이런 꼴이 된 거야?"

"누명을 쓰고 이리되었네."

"나와 비슷한 신세군."

한숨을 푹 쉰 이신호가 자초지종을 털어놨다.

"10년 전에 한양 생활을 정리하고 고향인 영흥으로 돌아왔다네. 그리고 이곳 토관에 임명되어서 그럭저럭 지냈지. 그런데 올해 봄에 영흥 관아에 임금과 세자를 비방하는 괘서가 붙은 사건이 있었네."

"그 사건에 연루되었단 말인가?"

손중극의 물음에 이신호가 처량한 표정으로 대답했다.

"관찰사 어른이 배후로 지목되었는데 가깝게 지냈다는 죄목으로 잡혀 들어왔네. 그러다가 죄를 용서해 준다는 얘기를 듣고 체탐인으로 자원했지. 자네들도 그렇게 해서 온 건가?"

이신호의 물음에 세 명 모두 말없이 고개를 끄덕거렸다. 잠깐의 침묵 후에 권주혁이 입을 열었다.

"아무리 봐도 우연의 일치는 아닌 것 같아."

"우연의 일치가 아니면 뭐란 말인가?"

손중극의 물음에 권주혁이 절망적인 표정으로 말했다.

"우리 모두 엄청난 함정에 빠진 것 같네."

무거운 침묵이 감옥 안을 감쌌다. 그때 감옥의 문이 열리는 소리가 들려왔다. 고개를 돌리자 전립을 쓰고 철릭을 입은 만포진 첨사僉使[85]가 여진족 한 명과 함께 들어섰다. 어리둥절한 표정을 짓는 네 명의 얼굴을 살펴본 첨사가 입을 열었다.

"너희들은 내일 새벽에 압록강을 건넌다. 여기 있는 여진족을 따라 파저강으로 가서 여진족 추장 이만주의 행방을 알아내야 한다. 만약 성공한다면 죄를 용서받을 뿐만 아니라 포상도 받을 것이다."

---

85 조선 시대 각 진영에 속한 종삼품의 무관.

얘기를 마친 만포진 첨사가 푹 쉬라는 말을 남기고 떠났다. 남겨진 네 사람은 두려움과 기대감이 섞인 시선으로 서로를 바라봤다.

* * *

정업사의 뜰에 가마 하나가 도착했다. 가마꾼이 문을 열자 안에서 너울을 쓴 여인이 모습을 드러냈다. 그러자 눈꼽째기창으로 밖을 내다본 강상천이 문을 열고 나섰다. 그의 모습을 본 월하가 너울을 벗고 한걸음에 달려왔다.

"오라버니, 다친 곳은 어떠세요?"

"움직일 만해. 바깥에 있는 놈들의 동태는 어떤가?"

"썰물처럼 빠져나갔습니다. 황덕중 대감이 아까 의금부로 끌려갔거든요."

"그게 정말이야?"

강상천이 눈빛을 반짝거리면서 묻자 월하가 고개를 끄덕거렸다.

"역모를 꾀했다는 죄목이랍니다."

"김온은?"

"추포령이 내리긴 했는데 종적을 감췄다고 합니다."

"나처럼 포기하지 않겠다 이거로군."

"어쨌든 안심하셔도 돼요. 제가 치료해 드릴 테니까 집으로 가세요."

월하의 간절한 청에 강상천은 고개를 돌려서 석란 낭자를 바라봤다. 요사채의 섬돌 위에 서 있던 그녀는 합장으로 배웅하고는 돌아섰다. 강상천은 그런 석란에게 외쳤다.

"방에 서찰을 남겨 놨소. 꼭 읽어 주시오."

그녀가 요사채의 문을 닫고 안으로 들어가는 모습을 본 강상천은 다시 돌아오겠노라고 속으로 다짐했다. 그리고 월하를 향해 말했다.

"혹시 모르니까 가마를 타고 나가겠네."

강상천은 월하의 부축을 받으며 가마에 탔다. 그리고 월하와 함께 정업사를 벗어났다. 그런 강상천의 모습을 지켜보며 석란은 조용히 합장을 했다.

•━•━•━→

다음 날 새벽, 김매읍동과 권주혁, 손중극과 이신호는 만포진을 출발했다. 출발 직전에 건량과 물이 든 보따리를 하나씩 받았다. 첨사는 호송하는 군사들, 그리고 여진족 안내인과 함께 떠나는 그들에게 말했다.

"이만주의 행방을 찾아라. 그러면 너희들은 살아날 것이다."

만포진을 출발하자마자 김매읍동이 투덜거렸다.

"그 넓은 요동 땅에서 이만주를 무슨 수로 찾으란 말이야."

그러자 앞서가던 권주혁이 나지막하게 대꾸했다.

"이만주를 찾기 전에 넌 내 손에 죽을 줄 알아."

"네 가족을 죽게 한 건 네놈의 욕심 때문이야. 엉뚱하게 나한테 화풀이하지 말라고."

김매읍동의 얘기가 끝나기가 무섭게 권주혁이 돌아서서 멱살을 잡았다. 호송하던 군사들이 창을 들이대고 뜯어말렸다. 권주혁이 씩씩대면서 외쳤다.

"지금이야 말리는 사람이 있지만 요동 땅에 가서는 아무도 없을 거다."

두 사람이 팽팽하게 대치하자 뒤따라가던 손중극이 소리쳤다.

"제발 그냥 가자. 압록강을 건너가서 무슨 일을 겪을지 모르는데 여기서부터 이러면 어쩌자는 거야!"

한나절을 걸은 일행은 만포구자에 도착했다. 두정갑을 입은 권관權管[86]이 그들을 맞이했다.

"오늘은 물이 높아서 건너가지 못하네. 내일 아침에 출발하도록 하지."

당장 넘어가야 하는 줄 알고 긴장했던 네 사람은 한숨을 돌렸다. 권관은 구자 한쪽에 만든 울타리 안에 네 사람을 가뒀다.

- - · - ◆ - · - -

의금부에 끌려간 황덕중은 추관으로 임명된 임준석에게 혹독한 심문을 당했다.

---

86 조선 시대 진과 보를 지키던 최하급 군관으로 종구품의 품계를 가졌다.

"네놈의 흉계가 만천하에 드러났는데 어찌 자백하지 않고 버티느냐! 속히 잘못을 뉘우치고 벌을 받아라!"

임준석의 호통에 매질을 견디느라 지쳐 있던 황덕중이 고개를 저었다.

"내가 탐욕스러워 뇌물을 받은 건 사실이지만 역모를 꾸민 적은 없소이다. 명백한 모함이오."

"모함? 네가 가짜를 내세워서 김매읍동으로 하여금 무기를 모아서 역모를 꾸몄다는 정황이 이미 드러났다."

"나는 대군의 장인이고 병조판서의 몸이오. 역모를 꾸밀 아무런 이유가 없소이다."

"김매읍동을 시켜서 사들인 무기들로 장사패들을 무장시켜서 궁궐을 범하려고 했다는 진상이 밝혀진 지 오래다. 반대하는 대신들을 주살하고 전하를 겁박해서 양위를 시키려고 하지 않았더냐!"

"터무니없는 소리 하지 마시구려. 하찮은 아랫것으로 보였던 내가 출세하는 꼴을 못 보는 자들의 음모라는 걸 잘 알고 있소."

말싸움이 길어지자 임준석은 혀를 찼다.

"아직 정신을 차리지 못했군."

임준석이 눈짓을 하자 나졸들이 황덕중의 발바닥을 위로 쳐들었다. 그러자 화로에 달군 인두를 꺼낸 나졸이 다가와서 발바닥을 지졌다. 숨넘어가는 비명을 지른 황덕중이 온몸을 비틀자 임준석이 이죽거렸다.

"단근질은 물론 압슬형을 가해도 된다는 어명이 있으셨다.

속히 죄를 자백하는 것이 좋을 것이야."

"내가 할 얘기는 억울하다는 것뿐이외다."

손짓으로 나졸들을 물리친 임준석이 말했다.

"그러게 억울하게 당하고 싶지 않으면 분수를 알았어야지."

"분수라니? 전하의 총애를 받고 딸이 대군의 부인으로 간택된 것이 어찌 내 뜻이란 말인가?"

"솔직히 얘기하자면 나도 당신같이 탐욕스러운 사람이 역모를 꾸몄다는 얘기는 믿지 않아. 하지만 왜 전하께서 한미한 네놈의 여식을 며느리로 삼았는지 생각해 봤어야지."

"그, 그렇다면 이 옥사가 전하의 뜻이란 말이오?"

황덕중의 물음에 주변을 살펴본 임준석이 입을 열었다.

"대군께서 당신을 살려 달라고 전하께 간청하셨지만, 전하께서는 이것은 너를 위한 길이라면서 단호히 거절하셨지. 그게 무슨 뜻이겠나?"

"믿을 수 없소이다. 내가 이날 이때까지 한마음으로 전하를 섬겼다는 것은 하늘이 알고 땅이 아는 사실이오."

황덕중이 고통 때문에 찡그린 표정으로 항변하자 임준석이 딱하다는 표정으로 대답했다.

"오늘 아침에도 승지를 통해 속히 역모를 밝히라는 내용의 비망기備忘記[87]를 내리셨소."

"모함 때문에 전하의 성총이 흐려지신 것이오."

---

87 임금이 승지를 통해서 신하들에게 내리는 문서.

황덕중이 그럴 리가 없다는 표정으로 항변하자 임준석이 코
웃음을 쳤다.

"전하는 모함에 흔들리실 분이 아니오. 필요하면 모함에 속
은 척할 뿐이시지. 빠져나갈 길은 없소이다. 당신 가족은 물론
이고 부리던 아랫것들, 그리고 무뢰배들까지 모두 잡혀 와서
자백하였소. 김온은 아직 종적을 감추고 있지만 말이오."

"뭐라고?"

"당신은 자백하는 순간 죽기 때문에 입을 다물고 있는지 모
르겠지만, 다른 사람들은 원하는 자백을 하면 살아날지도 모르
니까 다 입을 열었어. 당신의 운명은 이미 결정되었으니 피차
힘들게 하지 맙시다."

임준석의 얘기를 들은 황덕중은 마침내 눈물을 흘리고 말
았다.

"내가 어떻게 이 자리까지 왔는데. 이렇게 허무하게 끝낼 수
는 없어."

"시간을 끌면 당신 딸을 궁궐에서 쫓아내라는 얘기가 나올
거요. 오늘 심문은 여기서 마칠 것이니 내일까지 잘 생각해 보
시구려."

임준석의 눈짓에 나졸들이 흐느껴 우는 황덕중을 의자에서
일으켜 감옥으로 끌고 갔다.

새벽에 무기를 건네받고 압록강을 건넌 일행은 곧장 산길을 따라 북쪽으로 올라갔다. 험한 산길을 가느라 몇 번이고 미끄러지고 넘어졌지만 다들 아무 말도 안 하고 묵묵히 여진족 안내인의 뒤를 따랐다. 권주혁은 몇 번이고 김매읍동의 목숨을 노렸지만, 동료들의 만류로 번번이 실패했다. 거기에다 여진족 안내인 아하이가 자꾸 싸우면 자기만 돌아가 버릴 거라고 엄포를 놓는 바람에 권주혁은 뜻을 이루지 못했다. 사흘째 되던 날, 지칠 대로 지친 손중극이 아하이에게 물었다.

"얼마나 더 가야 하오?"

"하루 이틀 더 올라가면 팔리수가 나오고 그걸 따라 올라가면 파저강이 나오옵니다."

"거기 가면 이만주를 찾을 수는 있는 거요?"

"그자가 머무는 부락을 찾아봐야지요."

"한양에서 김 서방 찾기도 아니고……."

그나마 잘 견디는 건 평안도 태생인 이신호였다.

"어찌 되었건 이만주만 찾아서 돌아가면 되잖아."

시간이 흐르면서 점차 긴장감이 풀어졌다. 각자 돌아가면 뭘 할지를 궁리하면서 시간을 보냈다. 압록강을 건넌 지 엿새째 되던 날 아침, 여진족 안내인 아하이가 감쪽같이 사라졌다. 이 사실을 맨 처음 알아챈 이신호가 동료들을 깨웠다.

"아하이가 없어졌어."

"뭐야? 여진족 놈들한테 끌려간 거 아니야?"

벌떡 일어난 손중극의 물음에 이신호가 고개를 저었다.

"그자가 가지고 있던 무기와 짐이 전부 다 없어졌어."

"그럼 우릴 버리고 도망친 거야?"

"아무래도 그런 거 같아."

일어난 네 사람이 주변을 살폈지만 아하이의 행방을 찾을 수는 없었다. 그리고 불길하게도 멀리서 뿔나팔 소리가 들려왔다. 김매읍동이 당황한 표정으로 일행에게 말했다.

"이, 일단 여기를 뜹시다."

다들 짐과 무기를 챙겨서 움직였지만 낯선 곳이라 어디로 가야 할지 갈피를 잡지 못했다. 그나마 이신호가 남쪽으로 가자고 해서 다들 그쪽으로 움직였다. 울창한 숲을 정신없이 달리던 손중극이 중얼거렸다.

"대체 어떻게 돌아가는 거야?"

숲 어딘가에서 사람이 내는 것 같지 않은 기괴한 소리가 들려왔다. 겁에 질린 네 사람은 발걸음을 재촉했다. 계곡을 가로질러가던 네 사람 앞에 화살이 날아와서 박혔다. 옆으로 움직이려던 권주혁의 발 앞에도 화살이 떨어졌다. 결국 네 사람은 화살을 피해서 움직여야만 했다. 마치 사냥감을 몰아대는 것 같은 여진족의 추격에 네 사람은 온종일 두려움에 질린 채 사냥감처럼 도망을 다녀야 했다.

저녁 예불을 끝내고 방으로 돌아온 석란은 한참을 고민한 끝에 강상천이 남긴 편지를 펼쳤다. 오랜 송사에 지친 아버지가 돌아가셨다는 소식을 듣고 먼발치에서라도 지켜보려고 갔다가 그를 보고는 숨이 멎을 뻔했다. 15년이라는 세월이 지나는 동안 외모가 변했지만, 그녀는 단번에 알아볼 수 있었다. 그리고 그가 무엇 때문에 다른 사람으로 한양에 나타났는지 알게 되었을 때 그녀는 마음속으로 악연이라는 단어가 떠올랐다. 좋은 집안에서 태어나 고생이라는 것을 모르고 자랐던 그는 다른 친구들과는 학문이나 우정으로도 좁힐 수 없는 거리감이 있었다. 질투에 눈먼 친구들의 배신으로 집안이 풍비박산 나고 그녀의 집으로 도망 왔을 때 보였던 절망감 어렸던 눈과 아버지의 배신으로 인해 끌려 나가던 그의 모습은 아직도 생생하게 기억에 남아 있었다.

아버지의 강권으로 다른 집안과 혼례를 올려야 했던 그녀는 혼사 전날 목을 맸다. 다행히 숨이 끊어지기 전에 어머니에게 발견되어 가까스로 살아났다. 딸의 혼사를 포기한 아버지의 손에 이끌려 정업사에 온 그녀는 머리를 깎은 다음부터는 석 대감의 딸 석란이 아니라 비구니 매란으로 살았다. 15년 만에 잊었다고 생각한 속세의 인연이 불현듯 나타났을 때 끝까지 외면하지 못했다. 그녀는 떨리는 손으로 편지를 집었다.

당신이 이 편지를 읽고 있을 때 즈음이면 나는 중요한 일을 하기 위해 북쪽으로 가는 중일 거요. 지난 15년간 내가 왜 복수를 해야 하는지를 끊임없이 고민해 봤소. 증오나 복수심은 아니었소.

나는 그 일이 있기 전까지는 하루하루가 행복했다오. 관례冠禮[88]를
치르던 날, 아버지가 주신 술에 못 이겨 측간에서 잠든 적이 있었
고, 초시初試[89]에 합격해서 온 집안이 잔치를 치렀던 때가 기억나
오. 성균관에 들어가서는 평생 우정을 나눌 것이라고 믿은 친구들
을 만났소. 내 실수로 집안이 멸문당했고, 친구들에게 배신당했다
는 아픔 때문에 내 인생은 송두리째 변했소. 바뀐 삶도 나쁘지는
않았지만, 예전의 삶으로 돌아갈 수 없다는 것, 그리고 추억할 수
없다는 것에 진정 화가 났다오. 오랜 기간 복수를 꿈꾸면서 그 분
노를 억누를 수 있었소. 애초에는 복수가 끝나고 나면 스스로 목
숨을 끊을 생각이었소. 그래서 늘 독약이 든 주머니를 가지고 다
녔다오. 하지만 이제는 복수가 끝나도 살아야 할 이유를 찾았소.
일을 마무리하고 돌아오리다. 나와 함께 우리의 과거를 모르는 곳
으로 가서 새롭게 시작합시다.

편지를 다 읽은 그녀는 조용히 눈을 감고 합장을 했다. 그녀
가 머리를 깎던 날 속세의 인연이 쉽게 끊어지지는 않을 것이
라고 했던 주지 스님의 말이 떠올랐다.

---

88 조선 시대 남성이 15세가 넘으면 치르는 의식으로 어른이 된다는 것을 상징한다.
89 조선 시대 과거의 한 종류. 이 시험에 합격하면 성균관에 입학할 수 있다.

해가 떨어지면서 중단되었던 여진족의 추격은 날이 밝아 오면서 다시 시작되었다. 요란한 함성과 뿔나팔을 불면서 쫓아오는 여진족들을 피해 온종일 도망치던 그들은 온몸이 상처투성이가 되었다. 가지고 있는 무기로 싸우려고 하면 귀신같이 종적을 감췄다. 분노와 짜증이 폭발해 버린 김매읍동이 허공에 칼을 휘두르면서 고래고래 소리를 질렀다.

"쥐새끼처럼 숨지 말고 나와서 정정당당히 겨루자!"

대답은 어깨에 박힌 화살이었다. 깊숙이 박히지는 않았지만, 칼을 놓친 김매읍동은 그 자리에 주저앉고 말았다. 그 광경을 본 이신호가 동료들을 버리고 달아났다. 하지만 몇 걸음 달리기도 전에 어디선가 날아온 돌에 무릎을 맞고 말았다. 달아나려는 방향으로 계속 돌이 날아오자 이신호도 어쩔 수 없이 돌아와야만 했다. 네 명은 서로를 등진 채 둥그렇게 모여들었다. 간간이 날아드는 돌과 화살이 네 명에게 크고 작은 상처를 입혔다. 그러다가 해가 떨어지면 거짓말처럼 공격이 멈췄다. 무릎에 박힌 화살을 조심스럽게 빼낸 손중극이 중얼거렸다.

"한 번에 죽일 수도 있는데 왜 이러는 거지?"

움직일 수조차 없이 어두워졌기 때문에 네 명은 그 자리에서 밤을 지새워야만 했다. 그러다가 자그마한 소리라도 나면 눈을 떠야만 했기 때문에 거의 뜬눈으로 밤을 새워야 했다. 그렇게 사흘째 되는 날이 밝아 오자 네 명 모두 초주검이 되었다. 해가 뜨자마자 다시 화살과 돌이 날아와서 또 몸을 피해야만 했다. 도망치던 손중극이 중얼거렸다.

"이건 사냥감처럼 어디로 모는 것 같아."

산비탈을 구르면서 도망치던 네 사람의 눈앞에 동굴이 보였다. 그러자 누가 뭐라고 할 것도 없이 동굴 안으로 들어갔다. 그러자 쫓아오던 여진족들도 포기했는지 잠잠해졌다. 누워서 숨을 헐떡거리던 김매읍동이 말했다.

"여기서 숨어 있다가 밤이 되면 남쪽으로 도망치자고."

그렇게 다들 실낱같은 희망을 품고 숨을 몰아쉬고 있는데 누군가 횃불을 들고 동굴로 들어왔다. 맨 처음 그를 본 김매읍동은 입을 다물지 못했다.

"네, 네놈은!"

옆에 있던 손중극 역시 그를 알아보고는 경악했다. 하지만 그를 한 번도 보지 못한 권주혁과 이신호는 어리둥절해했다. 며칠 동안 두려움 속에서 지냈던 옛 친구들을 천천히 뜯어본 그는 동굴 입구의 쓰러진 나무에 걸터앉았다.

"오랜만이군!"

손중극이 믿기지 않는다는 표정으로 중얼거렸다.

"어떻게 여기에 나타나게 된 거지?"

"너희들을 여기로 부른 게 나였으니까."

"여, 여기로 부르다니 그게 무슨 소리요?"

칼을 든 손을 부들부들 떨고 있던 권주혁이 외쳤다. 이신호가 손중극에게 물었다.

"저 사람 대체 누구야?"

"강상천이라는 자야. 처음 볼 때부터 수상쩍었어."

손중극의 얘기를 들은 그는 손에 들고 있던 가짜 수염을 김매읍동의 발 앞에 던졌다. 그걸 본 김매읍동이 믿기지 않는다는 표정으로 중얼거렸다.

"이건 임수운의 턱수염인데?"

옛 친구들이 혼란스러워하는 모습을 보던 그는 홀가분함을 느꼈다. 15년 동안 이 순간을 꿈꿔 왔지만, 막상 현실로 닥쳐오자 이상하리만치 담담해졌다. 이번 일에 동원한 여진족들이 하나둘씩 나타나 동굴 입구에 장작을 쌓았다. 모두 15년 전에 그가 황금으로 다시 사들인 올매의 부족원들이었다. 그 광경을 물끄러미 바라보던 그가 입을 열었다.

"나는 강상천이나 임수운이 아닌 조유경이다. 너희들이 부귀영화를 누리기 위해 배신했던 그 조유경 말이다."

충격에 빠진 네 명을 차례대로 노려보던 조유경이 말했다.

"다들 어쩌다 여기로 오게 되었는지 궁금하지?"

잠시 숨을 고른 그는 김매읍동을 노려봤다.

"있지도 않은 여진 정벌 계획을 흘려서 무기를 사들이게 하고 상이로 하여금 익명의 투서를 넣게 한 것이 바로 나다."

"뭐, 뭐라고!"

"상이가 네놈 딸년과 관계를 맺고 있던 것은 몰랐지? 상이는 지금 네 객주를 차지했다. 딸년과 부인은 노비가 되어서 상이가 부리는 중이고 말이다."

"맙소사."

"내 계획이 성공할 수 있었던 건 주변을 돌볼 줄 모르는 너의 탐욕 때문이었다. 덕분에 황덕중을 역모죄로 몰아넣을 수 있었지."

비로소 모든 것이 어떻게 된 일인지 알게 된 김매읍동은 망연자실한 눈으로 그를 바라봤다. 조유경의 시선은 덕배라는 가명을 썼던 손중극에게 옮겨 갔다. 소매에서 투전패를 꺼내서 발 앞에 던진 조유경이 입을 열었다.

"너와 상대하던 노름꾼들은 모두 내가 붙여 준 거야."

"그 친구들이 너와 알고 있었다고?"

"배신당했다고 생각해?"

손중극은 필사적으로 고개를 저었다.

"아냐, 그들이 날 배신할 리 없어."

"노름판에서 의리만큼 쓸모없는 것도 없지. 네놈이 알아서 일을 저지르는 바람에 쉽게 체탐인으로 끌고 올 수 있었어."

절망한 손중극이 머리를 감싸 쥐자 권주혁이 사색이 된 채 말했다.

"미안하네. 나는 끼고 싶지 않았는데 어쩔 수 없었어. 게다가 난 자네 집안의 재산도 별로 못 받아서 가난하게 지냈어."

조유경이 말없이 바라보자 권주혁은 울먹거리면서 말을 이어 갔다.

"살면서 내내 미안한 마음을 가졌어. 심지어 저 김매읍동 때문에 내 아들과 아내도 죽었다고."

"나도 그래서 처음에는 자네는 빼려고 생각했어. 그런데 말이야……."

조유경이 소매에서 두루마리를 하나 꺼냈다.

"……자네가 과거를 볼 때 냈던 시권試券[90]일세. 여기를 보니까 자네가 역적 조진용의 죄를 고변하는 상소문을 지었다고 나오는군."

파랗게 질린 권주혁이 더듬거리면서 말했다.

"오, 오해일세."

"게다가 상소문을 쓴 게 자신인데 재물은 많이 받지 못했다고 억울해했지. 자네가 착한 척을 한 것은 힘이 없었기 때문이지 진정으로 반성한 것은 아니었어."

쐐기를 박은 조유경은 이신호를 응시했다.

"자네는 아직도 왜 김척신의 괘서에 연루되었는지 연유를 모르고 있지? 괘서를 붙이도록 하고 유배 온 외지부를 움직여서 자네를 고변한 것도 바로 나일세. 워낙 불평불만을 많이 해서 쉽게 옭아맬 수 있었지."

"난 자네 아버지 일로 이익을 본 게 아무것도 없네."

"토관 벼슬을 구할 때 조진용을 토벌한 게 자신이었다고 자랑스럽게 얘기하지 않았나?"

걸터앉은 나무에서 몸을 일으킨 조유경은 싸늘한 목소리로 말했다.

"네놈들에게 배신당해서 이곳에 끌려온 게 15년 전이었다. 하늘의 도움으로 살아남은 후에 복수를 위해서 오늘을 기다렸다."

---

90 조선 시대 과거를 볼 때 냈던 시험지.

조유경의 말이 끝나기가 무섭게 네 명은 그 자리에 주저앉았다. 그는 충격에 빠지거나 낙담한 채 용서해 달라고 절규하는 그들의 얼굴을 물끄러미 바라보면서 말했다.

"늦었어. 아주 많이."

절규하는 옛 친구들을 두고 동굴 밖으로 나온 조유경이 중얼거렸다.

"죄를 지으면 반드시 벌을 받아야지."

그의 곁으로 네 명의 안내인 노릇을 했던 아하이와 울매가 다가왔다. 조유경이 아하이에게 말했다.

"저 네 사람은 절대로 빠져나오지 못하게 하되 먼저 동굴 안으로는 들어가지 말게."

그러자 동굴을 힐끔 쳐다본 아하이가 물었다.

"별로 어려운 일은 아니지만 왜 당장 목을 베지 않습니까?"

"단번에 죽는 것도 저들의 죄에 비하면 사치일세."

단호하게 얘기한 조유경에게 고개를 숙인 아하이가 부하들에게 갔다. 모닥불에 불을 붙인 여진족들이 연기가 동굴 안으로 들어가도록 천을 흔들어 댔다. 소매에서 네 명의 이름이 적힌 종이를 꺼낸 조유경은 여진족이 피워 놓은 모닥불에 던져 태워 버렸다. 동굴 안에서는 살려 달라는 외침과 연기에 질식한 것 같은 기침 소리가 들려왔다. 남은 두 명의 이름이 적힌 종이를 물끄러미 내려다보던 그는 곁에 다가온 울매에게 말했다.

"한양으로 갈 거니까 날랜 말을 준비하게."

"아직 상처가 다 낫지 않았습니다."

"견딜 만해."

"황덕중은 역모죄로 처벌당할 것이고, 김온도 같은 죄목으로 죽을 것입니다. 무리해서 가시지 않아도 알아서 처리되는 것 아닙니까?"

울매의 얘기를 들은 조유경은 고개를 저었다.

"그들의 죽음을 직접 봐야만 모든 것이 끝나네. 서둘러 주게."

황덕중은 며칠 동안 계속해서 가족들이 고문당하는 모습을 지켜보다가 결국 임준석이 듣고 싶어 하는 말을 외쳤다.

"그만!"

황덕중은 득의양양한 표정으로 자신을 바라보는 임준석에게 외쳤다.

"자백을 하겠소. 그러니 가족에 대한 고문은 제발 멈춰 주시오."

"진즉에 그렇게 나왔어야지."

임준석이 손짓을 하자 황덕중의 가족을 고문하던 손길이 멈췄다. 그걸 본 황덕중이 허탈하게 웃었다.

"내가 김매읍동을 시켜서 무기를 사들이고 장사패들을 모아서 궁궐을 범하려고 했소."

"왜 범궐하려고 하였느냐?"

"전하께서 양위를 하지 않고 시간을 끌까 봐 그랬소."

"그래서 주상 전하를 해하고 대신들을 주살해서 뜻을 관철시키려고 했다는 말이군."

"그렇소. 결국 그 얘기를 듣고 싶었던 것 아니오? 궁궐에 가서 주상께 전하시오. 내가 주상 전하께서 원하는 대로 자백을 했다고 말이오."

"진즉에 이리 자백했으면 몸이 상하지 않았을 것인데 안타깝네그려."

임준석이 홀가분한 표정으로 돌아서려고 하자 황덕중이 악을 썼다.

"이번에는 내가 이렇게 당하지만, 다음은 네놈 차례일 것이다."

서대문 밖 경기감영을 지나쳐 주변을 조심스럽게 살피던 청지기가 애오개로 발걸음을 옮겼다. 애오개는 어린아이의 시신을 묻거나 염병에 걸린 환자들이 머무는 염병막이 있는 곳이기 때문에 평소에는 사람들의 발걸음이 뜸한 곳이었다. 수건으로 입을 가린 청지기가 조심스럽게 언덕을 올랐다. 그는 고개 중턱에 자리 잡은 염병막 앞에 멈춰 서서 한숨을 돌리고는 안으로 들어갔다. 거적을 들치고 안으로 들어간 청지기에게 구석에 숨어 있던 김온이 물었다.

"미행은 없었느냐?"

"없었습니다."

짧게 대답한 청지기가 손에 든 보따리를 건넸다. 보따리를 연 김온은 안에 든 주먹밥을 허겁지겁 먹어 치웠다. 입구에 걸어 놓은 거적을 살짝 들치고 바깥 동정을 살피던 청지기가 말했다.

"황덕중 대감이 역모를 자백했답니다."

"결국 버티지 못하셨군."

"집안 하인들과 측근은 물론이고 가족들도 초주검이 되도록 고문을 당하니 더 이상 견디지 못하셨나 봅니다."

주먹밥을 먹으면서 청지기로부터 정황을 듣던 김온이 물었다.

"집안은 어떠하냐?"

"말도 마십시오. 의금부에서 들쑤시면서 풍비박산이 났습니다."

김온이 별다른 반응을 보이지 않자 청지기가 조심스럽게 입을 열었다.

"어른께서는 그냥 포기하고 자수하는 게 좋지 않겠냐고 하셨습니다."

청지기의 얘기를 들은 김온이 허탈한 표정으로 웃었다.

"지금 의금부에 있는 황 대감의 심정은 어떨까? 아마 미치기 일보 직전이겠지. 늦은 나이에 성균관에서 공부하면서 한 점의 희망도 없던 때를 뒤로하고 대군의 장인이 되었다가, 이제 세자가 돼서 임금의 자리에 오를 수 있다는 희망이 보이는 순간 이런 일을 겪었으니까 말이야."

"그렇겠지요."

"사실 더 미치는 건 나일세. 황 대감이 국구가 되고 권력을 잡으면 나 역시 그 옆에서 한자리할 수 있었을 테니까 말이야. 하지만 황 대감의 탐욕이 일을 그르쳤네. 나까지 이 신세가 되었고."

"자수하셔서 아무것도 모른다고 하십시오."

"내가 황 대감의 오른팔인 건 세상이 다 알고 있네. 설사 살아난다고 해도 아무도 나를 가까이하지 않을 거야."

"일단 살아남으셔야 후일을 도모하지 않겠습니까."

청지기의 말에 김온이 고개를 끄덕거렸다.

"물론 이대로 끝낼 생각은 추호도 없네. 갈퀴라는 자의 행방은 알아봤느냐?"

"알아보긴 했습니다만 그런 근본 없는 자와 무슨 일을 하시게요."

"아직 끝나지 않았어. 강상천을 붙잡아서 음모를 밝혀내면 살 기회가 있을 거야. 다음에 올 때는 갈퀴를 데리고 오게."

"지금 나리에게 현상금이 걸려 있습니다. 그러다가 갈퀴라는 자가 배신을 하면 어쩌시려고요."

청지기가 만류했지만 김온의 뜻은 확고했다.

"하늘에 맡겨야지. 잔말 말고 시키는 대로 하게."

시키는 대로 역모를 자백한 이후에는 거짓말처럼 고문이 멈췄다. 황덕중은 의금부 감옥의 창살 사이로 보이는 달을 바라봤다. 자백한 이후 한 달 가까이 잠잠했지만 한 치의 희망도 품지 않았다. 임금의 뜻이 분명하다면 살아날 방도는 없었기 때문이다. 설마 왕실의 든든한 버팀목이 될 자신을 제거 대상으로 보리라고는 생각지도 못했다. 임금인 이방원이 어떤 인물이었는지를 간과했던 것이다. 이런저런 생각에 잠겨 있던 황덕중은 멀리서 들려오는 인기척에 정신을 차렸다. 어둠 속을 가로질러 다가오는 불빛이 보였다. 불빛이 가까이 다가오자 뒤따라온 사람들의 모습이 보였다. 감옥 앞까지 와서 걸음을 멈춘 조유경을 본 황덕중은 한숨을 쉬었다. 조유경이 올매에게 등불을 넘겨받고 가까이 다가오자 황덕중이 입을 열었다.

"15년밖에 지나지 않았는데 알아볼 수 없을 정도로 얼굴이 바뀌었군."

"상상할 수도 없는 고통을 겪은 후에 얼굴이 완전히 달라졌지. 자네 얼굴도 몰라볼 정도로 수척해졌군그래."

조유경의 얘기를 들은 황덕중은 씁쓸하게 중얼거렸다.

"그런가?"

"김척신과 석환진은 예전에 죽었네. 체탐인으로 끌려간 김매읍동과 권주혁, 이신호와 손중극은 압록강 너머의 어느 동굴에서 고통 속에 숨을 거뒀지. 이제 남은 건 자네와 김온뿐이야."

조유경의 얘기를 들은 황덕중은 흐릿한 한숨을 쉬었다.

"네놈 때문에 국구의 자리에 오를 기회가 무산되었어."

"네 인생을 망친 건 내가 아니라 바로 자네야. 자네의 권력욕에 위기를 느낀 자들이 없었다면 나는 결코 자네를 함정에 몰아넣지 못했을 것이네."

황덕중이 침묵을 지키고 있자 조유경이 덧붙였다.

"사실 내가 한 것은 아무것도 없어. 단지 야심과 탐욕이 자네를 여기까지 이끌어 온 것이야."

"잘못했다는 얘기를 들으러 왔겠지? 나는 잘못한 게 없으니 뉘우칠 것도 없네. 사내대장부로서 입신양명하기 위해 애쓴 것이 전부일 뿐이니까 말이야."

"자네는 늘 일인지하 만인지상을 꿈꿨지. 며칠 후에 장대 높이 오른 자네 목이 세상을 굽어볼 것일세."

차갑게 내뱉은 조유경은 감옥 안에 있는 황덕중을 쏘아보다가 돌아섰다. 그리고 품속에서 황덕중의 이름이 적힌 종이를 꺼내서 등불에 태웠다. 지켜보고 있던 울매가 다가와서 속삭였다.

"아까 마포의 갈퀴라는 자에게서 김온을 잡아 두고 있다는 연락이 왔습니다."

"갈퀴라면 김매읍동이 부리던 무뢰배였는데?"

"뒤를 봐주던 김매읍동과 황덕중이 몰락하면서 곤경에 빠진 모양입니다. 김온을 넘겨줄 테니 과거의 원한을 잊어 달라고 합니다."

"어디에 있다고 하던가?"

"서대문 밖 염병막에 숨어 있는 걸 잡아서 마포로 끌고 왔답니다."

"내일 가겠다고 전하게."

"의금부에 넘기시지 않고 말입니까?"

울매의 얘기에 조유경이 단호하게 말했다.

"그자만큼은 내 손으로 끝장내고 싶어."

"그렇게 전하겠습니다."

마포나루 근처의 오두막 앞에서 기다리고 있던 갈퀴는 울매와 함께 다가오는 조유경에게 공손하게 굽실거렸다.

"그때는 미처 몰라뵙고 함부로 손을 썼습니다."

"괜찮네. 김온은 어디 있는가?"

"안에 있습니다."

갈퀴가 오두막 안을 가리키자 조유경이 물었다.

"어떻게 김온을 잡았지? 의금부에서도 놈을 잡지 못했는데 말이다."

"제 발로 왔습니다. 저한테 연락해서 도와 달라고 했습죠. 자기가 아직도 관리 나부랭이인 줄 알지 뭡니까? 그래서 냉큼 잡아 둔 겁니다."

"앞장서라."

조유경의 말에 갈퀴가 오두막의 문을 두드렸다. 그러자 안에서 빗장이 풀리는 소리와 함께 문이 열렸다. 문을 열어 준 무뢰배가 옆으로 물러나자 오두막 구석에는 머리에 보자기가 씌워진 채 결박당한 김온이 쪼그리고 앉아 있는 게 보였다. 그걸 본 조유경이 물었다.

"왜 저렇게 한 건가?"

"혀를 깨물고 죽으려고 해서 재갈을 물리고 보자기를 씌워 놨습니다."

옆구리에 손을 올린 채 대답한 갈퀴가 옆에 있던 무뢰배에게 턱짓을 했다. 무뢰배가 김온에게 다가가서 보자기를 벗기는 것을 지켜보던 조유경은 옆에 서 있던 울매에게 눈짓을 보냈다. 그 순간, 보자기를 벗기는 척하던 무뢰배가 안 보이게 숨겨두었던 칼을 꺼냈다. 하지만 울매가 한발 빠르게 죽장도로 무뢰배를 베었다. 보자기를 쓰고 가짜 김온 노릇을 하던 무뢰배도 벌떡 일어났지만, 조유경의 발길질에 나가떨어지고 말았다. 상황이 불리하게 돌아가자 갈퀴는 잽싸게 몸을 돌려서 오두막을 빠져나갔다. 울매가 뒤쫓아 가려 하자 조유경이 말렸다.

"일단 바깥 상황을 살펴보는 게 좋겠어."

두 사람은 빗장을 채워서 문을 닫고 문틈으로 바깥을 살폈다. 갈퀴 옆에 선 김온이 호기롭게 소리쳤다.

"이제 끝났으니 어서 나오게."

바깥을 살핀 울매가 조유경에게 말했다.

"대충 열 놈쯤 됩니다. 그런데 김온이 가짜라는 건 어찌 아셨습니까?"

"자결하려고 했다고 해서. 김온은 절대 자기 스스로 죽을 놈이 아니야."

"하마터면 큰일 날 뻔했습니다."

"내가 너무 방심했어."

두 사람이 나올 기미를 보이지 않자 김온이 외쳤다.

"나오지 않으면 오두막에 불을 질러 버리겠다."

김온의 외침에 조유경이 울매에게 물었다.

"어디로 나가면 되지?"

"아까 보니 문과 벽만 나무고 위쪽은 초가였습니다."

울매가 지붕을 쳐다보면서 대답했다.

안에서 아무런 반응이 없자 갈퀴가 김온에게 물었다.

"어찌합니까?"

"불을 지르게. 연기가 나면 안 나오고는 못 버틸 거야."

"알겠습니다."

갈퀴가 무뢰배들에게 불을 지르라고 지시했다. 횃불을 든 무뢰배가 오두막으로 다가가다가 갑자기 비명을 지르며 쓰러졌다.

"뭐야!"

놀란 갈퀴가 주변을 두리번거리다가 오두막의 지붕에 선 울매를 봤다. 투석끈을 머리 위로 빙빙 돌리던 울매가 한 손을 놓자 빠른 속도로 날아간 돌에 무뢰배 하나가 정강이를 부여잡고 껑충거렸다. 그렇게 서너 명을 돌팔매로 쓰러뜨린 울매가 훌쩍 뛰어내려서는 죽장도를 뽑아서 갈퀴를 겨눴다.

"내가 없는 동안 우리 형님을 죽이려고 한 것도 모자라 함정에 빠뜨려? 각오하는 게 좋을 거야."

"뭣들 하느냐! 어서 없애라!"

갈퀴의 호령에 무뢰배들이 무기를 들고 덤벼들었지만 울매의 상대가 되지 못했다. 추풍낙엽처럼 쓰러진 무뢰배들의 신음을 뒤로하고 울매가 다가오자 갈퀴는 도끼를 움켜쥐고 덤벼들었다. 하지만 살짝 옆으로 몸을 비튼 울매가 죽장도로 허리를 베자 비틀거리면서 도끼를 놓쳤다. 바닥에 쓰러진 갈퀴가 비명을 지르면서 꿈틀거렸다. 무뢰배들이 순식간에 쓰러지는 것을 본 김온은 몸을 돌려 달아났다. 죽장도에 묻은 피를 털어낸 울매와 조유경이 뒤를 쫓았다. 정신없이 숲 속을 도망치던 김온은 강이 흐르는 절벽 앞에서 막히고 말았다. 숨을 헐떡거리며 쫓아온 조유경이 외쳤다.

"이제 다 끝났으니까 포기해."

절벽을 등지고 선 김온이 가까이 다가온 조유경의 얼굴을 뚫어지게 바라봤다.

"맙소사, 자네였군. 그래서 석란 낭자가 필사적으로 나를 들여보내지 않았던 거였어."

"너무 늦게 알아보는군. 수없이 마주쳤었는데 말이야."

"그 일과 관련된 친구들과 친지들이 하나둘씩 곤경에 처해서 설마 하긴 했었네. 죽은 줄 알았는데 용케 살아남았군."

"너라면 알아차릴 줄 알았지. 하지만 너무 늦었어."

"오랫동안 준비해 왔군. 예전의 자네라면 꿈도 꾸지 못할 일이었는데 말이야."

"배신과 죽음이 날 바꿔 놨네. 우정과 신의를 저버린 네놈들에게는 합당한 벌이 내려질 거야."

"자네 아버지를 죽이고 가문을 멸문시킨 것은 임금인 이방원일세. 어째서 진정한 원수에게는 칼을 겨누지 못하고 애꿎은 우리만 희생양으로 삼는 건가?"

"네놈들의 모함이 시작이었으니까. 그래서 난 복수를 위해서 살아왔지. 네놈들의 주변을 면밀하게 살피면서 약점을 찾고 빈틈을 노렸다."

"김척신과 석환진 대감이 그렇게 죽은 것도 자네가 손을 쓴 것이지?"

"너무 늦게 눈치챘군."

"어쩌다 이렇게 괴물이 되었는지 모르겠군. 지금이라도 늦지 않았으니 의금부로 가서 자수하게."

"자네 혼자 찾아왔다면 모르겠지만 무뢰배들을 이리 끌고 쳐들어왔으면서 할 얘기는 아닌 것 같군. 미안한 얘기지만 지금 의금부로 함께 가게 된다면 나와 자네 중에 누구의 말을 믿어 줄 것 같은가?"

조유경의 얘기를 들은 김온이 쓴웃음을 지었다.

"이겼다고 좋아하지 마. 내 시체는 결코 찾을 수 없을 거야."

말이 끝나자마자 뒤로 몸을 날린 김온은 절벽 아래 강으로 떨어졌다. 절벽 끝에 서서 내려다본 올매가 중얼거렸다.

"이렇게 끝나는군요."

김온을 집어삼킨 강을 내려다보던 조유경의 심정은 더없이 착잡했다. 허무하기도 하고 후련하기도 한 기분이었다. 조유경은 소매에서 김온의 이름이 적힌 종이를 찢어서 강물 위로 흩뿌렸다. 오랫동안 꿈꿔 왔던 마지막 복수가 완성되자 조유경은 마음이 착잡했다.

황덕중의 처형은 군기감軍器監[91] 앞에서 이뤄졌다. 백성들이 구름 떼처럼 몰려든 가운데 의금부의 나졸들이 천막을 치고 머리를 매달 기둥을 세웠다. 기둥 끝에는 도르래가 걸려 있었다. 기둥 아래에는 거적이 깔렸고, 목을 칠 때 받침대 역할을 하는 목침이 놓였다. 나졸들이 세운 천막에 궁궐에서 온 승지가 자리를 잡고 앉았다.

잠시 후, 메마른 북소리가 울려 퍼지는 가운데 황덕중이 함거에 실려서 도착했다. 얼굴에 석회가 뿌려지고 귀에는 관이貫耳[92]를 꽂은 그는 함거에서 내려 형장으로 끌려왔다. 나졸들이 등 뒤로 결박당한 황덕중을 거적 위에 엎드리게 하고, 목 아래로 목침을 괴었다. 그러자 오작인이 거적 위에 엎드린 황덕중의 상투 끝을 장대와 연결된 새끼줄에 묶었다. 오작인이 물러

---

91 조선 시대 무기를 개발하던 관청으로 후에 군기시로 이름이 바뀌었다. 지금의 서울도서관 자리에 있다.

92 죄인의 두 귀에 화살을 꽂은 것을 말한다. 고개를 숙이지 못하게 고정시키는 역할을 한 것 같다.

나자 작두처럼 생긴 칼을 든 거골장去骨匠[93]이 다가왔다. 거구를 자랑하는 거골장이 손바닥에 침을 뱉고 칼을 높이 쳐들었다. 천막 안에서 지켜보던 승지가 무표정하게 고개를 끄덕거리자 거골장은 단숨에 칼을 내리쳤다. 소를 잡을 때 쓰는 무거운 칼이라 연약한 사람의 목은 단숨에 잘려 나갔다. 출렁거린 피가 흙 위에 뿌려지면서 김이 모락모락 피어났다. 방금 전까지 붙어 있던 황덕중의 목은 몸통에서 떨어져 옆으로 데굴데굴 굴러갔다.

멀찌감치 물러났던 오작인이 다가와서 기둥의 도르래에 연결된 새끼줄을 당겼다. 그러자 줄과 연결된 황덕중의 목이 서서히 끌려 올라왔다. 울매와 함께 구경꾼들 속에서 그 모습을 지켜보던 조유경은 숨이 막혀 왔다. 15년 동안 꿈꿔 왔던 것들이 이뤄지자 오히려 두려움을 느꼈다. 그런 두려움을 눈치챘는지 울매가 말했다.

"이제 조유경이나 강상천, 임수운을 모두 버리십시오."

"그럼 누구로 살라는 말인가?"

"그냥 사십시오. 새로 태어났다고 생각하고 말입니다."

"그럴 수 있을까?"

"형님은 그동안 마치 죽은 사람이 복수하기 위해서 살아 돌아온 것 같았습니다. 일이 끝났으니 이제 살고 싶은 대로 사십

---

93 조선 전기 소를 잡는 것을 업으로 삼던 양인. 중기 이후부터는 백정이 도살을 전담했다. 망나니 대신 처형을 맡기도 했다.

시오."

울매의 얘기를 들은 조유경은 기둥에 매달린 황덕중의 머리를 물끄러미 바라봤다. 옆에서 울매가 속 시원하다는 표정으로 말했다.

"이제 지긋지긋한 한양과도 이별이군요. 여긴 사람이 너무 많아서 맘에 안 듭니다."

"나도 같은 생각일세. 이제 여길 떠나서 나로 살아가야지."

"바로 출발하실 겁니까?"

"정업사에 들렀다 가겠네."

"알겠습니다."

해가 뉘엿뉘엿 저물어 가고 있었다. 두건을 푹 눌러쓴 불목하니[94]가 싸리비로 뜰의 낙엽을 쓸고 있는 모습을 물끄러미 지켜보던 석란은 울매와 함께 성큼성큼 걸어오는 조유경을 발견했다. 요사채 앞에 선 조유경이 그녀에게 말했다.

"모든 것이 끝났소."

그녀는 눈을 감고 조용히 염불을 외었다. 악연의 고리에 얽매여서 증오해야만 했던 조유경의 친구들과 그의 아버지의 넋을 기리기 위해서였다. 그녀가 아무 대답도 없자 조유경이 덧

---

94 사찰에서 심부름하고 불을 때는 남자 일꾼.

붙였다.

"이제 지난 일은 모두 잊고 나와 함께 떠납시다."

"떠난다고 잊히는 것은 아닙니다."

"잘 알고 있소. 그래도 우린 가야만 하오."

조유경이 손을 내밀자 석란은 요사채를 돌아보면서 대답했다.

"저는 부처님을 모시기로 한 몸입니다.

"낭자……."

목이 멘 조유경이 차마 말을 잇지 못하고 그녀를 바라봤다. 덕분에 뜰을 쓸던 불목하니가 슬그머니 다가오는 것을 미처 발견하지 못했다. 조유경의 등 뒤로 다가온 불목하니는 품속에 손을 집어넣었다. 석란은 조유경의 어깨 너머로 그 모습을 봤다. 불목하니가 품속에서 꺼낸 칼을 들고 조유경의 등을 찌르려는 순간, 그녀가 있는 힘껏 그를 떠밀어 버리고는 대신에 자신의 가슴을 찔렸다. 석란이 움켜쥔 두건이 벗겨지면서 김온의 얼굴이 드러났다. 김온이 그녀의 가슴에 박힌 칼을 뽑아 들고는 옆에 쓰러진 조유경을 내려다봤다.

"이제 끝을 내자."

김온의 말이 채 끝나기도 전에 등을 파고든 울매의 죽장도 끝이 배를 뚫고 나왔다. 울매가 기합 소리를 내면서 죽장도를 힘껏 돌려서 뽑아 버리자 피와 내장이 등과 배로 흘러나왔다. 조유경 앞에 무릎을 꿇은 김온이 희미하게 중얼거렸다.

"이겼다고 자만하지 마라. 난 열심히 산 죄밖에는 없으니까."

피를 쏟은 김온은 조유경 앞에 고꾸라졌다. 조유경은 가슴에 피를 흘리며 쓰러진 석란에게 달려갔다. 놀란 월하가 손으로 상처를 누르고 있었지만 피가 쉬지 않고 흘러나왔다. 한쪽 무릎을 꿇고 그녀의 상처를 확인한 올매가 고개를 저었다.

"급소를 찔렸습니다."

"맙소사! 이렇게 끝낼 수는 없어. 제발 숨을 쉬어 봐!"

조유경의 절규에 힘겹게 눈을 뜬 석란이 속삭였다.

"이제 모든 걸 잊고 떠나세요."

석란이 그 부탁을 끝으로 눈을 감자 조유경은 믿기지 않는다는 표정으로 그녀를 끌어안았다. 갑작스러운 참극에 놀란 정업사의 주지 스님을 비롯한 비구니들이 하나둘 몰려들었다.

매란 스님으로 살았던 석란의 다비식茶毘式[95]은 정업사 뒷산에서 열렸다. 살아생전에 활인서에서 일했던 덕분에 수많은 백성이 만장輓章[96]을 들고 나타났다. 장작이 차곡차곡 쌓이고, 그 위에 놓인 석란의 시신을 바라보던 조유경은 애써 눈물을 참았다. 장작에 불이 들어가면서 시신은 불길에 휩싸였다. 주위에 모여든 비구니들의 염불 소리 사이로 백성들의 울음소리가 들렸다. 그 모습을 지켜보던 조유경이 중얼거렸다.

"나는 지난 15년간 복수를 위해서만 살았는데 낭자는 사람을 위해 살았구려."

---

95 시신을 화장하는 것으로 조선 시대에는 주로 스님들의 장례 방식이었다.
96 고인의 죽음을 애도하는 내용의 글을 적은 깃발로 장례식 때 행렬을 이끌었다.

활활 타오르는 불길을 말없이 바라보던 그가 몸을 돌렸다. 옆에서 지켜보던 울매가 속삭였다.

"저기 아래 월하가 기다리고 있습니다."

울매가 가리킨 곳에는 월하가 서 있었다. 천천히 걸어 내려 간 조유경이 그녀 앞에 섰다.

"평생 먹고살 만한 재물을 줄 테니 이곳에 머물러도 좋다."

그러자 그녀가 빙그레 웃으면서 대답했다.

"먼 길을 떠나기 좋게 차려입고 왔습니다."

그녀의 옷차림을 확인한 조유경이 조심스럽게 손을 내밀었 다. 그러자 월하가 그가 내민 손을 감싸 쥐었다. 복수를 끝낸 남자와 그 남자를 따라가기로 결심한 여자의 시선이 서로를 향 하고 있었다.

《체탐인 ─ 조선 스파이》 끝